Carlene Thompson

Ceux qui se cachent

Traduit de l'américain
par Dominique Letellier

Gallimard

Titre original :

YOU CAN RUN

Carlene Thompson est américaine. Après avoir enseigné la littérature anglaise à l'Université de Rio Grande, dans l'Ohio, elle se consacre désormais à l'écriture et vit dans sa ferme de Virginie. Elle a publié de nombreux romans dont *Ne ferme pas les yeux*, *Perdues de vue*, *Noir comme le souvenir* ou *Mortel secret*, tous disponibles en Folio Policier, et est considérée comme l'une des émules les plus talentueuses de Mary Higgins Clark.

À Rebecca Oldfield
La plus belle des roses anglaises

PROLOGUE

La petite fille se glissa par la fenêtre de sa chambre et s'insinua dans les replis étouffants de la chaude nuit d'été. La bouche entrouverte, elle se retourna, leva les yeux vers la voûte céleste ; elle se dit que les étoiles ressemblaient aux paillettes argentées qui scintillaient sur la robe en velours noir de maman. Jamais elle n'avait vu autant d'étoiles clignoter autour d'une lune aussi pleine, blanche comme de la neige fraîche. Elle se dit que la lune *devait* être faite de neige. Peut-être que, si haut, il faisait tellement froid qu'elle ne fondait jamais.

L'enfant détacha ses pensées de ce magnifique ciel nocturne et se concentra sur sa tâche. Elle attrapa un bocal en verre posé sur le rebord de la fenêtre, vérifia que les petits trous percés dans le couvercle n'étaient pas bouchés, puis tendit l'oreille un instant. Les bribes d'une chanson flottaient hors de la maison. Elle savait que le titre était « In My Room » et que c'étaient des garçons qui vivaient sur une plage qui la chantaient. Maman écoutait toujours cette chanson quand elle était triste, et ce soir elle la mettait en boucle.

Cette fois, pourtant, maman n'était pas simplement

triste. Depuis quelques jours, tandis que la petite se remettait bien d'une opération au ventre, maman ne riait plus comme d'habitude. Ce matin, quand elles étaient revenues de l'hôpital, elle n'avait pas arrêté de faire les cent pas dans leur petite maison ; en pleurant, parfois. Lorsque l'enfant lui demandait ce qui n'allait pas, maman lui répétait toujours : « Rien du tout ! Tout va bien, Willow. »

Mais maman n'avait pas l'air de trouver que tout allait bien. C'est pour ça que Willow avait décidé de préparer une surprise, même si maman risquait de se fâcher un peu parce que Willow était censée être couchée. Il fallait qu'elle se dépêche, maintenant, avant que maman ne vienne jeter un œil dans sa chambre, comme elle l'avait fait tant de fois aujourd'hui. Si elle voyait le lit vide…

Willow trouva que ce n'était pas le moment de penser à ça. Elle avait du travail. Si elle allait vraiment vite et faisait de son mieux, elle pourrait être de retour avant que maman ne le remarque.

Willow traversa le jardin en courant, aussi vite que ses petites jambes le lui permettaient. Elle adorait cet endroit : il y avait une balançoire et une petite piscine gonflable pour elle. Elle se souvenait vaguement avoir habité dans un grand immeuble — c'était très haut, avec beaucoup de fenêtres, sans jardin ni balançoire, mais maman l'emmenait parfois dans un parc immense qui s'appelait Central Park. À Central Park, il y avait de l'herbe, mais Willow préférait de beaucoup celle de maintenant.

Elle aimait tant sa pelouse qu'elle ne put résister à l'envie de la sentir. Elle grimaça de douleur avant de se rappeler qu'elle devait se pencher en pliant les genoux et non le ventre. Trop tard, maintenant ; et puis ça n'avait pas fait si mal que ça. Elle inspira profondément cette odeur acidulée qu'elle adorait. Willow trouvait les pissenlits très beaux, tout jaunes et duveteux. Cet été, elle avait souvent cueilli des bouquets de pissenlits pour maman, qui les mettait toujours dans un verre d'eau.

Willow écarta ses longs cheveux et coinça la fleur sur son oreille. Elle se dirigea ensuite vers le fond du jardin et le bois qui le bordait. La lune et les étoiles étaient si lumineuses qu'elle n'avait pas emporté sa petite lampe torche en plastique. Elle tenait son précieux bocal des deux mains. Si elle le laissait tomber et qu'il se cassait, la surprise serait gâchée. Elle savait qu'elle devait faire très attention.

Willow pénétra sous les arbres. Elle dévissa le couvercle de son bocal et resta immobile, respirant à peine, patiente... Elle attendit, attendit, et puis...

Là ! Une minuscule étincelle jaune juste au-dessus de sa tête, pas trop haut ! Elle leva la main, la referma doucement sur l'insecte, le plaça dans le bocal et referma le couvercle avec prudence. Elle souleva le bocal et regarda le résultat. Clic, clic, clic ! Son amie les appelait des lucioles, mais Willow trouvait que ce mot n'était pas du tout assez poétique. D'autres gens les appelaient des lampyres. Elle trouvait cela stupide. Ces bêtes ne venaient pas effrayer les gens et les mordre et n'aveuglaient pas comme une lampe. Non, ces insectes étaient jolis et projetaient une lumière douce et chaude, elles ne faisaient de mal à personne.

Maman les appelait des scintillettes, et Willow aussi. Cette scintillette-là, elle l'appela Pissenlit.

Willow fit un pas de plus dans le bois et s'arrêta. Maman n'aimait pas qu'elle y aille, ce qui le rendait d'autant plus attirant... Le bois était bien plus sombre que le jardin, et la petite dut admettre que la nuit, il faisait un peu peur. Elle n'avait pas besoin d'y entrer davantage. Si Pissenlit s'était aventurée jusqu'ici, d'autres lucioles en feraient autant.

Willow s'immobilisa à nouveau et essaya de respirer en silence. Ce n'était pas facile d'expirer sans faire aucun bruit. La nuit était si chaude qu'elle avait l'impression qu'une couette lui couvrait la tête. Une légère brise soufflait, mais elle était chaude aussi. La sueur perlait sur son front ; elle ne se sentait pas aussi bien que quand elle avait franchi sa fenêtre. Elle se dit qu'elle aurait peut-être mieux fait d'attendre la nuit suivante pour se lancer dans cette expédition. Mais c'était *maintenant* que maman avait besoin de réconfort.

À cet instant, une pointe de lumière clignota juste devant ses yeux. Willow gloussa, attrapa doucement l'insecte et le mit dans le bocal avec Pissenlit. La luciole cligna encore, de la même couleur que le melon que maman lui avait donné à la fin du déjeuner. Willow le baptisa Cantaloup. Cantaloup et Pissenlit clignotèrent ensemble. Ils se plaisaient !

Willow voulait au moins une troisième scintillette. Elle avait prévu d'en prendre cinq, parce qu'elle avait cinq ans, mais il faisait vraiment trop chaud et, soudain, elle se sentait très fatiguée. Une de plus, ça serait parfait. Elle en aurait trois, et maman serait aussi heureuse que s'il y en avait deux de plus.

— Willow !

La petite fille lâcha presque son bocal en entendant sa mère l'appeler depuis la porte à l'arrière de la maison. Willow fit demi-tour et se précipita hors du bois. Elle vit maman descendre les trois marches du perron et se diriger vers elle d'un pas rapide. Là, je vais avoir des problèmes, pensa Willow. Elle allait se faire gronder, elle s'en voulait d'avoir désobéi et, en plus, elle n'avait que deux lucioles. Son plan magique était fichu.

— Willow Conley, qu'est-ce que tu fais dehors ?

La voix de maman, d'habitude si douce et tendre, était aiguë et sévère.

— Tu sais que tu es censée être au lit. Tu veux encore te retrouver à l'hôpital ? Parce que c'est ce qui va arriver si…

Willow se tenait toute raide, figée face à la colère de sa maman, quand une explosion assourdissante secoua le sol. Sa mère plongea de la dernière marche dans la piscine en caoutchouc de Willow et soudain, un champignon de feu fit voler en éclats le toit de la maison. Des flammes jaunes fusèrent comme les langues de méchants serpents hors des fenêtres et par la porte de derrière encore ouverte.

La petite fille resta figée, rigide, paralysée par le choc et la terreur. Des éclats de bois en feu volaient à travers le jardin, projetés parfois jusqu'à seulement quelques centimètres d'elle. Mais elle ne recula pas dans la forêt pour s'en protéger.

Willow s'agrippa à son bocal de lucioles. Son regard plein d'effroi courut jusqu'à maman qui ne bougeait pas, allongée là, dans la piscine, alors que le feu dévorant rampait sur elle.

CHAPITRE 1

Vingt minutes plus tôt

1

De sa voiture, Diana Sheridan avait regardé l'horizon passer du bleu clair au lavande cendré puis au violet, jusqu'à ce que la lumière du soleil disparaisse complètement derrière les sommets densément boisés des Appalaches. La nuit était tombée maintenant, et elle était soulagée d'arriver bientôt, après avoir été retardée par une collision entre trois voitures sur l'autoroute.

Diana était restée piégée à cause d'un imbroglio de tôle froissée, de voitures de police et d'ambulances, parmi d'autres véhicules pleins de gens d'abord curieux, puis compatissants, puis, au bout d'une bonne heure d'attente dans la chaleur suffocante de ce vendredi après-midi d'août, franchement grincheux. Diana était passée devant un policier qui lui avait appris qu'une personne avait été tuée dans l'accident et que trois autres étaient grièvement blessées. Il avait fallu des trésors de patience et de compétence pour sortir les victimes des carcasses imbriquées les unes dans les autres, et sans doute aussi toute la rage de vivre des blessés.

Enfin, près de deux heures plus tard, Diana bifurqua sur la rampe de sortie, heureuse de quitter la circulation dense de la voie rapide. Elle repéra un fast-food et eut une furieuse envie de passer par le guichet de vente à emporter pour s'acheter des frites. Son estomac lui rappelait bruyamment qu'elle n'avait rien mangé depuis le matin.

Mais un coup d'œil jeté à la pendule du tableau de bord l'arrêta dans son élan. Neuf heures et quart. Presque l'heure exacte à laquelle son amie Penny l'avait appelée dans sa chambre d'hôtel la veille au soir, pour lui dire d'une voix asséchée par l'angoisse qu'elle avait besoin de la voir le plus vite possible. « C'est Willow ? » avait demandé Diana, qui savait que sa petite fille de cinq ans avait subi une appendicectomie le mardi en fin d'après-midi. Non, l'avait rassurée Penny, apparemment soulagée sur ce front-là. L'intervention chirurgicale s'était effectuée par laparoscopie et Willow s'en remettait bien : elle allait la chercher à l'hôpital le lendemain matin.

C'était donc autre chose qui clochait.

— Diana, je t'en *prie*, passe à la maison avant de rentrer chez toi, l'avait suppliée Penny en mettant de côté la moindre bribe d'orgueil, le souffle saccadé par une détresse profonde. Je ne peux pas te parler de ça au téléphone mais je vais tout t'expliquer. Je ne peux pas vous laisser, Simon et toi, vous demander éternellement ce qui nous est arrivé…

Penny s'était interrompue.

— Je me suis mise dans une situation… qui pourrait devenir une question de vie ou de mort.

Très inquiète, Diana avait d'abord engagé Penny à prévenir la police.

— Non ! s'était écriée Penny.

Alors Diana avait promis de passer dès qu'elle serait de retour à Huntington le lendemain soir ; elle serait là au plus tard à huit heures. Penny semblait au bord des larmes. Elle l'avait remerciée et avait raccroché si vite que Diana n'avait pas eu le temps de lui dire au revoir, ou de poser d'autres questions, ce qui l'avait inquiétée davantage encore. Si Willow était en voie de guérison, quelle catastrophe avait bien pu s'abattre sur le monde de Penny ces trois derniers jours ?

Diana prit son portable pour prévenir Penny qu'elle avait du retard mais qu'elle était en route. Elle jura dans un murmure en voyant que la batterie était sur le point de rendre l'âme. Comme toujours dans les moments importants, soit son téléphone était inaccessible, soit elle se trouvait hors réseau, soit elle avait oublié de le recharger. Diana ne le gardait que parce que son grand-oncle, le professeur d'archéologie à la retraite Simon Van Etton, chez qui elle vivait, était tombé des nues en apprenant qu'elle n'avait pas de téléphone portable et lui en avait immédiatement offert un, qu'il avait expressément choisi pour elle. À soixante-quinze ans, Simon était obsédé par tous les nouveaux gadgets électroniques lancés sur le marché. Diana jeta un regard désespéré à son dernier cadeau en date — un iPhone qui gisait sur le siège à côté d'elle. Elle n'avait même pas essayé de comprendre comment s'en servir. Ses compétences techniques semblaient se borner aux appareils photo.

Diana s'arrêta à un feu rouge et soupira. Encore du temps perdu. Quand il passa enfin au vert, elle appuya sur l'accélérateur en se concentrant sur *Layla*, la chanson d'Eric Clapton que diffusait son lecteur CD. Elle n'aurait sans doute pas la chance d'entendre quoi que ce soit approchant de *Layla* à la discothèque du country-club le lendemain soir, et elle regretta d'avoir accepté l'invitation de Glen Austen, professeur d'histoire à l'université. Glen était bel homme, intelligent, chaleureux, toujours courtois, et parfaitement prévisible.

Même Simon trouvait qu'elle devrait arrêter de le voir. « Quand je t'ai présenté Glen, ce n'était pas dans l'idée qu'il devienne l'amour de ta vie, lui disait-il souvent. C'est un type bien, mais il te faut un homme qui sache s'enflammer, ma petite fille. Un gars comme moi quand j'avais vingt-cinq ans ! » À quoi Diana répondait invariablement : « Glen a trente-cinq ans, mais je suis sûre que même à cet âge tu aurais été trop enflammé pour moi ! » Cette remarque ne manquait jamais de régaler Simon, qui bombait le torse plus encore que de coutume et partait dans un joyeux éclat de rire pour marquer son approbation totale.

De plus, elle avait déjà connu les « flammes ». Elle avait connu la passion qui embrase, l'excitation, et, pendant une courte période, ce qu'elle avait pris pour le grand amour. Après de brèves fiançailles et trois ans de mariage, Diana avait cependant compris à quel point elle avait été naïve. Elle s'était liée à un homme qui n'aimait ni le métier qu'elle avait choisi ni les liens étroits qu'elle entretenait avec sa famille. Il voulait être son unique centre d'intérêt. Lorsqu'il l'avait quittée du jour au lendemain pour une fille de dix-huit ans qui pensait que le soleil tournait autour de lui, Diana s'était presque sentie soulagée. Presque.

Agacée d'avoir ainsi fait resurgir de sa mémoire des moments malheureux de son passé, elle vida son esprit de cette déception et se concentra à nouveau sur la conduite. Penny vivait dans un quartier appelé Rosewood, un lotissement construit en toute hâte à la fin de la Seconde Guerre mondiale, comme des centaines d'autres à travers les États-Unis, pour loger les soldats qui, de retour du front, fondaient une famille. À la fin des années 1940, pendant les années 1950 et même jusqu'au début des années 1960, les maisons avaient conservé leur allure proprette et agréable, même si leur style était largement passé de mode. Les quartiers comme Rosewood avaient maintenant commencé à se décatir sérieusement : les pavillons n'avaient plus l'air ni sains ni accueillants ; un bon tiers arboraient un panneau « à vendre » sur une façade dont la peinture s'écaillait, et les tuiles se déchaussaient partout des toits mal entretenus.

Voilà justement pourquoi Penny avait choisi cet endroit. « Je ne veux pas être parquée dans un appartement, avait-elle expliqué à Diana. Je veux que Willow ait un jardin et de l'espace pour une balançoire et, avec mon budget, il n'y a qu'à Rosewood que je pouvais trouver une maison. »

Penny avait confié à Diana que son jeune mari était mort sur le coup lorsque sa voiture avait percuté un poteau télégraphique sur une route glissante. Il ne lui avait laissé qu'une police d'assurance-vie de vingt mille dollars et de minces économies, si bien que l'argent était devenu un problème pour cette femme, qui n'avait ni famille riche ni diplômes universitaires. Penny avait travaillé à mi-temps comme serveuse dans un restaurant de bord de route avant de décider de reprendre ses études ; elle avait suivi des cours d'écriture pendant l'été à l'Université Marshall, où elle avait vu l'annonce punaisée sur le tableau d'affichage par Simon, qui recherchait un assistant. Elle s'était présentée, pensant que le travail lui conviendrait et qu'il lui permettrait d'offrir une vie bien réglée à sa fille.

Le jour où elle était venue pour son entretien d'embauche, Penny Conley avait tout de suite plu à Diana, par sa beauté et sa vivacité, même si, après avoir jeté un rapide coup d'œil au court CV de la jeune femme, Diana s'était dit qu'elle n'avait aucune chance d'être choisie. Elle n'avait fréquenté l'université que pour le cours d'écriture, elle n'avait aucune expérience dans le secrétariat ou les recherches, et le seul métier qu'elle avait pratiqué était celui de serveuse. Elle doutait que Simon juge Penny suffisamment compétente pour l'aider à écrire son quatrième livre sur l'Égypte ancienne et ses expéditions archéologiques personnelles.

Diana avait retenu son souffle pendant que Simon passait en revue le curriculum de Penny, craignant que son grand-oncle ne la congédie immédiatement sans lui laisser sa chance, mais elle s'en voulut ensuite d'avoir ainsi sous-estimé les qualités humaines de Simon. Il ne portait jamais de jugements hâtifs, si bien qu'après les premières questions d'usage, Penny et lui s'étaient mis à discuter. Une demi-heure plus tard, Penny avait quitté la maison avec la consigne d'y revenir le lundi suivant pour commencer son nouveau travail. C'était il y a un an maintenant, et Penny s'était révélée, au-delà de son abord séduisant et de son charme, la collaboratrice la plus consciencieuse et la plus futée que Simon ait jamais eue. Sa fille et elle étaient devenues des membres de la famille Van Etton.

Diana aborda enfin le quartier de Penny. Elle s'étira derrière le volant : elle avait l'impression de conduire depuis le début de la matinée et non de l'après-midi. Elle ne pensait pas que la séance photo qu'elle avait acceptée serait aussi éreintante. Elle avait imaginé que ce serait simple — il ne s'agissait après tout que de quelques clichés pour une brochure touristique. Mais à chaque fois qu'elle avait installé son trépied et fait le point pour prendre une photo, le très chipoteur directeur de l'office du tourisme s'était écrié « Stop ! ». Il avait repéré un nuage mal placé, ou un pétunia ratatiné dans un parterre. Au bout de leur première journée de travail, Diana l'aurait étranglé avec plaisir.

À la fin de la troisième et dernière journée, Diana avait fui la ville, les muscles courbatus par la tension accumulée. Elle se promit que l'année prochaine, elle n'accepterait que les commandes commerciales qu'elle jugerait enthousiasmantes. Quelques galeries exposaient déjà ses photos à New York, Chicago et San Francisco, et le nombre de ventes avait dépassé les attentes, et même les espoirs de Diana. Elle n'avait plus à se soucier de ses finances.

Elle s'engagea dans la rue de Penny — sombre, sans éclairage public — et sentit un frisson la parcourir. Diana se raidit, et la voix rêveuse de sa grand-mère résonna dans sa mémoire : « J'ai l'impression que quelqu'un vient de marcher sur ma tombe », disait-elle. Et son frère Simon, l'éternel cartésien, ne manquait jamais de lui reprocher, avec une affection non dénuée de fermeté, de se laisser aller à de telles niaiseries. À cet instant, pourtant, Diana comprit exactement ce que voulait dire sa grand-mère. Elle se sentit soudain faible, transie, effrayée, condamnée, comme si la Mort en personne murmurait à son oreille.

Comme si la Mort murmurait à son oreille ? Cette phrase prit Diana par surprise. Elle secoua la tête et se dit qu'elle était encore plus lasse qu'elle ne l'avait cru.

Diana lâcha un profond soupir de soulagement lorsqu'elle aperçut la maison de Penny. Penny avait éteint la lumière extérieure, qui éclairait habituellement un gros pot de géraniums rouges et une balancelle qu'elle avait peinte en bleu ciel à la demande de Willow. Diana se souvint être passée pendant l'opération et avoir trouvé son amie couverte de taches bleues. Elle avait ri en expliquant que c'était son premier essai en peinture, et qu'elle ferait sans doute mieux de s'en tenir là.

Diana vint garer sa voiture contre le trottoir, après

avoir évité un putois qui s'entêtait à rester assis au milieu de la voie d'accès à la maison. Elle alluma les lumières intérieures de sa voiture, se regarda dans le rétroviseur central, fit bouffer ses longs cheveux, dont l'humidité avait frisé les boucles cuivrées, et essuya une coulure de mascara sous son œil vert bruyère. Même dans cette faible lumière, elle se trouva un air fatigué qui lui donnait plus que ses vingt-huit ans.

Plus tard, Diana ne se rappellerait pas si elle avait d'abord vu ou entendu l'explosion. Elle avait coupé son moteur et tendait la main vers son fourre-tout lorsque la petite maison blanche de Penny s'était changée en boule de feu aveuglante. Diana hurla lorsque le souffle de l'explosion secoua sa voiture et qu'une pluie de débris en flammes s'abattit sur la tôle et le verre renforcé. Elle baissa d'abord la tête, et lorsqu'elle osa la relever légèrement, elle vit la maison dévorée de flammes or et sang, qui rampaient dans la végétation jouxtant la maison, jaillissaient du toit, illuminaient la pelouse et s'élançaient avec une jubilation mauvaise dans le ciel d'ébène… Une fournaise miroitante et vorace dont Diana était certaine que personne ne pouvait sortir vivant.

2

Une épaisse fumée noirâtre s'élevait de l'impressionnant brasier qui, après l'éruption tonitruante des premiers instants, coulait lentement vers le sol. Les volutes se déployaient en une superposition cotonneuse que la brise dispersait en direction de la voiture, et Diana se trouva bientôt comme prisonnière d'un voile de deuil. Elle entendit un gémissement pitoyable, puis comprit qu'il sortait de sa propre bouche crispée par le choc ; les deux mains accrochées au volant, elle attendait…

Attendait quoi ? Que Penny coure vers elle, tenant la main de Willow ?

Diana tâtonna jusqu'à la poignée et ouvrit la portière. Elle se redressa mais se rendit compte que ses jambes tremblaient trop pour la porter, et elle s'effondra à nouveau dans son siège. Elle ne sentit même pas la portière se rabattre sur ses tibias, qui pendaient encore hors de la voiture. Je devrais faire quelque chose ! pensa-t-elle. Il faut que je fasse quelque chose ! Elle regarda son téléphone sans batterie, cet iPhone qu'elle ne savait pas utiliser… Elle regarda la petite maison, qui se consumait encore dans la chaleur nocturne. Diana ferma les yeux un instant et sursauta violemment quand quelqu'un ouvrit sa portière à la volée et hurla :

— Vous allez bien ?

Elle vit un homme dont les cheveux blondis par le soleil, peignés en arrière, découvraient un front haut et des yeux couleur acier, légèrement embués par la fumée ambiante.

— Mademoiselle, vous allez bien ? lui redemanda-t-il, avec un léger accent du Sud.

Diana déglutit.

— Mon amie, Penny. C'est sa maison. Je viens d'arriver et…

Sa gorge se noua.

— Penny, répéta l'homme.

— P-penny Conley, balbutia Diana.

— Je ne suis pas du quartier. Je passais par cette rue quand j'ai vu l'explosion, dit l'homme très vite. Vous avez appelé les secours ?

Pendant quelques secondes, l'esprit de Diana se vida. Appeler les secours ?

— Mademoiselle, est-ce que vous avez appelé les secours ? répéta l'homme, presque dans un cri.

— Non. Mon portable est mort.

Les mots avaient coulé des lèvres de Diana et elle reconnut à peine sa voix — fluette, haut perchée, atone. On aurait dit que l'explosion ne provoquait aucune émotion en elle, ni horreur ni surprise, mais quand l'homme hocha la tête et disparut, Diana remarqua qu'elle pleurait. Des larmes roulaient sur son visage jusqu'à sa bouche tremblante et tombaient de sa mâchoire sur son chemisier. Elle s'essuya les joues mais d'autres larmes jaillirent et elle laissa finalement retomber ses mains impuissantes et resta juste assise là, à pleurer en silence.

Quelques instants plus tard, l'homme revint.

— Ils arrivent, mais il faut qu'on bouge votre voiture pour laisser la place aux véhicules d'urgence, cria-t-il.

Diana opina et tendit la main vers le contact. Pas de clés. Elle les avait laissées tomber au moment de la déflagration.

— Poussez-vous.

Diana obtempéra sans sourciller. Il bondit derrière le volant, se pencha et ramassa le trousseau.

— Je les ai vues quand les lampes se sont allumées à l'ouverture de votre portière.

Sans la regarder, il ajouta :

— Je m'appelle Tyler Raines, au fait.

— Diana... Sheridan.

Il démarra la voiture et se gara trois maisons plus loin. Diana essuya une nouvelle fois son visage baigné de larmes, ouvrit sa fenêtre et tendit le cou à l'extérieur. Un quadragénaire trop gros, en survêtement, contemplait le spectacle depuis son perron, une bière à la main et la bouche grande ouverte.

— Où sont les autres ? lui cria Tyler Raines en jaillissant hors de la voiture. Où sont les gens qui vivent dans les maisons d'à côté ?

Monsieur Survet resta encore bouche bée quelques secondes avant de répondre :

— La maison à droite est vide. Il y a juste une vieille dame qui vit à gauche. Mlle Hanson. Elle fait de l'arthrite.

Mme Hanson. Clarice Hanson, pensa Diana. L'amie de Penny qui venait souvent garder Willow. Tyler Raines se mit à courir vers sa maison. Monsieur Survet tourna sa lippe pendante vers Diana :

— Il s'est passé quoi ? Le feu va toucher ma maison ?

Diana avait réussi à s'extraire de sa voiture et s'accrochait à sa portière ouverte pour tenir debout ; son estomac se tordait mais elle avait cessé de pleurer.

— Hey !

Maintenant Monsieur Survet lui hurlait dessus comme un sauvage.

— Je vous ai demandé si le feu allait arriver jusqu'à chez moi !

— Je n'en sais rien ! aboya Diana.

La bière qu'il tenait n'était à l'évidence pas sa première.

— Si vous avez une famille, faites-les sortir !

— Mais ma maison…

Diana n'eut pas à répondre. Une femme et une adolescente dévalèrent les marches, le renversant presque sur leur passage. Il vacilla lorsque sa femme s'écria :

— Pour l'amour de Dieu, Clyde, on s'en fout de la maison ! Ou bien elle compte plus pour toi que nous, c'est ça ?

L'homme fronça les sourcils, comme si cette question méritait un instant de réflexion, sans lâcher le brasier de ses yeux torves. Diana reporta aussi son attention sur la petite maison en flammes de Penny, et sentit monter une nausée en imaginant son amie et sa fille prisonnières de cet enfer. Dans la maison, quelque chose d'autre avait pris feu, qui propulsa une nouvelle colonne de fumée dans le ciel nocturne, accompagnée de gerbes d'étincelles. La brise se transforma en une rafale qui fit voler des débris en flammes jusqu'à la maison de Mme Hanson.

Le feu vint lécher les vieux bardeaux du toit. Combien de temps cette petite ligne de feu mettrait-elle à créer un nouveau brasier ? Le cœur de Diana commençait à s'emballer lorsqu'elle vit Tyler Raines porter une femme hors de la maison. Il se dirigea vers la voiture de Diana. Elle ouvrit la portière en grand et il installa la vieille dame sur le siège avant, la tournant vers la route pour qu'elle ne puisse pas voir l'incendie se propager. Penny avait dit à Diana que Clarice Hanson avait un peu plus de soixante-dix ans. Ses traits étaient fins et délicats et ses yeux mauves, d'une clarté étonnante, mangeaient son visage pâle et dévasté par la terreur.

— Seigneur, que s'est-il passé ? demanda-t-elle d'une voix chevrotante.

Diana s'accroupit et enveloppa de ses mains ses doigts frêles aux jointures gonflées.

— Madame Hanson ?

La femme hocha la tête.

— Nous ne savons pas ce qui s'est passé. La maison de Penny vient de prendre feu.

— Non, la maison de Penny a *explosé* !

Le menton de Mme Hanson tremblait.

— Mes rideaux n'étaient pas fermés. J'ai tout vu !

— Les pompiers seront là dans une minute.

Diana regarda Tyler Raines par-dessus le toit de sa voiture et articula sans bruit :

— Sa maison ?

Ses yeux bleu vif se tournèrent aussitôt vers la maison d'où il venait de sortir puis se plantèrent dans ceux de Diana et il lui confirma son inquiétude.

Soudain, Diana entendit le son béni des sirènes. Elle pensa à l'irritation qui était toujours la sienne quand des sirènes la réveillaient au milieu de la nuit, et se promit de ne plus jamais s'autoriser un tel agacement. Les lumières vives des véhicules d'intervention d'urgence apparurent ; le camion des pompiers s'approchait d'eux à toute vitesse.

— Oh mon Dieu, lâcha Mme Hanson d'une voix faible.

Des larmes brillaient dans ses yeux. Elle fouilla

une poche de sa robe en coton à fleurs, cuite par d'innombrables lavages, et en sortit un mouchoir délicat.

— Je n'ai jamais rien vu de pareil.

— Moi non plus.

Diana s'étonna d'entendre sa voix tout aussi fragile. Elle passa son bras autour des épaules étroites et secouées de sanglots de Clarice Hanson et la tint fermement contre elle pour qu'elle ne puisse pas se retourner vers l'incendie.

— Tout ira bien, madame Hanson.

— Comment pouvez-vous dire ça, alors que Penny et cette adorable petite fille…

— Chhh, l'apaisa Diana en resserrant son étreinte. On ne sait encore rien. Peut-être qu'elles n'étaient pas à la maison.

— Si, elles étaient là ! répondit-elle d'une voix soudain véhémente.

Elle avait cessé de tamponner ses yeux humides.

— La chambre de Willow donne sur ma maison. La lumière de Willow était allumée et j'ai vu Penny entrer pour lui souhaiter bonne nuit, je l'ai vue l'embrasser. Willow est sortie de l'hôpital aujourd'hui. Penny ne la laisserait pas seule. Penny est une bonne mère.

Penny ne la laisserait pas seule. Ces mots résonnèrent dans la tête de Diana. Penny est une bonne mère.

Bien sûr que Penny et Willow étaient à la maison au moment de l'explosion ! Où auraient-elles pu être alors que Willow se remettait tout juste d'une opération ? Alors que Penny attendait l'arrivée de Diana avec tant d'impatience ? Diana tenta de prendre une profonde inspiration, mais n'y parvint pas, et tapota machinalement l'épaule de Mme Hanson. La vieille dame enfouit à nouveau son visage dans son mouchoir et Diana se retourna pour regarder les pompiers bondir hors de leur camion en hurlant observations et consignes puis relier une immense lance à une bouche d'incendie heureusement toute proche. Ils envoyèrent un puissant jet d'eau sur ces flammes qui étaient sans doute en train de dévorer Penny et Willow vivantes.

Une ambulance s'arrêta en crissant juste devant le camion de pompiers. Mme Hanson redressa la tête et gémit :

— Je me demande s'ils ont déjà trouvé Penny et Willow.

— Je ne sais pas, répondit Diana, frustrée. J'aimerais que M. Raines revienne nous expliquer ce qui se passe, mais on dirait qu'il aide les pompiers. Il est fou ! Il n'a même pas de tenue adaptée.

— Oh mon Dieu, il n'a rien pour se protéger ?

Une certaine admiration pointait dans la voix résignée et gonflée de larmes de Mme Hanson.

— C'est idiot de se jeter ainsi dans les flammes, mais les hommes sont si courageux !

— Certains sont courageux, ne put s'empêcher de corriger Diana en tournant les yeux vers M. Survet, qui s'éloignait enfin en titubant de sa maison, toujours agrippé à sa bière.

Sa femme et sa fille étaient déjà loin.

— D'autres ne connaissent même pas le sens de ce mot.

Mme Hanson jeta un regard à M. Survet.

— Oh, vous voulez parler de celui-là, dit-elle d'un ton cinglant. Je suis si heureuse que cet homme blond soit venu nous aider. Cet ivrogne de M. Buckner est un poids mort, comme aurait dit mon Henry.

M. Buckner qui s'inquiétait davantage pour sa maison que pour sa famille. M. Buckner qui avait fini par quitter son perron, tenant toujours fermement sa canette. Diana était surprise qu'il ne soit pas retourné à l'intérieur en prendre une autre dans le frigo, en réserve, jusqu'à ce qu'il puisse rentrer chez lui en toute sécurité. Oui, il avait effectivement tout l'air d'un poids mort, pensa Diana, qui se souvenait d'avoir entendu Penny dire qu'il était l'homme le plus feignant qu'elle avait jamais connu, mais qu'il trouvait suffisamment d'énergie pour lui faire du plat. L'autre homme, Tyler Raines, était d'une espèce différente. Diana se demanda par quel miracle il avait surgi de nulle part juste à temps pour leur venir en aide.

— Vous êtes Diana, l'amie de Penny, dit Mme Hanson d'une petite voix.

— Oui. Je venais leur rendre visite.

La voix de Diana s'étrangla.

— J'étais en retard.

— Alors remerciez le Seigneur, mon enfant ! Si vous n'aviez pas été en retard, vous vous seriez trouvée dans cette maison.

J'aurais été dans la maison. La signification concrète de cette phrase toute simple la frappa de plein fouet. Son cœur se souleva d'horreur. Si elle était sortie de sa voiture ne serait-ce qu'une minute plus tôt…

Mme Hanson leva les yeux vers elle et, voyant sans doute son expression terrifiée, elle serra doucement ses doigts et changea de sujet.

— Pardonnez ma curiosité mais... le jeune homme blond qui est venu à notre secours est-il votre... admirateur ?

— Vous voulez dire... mon petit ami ? bredouilla Diana en essayant de se concentrer à nouveau sur Mme Hanson. Non. Je ne l'ai jamais vu avant. Il m'a dit qu'il s'engageait dans la rue quand la maison a pris feu. Il s'appelle Tyler Raines.

— Tyler Raines. Je n'ai jamais entendu ce nom, mais sa silhouette me dit vaguement quelque chose... En tout cas, c'est la première impression que j'ai eue. Ma mémoire n'est plus ce qu'elle était. Heureusement qu'il s'est trouvé là, mon Dieu ! Mon arthrite me joue des tours depuis une semaine et j'ai besoin d'un déambulateur. Je tremblais tellement que je l'ai renversé et j'étais plantée au milieu du séjour à vaciller d'avant en arrière, sur le point de tomber sur ce foutu machin, quand il est apparu et m'a soulevée du sol comme si je ne pesais pas plus lourd qu'un petit oiseau. Et puis il m'a portée jusqu'à vous. Si seulement il avait pu atteindre Penny et Willow...

Mme Hanson se libéra de l'étreinte de Diana, toujours secouée de violents tremblements.

— Oh, Dieu du ciel ! Cette petite maison a tout simplement explosé ! Nous avons toutes les deux des chaudières à gaz. Vous pensez que sa chaudière a pu exploser ?

— Penny ne ferait pas fonctionner sa chaudière en été. Peut-être que c'était le chauffe-eau. Il est aussi alimenté au gaz, et il me semble qu'il se trouve dans la cave. Il a peut-être fui toute la journée sans que Penny s'en rende compte. Il aurait suffi d'une étincelle pour faire sauter la maison.

— Une étincelle venue d'où ?

— D'un fil électrique abîmé, d'un problème de pression dans les tuyaux… ou…

Diana jeta un regard affligé à Mme Hanson, qui attendait une réponse, pleine d'espoir.

— Je ne suis pas une spécialiste. J'imagine juste ce qui a pu arriver.

Les épaules de la vieille dame s'affaissèrent.

— De toute façon, ça n'aidera pas Penny et Willow que nous sachions ce qui s'est passé. Oh Seigneur ! Ces pauvres créatures, commença Mme Hanson en frissonnant. Cette explosion a même secoué *ma* maison. Ma fille réalise de très jolies céramiques et elle m'a donné une figurine qui ressemble énormément à Willow. Elle m'a dit que c'était la plus réussie qu'elle ait faite. Elle est tombée de la vitrine et je sais qu'elle s'est brisée. C'est comme un signe venu du ciel.

Elle se mit soudain à sangloter violemment et replongea son visage dans son mouchoir. Diana, toujours accroupie, se redressa dans l'habitacle pour la prendre dans ses bras, la réconfortant de mots doux comme elle l'aurait fait avec un enfant.

Tandis qu'elle berçait ainsi la vieille dame, Diana ne quittait pas des yeux les équipes en effervescence autour de la maison de Penny. Elles avaient branché des projecteurs géants qui donnaient l'impression bizarre d'assister à un tournage de film ; la scène semblait artificielle, la petite maison si familière de Penny n'était plus qu'un décor en feu. La partie droite s'était effondrée et seuls les deux tiers du côté gauche tenaient encore debout, ruisselant d'eau. L'arrière de la maison disparaissait dans l'obscurité.

Quelques foyers isolés brûlaient encore et trois pompiers pénétrèrent dans la maison en continuant d'arroser les flammes. Derrière le mur en ruine, Diana vit que les hommes restaient à la limite du côté gauche de la maison et marchaient avec précaution, les yeux fixés devant leurs pieds. Elle comprit que la majorité du salon s'était effondrée et que les pompiers scrutaient la cave en contrebas. Ils regardaient aussi en l'air, pour esquiver des bardeaux et des planches calcinées tombant du toit.

Diana pensa que ces hommes parcouraient les décombres à la recherche de survivants. Elle ferma les yeux. Comme elle aimerait entendre l'un d'eux s'écrier : « Nous avons trouvé une femme et une petite fille, elles n'ont rien ! »

Mais personne ne parla d'une femme ni d'une petite fille. Ils continuaient à progresser de façon systématique, en silence, dans ce qui, une demi-heure plus tôt seulement, était la maison douillette et chaleureuse de Penny, où Willow se reposait après son appendicectomie, sous la tendre protection de sa mère.

Ils avaient éteint le début d'incendie chez Mme Hanson, mais Diana était trop loin pour déterminer à quel point sa maison avait été endommagée. La vieille dame ignorait encore que le feu avait aussi atteint sa propre maison. Diana n'était prête ni à le lui annoncer ni à la laisser voir l'étendue des dégâts, quelle qu'elle soit. Elle semblait encore si ébranlée qu'elle ne supporterait sans doute pas une autre mauvaise nouvelle. Il fallait pourtant bien que quelqu'un lui dise.

Diana inspira profondément et rassembla ses forces pour parler aussi calmement que possible.

— Madame Hanson, je suis désolée, mais l'incendie a touché votre maison. En fait, seulement une petite partie.

La vieille femme gémit et Diana sourit avec douceur :

— Un morceau de débris en feu est tombé sur votre toit. Les pompiers ont tout de suite commencé à l'asperger d'eau et je pense qu'ils ont complètement éteint les flammes, dit-elle très vite pour la rassurer. Mais si ça ne vous dérange pas de rester dans la voiture toute seule quelques minutes, j'aimerais aller m'en assurer.

— Oh non, Diana ! s'écria-t-elle, en lui serrant le bras. Vous ne devez pas quitter cette voiture, nous y sommes en sécurité. Dehors c'est dangereux ! Ma maison n'est qu'une vieille chose, qui ne vaut pas la peine que vous preniez des risques.

— Je serai extrêmement prudente. M. Raines n'est pas revenu depuis un moment. Peut-être qu'ils ont trouvé… quelque chose.

— Vous voulez dire quelqu'un, murmura tristement Mme Hanson, serrant sa gorge pour retenir un douloureux sanglot. S'ils avaient retrouvé Penny et Willow, je suis sûre que ce jeune homme se serait précipité pour nous l'annoncer. Oh ! Je ne peux supporter cette idée…

— Tyler Raines est sans doute en train d'aider les autres, et il n'a pas pu revenir. Il faut que je *sache*, madame Hanson. J'ai besoin d'aller voir par moi-même. Vous tiendrez le coup si je vous laisse, juste quelques minutes ?

Mme Hanson bomba la poitrine et répondit :

— Bien sûr que ça ira, ma petite. Mes articulations sont enflées, mais mon cœur est en parfait état, assura-t-elle en tapotant la main de Diana. Allez voir ce qui se passe si vous le souhaitez. Je vous attends sagement ici.

En pleurant, pensa Diana en se relevant, les jambes plus engourdies encore par sa position accroupie prolongée. Elle ferma la portière, espérant ainsi épargner un peu du bruit et de la fumée ambiants à Mme Hanson. Elle aurait aimé pouvoir aussi lui éviter la vision de la maison en ruine.

Elle jeta un coup d'œil en arrière et vit qu'elle n'avait pas de soucis à se faire de ce côté-là. Mme Hanson était toujours assise, le menton haut, immobile. Diana était sûre que la vieille dame regardait obstinément devant elle — de ses yeux qui n'avaient apparemment pas besoin de lunettes, malgré ses quelque soixante-dix ans. Diana glissa derrière ses oreilles les mèches folles de ses cheveux soulevés par le vent et s'avança vers les maisons, aussi calmement que possible.

— Qu'est-ce que vous faites ?!

Diana sursauta en entendant la voix tranchante de Tyler Raines. Elle tentait de ne pas penser à Penny et Willow et de se concentrer sur Mme Hanson. Elle n'avait même pas vu Raines accourir vers elle. Elle eut beau tendre son mètre soixante-huit, elle dut encore lever les yeux d'une bonne quinzaine de centimètres pour trouver les siens.

— Je veux voir la maison de Penny.

Tyler Raines lui bloquait fermement le passage. Son visage sali par la fumée était couvert de sueur, la suie s'était insinuée dans trois rides étroites sur son front et son T-shirt bleu ciel, qui avait pris une teinte grisâtre, collait à la peau moite de son large torse. Ses cheveux effilés, humides, pendaient en désordre sur ses pommettes hautes, presque jusqu'au lobe de ses oreilles.

Il avait l'air épuisé, et Diana se demanda pourquoi il s'inquiétait tant du sort de personnes qu'il ne connaissait même pas. Surtout, il semblait être sur le point de se disputer avec elle. Elle plissa le front et serra les dents. Ils se jaugèrent du regard. Diana crut apercevoir une lueur de compréhension dans ses yeux, il soupira et la laissa passer.

— Oh, d'accord, bon Dieu ! Allez-y. Mais soyez prudente ! Il y a des tuyaux qui traînent partout, tout est trempé…

— J'ai vu ça, merci. Je ne suis pas une gamine. Je ne vais pas me mettre à courir dans tous les sens…

— Je n'ai pas peur que vous couriez partout, j'ai peur que vous tombiez dans les pommes.

Malgré le contexte, un éclair d'indignation parcourut Diana.

— Je ne fais pas partie de ces dindes qui s'évanouissent ! Je ne suis jamais tombée dans les pommes de ma vie et j'ai participé à des expéditions archéologiques en Égypte !

— L'Égypte, hein ? Eh bien c'est très impressionnant, mais vous n'étiez pas loin de vous évanouir quand vous avez essayé de sortir de votre voiture après l'explosion, lui rappela-t-il en la transperçant d'un regard dur de ses yeux azur qui firent rougir Diana. Mais si vous tenez vraiment à regarder de plus près, j'imagine que je ne peux pas vous en empêcher.

— Non, ça c'est sûr, cracha Diana en s'accrochant à ce qui lui restait d'esprit bravache. Et je ne suis pas un simple étranger en quête de sensations fortes, comme vous. Mon amie Penny et sa petite fille de cinq ans étaient dans cette maison, pour l'amour du ciel !

La voix de Diana se brisa, mais elle continua.

— Vous croyez vraiment que je vais gentiment croupir dans ma voiture pendant une heure jusqu'à ce que quelqu'un daigne venir me dire quelque chose, comme, par exemple, si elles sont encore *en vie* ?

Diana aurait presque juré que l'homme avait tressailli, et son regard s'adoucit légèrement.

— Désolé. C'est tout à fait naturel que vous vouliez des nouvelles de votre amie, mademoiselle… J'ai oublié votre nom.

— Diana Sheridan, grogna-t-elle, furieuse contre lui, exaspérée de sentir les sanglots reprendre le dessus — exactement ce qu'il attendait.

— Bon, vous allez arrêter de m'empêcher d'y aller ?

— D'accord, mais je viens avec vous. Je ne veux pas que vous tombiez et que vous vous cassiez un bras ou une jambe. Les secours ont trop à faire pour s'occuper de vous en plus de tout.

— Je sais être prudente et regarder où je mets les pieds, M. Raines, siffla-t-elle entre ses dents.

— Tyler. Je suis sûr que vous regardez où vous mettez les pieds d'habitude, mais ce soir vous êtes bouleversée et les abords de la maison sont dangereux.

Il s'approcha et l'attrapa fermement par le bras. Elle se raidit.

— Laissez-vous faire ! dit-il d'une voix métallique. Au cas où vous n'auriez pas remarqué, vous tremblez comme une feuille. Même vos lèvres frémissent. Vous êtes plus choquée que vous ne le pensez.

Diana émit une onomatopée qu'elle voulut méprisante, mais au fond, elle était soulagée de sentir sa poigne puissante autour de son bras lorsqu'ils se mirent à marcher. Tout l'intérieur de son corps semblait vibrer et ses jambes chancelaient. Elle avait toujours été forte, mentalement et physiquement. C'est pour cette raison que son grand-oncle Simon lui avait permis de l'accompagner pour une de ses expéditions égyptiennes, alors qu'elle n'avait que dix-huit ans. Maintenant, pourtant, elle se sentait faible et vulnérable, même si elle faisait de son mieux pour dissimuler cette fragilité nouvelle.

Diana gardait la tête baissée, bien décidée à ne pas trébucher, comme Tyler Raines s'y attendait. Elle voulait lui montrer qu'elle pouvait se contrôler. Mais ce n'était pas le cas. Elle s'immobilisa brusquement lorsqu'ils furent plus près de la maison et qu'elle entendit craquer le bois. Un homme lâcha un cri d'avertissement juste avant qu'un bruit sinistre s'échappe de la maison. Diana comprit que le plancher avait finalement cédé sous le poids d'un des trois pompiers qui étaient entrés sécuriser les lieux.

Une rumeur de panique s'éleva dans la nuit et d'autres hommes se précipitèrent vers la petite maison, n'osant y pénétrer et imposer davantage de poids encore à ce qui restait du sol du salon. Deux pompiers à l'allure irréelle apparurent dans la lueur des puissantes lampes torches : collés contre le mur, ils regardaient vers la cave. Ils crièrent :

— Davis, ça va ?

Tous semblèrent retenir leur souffle pendant dix longues secondes.

— Davis ? Tu vas bien ? cria à nouveau le pompier.

Après un court instant, une voix étouffée monta des profondeurs de la maison.

— Je suis en vie. J'ai atterri sur le côté, dit Davis avant de s'interrompre et de gémir de douleur. Je pense que je me suis cassé… quelques côtes.

— Ne bouge pas. Tu risques de te perforer un poumon. Ambulanciers !

Personne ne vint ; quelqu'un d'autre appela, une fois, deux fois. Deux hommes et une femme contournèrent la maison en poussant un chariot. Un pompier se précipita vers eux et se mit à beugler alors qu'ils n'étaient qu'à un petit mètre de lui.

— Un de nos gars a traversé le plancher ! Il pense s'être cassé plusieurs côtes. Il faut que vous l'aidiez !

— Je suis désolée, répondit la femme, mais votre

gars va devoir attendre l'arrivée de la deuxième équipe de secours. On a trouvé une femme dans le jardin.

— Penny !

Diana s'arracha de Tyler et courut vers le brancard, où gisait un corps immobile. Quand elle l'eut rejoint, elle regarda la forme couverte d'un drap blanc jusqu'au menton. Un infirmier avait lissé en arrière ce qui restait des cheveux acajou coupés court de Penny pour dévoiler ce qui avait été son beau visage, dont la partie gauche était transformée en boursouflures de chair, des brûlures profondes qui s'étendaient sur son front, avaient enfoncé sa joue et fait fondre son nez, fermé son œil.

Diana recula, saisie d'horreur. Elle devint glacée, figée, comme changée en pierre et finit par murmurer, misérable :

— Mon Dieu, Penny !

La femme de l'équipe paramédicale regarda Diana avec compassion.

— Elle était couchée dans une petite piscine gonflable dans laquelle il n'y avait que quelques centimètres d'eau. La partie droite de son visage a été protégée mais son nez a été exposé. Sinon, elle serait noyée.

— Penny ?

Diana se pencha sur la femme brûlée, répétant :

— Penny, c'est Diana !

— Elle est inconsciente… grâce à Dieu, ajouta doucement la jeune femme, avec un léger accent irlandais. Elle ne peut pas vous entendre, m'dame. Ne la regardez pas plus que vous ne l'avez déjà fait.

Elle ne voudrait pas que vous la voyiez dans cet état et vous ne voudrez pas non plus vous souvenir d'elle comme ça.

— Me souvenir d'elle? demanda vaguement Diana, avant de s'écrier: Elle n'est pas morte, n'est-ce pas?

— Non, mais…

La fille s'interrompit et baissa les yeux vers le visage ravagé de Penny.

— Elle n'est pas morte, mademoiselle, dit un infirmier, mais elle souffre de graves brûlures.

— Pas seulement au visage?

— Toute la partie gauche de son corps a été exposée au feu, continua l'homme avec un regard compatissant mais sévère. Les lésions sont graves. Pour l'instant, c'est tout ce que nous savons. Il est vital que nous l'emmenions aussi vite que possible à l'hôpital. Les médecins pourront vous en dire davantage plus tard.

Alors qu'ils poussaient avec précaution le chariot vers l'ambulance, Diana se sentit partir. Tyler Raines, de nouveau derrière elle, plaça une main ferme sous son coude. Elle s'effondra contre lui, à peine consciente de sa présence, seulement de sa force qui la maintenait debout.

L'équipe paramédicale emportait Penny dans l'obscurité étouffante et âcre lorsque Diana parvint à reprendre son souffle et à crier:

— Penny a une petite fille. Elle a cinq ans. Vous l'avez trouvée?

La jeune femme se retourna vers elle. Leurs yeux

se rencontrèrent et Diana comprit ce qu'elle allait lui répondre avant de l'entendre.

— Nous n'avons pas trouvé de traces d'une petite fille. Peut-être à l'intérieur…

Peut-être à l'intérieur, pensa Diana, où le feu s'était déchaîné avec hystérie, consumant tout sur son passage, y compris une adorable et innocente petite fille de cinq ans !

Et pour la première fois en vingt-huit ans d'existence, Diana s'évanouit.

CHAPITRE 2

1

Diana revint brusquement à elle lorsque son visage fut aspergé d'eau très froide, qui s'insinua dans ses oreilles et coula sur la peau délicate de son cou. Elle ouvrit les yeux et découvrit Tyler Raines penché sur elle, avec à la main une tasse en polystyrène vide. Il inclina légèrement sa tête à droite et une ride verticale se forma entre ses sourcils sombres. Ils se regardèrent en silence, jusqu'à ce qu'il lui demande :

— Comment ça va, mademoiselle Je-ne-me-suis-jamais-évanouie-de-ma-vie ?

— Je vais bien. Ne vous avisez pas de me rebalancer de l'eau. Et jusqu'à présent, je ne m'étais jamais évanouie !

Diana comprit qu'elle gisait par terre, bras et jambes en étoile. Elle rassembla ses abattis et s'assit d'un bond en essuyant son visage mouillé.

— Penny ?

— L'ambulance vient de l'emmener.

Diana tourna la tête à temps pour voir l'ambulance disparaître au coin de la rue.

— J'aurais dû partir avec elle !

— Non, vous n'auriez pas dû, dit Tyler en la prenant par la main pour l'aider à se lever.

Elle repoussa ses longs cheveux détrempés derrière ses oreilles et regarda autour d'elle avec angoisse.

— Est-ce qu'ils ont trouvé Willow ?

— Non, mais…

— Oh mon Dieu ! lâcha-t-elle, sentant sa poitrine se contracter douloureusement, expulsant l'air de ses poumons. Ils ne l'ont toujours pas trouvée ?

— Si vous arrêtiez de hurler et que vous me laissiez finir ma phrase ! J'allais vous dire que vous n'avez été inconsciente que quelques minutes.

— Vous ne pensez pas que Willow est…

Diana fit un geste vague vers les décombres fumants de la maison, incapable de les regarder ou d'en dire davantage. Tyler hésita. Pendant un court instant, Diana crut le voir vaciller derrière ce qui n'était plus qu'une apparence de maîtrise de soi.

— Je ne sais rien sur la petite fille, finit-il par avouer. La mère était dehors, peut-être que l'enfant était avec elle.

— Non, elle se remettait tout juste d'une opération. Elle n'aurait pas…

— N'écartez pas cette possibilité si vite. Nous n'avons aucune certitude. Les pompiers n'ont pas eu le temps de fouiller partout. Ils sont encore en train d'aider le type qui est tombé dans la cave quand le plancher a cédé. Ils ne peuvent pas appuyer d'échelle sur le rebord parce qu'il menace de s'effondrer aussi. Je crois qu'ils utilisent des cordes pour le hisser, expliqua Tyler en touchant doucement le bras de

Diana. Vous n'avez pas l'air si bien que ça. Vous devriez rentrer chez vous.

— Rentrer chez moi ! Il est hors de question que je rentre chez moi avant d'avoir des nouvelles de Willow. Et si je vais quelque part, ce sera à l'hôpital, avec Penny !

— Calmez-vous et reprenez votre souffle ! lui dit Tyler avec sévérité, son regard fermement plongé dans le sien. Maintenant, écoutez-moi ! Il va sans doute leur falloir une bonne demi-heure, si ce n'est plus, pour retrouver l'enfant, et vous ne pourrez strictement rien faire pour Penny à l'hôpital, à part rester assise à attendre qu'on vienne vous annoncer qu'elle est dans un état critique.

Le visage de Diana se plissa et la voix de Tyler s'adoucit.

— Vous êtes épuisée, vous êtes terrifiée et vous avez subi un sacré choc. Vous vous êtes déjà évanouie. À moins que vous ne vouliez finir vous aussi à l'hôpital, vous allez rentrer chez vous. Vous n'êtes pas en état de traîner ici, et Mme Hanson non plus. *Surtout* pas Mme Hanson. L'incendie a fait un énorme trou dans son toit et détruit une partie de sa cuisine et du mur de son séjour. En plus, il se peut que des braises couvent encore quelque part et un autre incendie pourrait se déclarer.

— Oh, non, murmura Diana.

— Oh si. Cette dame ne peut pas passer la nuit chez elle. Est-ce qu'elle a un endroit où aller ?

— Je ne sais pas. Je viens juste de faire sa connaissance.

Elle s'interrompit.

— J'habite à Ritter Park, dit-elle, vous savez, ce parc de trente-cinq hectares qui s'étend au sud-est de la ville et remonte sur les collines de Huntington ? Je vais l'emmener avec moi.

— Ritter Park, hein ? Le quartier chic. J'aurais dû m'en douter.

— C'est la maison de mon grand-oncle, rétorqua sèchement Diana. Elle ne m'appartient pas... J'y loge pour un temps. Enfin, bref, la maison est grande. Les chambres d'amis ne manquent pas.

— Parfait. Je connais le coin. Indiquez-moi comment aller chez vous.

— M. Raines, je sais conduire.

— Je vous ai déjà dit de m'appeler Tyler, et je suis sûr qu'en temps normal vous êtes une conductrice très douée, mais pas ce soir. Alors, allons annoncer à Mme Hanson qu'elle va passer la nuit chez sa nouvelle meilleure amie !

Quelques minutes plus tard, ils informèrent Mme Hanson que Penny était en vie.

— Est-ce qu'elle est gravement blessée ? demanda la vieille dame. Elle a dû être brûlée.

— Nous n'avons aucun détail, coupa rapidement Tyler avant qu'elle ait le temps de poser davantage de questions.

Il lui expliqua qu'elle passerait la nuit chez Diana. Mme Hanson écarquilla les yeux et secoua la tête avec véhémence.

— Mais enfin, je ne peux pas abandonner mon foyer ! Quelqu'un pourrait le cambrioler !

Tyler lui parla avec douceur et patience.

— Mme Hanson, les pompiers et la police vont

sans doute passer une bonne partie de la nuit ici. Vous comprenez, ils n'ont pas encore retrouvé la petite fille.

Mme Hanson porta sa main diaphane à son cou, effarée.

— Ils n'ont pas encore trouvé Willow ? Je pensais que…

Pendant un instant, l'esprit de la vieille dame sembla s'égarer. Diana et Tyler échangèrent un regard par-dessus sa tête. Diana se dit que cette tragédie était trop dure à supporter pour elle. Peut-être allait-elle faire une crise cardiaque ? Peut-être devrions-nous l'amener à l'hôpital ?

Sa voix claire sortit brusquement Diana de ses réflexions :

— J'y ai repensé quand vous étiez là-bas tous les deux, et puis j'ai oublié quand vous êtes revenus avec la nouvelle que ma maison avait brûlé aussi. Mais maintenant je m'en souviens, dit-elle en reprenant difficilement son souffle. Un peu plus tôt, j'ai regardé dehors et je suis presque certaine d'avoir vu Willow escalader le rebord de sa fenêtre. Penny avait laissé la lampe de chevet de la petite allumée. C'est pour ça que j'ai pu voir sa chambre.

— Willow est sortie par la fenêtre ! s'exclama Diana, incrédule. Mais elle vient de se faire opérer !

— Je sais, mais Penny m'a raconté que le procédé chirurgical qu'ils ont employé est bien moins douloureux que l'ancien. Il permet aussi aux gens de récupérer plus vite. J'imagine que Willow se sentait suffisamment bien.

— Où est-elle allée ? demanda Tyler avec précipitation.

— Elle est allée vers le jardin. Penny n'a pas d'éclairage extérieur, donc je n'ai pu suivre Willow des yeux qu'un court moment ; elle marchait très vite. Elle courait presque. Peut-être qu'elle visait les bois. Dans cette rue, les bois bordent tous nos jardins. Je suis retournée m'installer dans mon fauteuil — mon téléphone est sur une petite table placée à côté — et j'allais appeler Penny pour la prévenir que Willow était sortie quand… quand…

Les yeux de la vieille dame s'emplirent de larmes. Quand la maison a volé en éclats, pensa Diana. Elle tendit la main vers Mme Hanson et lui tapota l'épaule, frustrée de ne pas trouver autre chose à faire ou à dire pour la réconforter.

— Ne pleurez pas. Tout va s'arranger.

— Comment est-ce que vous pouvez dire ça ? demanda Mme Hanson au milieu de ses larmes. Je les ai vus emporter quelqu'un — ça devait être Penny — et la mettre dans l'ambulance. Et maintenant vous me dites qu'ils ne trouvent pas Willow ! Je suis peut-être vieille, mais je ne suis pas sénile ! Je sais très bien que tout ne va pas s'arranger !

Tyler se pencha sur elle et la regarda droit dans les yeux.

— Vous n'êtes pas vieille, vous êtes simplement plus vieille que nous, mais vous avez raison. Nous vous avons traitée comme si vous étiez sénile. Ma grand-mère me sonnerait les cloches si je lui parlais comme si elle avait perdu la tête.

Mme Hanson sourit légèrement et Tyler continua.

— Je vais être franc avec vous. Tout ne va pas bien. Et de loin. Mais Penny est entre les mains de professionnels, et après ce que vous venez de nous dire, je pense que Willow pourrait se cacher dans les bois. Elle doit avoir peur d'en sortir, mais je vous parie cent dollars qu'elle n'a rien. Le bois est trop loin pour qu'elle ait été touchée — si elle s'y trouve. Mais Diana et vous, vous n'êtes pas dans votre assiette, continua-t-il. Vous tremblez comme une feuille et Diana arrive à peine à reprendre son souffle, même si elle essaie de le cacher. Voilà pourquoi il faut que vous partiez d'ici toutes les deux. Vous avez besoin de calme et de repos. Et un petit remontant ne vous ferait sans doute pas de mal non plus.

— Oh, je ne bois pas ! protesta Mme Hanson.

— Alors vous devriez vous y mettre. Un verre ne vous rendra pas alcoolique. Je vais vous conduire chez Diana.

— Chez Diana ! dit Mme Hanson, soudain reprise de panique. Oh, je ne voudrais pas m'imposer. Je peux aller chez mon amie Ella… Sauf qu'elle est en visite chez sa fille, dans le Vermont. Mon fils et ma fille se sont retrouvés avec leurs familles hier à Disneyworld pour les vacances. Eh bien… Si quelqu'un peut aller chercher mon sac avec mon porte-monnaie, je vais aller dormir à l'hôtel.

— Où vous n'aurez pas le confort que procure une maison, dit Diana. Venez chez moi. Vous avez besoin d'une bonne nuit de sommeil et, après le choc que vous avez subi ce soir, vous ne devriez pas rester seule dans une chambre d'hôtel.

— Je pourrais regarder la télévision. Je ne pense pas que j'arriverai à dormir cette nuit.

— Vous pourrez vous reposer, renchérit Tyler. Je vous dépose toutes les deux, mesdames, et je reviens ici. Dès que je sais quelque chose à propos de la petite, je vous appelle.

— Je vous ai dit que je pouvais conduire, aboya Diana.

— Inutile de rajouter un désastre aux autres, grogna Tyler. Si vous ne le faites pas pour votre propre sécurité, pensez à Mme Hanson. Mes nerfs sont plus solides que les vôtres pour le moment. Maintenant, montez dans la voiture.

La colère submergea Diana, mais elle savait que Tyler avait raison. Elle se sentit presque vibrer de l'intérieur. Ses réactions et son jugement avaient sans aucun doute été altérés par le choc et seul un désir égoïste la poussait à insister pour conduire elle-même. Elle s'installa dans la voiture sans un mot, en soupirant, et se demanda comment Tyler parvenait à rester aussi calme.

Alors qu'ils s'éloignaient de la maison de Penny, Diana lui jeta un regard de côté, observa ses mâchoires serrées, sa peau cendreuse sous son bronzage et les traces de suie. Il regardait dans le rétroviseur les ruines de la maison de Penny, et Diana le vit fermer les yeux un bref instant, comme s'il ne pouvait pas supporter cette image. Elle comprit qu'elle s'était trompée sur les airs bravaches de Tyler Raines. Il jouait peut-être parfaitement son rôle de héros impassible pour elle et Mme Hanson, mais le drame était loin de le laisser aussi indifférent qu'il ne voulait le faire croire, même s'il ne connaissait pas Penny et Willow Conley.

Diana s'adoucit et elle lui demanda :

— Vous venez d'où, Tyler ?

Il sembla stupéfait.

— Euh… Oh ! De New York. Manhattan. Je suis venu voir quelqu'un ici.

— Ah oui ? Qui ça ? demanda Clarice Hanson. Ma question est impolie, mais il se pourrait que je le connaisse.

— Euh, le gars qui tient le Barbecue Chez Al.

— Albert Meeks ?

Clarice était surprise.

— Il est encore plus vieux que moi !

— C'était un ami de mon grand-père, en fait. Grand-père est mort, mais j'essaie de venir rendre visite à Al régulièrement ; ça a l'air de lui faire plaisir. Ils allaient chasser ensemble deux ou trois fois par an. Al est un très bon chasseur. Quand j'étais gosse, ils me laissaient parfois les accompagner.

Diana connaissait Al Meeks depuis des années. Penny, Willow et elle dînaient souvent dans son petit restaurant sans prétention, qui servait pourtant les meilleures côtes de bœuf barbecue de la ville. Mais elle ne le reconnut pas dans la description qu'en faisait Tyler.

— Al est un chasseur ? demanda-t-elle en ne parvenant pas à dissimuler ses doutes. Comment c'est possible ? Al est aveugle de l'œil droit depuis plus de trente ans !

Tyler marqua une pause. Il lui jeta un regard en coin, comme pour lui faire savoir qu'il comprenait qu'elle était en train d'essayer de le piéger, de chercher des incohérences dans son histoire. Puis il dit sur un ton badin :

— Il n'est pas nécessaire de bien voir des deux yeux pour utiliser la mire d'un fusil, Diana. Mais j'imagine que vous n'avez pas une grande expérience de la chasse.

— Non, il se trouve que non. Je considère qu'à moins d'avoir besoin de se nourrir, la chasse n'est qu'une excuse pour tuer.

— C'est un sport, riposta Tyler.

— Le sport qui consiste à tuer.

Tyler détourna ses yeux de la route et la regarda.

— Vous croyez tout savoir, c'est ça ? Même de moi.

Elle lui rendit son regard sévère.

— Pas encore tout à fait, articula-t-elle lentement. Mais je compte bien y arriver. Vous pouvez en être sûr, M. Raines.

2

— Oncle Simon ? Je suis rentrée !

Une voix surgit d'une pièce sur leur gauche.

— Ah, enfin, Dieu merci ! J'ai cru devenir fou ici cette semaine sans toi *ni* Penny. Ce qui me fait penser qu'elle ne m'a pas appelé ce soir pour me donner des nouvelles de Willow, elle avait promis de…

Simon Van Etton arriva en trombe dans le vestibule et s'immobilisa brusquement, considérant avec surprise les trois personnes débraillées qui se tenaient devant lui. Diana remarqua que Clarice et Tyler étaient restés au moins un mètre derrière elle, comme s'ils craignaient d'être repoussés avec la canne ouvragée que Simon tenait… surtout pour la galerie. Son épaisse chevelure argentée chatoyait sous la lumière du lustre et il leva un sourcil blanc.

— Grand Dieu ! Qu'est-il arrivé ?

Sans réfléchir, Diana se précipita dans les bras de Simon et enfouit son visage dans la soie satinée de sa veste d'intérieur. Il sembla d'abord surpris, tout raide sous son étreinte, puis il enserra sa taille, posa sa joue contre le sommet de sa tête et murmura dans ses cheveux bouclés :

— Diana ?

— C'est Penny, Simon.

Diana eut soudain la sensation qu'elle ne tenait debout que grâce au soutien de son oncle. Les mots se précipitèrent dans sa bouche.

— Je venais de me garer devant la maison de Penny, tout à l'heure, quand… elle a explosé !

Simon Van Etton éloigna Diana de lui pour scruter son visage, incapable de parler, pour une fois. Ses yeux vert sombre la regardèrent d'abord avec hésitation, puis avec incrédulité, et enfin avec angoisse. Il ouvrit la bouche et la referma. Lorsqu'il l'ouvrit une seconde fois, il demanda avec une douceur spectrale :

— La maison a explosé ? Tu es certaine qu'elle a explosé ?

Diana hocha la tête :

— Oui Simon. Pour l'amour de Dieu, je n'ai pas rêvé !

— Non, bien sûr que tu ne rêvais pas, dit-il en la serrant à nouveau dans ses bras. Penny ? Willow ?

— J'ai vu Penny, dit Diana en s'écartant légèrement de lui pour le regarder. Elle était inconsciente. Elle est si grièvement brûlée que je ne pense pas qu'elle survivra.

Le visage de Simon se vida de toute couleur et Diana vacilla.

— Penny est brûlée ?

— Oui. Son visage…

— Ne me le décris pas ! ordonna Simon. Je ne veux rien entendre.

Il ne peut pas l'entendre ! pensa Diana, qui se mit à trembler.

— Et Willow ?

— Ils ne l'ont pas encore retrouvée !

Simon relâcha son étreinte quand Tyler prit la parole :

— Nous pensons que la petite se cache peut-être dans les bois, derrière la maison, monsieur.

Simon le regarda.

— Qui êtes-vous ? Excusez mon manque de manières, jeune homme. Si je vous connais, je suis désolé d'être trop stupéfait pour me souvenir de votre nom.

— Nous ne nous connaissons pas, monsieur. Je m'appelle Tyler Raines, dit-il en passant son bras autour des épaules de Mme Hanson pour l'encourager à avancer. Et voici Mme Clarice Hanson. Elle habite à côté de chez Penny.

Diana vit Simon tenter de former un sourire rassurant à l'intention de la vieille dame, dont le regard courait du lustre géorgien étincelant au grand tapis oriental rond et à l'horloge ancienne haute de près de deux mètres cinquante placée dans un coin du vestibule. Elle semblait prête à s'enfuir en courant à travers les massives doubles portes en bois sculpté.

— Mme Hanson, bien sûr ! Nous nous sommes brièvement rencontrés à la fête d'anniversaire de Willow, en juin, mais il y avait tellement d'enfants partout que nous n'avons pas eu l'occasion de discuter ensemble, dit gracieusement Simon.

Clarice finit par poser les yeux sur lui mais les larmes la submergèrent. Simon se tourna vers Tyler.

— Monsieur Raines, vous me semblez être la personne la plus calme ici. Pouvez-vous me dire ce qui s'est passé ?

Diana ne parvint pas à écouter la description que Tyler fit de la catastrophe. Tout juste entendit-elle qu'il parlait vite, sans donner de détails ni prendre de détours, avec autant de concision que l'aimait Simon. Lorsqu'il eut fini, Tyler ajouta :

— Mme Hanson ne peut pas dormir dans sa maison cette nuit. Votre nièce l'a assurée qu'elle serait la bienvenue ici.

— Bien sûr que Mme Hanson est la bienvenue !

Parce qu'elle le connaissait si bien, Diana remarqua un effort dans le ton tranquille de Simon. Il tentait de toutes ses forces de ne pas trahir son effroi. Malgré tout, ses yeux perçants avaient décelé l'infirmité de la vieille dame.

— Madame Hanson, continua-t-il, nous avons une charmante chambre ici, au rez-de-chaussée. D'après Diana, on aurait dit que personne n'y avait touché depuis le Moyen Âge ; elle l'a donc entièrement redécorée l'an dernier. Elle a une salle de bains attenante et une jolie vue sur le jardin. Je suis sûr que vous y serez bien.

— Oh, ce sera parfait, finit par articuler Mme Hanson, à l'évidence intimidée par la taille et l'élégance de la demeure, mais je suis vraiment navrée de m'imposer ainsi.

— Vous ne vous imposez aucunement, ni à moi ni à Diana, l'interrompit-il avec un sourire aussi rassurant que possible. Je suggère que nous allions dans la bibliothèque pour prendre un brandy. Nous avons tous subi un gros choc.

— Merci, monsieur, mais je vais y retourner, dit Tyler. Ils n'ont pas encore trouvé la petite fille.

Simon le regarda intensément.

— Et vous croyez que vous réussirez là où les autres ont échoué ?

— J'aimerais essayer, en tout cas.

La voix de Tyler était empreinte d'une certaine modestie mais demeurait ferme.

Diana se dégagea des bras de Simon et fit face à Tyler :

— Je vais avec vous.

— Non, vous restez ici ! la contra-t-il avec autorité. Vous deux avez besoin de vous ressaisir.

— Mes nerfs vont parfaitement bien, argumenta Diana, même si elle avait conscience d'être peu crédible. Si Willow se cache dans les bois, j'aurai plus de chance de la trouver que vous. Moi, elle me connaît.

Tyler inclina légèrement la tête comme s'il cherchait comment la raisonner sans la vexer.

— Même si vous ne vous en rendez pas compte, vous êtes dans un état nerveux et physique catastrophique. Je suis sûr que votre oncle sera d'accord avec moi.

— Tout à fait, acquiesça Simon d'une voix ne souffrant aucune réplique. Diana, M. Raines a raison. Tu vas rester ici avec Mme Hanson et moi.

— Oh, les hommes ! s'exclama Diana avec rage pour ne pas montrer qu'elle n'avait envie que de s'effondrer en larmes par terre. Vous vous serrez toujours les coudes, hein ?

— Quand nous faisons preuve de plus de bon sens que la gent féminine, c'est certain, oui.

— La gent féminine ! bredouilla Diana, furieuse. Oncle Simon, je ne t'ai jamais entendu parler comme…

— Comme quoi ? rétorqua-t-il avec un ton sans appel et un regard sévère qui fit se dégonfler le peu d'assurance auquel Diana, épuisée, s'accrochait encore.

— Comme… comme ça ! répondit-elle humblement.

— Nous sommes venus avec la voiture de Diana, intervint Tyler. La mienne est restée… sur les lieux. Je vais appeler un taxi…

Simon fit la grimace.

— Mais non, enfin, c'est absurde. Vous l'attendriez des heures, un vendredi soir. Cette ville souffre d'une grave pénurie de taxis. J'ai deux voitures et je n'utiliserai ni l'une ni l'autre ce soir. Prenez-en une.

Diana lui jeta un regard étonné. Son grand-oncle était-il en train de confier une de ses précieuses voitures à un parfait étranger ? Apparemment, oui.

— Nous nous débrouillerons pour récupérer la voiture demain, continua Simon sans même regarder Diana. Très franchement, pour l'instant, même si je ne la revois jamais, ça m'est égal.

— J'apprécie votre geste, dit Tyler, et je m'assurerai que vous retrouviez votre voiture en parfait état.

— J'en suis sûr, dit Simon en jaugeant longuement Tyler. Et j'ai l'étrange impression que vous ramènerez aussi Willow saine et sauve.

3

La mâchoire de Tyler Raines tomba quand Simon Van Etton alluma les ampoules du garage. Un 4 × 4 légèrement sale trônait au milieu de l'espace suffisamment vaste pour accueillir trois voitures mais, juste à côté, était garée une Porsche noire étincelante. Simon, qui n'avait pas manqué de remarquer la réaction admirative de Tyler, esquissa un sourire narquois.

— Je l'ai achetée l'an dernier. Diana a failli faire une attaque. Elle a dit que j'allais me tuer. Je lui ai répondu : « À mon âge, ça n'a pas d'importance, et si je me tue, au moins je ferai ma sortie avec panache. »

— Je comprends tout à fait que vous n'ayez pas résisté à la tentation, approuva Tyler dans un sourire. C'est une voiture magnifique, Dr Van Etton.

— Prenez la voiture que vous voulez, Tyler.

— Le 4 × 4 serait le plus pratique.

— J'imagine, oui, même si je sais que vous aimeriez faire un petit tour avec la Porsche, dit Simon en se rapprochant de la porte et d'une planchette sur laquelle étaient accrochés des trousseaux de clés. Voici les clés du mastodonte. Nous garderons la Porsche pour une prochaine fois.

Tyler hésita avant d'avouer, à regret :

— Ce serait génial, Dr Van Etton, mais je ne vis pas ici. Comme je vous l'ai dit, je passais par hasard dans cette rue quand j'ai vu la maison exploser.

— Alors vous avez réellement vu une explosion.

— Oui, monsieur.

— D'après vous, que s'est-il passé ?

— Je n'en ai aucune idée, répondit Tyler en plongeant dans les intenses yeux vert sombre de Simon Van Etton, peut-être un problème de circuit électrique défectueux, un court-circuit.

Simon le dévisagea un moment.

— Je vois bien que vous allez vous en tenir à cette histoire, que vous y croyiez ou non, soupira-t-il. Enfin, heureusement que vous étiez là. Diana est une femme forte. Mais tout le monde a ses limites. Et cette pauvre Mme Hanson… Je n'ose imaginer ce qui aurait pu lui arriver. Elle est si frêle qu'elle pourrait se briser.

Le vieil homme posa sa main sur l'épaule de Tyler.

— Je veux vous remercier d'avoir pris soin de Diana. Elle est la personne qui compte le plus au monde pour moi. Vous avez aussi montré un grand courage en allant chercher Mme Hanson dans sa maison alors qu'elle était menacée par les flammes.

— N'importe qui en aurait fait autant.

— Bien sûr que non, et vous le savez.

Simon marqua une pause avant de poursuivre, le front plissé par l'inquiétude :

— Est-ce que Penny est aussi mal en point que le dit Diana ?

— Je n'ai pas vu le reste de son corps, juste son visage. Je vais être franc : une moitié était atrocement brûlée.

Le teint du vieil homme sembla se vider de tout son sang et il se raidit, comme s'il convoquait toute la force qui lui restait.

— L'équipe paramédicale n'avait vraiment pas l'air optimiste, conclut Tyler d'un ton désolé.

— Eh bien, ils pensent peut-être qu'il n'y a plus d'espoir, mais moi je choisis de croire qu'il y en a toujours, et Penny est une fille solide, tout comme Diana. Et puis, ils font des miracles en chirurgie plastique de nos jours. Penny vivra, et elle sera belle à nouveau. J'en suis absolument certain, affirma Simon d'une voix plus forte, comme si cette conviction suffirait à changer ses vœux en réalité. Maintenant allez chercher cette petite fille, ajouta-t-il en tendant les clés à Tyler.

— Je peux vous promettre de rapporter la voiture, mais pas de trouver Willow.

— Mais vous ferez de votre mieux, dit Simon avec le plus grand sérieux. Nous en sommes tous réduits à cela.

4

Fumée. Bois brûlé. Terre mouillée.

Willow Conley gardait les paupières serrées. Elle n'était pas obligée de regarder, mais il fallait qu'elle respire. Elle essayait de ne prendre que de petites bouffées d'air, de fermer ses narines aux odeurs, mais elles flottaient tout autour d'elle, trop fortes pour qu'elle puisse les repousser.

Elle soupira et se rapprocha furtivement du gros tronc d'arbre… plus loin dans les bois, où elle n'avait pas le droit de s'aventurer. Au-dessus de sa tête, les branches se balançaient au gré du vent et les feuilles chuchotaient entre elles. D'habitude, Willow ne faisait pas attention au bruit des feuilles, mais ce soir leur murmure attisait sa peur. Elle remonta ses genoux contre sa poitrine et essaya d'enfouir entièrement son visage dans le parfum frais de son pyjama en coton rose, mais se plier en deux de cette manière lui faisait trop mal au ventre, à droite. De toute façon, son pyjama était sale et ne sentait plus la lessive, pas comme quand maman le lui avait mis…

Il y avait combien de temps ? Des minutes ? Des heures ? Willow n'en avait aucune idée. Elle savait seulement qu'il faisait toujours nuit. Tout là-haut, la lune et les étoiles semblaient froides et paisibles, exactement comme quand elle était sortie par sa fenêtre. Si elle se concentrait bien sur elles, elle pourrait faire comme si rien n'était arrivé. Mais si elle regardait à l'endroit horrible où étaient sa maison et celle de maman…

Willow voûta les épaules et referma les yeux. Mais les flammes rouges et jaunes continuaient à danser derrière ses paupières closes, les morceaux de bois fusaient dans tous les sens, la pauvre maman s'envolait de la marche et atterrissait dans la piscine…

La piscine qui ne pouvait pas la protéger du feu, le feu qui avait léché son corps tout mou, qui avait mâché ses cheveux et mordu son visage. Le merveilleux, le doux visage de maman… Un visage dont Willow savait qu'il ne rirait plus jamais.

Une douleur aiguë assaillit la poitrine de Willow — une douleur qui n'avait rien à voir avec son opération. Son cœur avait dû se casser, pensa-t-elle, retenant son souffle alors que la douleur frappait encore. Elle se demanda combien il fallait de temps pour qu'un cœur cassé ne fasse plus mal. Probablement une éternité.

Tout à l'heure, quand le feu avait attrapé maman, Willow avait reculé de quelques pas dans les bois. Peu après, des sirènes s'étaient rapprochées et des lumières bleues et rouges avaient zébré le ciel. Willow avait entendu des hommes hurler avant que d'immenses gerbes d'eau s'abattent sur la maison en feu. Le feu, les gyrophares, les chutes d'eau — tout cela aurait pu être éblouissant et excitant, dans la tranquillité de cette nuit d'été, comme les feux d'artifice du 4 juillet, mais Willow n'avait ressenti aucun émerveillement, aucune excitation. Ce n'était pas le 4 juillet, et elle savait que toutes ces couleurs et tout ce bruit accompagnaient un désastre.

Les flammes avaient finalement diminué jusqu'à disparaître, laissant derrière elles fumée et vapeurs âcres. Elle avait vu des gens se pencher sur sa mère, dans la piscine. Ils avaient secoué la tête. Puis, en faisant très, très attention, ils l'avaient soulevée, posée sur un lit étroit monté sur roues, et ils l'avaient emportée.

Plus tard, des gens avaient fouillé le jardin avec de grandes lampes torches. Ils avançaient vers les bois en criant : « Willow ! Willow ! Tu peux sortir, maintenant, chérie ! *Willow !* » C'est à ce moment-là que Willow avait commencé à s'enfoncer sous les arbres, à l'abri, parce qu'elle savait que ces gens voulaient l'emmener. Ils la feraient marcher à côté de la petite piscine gonflable où le feu avait brûlé maman, à côté de chez elle, où elle s'était sentie plus en sécurité que dans tout autre endroit du monde… alors que ce n'était plus qu'une effrayante coquille fumante qui ne ressemblait plus du tout à la jolie petite maison où elle avait vécu avec maman. Willow savait ce qu'ils voulaient, et elle ne pouvait pas supporter cette idée. Elle *n'irait* pas et ils ne pourraient pas l'y forcer s'ils ne la trouvaient pas !

Elle s'avança plus profondément encore dans les bois, maman lui avait dit qu'il pouvait y avoir des choses dangereuses dans les bois — des serpents ! Même un loup ! Elle avait bien l'impression qu'elle n'était pas seule — elle évita une brindille de justesse et crut entendre quelque chose bouger dans le fouillis de mauvaises herbes et de plantes grimpantes derrière les arbres. Peut-être que *c'était* un loup ou un serpent venimeux. Mais après ce qu'elle venait de voir, finalement, elle se fichait bien des loups et des serpents. En fait, Willow espérait presque qu'un serpent vienne la mordre ou un loup la manger.

Ce ne serait pas bien grave, parce que maintenant les seuls à la regretter seraient Diana et oncle Simon, et ils l'oublieraient sans doute assez vite, parce qu'elle ne faisait pas partie de leur famille. Et puis elle n'avait pas envie de vivre si maman n'était pas avec elle. Être une petite fille ne serait pas drôle sans sa maman — maman élevait parfois la voix quand Willow faisait une bêtise, mais le plus souvent elle riait, elle s'amusait avec elle au jeu de l'Oie dès qu'elle en avait le temps et, le soir, il arrivait qu'elle laisse Willow porter du rouge à lèvres et s'habiller comme une grande. Mais ce que Willow préférait, c'était quand maman mettait de la musique et dansait comme un ange ; ses pieds touchaient à peine le sol et on aurait dit qu'elle regardait un lointain pays magnifique, magique.

Des larmes piquèrent les yeux de Willow, irrités par toute cette fumée. Elle ne voulait pas se mettre à pleurer. Ces gens qui hurlaient avec leurs grosses lampes torches la trouveraient. Elle aurait aimé rester là pour toujours : sauf que toujours, ça dure longtemps, et elle sentait déjà la solitude s'abattre sur elle comme un nuage sombre et froid.

Willow laissa reposer sa tête contre le tronc de l'arbre. Les cris semblaient s'être étouffés et les lumières bougeaient dans une autre direction. Les gens en uniforme, ceux qui avaient emporté maman et voulaient l'emmener aussi, s'en allaient enfin. Willow frotta sa tête contre l'écorce, à la recherche d'une position confortable. Peut-être qu'elle arriverait tout simplement à s'endormir, et que personne ne la trouverait avant des jours, des années, même.

Elle s'était assoupie lorsqu'elle entendit pour la première fois la voix de l'homme. Une belle voix, douce et grave, rassurante, pas forte et stridente comme celles de tout à l'heure, qui hurlaient son nom si fort qu'ils avaient même effrayé les oiseaux. Non, cette voix-là était gentille, chaleureuse. Cette voix semblait sûre. Et en plus, l'homme récitait une comptine — une comptine joyeuse, jolie. Willow dressa l'oreille.

Si je pouvais attraper cette grosse lune blanche
Je la ramènerai sur terre d'une façon si franche
Je l'entourerai d'un ruban de joli satin rose
Et je la donnerai à cette mignonne petite Willow.

Si je pouvais attraper cette grosse lune blanche
Je la ramènerai sur terre d'une façon si franche …

Soudain, l'homme apparut devant elle. Il avait l'air d'un géant, si grand et droit. Pendant un instant, Willow ressentit une peur écrasante. Puis il s'accroupit devant elle et, même à la seule lumière de la lune, elle vit ses cheveux blonds et ses yeux bleu clair. Il lui sourit — un si beau sourire — et lui dit tout doucement : « Willow ».

De ses petites mains tremblantes, elle lui tendit son précieux bocal de lucioles. Il le prit, étudia les insectes qui clignotaient toujours, et lui sourit à nouveau. Puis il posa le bocal et ouvrit ses bras.

Willow le regarda encore un petit moment. Puis elle passa sa langue sur ses lèvres desséchées et murmura, à peine audible : « C'est toi ! »

CHAPITRE 3

1

Lorsqu'il revint du garage, Simon regarda Clarice assise, raide et prostrée, sur une petite chaise dure du vestibule.

— Madame Hanson, je vous en prie venez dans la bibliothèque boire quelque chose ! dit-il en lui passant un bras autour des épaules pour l'aider à se lever avec douceur mais fermeté, et en la guidant vers la pièce de gauche. Vous aimez le brandy ?

— Je prendrai juste un verre d'eau, répondit Clarice timidement, sans le regarder.

— De l'eau ! s'exclama Simon comme si elle venait de lui demander un verre de poison. C'est absurde. L'eau n'arrangera pas l'état de vos nerfs et ils en ont bien besoin. Les miens aussi d'ailleurs. Vous nous ferez vraiment plaisir, à Diana et à moi, si vous vous joignez à nous, n'est-ce pas Diana ?

— Oui, répondit une Diana amorphe, qui savait pertinemment qu'un verre d'alcool ne suffirait pas à calmer ses nerfs ce soir.

Diana les suivit dans la bibliothèque, le cœur de la

maison, où Simon passait le plus clair de son temps. Mme Hanson recula de deux pas à l'entrée de la pièce, puis s'arrêta. La bibliothèque courait sur toute la longueur de la maison. Le regard de la femme caressa la voûte si haute du plafond, d'où pendait un grand lustre de bronze et d'ambre ; il éclairait une longue table luisante en noisetier sur laquelle étaient posées des piles de livres et des petites lampes en laiton aux teintes opalescentes.

À l'entrée de la pièce, une version réduite du lustre en bronze répandait sa lueur sur un piano à queue placé près d'une baie vitrée, qui s'élevait du sol au plafond, bordée de rideaux couleur crème. Des antiquités de qualité et des fauteuils et canapés modernes dominaient le centre de la pièce. Ce mélange audacieux de styles et de couleurs rendait l'ensemble accueillant et confortable. Une autre baie vitrée occupait le fond de la pièce. Une lumière, à l'extérieur, brillait à travers un panneau central dans lequel on avait inséré un vitrail représentant une eau bleu saphir vibrante de vie et un nénuphar au cœur doré. Sous la vitre s'étendait une large banquette en velours bleu nuit.

— Dieu du ciel ! souffla Mme Hanson. Cette pièce est géniale, comme dirait mon petit-fils.

Simon lâcha un petit rire sec.

— Je dirai plutôt intimidante. Cette maison a été construite par mon grand-père. Il a voulu que son fils et sa femme, mes parents, s'installent avec lui. Je suis né et j'ai grandi ici, alors je ne fais plus guère attention à tout ça — même pas à cette époustouflante bibliothèque.

— Penny et vous travailliez dans cette pièce, n'est-ce pas ?

Simon hocha la tête.

— Elle m'a raconté qu'elle était magnifique, mais je ne l'imaginais pas si grandiose.

Simon lui offrit un sourire réconfortant.

— Madame Hanson, vous n'êtes pas ici chez un personnage royal. Je n'étais qu'un professeur d'université. Je n'ai jamais eu suffisamment d'argent pour construire une maison comme celle-ci — je n'ai fait qu'hériter de cet endroit. Mon père pensait que l'enfant mâle devait avoir la maison. Je voulais la vendre et partager le fruit de la vente avec ma sœur, mais elle a catégoriquement refusé que nous nous séparions de cette vieille bâtisse. Elle disait que c'était notre maison de famille.

— Pas étonnant qu'elle n'ait pas accepté de la vendre ! Cette maison est merveilleuse.

— Merci. Maintenant, je vous en prie, asseyez-vous et mettez-vous à l'aise, madame Hanson !

Simon la conduisit jusqu'à un bon fauteuil moelleux et lui offrit l'appui de son bras le temps qu'elle ploie ses genoux noués par l'arthrite et s'assoie. Elle laissa échapper un soupir de soulagement et rougit.

— Je crois que j'étais plus fatiguée que je ne le pensais. Et, appelez-moi Clarice !

— Clarice est un très joli prénom. Je suis Simon.

Clarice sourit timidement à Simon, mais lorsqu'il se détourna, Diana vit le visage de la vieille femme retourner à un profond désarroi. Clarice faisait tout son possible pour se montrer sociable et forte, pour ne pas s'effondrer devant des étrangers, pensa

Diana, mais elle avait éprouvé cette nuit la plus grande peur de sa vie, sans parler du chagrin écrasant provoqué par le sort de Penny.

Diana rejoignit Simon derrière le bar tandis que Clarice continuait d'étudier la bibliothèque d'un regard admiratif mais éteint.

— Elle a besoin de son déambulateur, lui murmura-t-elle. Nous ne l'avons pas sorti de la maison.

— Par bonheur, j'ai acheté celui que cet idiot de docteur voulait que j'utilise quand je me suis tordu la jambe, pendant ma dernière expédition, répondit Simon à voix basse.

— Tu ne t'es pas tordu la jambe, oncle Simon, tu t'es cassé la hanche.

— Une simple fêlure, presque rien ! s'impatienta Simon. Le déambulateur est au grenier. Je ne voulais plus jamais le voir.

Il haussa la voix.

— Clarice, vous préférez du cognac ou de l'armagnac ?

— Oh ! sursauta-t-elle, avant de reprendre son souffle. Je ne connais pas la différence. Comme je vous l'ai dit, de l'eau, ce sera parfait.

— Cognac, alors. Je sais que l'armagnac est de plus en plus populaire, mais j'ai toujours apprécié les notes plus subtiles du cognac…

Simon s'étendit sur les vertus du cognac. Diana sentit monter en elle une vague d'impatience ; elle avait de plus en plus de mal à supporter ce bavardage trivial dans ces circonstances. Puis elle remarqua combien ses mains tremblaient en servant les boissons ; il en renversa même un peu. Elle avait vu son grand-oncle pénétrer dans de sombres galeries effrayantes à l'intérieur de pyramides — des tunnels qui faisaient même hésiter d'autres explorateurs chevronnés — et jamais il n'avait montré la plus légère hésitation, le moindre signe d'appréhension. Mais voilà que Simon babillait et tremblait.

Il adorait Penny et Willow. À l'évidence, ce soir, Simon était anéanti par le choc, l'horreur et le désespoir. Il refusait pourtant de laisser libre cours à ses propres émotions, et utilisait ce bavardage innocent pour dissimuler ses sentiments à la délicate Clarice Hanson bien ébranlée, elle aussi. L'agacement de Diana disparut, submergé par tout l'amour qu'elle éprouvait pour lui, et qui grandissait encore en ce si terrible soir.

Simon tendit un verre à Diana, et elle en prit immédiatement une goulée, sans parvenir à la faire descendre dans sa gorge comme du papier de verre, irritée par la fumée, douloureuse à force de retenir ses sanglots. Elle ferma les yeux et fit circuler la boisson forte dans sa bouche avant de la laisser doucement couler dans sa gorge. Elle se sentait gelée jusqu'aux os, mais en quelques minutes la chaleur de l'alcool commença à se répandre en elle. Lentement, les frissons intérieurs de Diana se calmèrent et pour la première fois depuis que la maison de Penny avait explosé, elle réussit à prendre une profonde inspiration.

— Comment trouvez-vous votre cognac, Clarice ? demanda Simon.

— Délicieux, dit-elle en souriant. La dernière fois

que j'ai bu de l'alcool, c'était une coupe de champagne le jour de mes soixante-dix ans, il y a deux ans. Pour tout dire, mon Henry, Dieu ait son âme, a toujours affirmé que j'en avais bu trois. Je ne m'en souviens plus.

Son léger sourire s'évanouit.

— Mais c'était une soirée heureuse. Pas comme…

— Ce soir, termina Simon en baissant les yeux sur la fragile vieille femme. Je comprends que cela puisse paraître choquant de servir de l'alcool après ce qui est arrivé, mais ce n'est pas comme si nous faisions la fête. Nous essayons juste de nous reprendre. Après tout, nous ne sommes pas en position d'aider Penny, et le jeune Tyler est en train de chercher Willow.

Il fronça les sourcils.

— Diana, qui est ce Tyler Raines, d'ailleurs ?

Diana tentait de tenir fermement son verre, mais elle vit sa main tressaillir à la mention de Tyler Raines. Elle esquissa pourtant un haussement d'épaule nonchalant.

— Tout ce que je sais, c'est ce qu'il t'a raconté. Il ne vit pas ici, expliqua-t-elle en scrutant le visage de son grand-oncle. Je ne sais rien de lui, à part ce qu'il affirme être son nom.

— Et qu'il est courageux, ajouta Clarice avec force, semblant ne pas avoir remarqué la nuance de scepticisme dans la voix de Diana. Il est venu me chercher dans ma maison et m'a portée en sécurité, puis il est retourné pour essayer d'aider les pompiers, et maintenant il est à la recherche de Willow. Je dirais que tout cela dépasse largement l'appel du devoir, surtout si on considère qu'il fait tout ça pour de parfaits étrangers.

— Oui, c'est vrai, dit Simon pensivement en portant son verre à ses lèvres et en regardant tour à tour Clarice et Diana. Son courage est indéniable.

2

Vingt minutes plus tard, Simon était installé dans un fauteuil face à Clarice et sirotait son deuxième verre de cognac.

— Oui, Diana n'avait que dix-huit ans quand elle m'a accompagné dans sa première expédition égyptienne. Ses parents sont morts dans un accident de voiture… Elle avait quatorze ans. Après cela, elle a vécu un temps avec sa grand-mère, ma chère sœur, que je parvenais à convaincre de n'importe quoi par la cajolerie. Ma nièce était particulièrement mûre et indépendante pour son âge — sa grand-mère l'avait compris — mais je n'en ai pas moins été époustouflé par ses qualités de femme de troupe, Clarice ! Elle ne s'est pas plainte une seule fois, si dures qu'aient pu être nos conditions de vie et de travail. Et les photos qu'elle a prises étaient excellentes ! J'en ai utilisé trois dans un de mes livres…

— Madame Hanson, l'interrompit Diana, incapable de garder le silence plus longtemps pendant que Simon racontait encore une histoire qu'il jugeait divertissante. Avez-vous remarqué si Penny avait un comportement inhabituel, cette semaine ?

Simon regarda Diana avec une surprise non feinte

et Mme Hanson cligna des yeux, déroutée. Diana poursuivit en bredouillant, furieuse de ramener ainsi cette pauvre Clarice à l'enfer qu'elle avait vécu quelques heures plus tôt, mais incapable de continuer à essayer, comme Simon, d'agir comme si tout allait bien.

— Je veux dire, est-ce que Penny vous a semblé préoccupée ? Est-ce que Penny… est-ce qu'elle avait peur ?

La main frêle de la vieille dame tressaillit et Simon lui enleva promptement son verre avant de jeter à Diana un coup d'œil réprobateur.

— Est-ce que Penny avait peur ? répéta Clarice d'une voix faible. Elle s'inquiétait bien sûr pour Willow. La nuit où ils l'ont admise à l'hôpital, Penny est venue chez moi après les heures de visite. Elle était rongée d'angoisse. Je lui ai raconté que ma propre petite-fille avait aussi subi une appendicectomie et comme elle s'était bien remise. Mais j'ai bien vu que ça n'aidait pas beaucoup. Elle n'est restée qu'une quinzaine de minutes, mais j'ai vu que ses lumières ne se sont pas éteintes avant une heure du matin, se souvint Clarice avant de s'interrompre, légèrement embarrassée. J'ai parfois du mal à dormir. Je ne passe pas vingt-quatre heures sur vingt-quatre à surveiller la maison de Penny.

— Mais bien entendu, la rassura Simon. Moi aussi j'ai du mal à dormir, et il est bien naturel de regarder par la fenêtre quand on est réveillé et qu'on imagine le reste du quartier en train de ronfler paisiblement.

Diana savait que Simon avait un sommeil de

plomb, mais il ne voulait pas que Clarice soit gênée. Elle apprécia ces égards pour la dignité de la vieille femme, mais elle avait besoin de réponses.

— Mais Penny était-elle troublée par autre chose que l'opération de Willow ? Avez-vous eu l'impression que Penny craignait qu'on ne lui fasse du mal ?

— Diana, quelle question ! intervint sèchement Simon.

Clarice Hanson leva la main pour l'apaiser.

— Non, Dr Van… Simon. Tout va bien. Il y a quelque chose que j'aurais dû vous dire avant. Penny ne se comportait pas comme d'habitude ces derniers temps, et ce n'était pas en rapport avec Willow, asséna-t-elle.

— En quoi était-elle différente ? demanda Diana.

Simon se pencha en avant. Ce brusque intérêt fit penser à Diana que son grand-oncle, même s'il n'était pas au courant du coup de téléphone alarmant de Penny la veille, se doutait déjà que quelque chose perturbait Penny en dehors de l'opération de sa fille.

— Pour être tout à fait précise, je dois dire que Penny semblait avoir changé depuis deux semaines, un peu plus peut-être.

Diana fut surprise, mais se tut pour ne pas interrompre le fil des pensées de Clarice.

— Oui, il y a environ deux semaines, j'ai remarqué qu'elle passait beaucoup plus de temps à l'intérieur. Elle adore être dehors, quelle que soit la température. Quand elle ne travaillait pas pour le Dr Van Etton ou à l'université, elle sortait jouer avec Willow ou jardiner. Pourtant, le petit parterre de fleurs dont elle a pris si grand soin cet été s'est mis à dépérir parce qu'elle ne l'arrosait plus. Cette semaine, elle est restée dans la maison presque en permanence et elle gardait la lumière allumée toute la nuit. Je ne l'ai vue sortir que pour aller à l'hôpital et en revenir. Habituellement elle est si soignée, si élégante ! continua Clarice. Mais à chaque fois que je l'ai vue se rendre à l'hôpital, elle portait la même vieille paire de jeans et deux barrettes pour tenir ses cheveux.

Clarice fronça les sourcils.

— Elle est venue me voir jeudi soir quand elle est rentrée de l'hôpital. L'opération de Willow avait eu lieu la veille et elle s'était très bien passée. Penny devait la ramener à la maison le lendemain matin. Je m'attendais à ce qu'elle soit impatiente et heureuse, mais ce n'était pas le cas. Elle m'a demandé si je pensais que Willow pourrait voyager dimanche. J'ai dû avoir l'air surpris parce qu'elle a rapidement ajouté que Willow s'ennuyait terriblement et qu'elle envisageait d'emmener la petite faire une promenade en voiture. Penny était affreusement pâle. Elle flottait dans son jean. À l'évidence, elle ne mangeait rien. Et elle ne devait pas boire grand-chose non plus. Sa peau et ses lèvres étaient sèches. Je lui ai proposé un thé glacé ou un soda, mais elle a refusé. Elle m'a dit qu'elle se sentait un peu nauséeuse — trop de mauvais café à l'hôpital, d'après elle. Et ensuite, elle a dit une chose des plus étranges.

Clarice parut plus préoccupée encore.

— Elle m'a dit : « Vous avez été une voisine si adorable, Clarice. J'espère que vous vous souviendrez toujours de nous avec affection. »

— Se souvenir d'elles ! répéta Simon tout haut. Qu'est-ce qu'elle voulait dire ?

Clarice sembla étonnée par la vivacité de son ton et leva les mains dans un geste d'impuissance.

— Je lui ai dit : « Mais ma chère, est-ce que vous allez déménager, avec Willow ? » Penny a rougi et elle est partie d'un rire haut perché, en disant qu'elle était juste d'humeur sentimentale. Et puis elle s'est mise à pleurer. Avant que j'aie eu le temps de dire un mot, elle s'est levée d'un bond de sa chaise pour sortir en courant. J'ai voulu l'appeler pour m'assurer qu'elle allait bien, mais j'ai jugé qu'elle avait besoin de se calmer et de dormir un peu pour être prête à accueillir Willow le lendemain.

— Vous avez fait ce qu'il fallait, dit Diana, pensant que Penny avait dû l'appeler dans sa chambre d'hôtel peu de temps après qu'elle s'était enfuie de chez Mme Hanson, pour la supplier de venir la voir aussi vite que possible.

Diana reprit le fil des paroles de Clarice au moment où elle disait :

— Penny n'a reçu la visite de personne pouvant être les grands-parents de Willow, sans parler de rester avec elle cette semaine. Il n'y a eu que…

Clarice regarda Diana et s'interrompit brusquement.

— Il n'y a eu que qui ?

— Oh… Personne.

— Ce n'est pas ce que vous alliez dire.

— Si, tout à fait, assura Clarice en faisant glisser son regard sur le cendrier de cristal posé sur la table à côté de Diana. Je n'allais rien dire… d'important.

— Oh, Clarice, n'essayez pas de me protéger, lâcha Simon. Je suis allé chez Penny, Diana. J'ai pensé qu'elle serait trop fatiguée et angoissée pour faire des courses, alors j'ai dévalisé notre cuisine. J'ai aussi pris deux bouteilles de bon vin et je suis passé acheter des baklavas à la boulangerie. Penny adore les baklavas.

— Je sais, dit Diana sans pouvoir cacher une légère surprise.

Simon était un homme généreux, mais ce n'était pas son style d'aller traîner dans les épiceries pour quelqu'un d'autre.

— Est-ce que Diana était chez elle ?

— Non. Je suis donc entré.

— Tu as ouvert sa porte ? Tu as une clé de chez Penny ?

— Nous avons une clé, Diana. Tu as oublié que Penny nous en a laissé une au cas où elle s'enfermerait dehors ou perdrait la sienne ?

— Maintenant je le sais. J'imagine que tu n'as rien remarqué d'étrange quand tu te trouvais dans la maison.

Simon sembla réticent un instant, décidé à n'aborder aucun sujet difficile. Puis il abandonna.

— Tout d'abord, je dois dire que moi aussi j'ai remarqué une différence dans le comportement de Penny ces deux dernières semaines. Chaque jour où elle est venue ici, elle paraissait à la fois calme et distraite. Lundi, ses mains tremblaient tant qu'elle arrivait à peine à travailler sur l'ordinateur. Le mardi j'avais l'intention de lui demander si elle avait un problème, mais c'est le jour où Willow est tombée malade.

Simon prit une profonde inspiration.

— Le jour où je suis allé chez Penny avec les provisions, j'ai rangé les produits frais que j'avais apportés dans le frigo et posé tout le reste sur la table de la cuisine, et je lui ai écrit un mot. Au moment où je quittais la pièce, j'ai remarqué quatre ou cinq grands cartons fermés dans le salon. Ensuite j'ai vu cette horrible chaise longue que Penny avait dénichée dans un vide-grenier. Son anniversaire est dans deux mois, et j'avais prévu de lui en offrir une neuve — quelque chose de robuste, de très confortable…

La voix de Simon déraya et il avala difficilement sa salive.

— Je me souviens de la chaise longue, dit très vite Diana, consciente que son grand-oncle serait profondément embarrassé de craquer devant Clarice.

Simon reprit ses esprits rapidement.

— Il y avait une petite table à côté de cette horrible chaise. J'ai vu un objet traîner sur cette table, annonça Simon avant de respirer à fond et de baisser la voix. C'était un très joli pistolet Glock 23, nettoyé et chargé.

3

Le téléphone posé à côté du fauteuil de Clarice sonna et tous trois sursautèrent. Simon s'écria : « Bonté divine ! » Puis il rougit d'avoir ainsi trahi sa nervosité.

— J'ai donné ce numéro à Tyler Raines, marmotta-t-il avant de décrocher le combiné d'un geste brusque et d'aboyer : « Allô ! »

Diana regarda son beau visage au profil d'aigle se détendre légèrement. Il ferma les yeux :

— Dieu merci. Où est-elle ?

Diana le tirait presque par le bras lorsqu'il finit par raccrocher après avoir dit :

— Merci, Tyler. Vous devez être épuisé. Oubliez la voiture… Nous nous en occuperons demain.

— Est-ce qu'il a trouvé Willow ? Est-ce que Willow est blessée ? demandèrent ensemble Clarice et Diana.

Simon respira profondément.

— Clarice, vous aviez raison. Willow était dans les bois. Malheureusement, elle a vu l'explosion. Elle a vu sa mère… en feu.

Simon s'interrompit.

— Ensuite elle s'est enfoncée dans les bois, morte de peur ; elle ne voulait pas répondre à la police ou à l'équipe paramédicale qui l'appelaient, mais Tyler l'a trouvée. Il n'a pas dit comment. Les médecins l'ont examinée et elle semble en parfaite santé… physiquement, en tout cas. Ils préfèrent quand même qu'elle passe la nuit à l'hôpital en observation.

— Je vais la voir, dit Diana en se levant. Je suis sûre qu'elle a besoin de retrouver quelqu'un qu'elle connaît.

— Je doute qu'ils te laissent la voir avant le matin, estima Simon d'un air inquiet.

— Ça m'est égal. Je demanderai à quelqu'un

d'aller lui dire que je resterai là-bas toute la nuit. Ça la réconfortera peut-être.

Clarice saisit les accoudoirs et tenta de se lever de son fauteuil, mais elle était trop épuisée. Elle semblait aussi extrêmement intimidée. Bien sûr qu'elle l'était ! pensa Diana. Ils avaient insisté pour qu'elle passe la nuit ici, mais personne n'avait eu l'idée de lui laisser un peu d'intimité ou de lui proposer d'aller s'allonger.

— Clarice, je vais vous montrer votre chambre et vous donner des affaires pour dormir.

Clarice esquissa un sourire fatigué.

— J'accepte votre hospitalité avec gratitude.

— C'est bien normal, dit Simon en offrant son bras à Clarice. Diana va vous installer en un rien de temps. Nous avons une femme de ménage, une jeune femme nommée Nan Murphy. Sa mère travaille pour moi depuis des années mais elle a fait une petite crise cardiaque, alors Nan a pris sa place pour un temps. Elle est d'un abord un peu froid mais elle est ponctuelle. Elle sera là demain matin.

— Dormez aussi tard que vous le souhaitez, ajouta Diana. Nous ne sommes pas à cheval sur les horaires. Si tu veux bien conduire Clarice à sa chambre, oncle Simon, je vais courir en haut lui chercher quelque chose pour la nuit.

Dix minutes plus tard, Clarice était assise sur le lit d'une chambre jolie et chaleureuse, dans les tons gris perle et bleu nuit.

— C'est charmant, Diana ! Simon m'a dit que vous l'aviez décorée ?

— Oui. Si vous aviez vu de quoi elle avait l'air avant — du velours, des pompons, des fleurs séchées sous verre ! C'était la chambre de mon arrière-grand-mère pendant les derniers mois de sa vie. Je ne l'ai pas connue, mais elle était plutôt sévère et cérémonieuse, à ce qu'on raconte ; pas du tout comme sa fille, ma grand-mère, qui m'a élevée après la mort de mes parents.

— Votre grand-mère était la sœur que le Dr. Van Etton a tant aimée, apparemment.

— Oui, sourit Diana. Ils se disputaient constamment et en savouraient chaque minute. Ils semblaient aussi différents que le jour et la nuit, mais au fond ils étaient très similaires. Lorsqu'elle est morte, il y a quatre ans, Simon a eu le cœur brisé. Il ne s'est jamais marié, et je crains d'être le dernier membre de sa famille. C'est en partie pour ça que je me suis installée avec lui. Il n'admettra jamais qu'il se sentait seul, mais il l'était bel et bien, et cela se voyait. Simon a toujours aimé divertir. Il organisait de grandes fêtes à la moindre occasion ; mais après la mort de ma grand-mère, il n'a plus organisé ne serait-ce qu'un dîner pour quelques amis. Il y a deux ans, j'étais divorcée, je vivais dans un petit appartement, où j'avais aménagé une minuscule chambre noire pour gagner ma vie. Simon m'a fait une immense faveur en m'invitant à venir vivre ici, même s'il pensait être le seul à tirer profit de cette situation. Il ne cessait de me promettre qu'il ne se comporterait pas en parent, que c'était une grande maison et qu'il ne serait pas dans mes pattes, se souvint-elle en souriant. Peu de temps après, j'ai posé mes valises ici, et j'ai demandé à Simon s'il m'autorisait à redécorer cette pièce.

— Vous avez fait du bon travail. Ce gris et ce bleu sont magnifiques avec ces détails jaunes et roux ? Vous avez un goût exquis, Diana.

La vieille dame jeta un regard dubitatif sur la tenue que lui avait apportée Diana. La jeune femme dormait depuis toujours dans d'immenses T-shirts qui lui arrivaient à mi-cuisse. La seule autre chose qu'elle avait pu trouver était une chemise de nuit et une robe de chambre assortie d'un rose vif avec force volants de mousseline et rubans de satin, dont le décolleté était brodé de grappes de cerises.

— Quand j'étais mariée, dit Diana, ma belle-mère voulait désespérément des petits-enfants. Elle m'a offert ce négligé pour Noël la dernière année de notre mariage. J'imagine qu'elle espérait qu'il rendrait mon mari fou de désir ! ajouta-t-elle avec ironie. Nous avons partagé un de nos rares bons moments quand sa mère est partie et que je l'ai essayé pour lui. Il m'a dit qu'il ne me manquait plus qu'une couronne et un balai pour ressembler parfaitement à Glenda, la bonne fée du *Magicien d'Oz*. Nous avons hurlé de rire.

Clarice sourit et souleva la masse de tissus froufroutant.

— Eh bien… Je cherche à dire quelque chose de gentil sur cet accoutrement, mais rien ne me vient.

Diana ne put s'empêcher de glousser.

— J'aime votre franchise. Je vous apporterai des vêtements de nuit décents demain. Que préférez-vous ? Pyjama ou chemise de nuit sans volants ni cerises brodées ?

— Je porte des chemises de nuit courtes pour ne pas me prendre les pieds dedans, répondit Clarice en surmontant son étonnement. Mais je rentrerai chez moi, demain.

— Votre maison a été sérieusement endommagée, lui dit Diana doucement. Vous allez avoir besoin d'une résidence secondaire pendant quelques jours, et oncle Simon et moi serons ravis de vous garder.

La vieille dame semblait encore douter.

— Très franchement, Clarice, je pense que votre présence ferait du bien à Simon en ce moment. Nous sommes proches, tous les deux, mais avoir avec lui quelqu'un qui soit de sa génération est une bénédiction dans une situation pareille. J'apprécierais vraiment que vous restiez.

— Dans ce cas, je suis ravie d'accepter votre invitation, sourit Clarice, mais son expression se teinta à nouveau d'inquiétude. Diana, vous n'êtes pas obligée de jouer l'hôtesse avec moi plus longtemps. Vous êtes terriblement pressée de vous rendre à l'hôpital au chevet de Willow. Vous tripotez vos cheveux et votre montre depuis dix minutes. Je vous en prie, allez-y. Je vais bien.

Diana, qui était assise sur une petite chaise de boudoir, se leva presque d'un bond :

— C'est vrai, j'ai *besoin* de voir Willow et vous avez besoin de repos. Promettez-moi de ne pas vous regarder dans le miroir une fois que vous aurez mis cette chose ravissante. Sinon vous n'arriverez pas à dormir !

4

Lorsque Diana quitta la chambre de Clarice, elle découvrit que Simon avait déserté la bibliothèque. Elle pensa qu'il était peut-être allé chercher le déambulateur ; à moins qu'il n'ait décidé de remettre la recherche du déambulateur au lendemain matin et se soit tout simplement retiré dans sa chambre. Il s'était épuisé à distraire Clarice des événements funestes de la soirée et du sort de Penny, mais Diana savait qu'il ne parvenait pas à penser à autre chose. Pour eux trois, la conversation, l'alcool et l'ambiance réconfortante de la bibliothèque n'avaient formé qu'un vernis en dessous duquel persistait l'idée insupportable de Penny, victime d'atroces blessures, et qui ne survivrait probablement pas.

Diana s'était lavé les mains et le visage, maculés de suie, quand elle était arrivée à la maison, mais elle recommença et changea de chemisier avant de partir à l'hôpital. Elle attacha en queue-de-cheval ses longs cheveux ondulés, qui sentaient encore la fumée, se brossa les dents, mit du baume sur ses lèvres desséchées et du collyre dans ses yeux rougis.

Alors qu'elle quittait la maison et contournait sa propre voiture, Diana se sentit à nouveau oppressée. Elle aurait aimé pouvoir pleurer — les larmes la libéreraient, ne serait-ce qu'un peu. Mais elle n'y arrivait pas. Elle avait versé toutes ses larmes sur les lieux de l'explosion et, maintenant, son paysage émotionnel semblait aride, désolé, comme le vaste désert égyptien qu'elle avait vu des années plus tôt.

La circulation était fluide à cette heure de la nuit — ou plutôt du matin — ce qui laissa à Diana le loisir de réfléchir. L'arme. Depuis que Simon lui avait révélé qu'il avait vu une arme chargée posée à côté de la chaise longue de Penny, Diana n'avait pu détacher son esprit de cette information. Elle était certaine que Penny n'aurait pas laissé traîner une arme si Willow avait été à la maison, mais Willow était à l'hôpital à ce moment-là. Diana imagina Penny assise dans son vieux transat en pleine nuit, toutes lumières allumées, l'arme à portée de main, en train d'attendre…

D'attendre quoi ?

Penny n'avait jamais semblé avoir peur de vivre sans homme dans la maison. Diana ne lui avait pas demandé si elle possédait une arme, mais Penny savait que Simon en possédait une collection. Il conservait un pistolet dans sa chambre et il avait insisté pour que Diana en ait un aussi. Il croyait au droit de chacun de défendre son foyer et sa famille — sans devoir dépendre d'entreprises de sécurité ou de la police.

Diana manœuvrait avec aisance sur les routes étroites et abruptes du grand parc résidentiel et récréatif de Huntington. En un temps record, elle arriva sur le parking bien éclairé de l'hôpital. Elle courut jusqu'aux portes vitrées coulissantes des urgences, l'esprit crispé d'angoisse à l'idée de l'état dans lequel elle trouverait Willow. Elle se jeta presque sur le comptoir de l'accueil.

— Willow Conley, explosa Diana sans préambule. Je suis venue voir Willow Conley.

Une infirmière brune hocha la tête d'un air absent tout en continuant à lire des annotations griffonnées sur une courbe, puis elle rangea le document dans un casier et leva lentement ses yeux bleus vers Diana, révélant un long visage creusé par la fatigue.

— Excusez-moi, je ne voulais pas m'interrompre. Que puis-je faire pour vous ?

— Willow Conley.

Diana s'appuya au comptoir et posa négligemment deux doigts sur sa bouche. Elle ne pouvait courir le risque de souffler son haleine chargée d'alcool au nez de l'infirmière.

— C'est une petite fille, elle a cinq ans, elle a vu sa maison exploser et sa mère prendre feu. Sa mère est Penny Conley. Elles sont ici toutes les deux… en principe.

Diana vit l'infirmière hausser un sourcil. Diana savait qu'elle parlait comme une mitraillette, c'était toujours le cas quand elle était nerveuse, et elle tenta de ralentir son débit.

— Je suis sûre que Penny a déjà été emmenée au service des grands brûlés, mais par miracle Willow était cachée dans les bois ; elle n'a donc pas été brûlée. Quelqu'un l'a trouvée et l'a confiée à l'équipe paramédicale qui était là. Il nous a appelés — l'homme qui l'a trouvée — et il nous a dit qu'elle semblait aller bien mais qu'on préférait la conduire ici en ambulance. Je pense qu'elle a dû arriver il y a moins d'une demi-heure.

Diana se tut enfin, à bout de souffle. L'infirmière scruta les yeux injectés de sang de Diana pendant cinq bonnes secondes avant de lui demander d'un ton plein de précautions :

— Vous faites partie de la famille ?

— Non. Penny et Willow n'ont pas de famille, expliqua Diana en tentant d'avoir l'air plus calme et responsable. Je veux dire, Penny et Willow n'ont aucun parent dans la région. Penny travaille pour mon grand-oncle, le Dr Simon Van Etton. Il était professeur d'archéologie, mais il est maintenant à la retraite. Je vis chez lui. Je m'appelle Diana Sheridan. Simon et moi sommes les amis les plus proches que Penny et Willow aient dans la région.

Diana n'était pas sûre que ce soit la vérité, mais elle fit de son mieux pour paraître digne de confiance. Elle ne cilla pas lorsque le regard intelligent de l'infirmière scruta de nouveau ses expressions afin, à l'évidence, de décider si elle la croirait ou pas. Diana savait qu'elle devait avoir l'air affreuse — cheveux en désordre, peau pâlie par le choc et asséché par deux lavages au savon ordinaire, sa lèvre inférieure nerveusement fichée entre ses dents.

L'infirmière trancha tout de même en sa faveur.

— Les médecins examinent encore Willow Conley, mademoiselle Sheridan.

— Je vois, répondit Diana en tentant désespérément de paraître calme. Dans quelle salle ?

— Je suis désolée, mais vous ne pouvez pas y entrer. Comme vous l'avez dit, vous n'êtes pas de la famille.

La fausse aisance de Diana s'évanouit aussitôt :

— Mais je suis ce qui ressemble le plus à une famille pour Willow !

Elle détestait cette voix stridente qu'elle n'avait pas réussi à contenir.

— Je veux dire, je suis la personne la plus proche d'elle après sa mère ! Elle a besoin de moi. Je vous en prie !

— Je suis vraiment désolée.

— Mais…

— Le règlement est le règlement, mademoiselle Sheridan. Vous ne pouvez pas voir Willow Conley.

Diana s'écarta du comptoir ; elle aurait voulu se mettre en colère, mais elle avait tout à fait conscience que l'infirmière ne flancherait pas, même si elle plaidait sa cause pendant dix minutes.

— Maintenant, essayez de vous calmer parce que le docteur a besoin de vous poser quelques questions sur Willow, reprit-elle rapidement pour empêcher Diana de reprendre la parole. Nous ne savons rien d'elle en dehors de ce que l'équipe paramédicale nous a rapporté.

Diana fit taire sa rage, se disant que l'infirmière ne pouvait pas être aussi dépourvue d'émotions qu'elle en avait l'air. Elle aussi devait garder une contenance, et elle y parvenait mieux que Diana. Elle ne pouvait pas se permettre de sembler troublée par tous les patients qui arrivaient aux urgences, ça n'aurait été bon ni pour les patients ni pour leurs familles ni, bien sûr, pour l'infirmière elle-même. Une infirmière sujette à l'hystérie ne durerait pas longtemps dans le métier.

Diana sentit sa frustration refluer puis elle reprit la parole, sur un ton plus conciliant.

— Je suis désolée… Vous devez me trouver

excessive. Bien sûr que vous ne savez rien de Willow, puisque Tyler Raines ne connaît pas Willow. Ni Penny.

— Tyler Raines ? répéta l'infirmière en fronçant les sourcils.

— L'homme qui a amené Willow. Je suis sûre qu'il a dû vous parler dès qu'il l'a pu après l'arrivée de Willow.

L'infirmière la regardait toujours d'un air interrogateur et Diana sentit une fois de plus remonter son niveau de frustration.

— Il a la trentaine, il mesure au moins un mètre quatre-vingt-dix, les cheveux blonds, les yeux bleus. Il portait un jean et un T-shirt. Il devait être sale parce qu'il a aidé les pompiers sur les lieux de l'explosion…

Diana perdit le fil en voyant une ride verticale se former entre les sourcils de l'infirmière, puis reprit.

— Peut-être n'a-t-il pas donné son nom…

— Mademoiselle Sheridan, personne n'est arrivé avec Willow Conley. L'équipe d'urgence qui l'a amenée a dit qu'un homme la leur avait remise, et qu'il était parti.

— Parti ? Il est parti des lieux de l'incendie ?

— Apparemment oui, si c'est là que l'enfant a été trouvée. Les secouristes ont dit qu'il n'avait même pas donné son nom.

Diana la fixait des yeux, atterrée.

— Maintenant je vous prie d'aller vous asseoir dans la salle d'attente ; je vous préviendrai dès que le docteur qui a examiné la petite pourra vous parler.

Diana ne la lâchait pas du regard, incapable de refermer sa bouche, béante sous le choc.

— Mademoiselle, s'il vous plaît, allez vous asseoir…

— Oui. D'accord. M'asseoir. Je vais m'asseoir, répondit vaguement Diana.

Elle se détourna du comptoir et tituba jusqu'à la salle d'attente bondée, l'esprit en ébullition. Tyler Raines avait appelé, il avait dit à Simon qu'il avait trouvé Willow et que, d'après l'équipe paramédicale, elle était en bon état physique. Il avait semblé si inquiet pour Willow dans la soirée que Diana avait été persuadée qu'il l'accompagnerait à l'hôpital et attendrait d'avoir le verdict des médecins.

Mais il était parti. Tyler Raines s'était contenté de remettre la petite fille aux secouristes sur les lieux du drame et il avait disparu dans la nuit.

CHAPITRE 4

1

Diana ne connaissait pas Tyler Raines, mais il ne lui avait pas donné l'impression d'un homme qui abandonnerait une petite fille traumatisée de cinq ans aux mains d'étrangers, même s'il s'agissait de personnel paramédical. Qui plus est au volant de la voiture de Simon. Il aurait certainement pu attendre de savoir si cette enfant, pour laquelle il semblait tant s'inquiéter, allait bien. Au lieu de cela, il avait disparu aussi vite qu'il était apparu. Pourquoi ?

Parce qu'il ne pouvait rien faire pour Willow ? Parce qu'il ne voulait pas être impliqué dans cette histoire ? Cette réaction n'était pas cohérente avec la façon dont il s'était comporté alors que l'incendie faisait rage, lorsqu'il avait insisté pour les reconduire à la maison, Clarice et elle, et lorsqu'il était précipitamment retourné chez Penny pour chercher la petite fille. Pourquoi aurait-il été si déterminé à retrouver Willow, pour ensuite s'enfuir avant même de savoir ce que les docteurs pensaient de son état ? Pourquoi…

— Mademoiselle Sheridan ?

Diana sursauta légèrement. Un homme mince portant des lunettes à monture métallique et une blouse blanche se tenait devant elle, un visage jeune, mais ses cheveux bruns étaient parsemés de mèches grises et quelques rides fines entouraient ses yeux gris ardoise empreints de bonté.

— L'infirmière Trenton, de l'accueil, me dit que vous êtes ici pour Willow Conley.

— Oui ! Comment va-t-elle ?

— Je suis le docteur Evans, dit-il en s'asseyant à côté de Diana d'un air grave. Mademoiselle Sheridan, je ne voudrais pas être impoli, mais quel est votre lien avec Willow Conley ?

— Aucun… Je veux dire, je ne fais pas partie de sa famille de sang, mais je suis la meilleure amie de sa mère. Je sais qu'il y a des règles — l'infirmière Trenton me l'a bien rappelé — mais je suis la seule personne qui puisse venir ce soir.

Le médecin sourit.

— En temps normal, nous suivons scrupuleusement les règles, mais nous pouvons aussi faire des exceptions dans certaines situations. Je pense que c'est le cas ici, jugea-t-il, avant de poursuivre sur un ton serein et professionnel. Willow ne montre aucun signe de trauma physique — ni brûlures, ni lacérations, ni même d'ecchymoses. J'ai toutefois demandé plusieurs examens pour écarter toute blessure interne, en particulier parce qu'en l'auscultant j'ai vu qu'elle avait récemment subi une appendicectomie.

— Elle est sortie de l'hôpital ce matin, précisa

Diana, avant de se souvenir qu'il était largement plus de minuit. Ou plutôt hier matin.

— La suture de Willow semble parfaite, je n'ai constaté ni déchirement ni signes d'infection. Mais nous voulons être certains que tout va bien, répéta le médecin avant de faire une brève pause. À l'occasion de cette appendicectomie, Mme Conley avait indiqué Simon Van Etton comme la personne à prévenir en cas d'urgence si elle n'était pas disponible. Je sais que Mme Conley se trouve dans le service des grands brûlés. Je l'ai vue lorsqu'ils l'ont amenée, mais je ne me suis pas occupé d'elle.

— Elle va mourir, dit platement Diana.

— Nous ne pouvons rien affirmer encore. De nos jours, certains patients grièvement brûlés survivent grâce à de nouveaux antibiotiques à large spectre, expliqua-t-il en se voulant rassurant, avant de reprendre son ton concret et détaché. Mademoiselle Sheridan, nous ne savons rien de Mme Conley à part qu'elle est veuve et que Willow est sa seule enfant. Son médecin va avoir besoin de plus d'informations. Vous connaissez Simon Van Etton ?

— C'est mon grand-oncle. Je vis chez lui. Il était professeur à l'Université Marshall, archéologue, et depuis qu'il est à la retraite il écrit des livres. Penny travaille pour lui, elle l'aide dans ses recherches. Il a soixante-quinze ans, docteur Evans, et ce qui est arrivé ce soir l'a profondément bouleversé. C'est pourquoi je suis venue seule. Je n'étais pas sûre qu'il supporterait le stress d'une longue attente ici.

— Je vois. Pourra-t-il nous donner de plus amples informations sur Mme Conley et sur Willow ?

— Peut-être, mais je ne pense pas qu'il en sache plus que moi. Aucun de nous n'est très au courant du passé de Penny et de sa fille. Je doute qu'oncle Simon ait même su que Penny l'avait désigné comme personne de confiance à prévenir en cas d'urgence.

Le médecin semblait perdu.

— Vous m'avez dit que vous étiez sa meilleure amie.

— Je le crois, oui, mais pas de la manière dont on l'entend habituellement. Je veux dire… Je comprends pourquoi Penny a choisi oncle Simon. Il est aussi proche d'elle que moi. Elle n'a commencé à travailler pour lui qu'il y a un peu plus d'un an, pourtant. Simon et moi, nous nous sommes vite pris d'affection pour Penny et Willow, mais Penny est restée discrète sur son passé. Elle nous a seulement dit qu'elle avait vécu à Philadelphie et qu'elle était venue s'installer ici après la mort de son mari, mais elle n'a jamais parlé de ses parents. J'ignore même s'ils sont toujours vivants. Même chose pour les parents de son mari… Bon sang ! Je ne connais même pas son nom de jeune fille.

Le regard chaleureux et compatissant du Dr Evans s'était teinté d'une certaine réserve. Pas étonnant ! songea Diana. Je donne l'impression de ne pas du tout connaître Penny et Willow. Elle aurait aimé que Simon soit avec elle. Sa seule présence imposait le respect. À moins, pensa Diana, qu'il ne porte toujours sa tenue d'intérieur farfelue et qu'il ait bu trop de cognac.

Diana se sentit soudain comme si elle n'avait pas

dormi depuis trois jours — usée, sale, confuse, et presque trop épuisée pour parler. Mais Penny avait besoin de son aide. Diana inspira profondément et regarda l'homme assis à côté d'elle avec sérieux.

— Docteur Evans, mon oncle et moi aimons immensément Penny et Willow, et même si je considère Penny comme une très bonne amie, c'est vrai que mon métier de photographe m'oblige souvent à parcourir le pays, parfois à me rendre à l'étranger. Je ne suis pas beaucoup à la maison. Par conséquent, je ne vois pas Penny tous les jours, ou même chaque semaine. Je suis partie mardi matin pour trois jours de reportage. Willow a été hospitalisée environ deux heures plus tard et les médecins ont diagnostiqué une crise d'appendicite. Je suis certaine que c'est pour cette raison que Penny a indiqué le nom d'oncle Simon au lieu du mien — je n'étais pas là.

Le médecin hochait la tête et ne la quittait pas des yeux. Lorsqu'elle eut terminé, il reprit la parole sans montrer aucune émotion.

— Mademoiselle Sheridan, vous avez dit que Mme Conley travaillait pour votre grand-oncle et que vous étiez amie avec elle depuis plus d'un an. N'avez-vous vraiment rien appris d'autre sur elle pendant tout ce temps ?

— Je sais que cela peut paraître étrange.

Diana se rendit compte qu'elle avait l'air d'exagérer, peut-être même de mentir. Le docteur avait toutes les raisons de mettre sa parole en doute, mais elle était déterminée à continuer.

— Vous comprenez, Penny s'est toujours montrée réticente à parler d'elle. J'ai pensé que quand elle serait prête à m'en dire plus sur sa vie, elle le ferait. Elle était — elle est — une merveilleuse mère, une excellente assistante de recherches pour mon grand-oncle, et une amie douce et dévouée pour moi. Quant aux détails de son passé, reprit Diana en haussant les épaules... Je crains de ne pouvoir vous être d'une grande aide. Vous savez qu'elle n'aurait jamais désigné mon grand-oncle comme personne responsable de sa fille en cas d'urgence si elle n'avait pas eu une totale confiance en lui, et je suis sa nièce. Si vous ne me croyez pas, nous pouvons lui téléphoner.

Le docteur Evans hésita un moment avant de répondre :

— Il est inutile d'appeler votre oncle. Je vous crois. Je comprends aussi que vous n'ayez pas souhaité la harceler de questions, mais nous avons besoin d'en savoir plus sur Mme Conley et sur Willow. Nous avons besoin de répondre à certaines questions d'ordre médical.

— Je sais que Penny est dans un état grave, dit Diana soudain très inquiète à nouveau, mais est-ce qu'il y a quelque chose qui cloche chez Willow, et que vous m'auriez caché ?

— Willow va bien, à moins que les examens ne révèlent quelque chose que nous n'aurions pas détecté jusqu'à présent. J'aimerais pourtant avoir ses antécédents. L'enfant ne peut pas nous en dire beaucoup. En fait, pour l'instant, elle ne me répond que par « oui » ou par « non ». Elle ne cesse de marmonner quelque chose à propos de scintillettes...?

Diana sourit.

— Les lucioles. Elle aime les capturer dans un bocal pour les offrir à sa mère.

— Oui, elle a dit quelque chose à propos de sa maman qui avait besoin de scintillettes. Elle a bien sûr demandé sa mère. Et elle a plusieurs fois murmuré « bad » ou « badge ». Vous savez ce qu'elle veut dire ?

Diana réfléchit un instant avant de répondre.

— Non. Ce qui est arrivé est horrible, mais avec son vocabulaire d'enfant, elle a pu dire « bad ». Quant à « badge »… Il y avait des policiers sur les lieux, dit Diana en tentant de rassembler ses pensées, éparpillées comme un jeu de cartes. Willow parle peut-être de leurs badges.

— C'est ce que j'ai pensé… J'ai une idée, mademoiselle Sheridan. Puisque vous savez si peu de chose sur sa famille, je pense que nous devrions prendre les empreintes digitales de Willow et de sa mère. Il me semble qu'une des mains de Mme Conley n'a pas été brûlée.

Diana tressaillit. Seule une des mains délicates et incroyablement habiles de Penny était intacte !

— Si la police a leurs empreintes, elle pourra peut-être dénicher des dossiers qui nous aideront à trouver des parents à elles. Est-ce que vous êtes d'accord ?

Diana fut envahie par une vague de soulagement.

— Je sais que vous me demandez cela pour être poli. Vous n'avez pas besoin de ma permission pour prendre les empreintes, mais je pense que c'est une excellente idée. Penny n'a évoqué aucune famille, mais je ne peux pas croire que Willow et elle aient été complètement seules au monde. Du moins, je l'espère… Ce serait trop triste.

Diana sentit sa gorge se nouer à nouveau.

— Faites tout ce que vous jugerez utile, Dr Evans. Tout…

— Je le ferai, promit-il en posant ses mains sur celles de Diana. Comme l'ensemble du personnel de cet hôpital.

Le médecin se leva et Diana s'écria :

— Je veux voir Willow !

Elle rougit et baissa la voix avant de reprendre.

— Je veux dire, est-ce que je peux voir Willow ? Elle est si petite, et seule, sans sa mère. Je sais que vous vous occupez bien d'elle, mais j'ai juste besoin de voir qu'elle va bien. Ensuite j'appellerai oncle Simon pour le rassurer un peu. Il est si bouleversé… Je suis si bouleversée, lâcha Diana en plongeant son regard dans celui du médecin, qui tentait de prendre une décision.

Il finit par hocher la tête.

— Je pense que ça pourrait aider la petite. Elle est jeune, et terrifiée. Voir un visage familier la fera sûrement se sentir en sécurité.

— Je l'espère, dit Diana, tout en songeant avec tristesse que Willow ne se sentirait sans doute plus jamais en sécurité.

2

La terre tressaillit. L'air ardent vrombit et rugit. Une voix hurla, plusieurs fois. Elle ferma les yeux, mais elle voyait encore les langues sang et or qui léchaient le ciel de velours noir, changeant cette paisible nuit en enfer. Le feu se rapprochait centimètre par centimètre — cruel, dénaturé, destructeur. Elle tenta de fuir mais elle était prise au piège, tenue par ce feu affamé qui roussissait maintenant ses cheveux, brûlait ses vêtements, boursouflait sa peau ; ce feu vivace, vorace, euphorique, qui la dévorait.

Diana reprit conscience secouée par des halètements longs et rauques, les mains couvrant son visage, les jambes remontées contre son torse. Elle lança un méchant coup de pied à quelque chose de blanc qui s'accrochait à elle — sûrement un linceul, pensa-t-elle. Une fois qu'elle en fut libérée, l'air frais hérissa sa peau trempée de sueur.

Elle abaissa lentement ses mains et parcourut des yeux la petite pièce inconnue. La lueur d'une lampe à vapeur de sodium filtrait à travers les stores verticaux partiellement fermés et, dans cette semi-obscurité, Diana distingua une minuscule table de chevet à côté d'elle ; en levant les yeux, elle vit sur le mur un rectangle sombre qu'elle identifia comme un téléviseur.

Elle passa ses mains sur le drap grossier et humide qui couvrait le matelas trop ferme, se tourna vers la droite et vit un autre lit. Même dans la pénombre, elle reconnut la petite forme immobile sous le drap et les longs cheveux ondulés étalés sur l'oreiller.

Willow.

Diana inspira à fond. Ce n'était qu'un horrible cauchemar, pensa-t-elle avec un immense soulagement. Je ne suis pas en train de brûler comme Penny. Je suis à l'hôpital au chevet de Willow.

Quelques heures plus tôt, si le moindre doute persistait encore dans l'esprit du Dr Evans sur les liens entre Diana et Willow Conley, il s'évanouit lorsque Diana entra dans la salle d'examen où Willow gisait, toute raide, sur un lit étroit, les yeux fermés si serré que des sillons s'étaient creusés sur sa peau de porcelaine. Diana s'était approchée doucement, s'était penchée sur elle et avait murmuré :

— Willow, ma chérie, c'est Diana. Je suis là.

Au bout d'à peine quelques secondes, Willow avait ouvert les yeux, s'était redressée et avait jeté ses bras au cou de Diana ; le visage enfoui entre la joue et les cheveux de Diana, elle avait raconté le feu, sa maman, et avait supplié Diana de ne pas la laisser.

Le Dr Evans les avait regardées attentivement, puis il avait murmuré à l'oreille de Diana que, si elle le souhaitait, il pouvait s'arranger pour qu'elle passe la fin de la nuit dans la chambre de Willow. Diana avait hoché vigoureusement la tête et articulé un « merci » muet ; elle aurait pu embrasser le médecin pour son empathie. Elle savait désormais que la bonté qu'elle avait détectée dans ses yeux gris était réelle.

Maintenant, le cœur battant toujours à tout rompre, Diana tâta la tenue d'hôpital en coton qu'on lui avait prêtée pour la nuit. Elle aurait pu dormir dans ses vêtements, mais ils la serraient et sentaient encore l'âcre fumée. Elle regretta de ne pas s'être entièrement changée, voire douchée, avant de venir à l'hôpital, mais les événements de la nuit l'avaient tellement perturbée qu'elle n'avait pas eu la moindre pensée pour l'état de ses vêtements.

Jusqu'à ce qu'elle se glisse dans le lit étroit préparé dans la chambre de Willow, l'ample chemise de nuit d'hôpital avait semblé confortable, mais la transpiration l'avait transformée en chiffon moite. Elle envisagea un instant de l'ôter pour ne dormir qu'avec sa culotte mais elle se souvint du drap humide qu'elle avait jeté par terre. Elle n'avait aucune envie de se remettre en dessous et ne pouvait pas non plus s'étendre presque nue…

Un objet en métal tinta contre de la porcelaine.

Le bruit venait de la salle de bains. Pas de la porcelaine, pensa-t-elle. De la céramique. En un éclair, toutes ses autres préoccupations l'abandonnèrent et elle se concentra sur le son qu'elle venait d'entendre. Elle s'arrêta même de respirer. Rien. Rien. Puis elle perçut un vague frottement, et un autre tintement.

Est-ce que quelqu'un retirait prudemment un objet métallique de la douche carrelée ? Du lavabo ? Des toilettes ? Le sol de la salle de bains était-il carrelé aussi ? Diana ne s'en souvenait pas. Mais la porte de la salle de bains était fermée et la lumière éteinte. Elle se rappela distinctement avoir allumé l'interrupteur et laissé la porte entrouverte. Willow avait eu peur de s'endormir dans le noir ; elle n'avait donc pas fermé la porte pour que la lumière filtre dans la chambre. Elle tenta de ne pas paniquer. Peut-être une infirmière était-elle allée dans la salle de bains pour…

Pour quoi faire ? Pourquoi se tenir dans le noir derrière une porte close ?

Le bruit qu'elle avait entendu semblait inoffensif. Alors pourquoi Diana se sentait-elle comme un petit animal tentant d'échapper à son prédateur ?

Pourquoi était-elle certaine que quelqu'un s'en voulait d'avoir fait ces deux légers bruits, des bruits qu'elle n'avait perçus que parce qu'elle était déjà réveillée ?

Diana se redressa silencieusement dans le lit et retint à nouveau son souffle. Quelque chose n'allait pas. Bon sang, Simon avait beau se moquer d'elle parce qu'elle se fiait trop aux intuitions et pas assez aux preuves, elle savait qu'une présence malveillante planait non loin.

C'est alors que la porte de la salle de bains s'ouvrit avec une lenteur calculée. Ravalant le cri qui lui montait dans la gorge, Diana bondit de son lit vers celui de Willow et souleva le petit corps endormi dans ses bras. Elle crut entendre quelque chose derrière elle au moment où l'enfant laissa échapper un murmure de surprise ensommeillé. Diana ne dit rien à Willow et ne se retourna pas. Elle consacrait toute son énergie à tenir fermement la petite dans ses bras, tout en tâtonnant à la recherche de la poignée de la lourde porte en bois de la chambre.

Diana se rua dans le couloir, portant une petite Willow, effrayée mais toujours étourdie, au moment exact où des coups de feu résonnèrent de l'autre côté du hall. Diana s'était précipitée hors de la pièce avec une telle énergie qu'elle avança encore d'au moins huit pas avant de parvenir à s'arrêter. Une infirmière courut jusqu'à elle, en émettant de petits cris de panique stridents. Un aide-soignant, collé au mur, braillait : « Qu'est-ce qui se passe ? Qu'est-ce qui se *passe* ? » Dans la salle des infirmières, deux femmes restèrent plantées sans bouger quelques secondes avant de plonger derrière la table. Une autre infirmière, au comptoir de l'accueil se baissa piteusement en levant les mains au-dessus de sa tête.

Diana se pétrifia ; dans ses bras, Willow était désormais totalement réveillée et terrorisée. Malgré sa peur, Diana avait une conscience aiguë du chaos qui l'entourait, notamment du fait que personne ne se tenait au milieu du couloir une arme à la main. Elle se dit que les coups de feu devaient venir d'une chambre, mais pourquoi quelqu'un entrerait-il dans une chambre d'hôpital pour ouvrir le feu comme un maniaque…

Sauf qu'il ne s'agissait pas de coups de feu. Dès que Diana eut suffisamment repris d'oxygène et calmé la terreur qui l'assaillait pour parvenir à réfléchir un moment, elle comprit que ce qu'elle entendait n'était pas des détonations d'arme à feu mais le bruit sec de petits pétards. Ce bruit, elle l'avait entendu tous les jours de fête nationale depuis son enfance. Simon demandait toujours à quelqu'un de les déclencher lors des grandes réceptions qu'il organisait pour le 4 juillet.

Un aide-soignant robuste courut vers la porte des toilettes de l'étage, à l'autre bout du couloir. Quand il ouvrit la porte, le bruit se fit plus fort, plus métallique. Il s'immobilisa comme s'il inspectait la pièce du regard puis y entra lentement, en restant près de la porte. Diana avait perdu toute notion du temps ; elle regarda la grande horloge accrochée au mur qui lui faisait face et compta deux minutes avant que les détonations s'arrêtent. L'aide-soignant le plus mince était toujours cloué au mur, à vociférer « Qu'est-ce qui se passe ? » et l'infirmière continuait à hurler.

L'aide-soignant qui était entré dans les toilettes rouvrit la porte, se pencha à l'extérieur et rugit : « *Fermez-la !* » Un silence de mort s'abattit immédiatement sur le couloir, mais une poignée de secondes plus tard à peine, le murmure des voix s'était à nouveau intensifié jusqu'au vacarme.

Willow pleurait désormais sans retenue sur l'épaule de Diana. Diana la serra plus fort contre elle et l'embrassa sur le front.

— Ne t'inquiète pas, chérie. Je suis là… Tu es en sécurité.

En sécurité ! Diana aurait voulu pouvoir s'en convaincre. Comme elle aurait aimé, aussi, retrouver le monde paisible qui l'entourait seulement quelques heures plus tôt. Épuisée par le stress et la frustration, elle tituba jusqu'au mur le plus proche et s'y appuya ; son cœur battait si fort qu'elle pensa qu'il allait lui casser une côte. Les sanglots sonores de Willow s'étaient mués en gémissements sourds et désespérés, comme ceux d'une créature maudite, songea Diana. Pas étonnant ! Comment Willow pourrait-elle se calmer alors que Diana elle-même était incapable de contrôler sa propre hystérie ?

— C'étaient des pétards ! hurla l'aide-soignant costaud. Rien que des Black Cats[1]. Quelqu'un les a mis dans la poubelle métallique et a allumé la mèche. Vous comprenez ce que je vous dis ? Il n'y a aucun danger. Tout le monde se détend. Vous ne risquez rien !

1. Marque de pétards et feux d'artifice américaine, dont la mascotte est un chat noir en train de feuler.

Willow se détacha de l'épaule de Diana et demanda, pleurant de plus belle :

— Quelqu'un a tué des chats ? Quelqu'un a fait exploser des petits chats ?

— Non, non, ma puce, répondit Diana d'une voix aussi régulière que possible. Non, ma chérie. C'est juste le nom qu'on donne à des petits pétards. Tu en as entendu, le mois dernier, à la fête d'oncle Simon ; ça n'a rien à voir avec des petits chats. Ce ne sont que des pétards qui ont fait tout ce bruit. Quelqu'un leur a juste donné un nom idiot.

— Des pétards ? répéta Willow, vacillant d'incrédulité. Pas de pistolets ?

— Pas de pistolets. Pas de petits chats à qui on fait du mal. Je te le promets. Ne pleure plus.

Willow renifla, essayant vaillamment de faire cesser ses larmes. Diana ne savait plus quoi faire. Elle regarda autour d'elle et se sentit invisible : les infirmières, les aides-soignants et quelques patients se dirigeaient vers les toilettes. Diana se retourna vers la porte qu'elle venait de franchir si précipitamment, comme si sa vie en dépendait. Elle n'avait aucune envie d'aller observer des débris de pétards au fond d'une poubelle, mais il était hors de question qu'elle ramène Willow dans cette chambre — là où, elle en était sûre, quelqu'un s'était tapi dans le noir, attendant le moment opportun pour l'attaquer elle, ou Willow, ou toutes les deux.

Diana se mit lentement à marcher, la tremblante Willow toujours agrippée à elle. Elle se trouva soudain face à face avec une infirmière d'âge moyen qui semblait choquée, mais aussi inquiète pour Diana et Willow.

— Tout va bien, dit-elle en regardant Willow qui hoquetait. C'était…

— Des pétards, termina Diana. Je sais.

— Oui, eh bien, vous pouvez regagner votre chambre maintenant. Nous contrôlons la situation.

Diana secoua la tête.

— Nous ne pouvons pas retourner dans notre chambre.

— Bien sûr que si, assura l'infirmière en poussant gentiment Diana vers la porte. Ce n'était qu'une farce idiote. Moi aussi j'ai eu très peur, mais tout va bien. Ne pleure plus, mon ange, dit-elle en caressant la joue de Willow. Tu n'as aucune raison d'avoir peur. Aucune…

Diana se crispa et coupa la parole à l'infirmière au teint terreux avant qu'elle puisse enchaîner sur une autre niaiserie inutile.

— Nous ne pouvons pas retourner dans cette chambre parce que quelqu'un s'y cache. Ou s'y cachait. Il y avait quelqu'un dans la salle de bains.

L'infirmière cligna nerveusement des yeux un moment puis tenta de sourire.

— Vous avez dû faire un mauvais rêve, chérie. Pourquoi quelqu'un se cacherait dans votre salle de bains ?

— Je l'ignore, mais c'était le cas, rétorqua fermement Diana. Je n'ai pas rêvé : j'ai entendu quelqu'un laisser tomber un objet métallique. J'étais bel et bien réveillée. Ensuite la porte de la salle de bains s'est ouverte très lentement, alors j'ai attrapé Willow et j'ai couru dehors, juste au moment où les pétards se sont mis à exploser.

L'infirmière avait commencé à reprendre des couleurs et sa bouche se tordit dans une tentative de sourire affable.

— Vous avez entendu quelqu'un laisser tomber quelque chose dans votre salle de bains ?

— Oui.

Diana fixait l'infirmière avec sévérité, sachant que, si elle semblait douter ne serait-ce que légèrement, elle ne la croirait pas.

— Il y avait quelqu'un dans notre salle de bains. Il faut appeler la sécurité, ou au moins demander à plusieurs aides-soignants de fouiller la chambre.

— De toute façon, la sécurité ne va pas tarder à arriver, à cause des pétards, mais…

— Très bien. Qu'ils fouillent notre chambre. C'est la 501. Je veux que quelqu'un vérifie tout de suite qu'il n'y a personne.

Diana eut l'impression que l'infirmière était si pressée de ramener la situation à la normale qu'elle ne l'écoutait plus vraiment.

— Je sais que vous avez la chambre 501, chérie. Inutile de me brusquer. Je pense que vous vous laissez emporter par vos nerfs.

Diana était sur le point de lui donner raison quand deux infirmières plus jeunes passèrent à côté d'elle en parlant bruyamment.

— Qui a bien pu mettre ces pétards dans les toilettes ? demanda l'une, le visage rouge d'excitation. Je n'ai vu personne.

— Il y a du monde ce soir. La femme de la 508

m'a appelée au moins dix fois. Tous les patients semblent particulièrement agités et exigeants, personne n'a rien vu, soupira l'autre en haussant les épaules. Ce n'est ni le 4 juillet, ni Halloween, alors pourquoi quelqu'un s'est-il donné la peine de venir mettre un tel bazar particulièrement ce soir ?

Un frisson hérissa la colonne vertébrale de Diana. Elle serra convulsivement Willow contre sa poitrine ; les paroles de la jeune infirmière résonnaient dans son esprit commotionné. *Pourquoi quelqu'un s'est-il donné la peine de venir mettre un tel bazar particulièrement ce soir ?* Diana regarda de nouveau la porte de la chambre 501, où Willow et elle étaient censées dormir quelques minutes plus tôt, où quelqu'un s'était caché… Et soudain, elle comprit pourquoi quelqu'un avait déclenché les pétards…

Pour créer une diversion pendant qu'il commettait un meurtre à l'autre bout du couloir, se glissait hors de la chambre 501 et s'échappait par l'escalier de service sans être remarqué.

CHAPITRE 5

1

— Il va falloir qu'on enfreigne la loi pour te ramener à la maison aujourd'hui, dit Diana tandis que Willow grimpait à l'arrière de la voiture et qu'elle attachait la ceinture de sécurité autour d'elle. À ton âge, tu es censée t'asseoir sur un rehausseur, mais je n'en ai pas.

— Je déteste les rehausseurs. C'est pour les bébés.

— Peut-être, mais l'État de Virginie-Occidentale juge que les enfants de moins de huit ans doivent utiliser un rehausseur.

Willow avait l'air maussade mais se dérida un peu lorsqu'elle demanda :

— Combien de temps je vais rester avec toi et oncle Simon ?

— Oh, quelques jours, répondit Diana en fermant rapidement la portière.

Elle espérait que sa réponse vague suffirait à satisfaire Willow, mais Willow n'aimait pas ce qui était « vague ». La façon dont cette enfant exigeait d'avoir des réponses précises avait toujours stupéfié Diana.

— C'est combien, quelques jours ? demanda Willow dès que Diana se fut assise derrière le volant.

Elle prit tout son temps pour fermer sa portière et attacher sa ceinture, le temps de réfléchir à une réponse aussi satisfaisante que possible.

— Jusqu'à ce que Roméo et Christabel en aient assez de toi, finit-elle par répondre.

Willow gloussa. Cet encouragement soulagea Diana. L'enfant n'avait pas souri depuis que Diana l'avait prise dans ses bras dans la salle d'examen des urgences. L'évocation de Roméo, le chat « d'âge mûr » de Simon et de la jeune beauté de Diana, Christabel, avait produit l'effet escompté.

— Roméo et Christabel m'aiment presque autant qu'ils s'aiment l'un l'autre, expliqua Willow à Diana. Ils ne voudront pas que je rentre chez moi.

— Eh bien, ce sont eux les chefs de la maisonnée, donc, ça signifie que ton séjour chez nous sera très long, jeune fille. Simon et moi serons aussi très heureux que tu restes. Et j'ai oublié de te dire quelque chose. Ta voisine, Mme Hanson, loge aussi chez nous !

— Clarice ! s'exclama l'enfant. Elle m'a demandé de l'appeler Clarice, pas Mme Hanson, exactement comme Simon m'a dit de l'appeler oncle Simon. J'adore Clarice. Et maman aussi. Mais pourquoi est-ce qu'elle s'est installée chez vous ?

— Sa maison a été endommagée par l'incendie, ma puce.

— Endommagée ?

— Elle a aussi été brûlée, mais juste un peu,

répondit Diana en s'élançant vers la sortie du parking.

Elle avait l'impression qu'elle n'arriverait jamais à la maison assez vite.

— Clarice a veillé tard hier soir : Simon et moi avons beaucoup discuté avec elle. Elle m'a l'air d'être très gentille. Elle est drôle, aussi.

— Oui, elle est vraiment rigolote. Et elle cuisine bien. Et elle a beaucoup de famille. Je suis copine avec une de ses petites filles, Sue. La grande sœur de Sue est *vraiment* vieille, je crois qu'elle a treize ans. Elle est assez sympa mais elle veut jamais jouer avec nous pour pas se décoiffer. Je sais pas pourquoi... On dirait un nid d'oiseau, ses cheveux. Mais enfin, soupira-t-elle d'un air blasé, les ados sont comme ça !

Diana essaya de ne pas pouffer.

— C'est Clarice qui t'a parlé des adolescents ?

— Ouais, elle m'en a parlé.

Willow marqua un arrêt avant de poser la question qui la taraudait :

— Quand est-ce que maman va sortir de l'hôpital ?

Diana regarda à nouveau dans le rétroviseur et affronta les yeux bleus remplis de tristesse de la petite fille. Il y brillait aussi une petite et pitoyable étincelle d'espoir que Diana ne voulait pas leur ôter, même si elle était presque certaine que cela l'obligerait à lui mentir.

— Ta maman rentrera dès qu'elle se sentira mieux. Les médecins vont faire tout ce qu'ils peuvent pour la guérir. Il faut avoir confiance en eux, Willow. Ta mère a besoin que nous y croyions.

Le regard de l'enfant fut traversé par un bref éclair de doute. Puis Diana la vit prendre une profonde inspiration avant de dire, résolue :

— Alors on va y croire. On va y croire de tout notre cœur, comme dans *Peter Pan*, quand on croit que la Fée Clochette va vivre et que ça arrive.

— C'est l'idée !

Diana savait qu'un adulte aurait immédiatement détecté le manque de sincérité dans sa voix, mais Willow semblait apaisée. Diana songea que ce changement valait bien un mensonge, et puis, peut-être disait-elle la vérité, après tout ! Peut-être.

L'atmosphère lourde de la veille avait disparu, laissant l'air doux, tiède, presque caressant. Diana regarda le ciel bleu cristallin et sans nuages, le soleil couleur citron. Le monde était devenu magnifique, pensa-t-elle, comme pour tenter de compenser l'enfer de destruction de la soirée précédente. Pourtant, un beau ciel et une température agréable ne compensaient pas l'absence de Penny. Une image de son visage noirci et boursouflé traversa l'esprit de Diana et la douleur transperça son estomac. Elle laissa presque échapper un petit cri, mais elle se ressaisit et reporta son regard sur Willow, dans le rétroviseur.

Le babil de l'enfant avait brusquement cessé et elle se tenait maintenant sagement assise, si menue, comme éthérée, avec ses magnifiques cheveux et les longs cils de ses yeux baissés. Elle regardait ses mains enlacées. Diana se demanda si elle était en train de prier — elle ne savait même pas si Penny et Willow étaient croyantes — et ressentit un nouvel aiguillon de honte. Comment pouvait-elle connaître si peu de chose sur les deux personnes qu'elle aimait le plus au monde après Simon ? Il fallait qu'elle ait été focalisée sur sa petite personne pour ne pas avoir pris la peine d'en savoir plus sur qui elles étaient vraiment, de mieux connaître leurs préoccupations, leurs convictions, leurs désirs.

Diana avait tant honte d'elle-même qu'elle en aurait pleuré. Et voilà que je m'apprête encore à verser des larmes sur mon échec ! Est-ce que je ne pense donc toujours qu'à moi ? Les larmes ne peuvent changer le passé et les larmes n'aideront pas cette enfant qui semble n'avoir personne d'autre au monde que Simon et moi. Nous allons prendre soin d'elle, se promit farouchement Diana. Nous ferons tout ce que nous pouvons pour la petite fille de Penny.

— Tu aimes la robe que je porte ? demanda Willow, la tirant de sa rêverie.

— Je la trouve très jolie. C'est très attentionné de la part de l'infirmière de t'avoir apporté des vêtements de sa fille pour que tu aies quelque chose de propre à mettre aujourd'hui.

Willow désigna le vichy bleu de son ample jupe.

— Elle est jolie. Elle sent bon aussi, la vanille… Est-ce que je vais devoir porter cette robe jusqu'à ce que maman aille mieux ?

— Bien sûr que non, répondit Diana en riant. La robe est jolie, mais elle n'est pas très appropriée pour crapahuter par terre avec les chats ou jouer dehors. En plus, la petite fille de l'infirmière va sans doute en avoir besoin ; je vais donc bientôt devoir la rendre. J'irai t'acheter des vêtements neufs cet après-midi. Des shorts en jean et en coton et des T-shirts. Qu'est-ce que tu voudrais d'autre ?

— Des baskets. Et je voudrais une couronne pour quand je joue à la reine. J'en avais une à la maison.

— Alors j'achèterai aussi une couronne. Vous souvenez-vous où votre maman l'a achetée, Votre Altesse ?

— Dans un magasin, répondit Willow en gloussant.

— Oh. Alors j'appellerai quelques magasins avant de partir faire les courses pour vérifier s'ils vendent des couronnes de reine. Et tu as également besoin de culottes et de chaussettes.

— Et un pyj' aussi, ajouta Willow. Les gens de l'hôpital m'ont pas rendu le mien, le rose. C'était mon préféré.

— Je te trouverai un beau pyjama rose tout neuf. Peut-être aussi un bleu. Il faut également que je rapporte des choses à Clarice, même si le feu n'a pas atteint sa chambre, où ses vêtements sont rangés.

Diana se serait mordu la langue pour avoir à nouveau parlé de l'incendie, et elle poursuivit rapidement son bavardage.

— Si tu avais vu dans quoi elle a dû dormir hier soir, Willow ! La chemise de nuit et la robe de chambre les plus ridicules qui aient jamais existé !

Diana réussit à tricoter toute une histoire spectaculaire sur le négligé, jusqu'à ce qu'elles arrivent au pied des routes étroites et sinueuses de Ritter Park. Elle vit enfin apparaître le vaste toit de tuiles rouges de la résidence Van Etton perchée sur sa butte, au centre du terrain de deux hectares, la maison et la pelouse parfaitement entretenues et baignées de lumière. Diana n'avait jamais été aussi heureuse de voir cet endroit. Elle engagea sa voiture dans l'allée grimpant jusqu'à la maison et se gara. Avant même qu'elle ait libéré Willow de sa ceinture, Simon se précipita hors de la maison pour les accueillir. Il embrassa vigoureusement Diana sur la joue puis souleva Willow dans ses bras.

— Comment va la plus jolie petite fille du monde entier ? gronda-t-il.

— Je suis très contente de sortir de l'hôpital et je suis super contente de te voir !

Willow déposa un baiser sonore sur la mâchoire de Simon et rit lorsqu'il se mit à tournoyer en la faisant flotter dans les airs.

— Et tu sais qui est avec nous, aussi ? demanda-t-il à l'enfant.

— Clarice ! Diana me l'a dit.

— Diana, tu es vraiment incapable de garder un secret, tonna Simon pour rire, en lui faisant un clin d'œil. Clarice et moi sommes debout depuis l'aube à vous attendre, toutes les deux !

Clarice franchit la porte principale en s'appuyant sur le déambulateur que Simon avait dû retrouver pour elle. Elle portait la même robe que la veille et avait noué ses cheveux argentés en chignon. Elle semblait plus pâle et fatiguée, malgré son sourire éclatant.

— Willow, ma chérie ! cria-t-elle en s'avançant laborieusement jusqu'à la voiture. Je suis si heureuse que tu sois là. Je ne t'ai pas vue depuis lundi dernier, juste avant que tu ailles à l'hôpital !

— C'était il y a longtemps, répliqua Willow. Je suis contente qu'on habite toutes les deux chez Diana et oncle Simon.

Ce qui ne serait pas arrivé sans l'influence de Simon, songea Diana. Dans un cas comme celui-là, Willow aurait normalement dû être confiée aux services d'aide à l'enfance. Tôt dans la matinée, Simon avait pourtant appelé Diana à l'hôpital pour lui dire qu'il avait parlé à un de ses anciens étudiants, qui occupait maintenant un poste important dans cette administration. L'ancien étudiant avait plaidé la cause de Simon et de Diana auprès de ses collègues et le service avait accepté que Willow vive chez eux pendant qu'ils recherchaient des membres de sa famille. Diana savait qu'être emmenée par des étrangers n'aurait fait que terrifier davantage encore cette gamine déjà traumatisée.

— Clarice, Simon et vous avez bonne mine pour des gens qui se sont couchés tard et levés à l'aube ! dit poliment Diana.

Les yeux de Clarice s'élargirent.

— Pourquoi dites-vous que nous nous sommes levés à l'aube ?

Diana regarda Simon qui dit très vite :

— Sept heures et demie, l'aube, c'est presque pareil. Et je suis d'accord, Clarice a bonne mine, mais je n'en dirais pas autant de toi, Diana.

— C'est une longue histoire, marmonna Diana.

Simon haussa un sourcil.

— Je t'expliquerai plus tard. Allons à l'intérieur. Si je ne bois pas une bonne tasse de café, je vais m'évanouir ici, au beau milieu de l'allée.

Nan Murphy, la femme de ménage temporaire de la maison, traînait dans l'entrée. Comme toujours, Diana admira la jeune fille de dix-neuf ans au corps de danseuse de Las Vegas — et s'arrêta au visage chevalin. Elle se disait qu'une terrible méprise avait dû avoir lieu, et que la tête de cette fille avait été collée sur le mauvais corps. Diana se reprocha cette pensée, qu'elle ne pouvait pourtant renier.

Nan portait une jupe en jean coupée légèrement au-dessus du genou et d'où émergeaient de longues jambes bronzées parfaites plantées dans des chaussures de tennis en toile blanche. Son chemisier blanc à manches courtes était frais et printanier bien que légèrement trop grand, un achat sans doute encouragé par sa mère afin de cacher les formes voluptueuses de Nan. Ses épais cheveux châtain clair retombaient en boucles insolentes autour de son visage hommasse — un nez allongé aux narines béantes et un large front plat. Ses grands yeux sombres, qui auraient pu rattraper tout le reste de son visage, étaient malheureusement très écartés et inexpressifs. Nan semblait toujours regarder un monde qui ne déclenchait en elle aucune émotion.

— Notre seconde invitée est arrivée, lui annonça gaiement Simon en portant Willow à l'intérieur.

Nan dévisagea Willow, qui gratifia finalement la jeune femme d'un timide « Salut ! ». Nan hocha à peine la tête, les yeux toujours rivés sur le groupe.

Visiblement agacé, Simon lui demanda d'une voix abrupte :

— Est-ce qu'il y a suffisamment de café frais pour Diana ? Et il me semble que Penny m'a dit que

Willow aimait boire du jus de pomme le matin. Tu veux du jus de pomme, mon petit cœur ?

Willow opina. Nan demeura enracinée dans le tapis persan jusqu'à ce que Simon la reprenne presque avec hargne :

— Eh bien, Nan ! Pourrions-nous avoir du café et du jus de pomme ?

— Ouais, si c'est ce que vous voulez, parvint à articuler Nan de sa voix atone, en ouvrant juste assez la bouche pour laisser entrevoir ses dents en avant. J'imagine que vous voulez que je les serve ?

— Dans la bibliothèque, si vous voulez bien, confirma Simon avec une impatience à peine contenue. Et apportez aussi des petits pains à la cannelle et les pâtisseries danoises aux myrtilles que j'ai achetées hier.

Nan tourna les talons et, sans un mot, se dirigea lentement vers la cuisine.

— Je vois que l'amabilité fait toujours partie du service, marmonna Diana.

— Vivement que sa mère soit suffisamment rétablie pour reprendre le travail ! dit Simon en roulant des yeux. Franchement, je ne comprends pas comment une femme aussi énergique et agréable que Martha Murphy peut avoir une fille comme Nan. Cette fille doit tenir de son père, que je n'ai jamais connu.

— Si Nan tient de lui, j'imagine que tu es ravi de ne pas l'avoir connu.

Diana glissa un sourire à Clarice tandis que Simon les conduisait à la bibliothèque.

— Comment s'est passée votre nuit ?

— J'ai dormi, alors que j'étais certaine de ne pas y parvenir. Mais, Diana, vous avez l'air si fatiguée ! Les lits d'hôpital sont tellement inconfortables ! Je me suis sentie coupable de dormir dans cette charmante chambre, poursuivit Clarice, à la pensée que vous et Willow passiez la nuit dans une chambre d'hôpital.

— Où sont Roméo et Christabel ? piailla soudain Willow.

Simon regarda Willow.

— Tu sais bien que Roméo et Christabel s'enfuient chaque fois que quelqu'un arrive. Dès qu'ils entendent ta voix, ils accourent à la minute.

— Peut-être qu'ils m'ont oubliée, dit tristement Willow. Je les ai pas vus depuis des années et des années.

— Cela fait à peine huit jours que tu ne les as pas vus, la corrigea gentiment Simon. Ils n'ont certainement pas oublié leur petite fille préférée en huit jours !

Comme s'ils avaient été prévenus, les deux chats firent leur entrée dans la pièce. Christabel, la chatte de Diana, ouvrait la marche en faisant onduler sa fourrure blanche et noire, sa longue queue empanachée fièrement dressée. Elle se dirigea droit sur Willow. Roméo la suivait de près, comme toujours. Il était gris, trois fois plus gros que Christabel, et n'avait que trois pattes, ce qui ne le ralentissait que légèrement. Il s'approcha aussi de Willow, qui s'assit immédiatement par terre pour attraper les deux chats et les prendre sur ses genoux.

— Vous m'avez tellement manqué ! s'exclama-t-elle en serrant les fauves avec extase.

Christabel miaula un petit trille délicat. Roméo l'imita en émettant son habituel salut, qui rappelait immanquablement le puissant cancan d'un canard. Clarice, qui n'avait apparemment pas encore entendu la voix robuste et étrange de l'animal, le regarda, ébahie.

— Tu vois, Clarice, je t'avais dit qu'il faisait coin-coin, gloussa Willow.

— Oui, tu me l'avais dit, mais je pensais... Eh bien... que c'était...

— Vous pensiez qu'elle exagérait, rit Simon avec ravissement. J'ai été stupéfait, moi aussi, la première fois que j'ai entendu son gracieux organe. J'ai cru qu'il venait de manger un très gros canard.

— Roméo ne ferait pas de mal à un canard ! protesta Willow, prenant passionnément la défense du chat. Roméo adore les canards.

— Pour tout dire, je ne suis pas sûre qu'il connaisse des canards, plaisanta Simon avant de s'adresser à Clarice. Il y a quelques années, Diana était ici pour le week-end quand il est arrivé. Sa patte arrière avait été amputée par un professionnel et la plaie avait bien guéri — quelqu'un avait pris grand soin de lui par le passé. Ce jour-là, pourtant, sa fourrure était emmêlée et il n'avait à l'évidence pas mangé grand-chose depuis un moment. Il était couvert de puces, affamé et miaulait — ou plutôt cancanait — comme un perdu. Diana s'est précipitée dehors et l'a porté jusqu'à la cuisine où il s'est mis à boulotter tout ce qui lui tombait sous la dent avant que je comprenne ce qui se passait. Diana était mariée, à l'époque, et son mari se prétendait allergique aux chats ; elle n'a donc pas pu le garder. J'ai fait passer une annonce dans le journal et accroché des affichettes aux arbres, mais personne ne l'a réclamé. Une semaine plus tard, j'ai appelé Diana pour lui dire que le chat avait trouvé un foyer, et que ce serait chez moi. C'est elle qui l'a appelé Roméo.

— C'est parce que je savais que, sinon, tu lui donnerais le nom imprononçable d'un quelconque pharaon d'Égypte, rétorqua Diana.

— C'est effectivement ce que j'aurais fait, mais étant donné qu'il est tombé raide amoureux de Christabel, je trouve que tu lui as choisi le nom parfait.

Nan entra dans la pièce chargée d'un plateau avec café, jus de pomme et pâtisseries. Son regard éteint se posa sur les chats.

— Qu'y a-t-il, Nan ? demanda aimablement Simon.

Diana réprima un sourire. Simon savait parfaitement que Nan ne supportait pas les chats.

Nan secoua la tête en direction de Roméo.

— Le gris, là, laisse ses poils sur tous les tapis à se traîner partout comme ça !

— Alors c'est une bonne chose que nous ayons un aspirateur si performant, riposta Simon sur un ton égal en tendant la main vers la carafe en verre de la machine à café, pas l'élégante cafetière en argent que Simon préférait pour servir ses invités. Je ne vois pas de sucre, Nan. Je vous ai déjà dit que Mme Hanson prenait du sucre avec son café. Et vous n'avez apporté qu'une seule pâtisserie.

— C'est parce que vous les avez toutes mangées sauf celle-là, rétorqua Nan.

Simon s'empourpra. Clarice, très consciente de la tension qui s'accumulait dans l'atmosphère, dit très vite :

— J'en ai mangé au moins trois.

— Non, vous en avez pris une, maintint Nan. C'est lui qui les a toutes mangées.

— Nan, c'est faux…

— Si, c'est vrai ! l'interrompit-elle sévèrement.

— Ça n'a pas d'importance, intervint Diana. Je ne les aime pas, de toute façon — c'était faux, elle aurait pu en manger son poids. Merci, Nan.

Dès que Nan eut disparu dans le vestibule, Simon grogna :

— Je crois que je ne vais pas pouvoir supporter cette fille un jour de plus !

— Il le faut bien, dit Diana en voulant paraître détendue et blasée. Sa mère passe ses deux dernières semaines de convalescence à Portland chez sa sœur et tu ne peux pas lui demander de revenir si vite. Elle reprendra le travail dans exactement seize jours. On peut presque tout supporter pendant seize petits jours, même Nan Murphy.

— Maman dit que Nan ne fait pas de charme, dit Willow pour participer à la conversation.

— Ta mère a absolument raison.

Simon reprit lentement sa carnation normale en regardant Willow ; la petite fille, si jolie, était assise sur le tapis et caressait gentiment les deux chats, qui ronronnaient comme des moteurs d'avion.

— Prête pour le jus de pomme, Willow ?

2

Quand Willow eut bu son jus et mangé l'unique pâtisserie, ses paupières se firent visiblement lourdes.

— Tu n'as pas beaucoup dormi la nuit dernière, dit Diana. À mon avis, tu as besoin d'une sieste.

— Je ne fais pas la sieste si tôt, l'informa Willow d'une voix brouillée par l'épuisement.

— Tu pourrais au moins reposer tes yeux, reprit Diana.

Elle fit mine de réfléchir à la meilleure solution possible, bien qu'elle ait déjà choisi la chambre de Willow avec Simon.

— Tu aimerais dormir dans la chambre à côté de la mienne ?

Willow la regarda, troublée.

— Mais ta chambre, elle est en haut ?

— Oui. Tu n'as pas peur de dormir en haut, si ?

— Ben non, mais avant qu'on arrive ici, tu as dit que les chats pourraient dormir avec moi et Roméo ne peut pas monter l'escalier.

— En général, Roméo dort dans la chambre d'oncle Simon, qui est aussi en haut. Simon le porte jusqu'en haut.

— Mais oncle Simon ne voudra pas passer son temps à monter et descendre pour les siestes et quand je joue et pour tous les autres trucs que je fais dans ma chambre. Et Roméo est assez lourd. J'ai peur de le laisser tomber si j'essaie de le porter jusque dans ma chambre.

Diana sourit.

— Je le monterai pour toi, mais tu as oublié qu'il y a un ascenseur dans cette maison, celui que mon arrière-grand-père a fait installer parce qu'il se déplaçait en fauteuil roulant les dernières années de sa vie. Roméo peut prendre l'ascenseur pour monter, et pour descendre.

Le fait que Roméo ne puisse pas utiliser l'ascenseur seul ne parut pas troubler l'esprit endolori de Willow. Satisfaite par cette explication, la petite fille de cinq ans suivit Diana, qui avait pris Roméo dans les bras et portait ses quelque huit kilos vers l'escalier. Christabel fusa de haut en bas deux fois avant de se calmer et de mener royalement la petite troupe jusqu'aux chambres, son panache noir dressé ondulant comme un drapeau.

Diana fit entrer Willow dans une chambre située au bout du couloir. Le soleil éclairait vivement la décoration rose tendre, vert pâle et bleu poudré choisie par la grand-mère de Diana.

— Tu aimes cette chambre ? demanda Diana.

Les yeux de Willow s'étaient élargis comme des soucoupes et parcouraient la pièce avec émerveillement.

— Ça oui ! J'adore les lits avec un couvercle au-dessus.

— Ça s'appelle un baldaquin.

— Ah oui, j'avais oublié. Maman a dit qu'un jour je pourrais avoir un bal de quin.

Maman encore. Le sourire de l'enfant s'évanouit, encore. Puis elle regarda autour d'elle honteusement.

— À la maison, ma chambre est beaucoup plus petite que celle-là. Peut-être que je vais avoir peur toute seule ici.

— Non, tu ne vas pas avoir peur, parce que tu sais ce qu'il y a de vraiment spécial, dans cette chambre ? demanda Diana avec un enjouement exubérant.

Elle posa Roméo par terre et gagna la porte latérale qui ouvrait sur une vaste salle de bains jaune et blanche.

— Cette salle de bains est adjacente à ma chambre !

Willow plissa les yeux au mot « adjacente ». Diana la prit par la main, traversa la salle de bains et ouvrit l'autre porte, qui donnait sur sa propre chambre fauve et ambre.

— Waouh ! Cette chambre aussi, elle est jolie.

— Je l'ai peinte dans les couleurs du désert — la couleur fauve pour le sable, l'ambre pour le soleil. Donc tu vois, ce qui est sympa, c'est qu'on peut laisser les portes de la salle de bains ouvertes et ce sera comme si on dormait dans la même chambre. Tu auras une veilleuse et les chats, et on laissera les portes de la salle de bains ouvertes pour se faire coucou de nos lits. Tu vois, tu n'auras pas peur, n'est-ce pas ?

— Eh bien…

Willow réfléchit un moment en fronçant son petit visage délicat, puis déclara :

— Non. Je n'aurai pas peur du tout.

— C'est super ! se réjouit Diana. Ça va être amusant, Willow, tu verras !

L'enfant sourit et les nœuds dans l'estomac de Diana se détendirent légèrement. Elle avait craint que Willow ne soit complètement renfermée ou au bord de l'hystérie. Elle savait que la petite fille n'avait pas totalement pris conscience de l'énormité du drame qu'elle vivait — cela viendrait plus tard, surtout si Penny mourait. Mais pour l'instant, au moins, Willow affrontait mieux la situation que Diana s'y était attendue. Elle était apparemment aussi forte que sa mère, qui semblait si seule au monde et avait pourtant réussi à donner à sa fille un foyer heureux, plein d'amour, de sécurité et, aussi, de rire.

Le carillon de la porte retentit et, cinq minutes plus tard, Simon apparut dans la chambre.

— Glen est ici pour te voir, Diana.

Il regarda Willow.

— Et si tu te mettais au lit, jeune fille, et que tu me laissais te raconter une histoire ? J'en connais des dizaines. Quand Diana était petite, elles ne manquaient jamais de l'endormir.

Willow se blottit dans le lit et Diana installa Roméo contre elle tandis que Christabel bondissait lestement pour prendre sa place de l'autre côté de Willow. Simon s'assit au bord du lit et commença un de ses récits interminables sur l'Égypte ancienne — des mythes qui avaient systématiquement précipité Diana dans les bras de Morphée parce qu'ils ressemblaient davantage à des conférences universitaires qu'à des histoires pour enfants. Elle n'avait jamais eu le cœur de le lui avouer. Et puis leurs qualités soporifiques étaient éprouvées.

Willow ronflera dans moins de cinq minutes, se dit Diana en descendant l'escalier. Glen Austen, l'homme avec lequel Diana sortait depuis mars, était assis dans la bibliothèque et faisait la conversation à Clarice. Il était mince, avec des cheveux brun cendré et des traits réguliers. La plupart des femmes ne se souvenaient probablement pas de lui, à moins d'avoir été exposées à son charme tranquille, qui était considérable. Bien que réservé d'ordinaire, dès qu'il vit Diana, il bondit sur ses pieds et se rua vers elle pour la prendre dans ses bras avec énergie.

— Mon Dieu, Diana ! J'ai éteint mon téléphone et je suis allé me coucher de bonne heure hier soir. Je n'ai entendu la nouvelle pour Penny que ce matin. Les gens racontent qu'elle ne va pas survivre !

Diana discerna une inquiétude profonde dans ses grands yeux bruns ; une ride s'était formée entre ses sourcils. Il avait rencontré Penny quand il passait voir Diana ou Simon pendant la journée et ils s'étaient liés d'amitié. Diana et lui l'avaient invitée à dîner au country-club en mai, et ils avaient tous trois passé une bonne soirée ensemble. Ils lui avaient ensuite proposé d'aller danser avec eux, mais Penny avait décliné l'invitation, expliquant qu'elle ne voulait pas être la cinquième roue du carrosse.

— Glen, elle est si gravement brûlée ! Quand j'ai quitté l'hôpital ce matin avec Willow, ils m'ont dit que son état était inchangé depuis hier soir.

La voix de Diana chevrota et elle sentit les larmes monter dans sa gorge.

— Elle est toujours inconsciente, et…

Les larmes s'écoulèrent finalement et Glen l'attira à nouveau dans ses bras.

— Je sais que ça a dû être terrible et tu me trouveras peut-être froid, mais essaie de ne pas penser à Penny pour l'instant. Tu ne peux rien faire pour elle et il faut que tu sois forte pour Willow.

Il se détacha d'elle et la regarda dans les yeux.

— Mais ça va, toi ? lui demanda-t-il avec anxiété. Quand on s'est parlé au téléphone hier matin, tu as dit que tu allais passer chez Penny sur le chemin du retour. Dès que j'ai entendu l'histoire de l'explosion ce matin, j'ai cru que tu t'y trouvais aussi !

— À quelques minutes près, ça aurait été le cas. J'étais en retard et je venais de me garer devant la maison de Penny quand elle s'est... transformée en boule de feu. Je n'ai jamais subi un tel choc, Glen. Je n'ai jamais vu une chose aussi atroce de toute ma vie. Et cette pauvre Penny...

Glen grimaça et lui tendit un mouchoir que Clarice secouait dans sa direction depuis au moins deux minutes. Clarice se glissa hors de la pièce et Diana épongea son visage baigné de larmes.

— S'il te plaît, ne parlons plus de Penny, chérie, reprit Glen en la guidant jusqu'à la confortable causeuse, au milieu de la pièce, où il bavardait avec Clarice quelques instants plus tôt. Tu es si pâle, et tes yeux sont creux. On dirait que tu es sur le point de t'effondrer. Essaie de te concentrer sur quelque chose de positif, tenta-t-il avant de marquer une pause. Mme Hanson m'a dit que Willow était indemne.

— Oui. Elle était dans les bois quand... c'est arrivé.

— Pourquoi était-elle dans les bois alors qu'elle sortait à peine de l'hôpital ?

— Une histoire de chasse aux lucioles.

— Je suis heureux qu'elle aille bien.

Glen attira Diana vers lui, lui enleva le mouchoir mouillé des mains et caressa son visage encore humide.

— Je suis encore plus heureux que *toi* tu n'aies rien.

— Oh, Glen, je lui ai dit que je serais là vers huit heures. Si j'avais été à l'heure…

Elle frissonna.

— Je sais que j'ai de la chance, mais je me sens si coupable de le dire !

— Tu as eu de la chance. Penny était une femme charmante et je sais que vous étiez bonnes amies. Nous sommes tous affligés par ce qui lui est arrivé, mais tu n'as aucune raison de te sentir coupable parce que tu *es* saine et sauve, mon cœur, dit Glen en l'embrassant sur le front.

Nan pénétra dans la bibliothèque et Diana se rendit compte qu'elle attendait déjà à la porte depuis deux minutes. Elle fixa son regard inexpressif sur Glen.

— Vous voulez du café ou quelque chose ?

Glen secoua la tête et Diana répondit :

— Non, Nan, mais merci de l'avoir demandé.

— C'est mon travail de demander, aboya Nan.

Elle tourna des talons et sortit prestement de la pièce, le dos droit, la tête haute, tout son corps vibrant de rancune.

— Je pense que ce sera sa dernière place d'employée de maison, lâcha Diana. Elle déteste ça.

— Ce n'est peut-être pas une mauvaise chose. Elle pourrait décider de retourner à l'université et de travailler un peu plus dur qu'en première année, si elle se rend compte que c'est sans doute le seul boulot qu'elle trouvera sans diplôme. Je l'avais en cours d'histoire européenne. Elle est plus intelligente qu'on le croit.

Diana avait ses doutes à ce sujet, mais elle ne les exprima pas. Quand Glen lui sourit, d'étroites rides se formèrent autour de ses yeux bruns. Des yeux de bébé chiot ; elle l'avait toujours pensé, sans jamais lui dire. Diana savait que Glen aurait voulu être un homme à femmes élégant et racé. Mais ce type d'homme n'avait jamais des yeux de petit chien, des yeux assoiffés d'affection, des yeux où brillait si souvent une douleur, une peur d'être rejeté.

Elle leva la main, toucha ses cheveux châtain clair et jeta un regard fugace sur la barbe naissante qui couvrait son agréable visage. Il dut remarquer le coup d'œil de Diana car il porta immédiatement sa main à son menton et à ses joues.

— Je me suis douché mais je n'ai pas pris le temps de me raser après avoir entendu la nouvelle. J'étais si bouleversé que je me serais tailladé le visage.

— Tu n'es pas obligé d'être tout le temps impeccable, Glen. On est samedi.

— Nous devions aller danser au country-club ce soir.

Diana soupira.

— Oh, eh bien, de toute façon j'imagine qu'aucun de nous n'était si impatient que ça d'aller danser.

— Moi oui. Je pensais que ce serait une diversion agréable par rapport au traditionnel dîner suivi d'un film. J'ai même fait nettoyer mon plus beau costume.

Diana évita son regard. Elle n'avait pas accordé une seule seconde de réflexion à ce qu'elle mettrait.

— Tu crois que je devrais envoyer des fleurs à Penny ? demanda soudain Glen.

— Non. Elle est dans l'unité des grands brûlés. À mon avis, ils n'acceptent pas les fleurs… Je l'ai entraperçue hier soir avant qu'ils l'emportent dans l'ambulance. Elle était inconsciente, heureusement. Elle était si abîmée Je n'ai même pas essayé de la voir ce matin, mais j'ai demandé de ses nouvelles. Elle est toujours inconsciente et son état ne s'est pas amélioré, expliqua Diana avant de prendre une inspiration profonde et douloureuse. Je suis sûre qu'elle va mourir.

— Mon Dieu, quel gâchis !

La voix de Glen tremblait légèrement et Diana comprit qu'il était réellement atteint. Il connaissait Penny, mais ils n'étaient pas proches. Il ressentait pourtant la plus grande compassion pour cette charmante jeune femme et pour sa fille.

— Est-ce que quelqu'un sait ce qui s'est passé chez elle ? demanda-t-il. Ça ne peut pas être un problème électrique. Un court-circuit ne fait pas exploser une maison.

— Non, c'est vrai.

Diana s'apprêtait à parler à Glen de l'arme que Simon avait vue chez Penny lorsqu'elle aperçut la pointe d'une tennis blanche. Nan se tenait légèrement en retrait à l'entrée de la bibliothèque. Ce n'était pas la première fois que Diana la surprenait à écouter aux portes, et elle savait qu'elle devrait la réprimander pour cela, mais pas maintenant. Elle se félicita toutefois de n'avoir rien dit à Glen à propos de l'arme ni des incidents de la nuit à l'hôpital. Elle ne savait pas ce que Nan Murphy ferait de ces informations — elle essaierait sûrement de les vendre à un journal.

— Un expert en incendies va sans doute inspecter la maison aujourd'hui, continua-t-elle. Il pourra nous dire ce qui a provoqué l'explosion.

— J'imagine.

Glen passa son bras autour de Diana et la regarda dans les yeux.

— Je suis si soulagé que tu n'aies pas été dans cette maison, Diana. Tu ne sais pas à quel point tu comptes pour moi.

Diana se sentit coupable lorsque Glen embrassa tendrement ses lèvres. Il avait exprimé ses sentiments pour elle d'une voix grave, empreinte d'émotion. Elle aurait aimé éprouver la même chose pour lui.

CHAPITRE 6

1

Tu as simplement trouvé le 4 × 4 garé dans l'allée ? Sans mot ? Rien ?

— Les clés étaient sur le contact, ce qui m'a grandement soulagé ! dit Simon en souriant à Diana, qui s'était assise à côté de lui dans la bibliothèque après le départ de Glen. Je n'ai aucune idée de l'heure à laquelle Tyler Raines a ramené la voiture. Je ne sais pas s'il est reparti d'ici à pied ou s'il a appelé un taxi.

— Je serais vraiment choquée qu'il n'ait pas laissé le moindre mot s'il n'avait pas aussi pris la tangente sans accompagner Willow jusqu'à l'hôpital. Il semblait tant s'inquiéter de son sort sur les lieux de l'incendie. Il y est même retourné pour la chercher après nous avoir conduites ici, Clarice et moi.

Diana haussa les épaules.

— Je ne le comprends pas et, pour être franche, Simon, je ne lui fais pas confiance. Son comportement n'a aucun sens.

— Moi, il m'a paru digne de confiance quand il est passé ici et je peux même concevoir qu'il ne soit pas allé à l'hôpital avec Willow — il nous l'a très bien dit, il ne fait pas partie de sa famille, et puis il devait être épuisé. Mais je ne voudrais pas minimiser ton intuition féminine à son propos.

— Oh, Simon ! s'exclama Diana. Tu ne vas quand même pas expliquer mes pressentiments en les attribuant à un concept aussi sexiste que l'intuition féminine !

— Loin de moi cette idée, ma chérie, même s'il se trouve que j'y crois, juste un tout petit peu, grimaça-t-il. Ta grand-mère a eu une influence certaine sur moi. Je pense que, parfois, la bonne réponse vient davantage de l'intuition que des preuves. Et si tu le répètes à qui que ce soit, je nierai l'avoir dit jusqu'à mon dernier souffle !

Diana gloussa.

— Je promets de ne pas le répéter, mais je dois te dire qu'il ne se passe pas une journée sans que tu me surprennes. Je crois que personne ne pourra jamais vous connaître entièrement, Simon Van Etton.

— Personne ne connaît jamais personne complètement, répliqua Simon, redevenu sérieux. Mais s'il y a une personne au monde en qui j'ai toute confiance, c'est toi Diana.

Le plaisir que lui procura cet aveu la fit rougir.

— Voilà pourquoi, quand tu me dis que quelqu'un se trouvait dans ta chambre d'hôpital la nuit dernière, je sais que tu dis vrai. Dieu du ciel ! Personne n'est sûr pour l'instant que l'explosion chez Penny a été d'origine accidentelle. Et ces gens de l'hôpital, est-ce qu'ils n'ont pas vu le rapport entre les pétards et cette intrusion dans la chambre de Willow ?

— Apparemment, non, dit Diana d'un ton morne. Ils ont pensé que les pétards étaient une mauvaise plaisanterie et que j'étais une hystérique à l'imagination débordante. Pour être honnête, je n'ai pas pris le temps d'expliquer que, d'après moi, Penny avait des problèmes et que quelqu'un leur voulait peut-être du mal, à Willow et à elle.

— Non, tout ce qu'ils savaient c'est que la maison de la petite avait pris feu. Mais que quelqu'un fasse exploser des pétards justement à l'étage où a été admise l'enfant qui vient d'échapper à un incendie, même sans connaître toute l'histoire, j'aurais trouvé que c'était une sacrée coïncidence.

— Malheureusement, tout le monde ne pense pas, comme toi, que les coïncidences sont trop étranges pour être de vraies coïncidences, oncle Simon. La plupart des gens ne se sont pas souciés de la *manière* dont les pétards ont été allumés, continua Diana. L'aide-soignant qui a trouvé les pétards a aussi découvert des cendres de cigarette sur le sol à côté de la poubelle. Il m'a expliqué que quelqu'un avait dû enlever les filtres de deux cigarettes extra-longues avant de les attacher ensemble et d'allumer les cigarettes pour retarder la mise à feu de six ou sept minutes. Quand j'ai entendu ça, je me suis rendu compte que ces quelques minutes auraient suffi pour que quelqu'un atteigne la chambre de Willow et s'y cache avant que les pétards explosent. Le couloir était plein de monde et personne n'aurait remarqué un ou une inconnue en blouse blanche.

— Mais personne n'a cru à ce scénario ?

— Je n'ai même pas essayé de convaincre qui

que ce soit, avoua Diana, morose. J'ai insisté pour que la sécurité fouille la chambre, mais il n'y avait personne. Je sais qu'il a profité de l'agitation dans le couloir pour s'enfuir quand je suis sortie avec Willow. Le personnel de l'hôpital m'a traitée comme si j'étais une idiote. Je ne peux pas vraiment leur en vouloir. Mon histoire semblait très alambiquée, surtout parce que j'ai été incapable de fournir la moindre raison pour laquelle quelqu'un voudrait nous tuer, Willow et moi. Je ne le peux toujours pas, d'ailleurs. Mais je n'ai plus fermé l'œil de la nuit. Je suis restée assise à veiller sur Willow.

Simon serra la main de Diana dans sa poigne puissante.

— C'est bien normal que tu sois restée réveillée pour protéger Willow si tu sentais un danger. Je n'en attendais pas moins de toi. Tu aurais pu m'appeler, tu sais.

— Pour que tu puisses faire quoi ? Veiller avec moi ? Non, j'avais besoin que tu sois bien reposé aujourd'hui. Il va falloir que tu prennes soin de Willow et de Clarice.

— Clarice n'a pas besoin de moi, chérie. Elle est tout à fait autonome.

— Chez elle, oui. Mais cet endroit ne lui est pas familier. Pourtant, je suis contente qu'elle soit ici, à la fois pour son bien et pour celui de Willow. Même si sa maison était habitable, je n'aimerais pas la savoir assise là à regarder le tas fumant qu'est devenue la maison de Penny, à revivre éternellement cette expérience atroce. Où est Clarice, d'ailleurs ?

— Elle lit dans sa chambre.

Simon ne put dissimuler un élan de fierté.

— Elle lit un de mes livres. Ce n'est pas moi qui le lui ai suggéré. Il traînait sur une table, elle l'a ramassé, l'a feuilleté, et puis elle a dit qu'il avait l'air passionnant et m'a demandé si je voyais un inconvénient à ce qu'elle le lise. Un inconvénient ! J'ai été embarrassé, et flatté.

— Tes livres sont passionnants, renchérit Diana très sérieusement.

Diana avait toujours été époustouflée que Simon ait un tel talent pour l'écriture de sagas antiques rythmées et captivantes alors qu'il aurait été incapable de lire une petite histoire à un enfant, même si sa vie en avait dépendu.

Simon la regarda attentivement.

— Ma chérie, pourquoi ne vas-tu pas t'allonger et dormir un peu ? Je vois bien que tu es à bout de forces.

— Je suis épuisée, mais je n'ai pas sommeil. Et puis je dois aller acheter des vêtements pour Willow et passer chez Clarice, voir si je peux sauver ses habits et ses médicaments. D'ailleurs, il faut que j'y aille. Je suis en train de perdre le peu d'énergie qui me reste et je n'ai pas la patience d'attendre encore deux heures que Nan se décide à refaire du café.

2

Diana commença par acheter un rehausseur et le fit installer dans sa voiture pour Willow. Elle comprit sa réticence à l'égard de cet objet — à cinq ans,

Diana n'aurait pas non plus aimé devoir voyager dans un « siège-bébé ». Diana imaginait toutefois qu'un enfant était plus en sécurité ainsi harnaché, et elle aurait sans doute fait cet achat même si la loi ne l'avait pas exigé.

Avant de quitter la maison, Diana avait vérifié la taille de la robe que l'infirmière avait prêtée à Willow pour sa sortie de l'hôpital. Elle comptait sur les compétences des vendeurs pour l'aider à trouver un jean, des T-shirts et des chaussures qui lui iraient. Clarice avait insisté sur le fait qu'elle prendrait un taxi pour s'acheter quelques nouvelles tenues en ville, au cas où ses vêtements auraient été trop endommagés par l'incendie. « Je ne supporte pas d'être un tel fardeau », avait-elle dit à Diana. Mais Diana n'avait aucune intention de la laisser payer un taxi pour une séance prolongée de shopping en cette après-midi caniculaire. Elle avait assuré à Clarice, au moins pour la cinquième fois, qu'elle n'était pas un fardeau.

Avant de décider ou non de faire quelques emplettes pour Clarice, Diana devait vérifier s'il était possible de sauver les affaires personnelles de la vieille dame. Le séjour et la cuisine de Clarice faisaient face à la maison de Penny, ce qui signifiait que sa chambre se trouvait quasiment à l'autre bout de la bâtisse, très loin de l'endroit où l'incendie avait fait des dégâts. Elle avait également expliqué à Diana qu'elle rangeait ses médicaments dans la salle de bains adjacente à sa chambre.

Une fois le rehausseur installé, Diana reprit la route en direction du quartier résidentiel de Rosewood, en priant pour ne pas avoir à faire les boutiques pour

Clarice. Elle savait que Willow aimerait tout ce qu'elle choisirait ; une femme de soixante-dix ans était bien plus difficile à satisfaire, et elle apprécierait d'abréger cette expédition. Diana avait désespérément besoin de repos ce soir, et de temps demain pour commencer à développer les photos qu'elle avait prises pour l'office du tourisme. Et dire qu'elle n'avait terminé cette mission terrassante d'ennui que deux jours plus tôt ! Elle avait l'impression que des semaines s'étaient écoulées.

Diana s'était promis de bloquer ses souvenirs comme derrière une porte close, mais dès qu'elle tourna dans la rue de Penny, un doigt glacial lui griffa la nuque. Dans son imagination, la claire et calme après-midi reprit les couleurs brûlantes des flammes folles s'élevant dans la nuit au-dessus d'elles… De plus en plus haut…

Diana se serra contre le trottoir, tira le frein à main et ferma les yeux. Elle prit trois inspirations profondes, fortifiantes, et rouvrit les yeux. Elle vit un ciel clair, couleur bleuet, un doux soleil jaune et quelques nuages aux allures de meringue vaporeuse — une journée d'été exceptionnelle, comme un cadeau pour compenser l'holocauste de la veille.

— Comme si j'en avais quelque chose à faire des cadeaux en ce moment, marmonna Diana avec amertume.

Aucun cadeau au monde ne pourrait ramener les compteurs à zéro.

Je n'arriverai jamais à passer devant la maison de Penny, pensa Diana, proche de la panique, alors qu'elle relâchait le frein et commençait à avancer lentement. Je dirai simplement à Clarice que la police ou les pompiers jugent que sa maison n'est pas sûre et qu'ils ont refusé de m'y laisser entrer. Elle peut appeler son médecin pour qu'il lui rédige une nouvelle ordonnance. Si elle vérifie mon histoire ou demande à un voisin de se rendre chez elle et qu'elle découvre que j'ai menti… Eh bien, ce sera alors la fin d'une belle amitié !

Les pensées de Diana firent ainsi ricochet jusqu'à ce qu'elle arrive à proximité des atroces décombres de la petite maison de Penny. Elle s'était attendue à trouver un site sécurisé, protégé des enfants curieux qui iraient s'y aventurer et risqueraient de se faire mal, mais aussi des adultes qui devraient être plus prudents mais seraient sans doute tout autant curieux d'aller crapahuter dans les ruines et risqueraient aussi de s'y faire mal. Elle ne s'attendait pas du tout, en revanche, à voir des voitures à l'allure officielle garées dans l'allée et devant la maison. Elle ne s'attendait pas non plus à voir la fourgonnette d'une chaîne de télévision locale et une femme toute en jambes dont chaque cheveu était figé de laque en train d'interviewer un agent de police au visage crispé.

Et Diana ne pensait certainement pas tomber sur Tyler Raines, négligemment appuyé à une voiture de patrouille de la police, en train de la regarder avec un sourire qui disait sa certitude qu'elle viendrait.

3

Diana gara sa voiture contre le bord de la route, en bondit et marcha droit sur Tyler.

— Qu'est-ce que vous faites là ? lui lança-t-elle.

Tyler leva un sourcil, toujours souriant.

— Je profite de la vie, dit-il avec un accent du Sud exagéré. Pourquoi ? Je vous ai manqué ?

Un policier invraisemblablement jeune qui se tenait à côté de Tyler s'esquiva avec un sourire en coin. Diana eut envie de le gifler. Elle aurait bien cogné Tyler Raines aussi. Au lieu de cela, elle laissa se déverser un flot de reproches :

— Où êtes-vous allé hier soir ? Vous avez retrouvé Willow, vous l'avez mise dans l'ambulance et vous l'avez abandonnée !

Dans les yeux de Tyler, l'éclair de malice disparut.

— Je ne l'ai pas abandonnée puisque je l'ai mise dans l'ambulance ! Je ne suis pas *médecin*, Diana. Il n'y avait rien que je pouvais faire pour elle. Aller à l'hôpital aurait été une pure perte de temps. Ils ne m'auraient pas laissé rester avec elle, de toute façon.

Il s'interrompit, et son sourire revint.

— Mais je suis sûr que vous, vous êtes allée à l'hôpital. Est-ce que vous êtes en colère parce que je n'étais pas là pour *vous* attendre ?

— Vous êtes malade ? bafouilla Diana. Pourquoi est-ce que *moi* j'aurais envie de vous voir ?

Le jeune flic s'était éloigné d'eux et Tyler était toujours confortablement adossé à la voiture, ses bras bronzés croisés sur sa poitrine, ses cheveux blanchis par le soleil bien brillants, des fossettes aux coins de son sourire exaspérant.

— Je suis en colère parce que personne n'a compris ce qui se passait. Les gens de l'hôpital avaient besoin de vous poser des questions…

— Sur une enfant que je ne connais pas ?

— Ils ont cru que vous la connaissiez. Et vous aviez la voiture d'oncle Simon...

— Vous n'allez pas essayer de me faire arrêter pour vol de voiture, quand même ? Ça ne marchera pas. Au cas où vous ne l'auriez pas remarqué, j'ai rendu la voiture.

— Je sais que vous avez rapporté la voiture. Mais vous n'avez pas appelé pour prendre des nouvelles de Willow.

— Comment va-t-elle ?

Diana le fusilla du regard.

— Elle va bien, ce que vous sauriez si vous aviez attendu aux urgences jusqu'à ce qu'elle soit examinée. Elle a passé la nuit à l'hôpital — je suis restée avec elle — et ils l'ont libérée ce matin. Elle est chez mon oncle. Penny est toujours inconsciente, Dieu merci. J'ai même pris des nouvelles du pompier, Davis, qui est tombé dans la cave hier soir. Il a deux côtes et un poignet cassés mais il se remet. Mais ça, vous, vous vous en fichez !

— Vous m'avez rencontré il y a moins de vingt-quatre heures mais vous avez déjà tout compris de moi, hein ? répliqua Tyler avec agacement. Bien sûr, je n'en ai rien à faire de ces gens, puisque Diana Sheridan le dit !

— Eh bien, en tout cas, on ne dirait pas que vous vous en souciez.

Diana sut que ce qu'elle venait de dire était totalement idiot ; comme si elle s'était attendue à ce qu'il fasse le planton devant leur chambre avec un bouquet de fleurs ! Elle décida de noyer le poisson en posant une question.

— Qui êtes-vous ? Qu'est-ce que vous faites à New York ?

— Je suis Tyler Raines. Je croyais vous l'avoir déjà dit. Quant à ce que je fais... je suis un espion international.

— C'est pas vrai ! Vous trouvez vraiment que c'est le moment de faire des blagues ? Quel est votre métier ?

— Je ne réponds pas aux questions personnelles.

— Ça, c'est une question personnelle ?

— Je considère que oui.

— Pourquoi est-ce que vous traînez encore ici ?

— Je ne traîne pas ici. Je ne suis là que depuis une vingtaine de minutes. Le jeune agent Patterson ici présent pourra vous confirmer l'heure de mon arrivée sur les lieux. Agent ?

— Vingt minutes, m'dame.

— Merci beaucoup pour cette information, répondit Diana avec sarcasme.

Elle reporta son attention sur Tyler.

— Ça ne me dit pas pourquoi vous êtes ici aujourd'hui, ni pourquoi vous étiez là hier soir !

Tyler dressa la tête.

— Hier soir, je me suis retrouvé aussi impliqué que vous dans la situation. Davantage, même — j'ai aidé les pompiers et j'ai récupéré l'enfant. Je ne trouve donc ni absurde ni incompréhensible de repasser cet après-midi pour savoir si quelqu'un a découvert l'origine de ce brasier. Voilà pourquoi je suis ici.

Il marqua une pause, pendant laquelle son rictus se détendit.

— Maintenant, pourquoi est-ce que *vous* n'essayeriez pas de me dire la vérité ? Pourquoi êtes-vous en colère contre moi ?

— Parce que… parce que…

Diana sentit avec répugnance des larmes gonfler dans ses yeux.

— Parce que ce qui s'est passé hier soir était si horrible, et vous vous êtes retrouvé en plein dans cette histoire. Vous avez vu cette horreur. Vous aviez l'air de vraiment vous soucier du sort de ces gens. Et pourtant vous avez lâché Willow comme ça, et vous n'avez pas demandé de nouvelles de Penny, qui va sans doute mourir ! Voilà pourquoi je suis en colère. Vous ne vous inquiétez même pas pour elles !

La fatigue de Diana, le choc provoqué par l'explosion, la terreur qu'elle avait éprouvée à l'hôpital et la douleur insupportable que lui infligeait l'état de Penny semblaient s'abattre sur elle, l'écrasant presque sous leur poids. Elle se mit à sangloter violemment — malgré l'humiliation que cette perte de contrôle représentait pour elle, elle ne parvenait plus à retenir ni les raclements bruyants qui montaient du tréfonds de son être ni les larmes qui inondèrent son visage comme une pluie soudaine.

Elle aperçut vaguement le jeune flic s'éloigner et Tyler s'avança, se posta quelques secondes devant elle, hésitant, puis l'enveloppa de ses bras puissants, l'attirant contre son corps athlétique et solide. Diana aurait dû se libérer de cette étreinte — elle connaissait à peine cet homme, et elle était presque certaine qu'elle ne l'aimait pas et ne lui faisait pas confiance — mais pour l'instant, tout ce qu'elle désirait, c'était qu'il la garde ainsi serrée contre lui, qu'il la laisse pleurer sur son torse en appuyant son menton sur sa tête et continue de lui murmurer :

— Ne pleurez pas, chérie. Ne pleurez pas.

— Je ne peux pas m'en empêcher, dit-elle le visage enfoui dans son T-shirt. Et je ne suis pas votre « chérie », bordel !

— Peut-être que vous l'êtes, mais que vous ne le savez pas encore. Les miracles, ça existe.

Diana s'écarta de lui et le regarda avec défi.

— Alors qu'est-ce qui est arrivé à Penny ? Son miracle, c'est quoi ? Pourquoi est-ce qu'elle n'était pas plus loin de la maison et plus près de Willow ? Willow m'a raconté qu'elle était à l'orée du bois pour attraper des scintillettes quand Penny l'a vue et s'est dirigée vers elle.

— Pourquoi est-ce qu'elle voulait attraper des scintillettes ?

— Parce que Penny était bouleversée hier soir.

— Penny était bouleversée ? À propos de quoi ?

— Je ne sais pas. Je lui ai parlé brièvement la veille. Elle m'a semblé très inquiète mais elle ne m'a pas expliqué quel était le problème.

Les mains de Tyler descendirent jusqu'à sa taille et il l'éloigna légèrement de lui.

— Vous devez bien avoir une petite idée.

Diana reprenait le contrôle de ses nerfs, ses sanglots s'apaisaient et ses larmes commençaient à se tarir.

— Pourquoi vous me posez toutes ces questions ?

— Je suis curieux.

Diana sonda ses yeux bleus brillants rétrécis par le soupçon. Elle sentit une pression supplémentaire sur sa taille et vit les muscles de ses mâchoires se contracter.

— Vous n'êtes pas curieux comme la plupart des gens le seraient. Vous n'êtes pas curieux de façon banale. Vous semblez vouloir à tout prix savoir ce qui bouleversait Penny.

— Pas du tout. Pourquoi je le voudrais ? Je ne connais même pas cette femme.

— Vous en êtes sûr ?

Un court silence acéré s'installa entre eux. Les yeux de Tyler s'étrécirent encore, comme pour plonger plus profondément dans ceux de Diana.

— Ça veut dire quoi, ça ?

— Ça veut dire que la personne la plus empathique du monde ne montrerait pas autant d'acharnement que vous à découvrir ce qui bouleversait une femme qu'elle ne connaissait pas.

— J'étais là. J'ai aidé les pompiers, pas beaucoup, mais j'ai essayé. La mère d'une petite fille est grièvement brûlée et ne survivra probablement pas. Je sais que vous croyez que je n'ai pas de cœur, que je n'ai aucune compassion pour elle, mais vous avez tort. Vous n'êtes pas aussi maligne que vous le pensez.

Il tenait maintenant fermement les bras de Diana, qui ne se dégageait pas. Tous deux semblaient épuisés, et un filament incandescent de colère et de méfiance vibrait entre eux. Le cœur de Diana battait à tout rompre, mais elle était déterminée à montrer à cet homme qu'il ne l'intimidait pas. Elle n'allait pas s'arracher de ses bras pour se précipiter dans sa voiture. Elle resterait face à lui et soutiendrait son regard aussi longtemps qu'il le faudrait. Une heure. Plus longtemps.

Peu à peu, sa respiration s'allégea, la fureur s'apaisa dans ses yeux et il dit lentement :

— Je ne voulais pas vous faire peur.

— Vous ne m'avez pas fait peur. Vous n'avez aucun droit de me poser *quelque* question que ce soit sur Penny. Vous n'avez aucun droit d'être ici !

— Je…

Tyler baissa la tête, inspira profondément puis planta à nouveau ses yeux azur dans ceux de Diana. Elle le vit lutter pour se composer un visage, tenter de contrôler ce qu'elle ne manquerait pas de percevoir comme une volonté farouche d'obtenir les informations qu'il voulait, quelle que soit la manière employée pour y parvenir. Elle ne le connaissait pas mais elle savait qu'il était dangereux. Aucun doute.

Pourtant, il la regardait avec une trace de douceur triste dans les yeux.

— J'imagine que mon attitude n'a pas été la meilleure, mais il y a une explication à cela. Si vous avez la moindre idée de ce qui perturbait votre amie, vous devez le dire à la police. Je suis sérieux, Diana, parce que…

— Parce que quoi ? demanda-t-elle en tâchant de paraître superbement dédaigneuse.

Il jeta un regard circulaire autour d'eux pour vérifier que personne ne l'entendrait.

— Parce que le chef des pompiers en est arrivé à la

conclusion que cette maison n'a pas pris feu à cause d'une fuite de gaz ou d'un autre événement accidentel, dit doucement Tyler. Diana, l'explosion d'hier soir a été provoquée par une bombe.

4

Bombe. Le mot l'atteignit comme un coup de poignard. Elle posa ses yeux fixes sur Tyler, sans le voir. Elle revit Penny couverte de suie et de cloques sur un fond de flammes aveuglantes s'élevant dans une nuit noire.

— Diana, vous m'avez compris ? finit par demander Tyler.

— Oui, dit-elle vaguement, tentant de se dégager de cette vision lancinante pour revenir au présent. Vous avez dit que c'était une bombe.

Elle s'obligea à se concentrer sur Tyler.

— Mais comment savez-vous que c'était une bombe ? Ça m'étonnerait que le chef de la police ait partagé ses découvertes avec *vous*.

— Je l'ai entendu en parler à un de ses hommes.

— Vous avez peut-être mal compris.

— Non. Vous voyez ce type, là-bas ? dit Tyler en désignant d'un signe de tête un homme entre deux âges aux épais cheveux poivre et sel et à l'expression maussade. Il fait partie de l'ATF, l'agence gouvernementale chargée de l'alcool, du tabac, des armes à feu et des explosifs.

— Je sais ce qu'est l'ATF, Tyler.

— Alors vous savez qu'ils ne se rendent pas sur

site en cas d'incendie domestique ordinaire. Ils sont envoyés quand les flics trouvent quelque chose de suspect — dans le cas présent, une bombe.

— Mais comment est-ce qu'ils savent ça ? Sur quoi est-ce qu'ils fondent cette théorie de la bombe ?

Tyler regarda à nouveau autour de lui et continua tout bas.

— Ils ont trouvé un gros trou irrégulier au sous-sol. Une bombe explose de façon concentrée en formant un cratère dans le béton. Une explosion provoquée par une fuite de gaz…

— … aurait été plus diffuse, l'interrompit Diana, perdue dans ses souvenirs. J'ai vu une fois une maison dont la cave s'était remplie de gaz à cause d'une fuite, quelque chose avait déclenché l'explosion et il n'y avait pas de « cratère », comme vous dites, pas de point d'impact précis dans le sol de béton.

Elle fronça les sourcils. Elle avait la sensation de parler d'une voix toute faible, comme sortie du fond d'un puits.

— Ne me dites pas que vous avez aussi entendu le chef des pompiers parler du sous-sol.

— Non, mais c'est ce jeune flic, Patterson, qui l'a entendu. Et l'excitation rend parfois les bleus un peu trop bavards.

— Et comment en savez-vous autant sur les habitudes des jeunes flics ?

Tyler hésita puis lâcha avec réticence :

— J'avais un oncle dans la police. Il vivait pour son boulot. Il est mort il y a très longtemps.

Tyler sembla se reprendre mentalement et Diana vit ses yeux se voiler.

— Cette maison a été piégée, Diana. Je m'en suis douté hier soir à cause de la puissance de l'explosion. C'est pour ça que je suis revenu aujourd'hui. Je voulais en être sûr. Je n'aurais sans doute pas dû vous en parler. La police ne veut pas que l'information filtre pour l'instant auprès du grand public.

Toujours assommée par la nouvelle, Diana dit :

— Je ne vais certainement pas me précipiter pour bavasser avec la presse, mais ce policier là-bas, qui parle à la journaliste de la télé locale ? Il va le lui dire ?

— Pas s'il veut garder son boulot. Il lui sert sans doute le laïus habituel sur l'enquête en cours et le communiqué que la police publiera quand elle en saura plus.

Diana regarda la journaliste découragée regagner la fourgonnette tandis que le policier retournait vers les ruines de la maison de Penny.

— On dirait qu'elle n'a pas eu beaucoup d'informations.

— Qu'est-ce que je disais ? Vous n'entendrez pas parler d'une bombe aux infos du soir. Peut-être demain…

Tyler haussa les épaules.

— Ils ne réussiront sans doute pas à garder le secret là-dessus très longtemps. Et vous devez me promettre que vous n'en parlerez à personne. Je n'aurais probablement pas dû *vous* le dire.

— Pourquoi ? Parce que vous pensez que je suis incapable de garder un secret ? siffla Diana. Eh bien j'en suis tout à fait capable. Je suis totalement digne de confiance, monsieur Raines.

Tyler la gratifia d'un sourire satisfait et elle se sentit tout à coup déconcertée par cette affirmation si puérile de son honnêteté. Qu'est-ce qui clochait chez elle ? Après tout, elle ne lui faisait aucune confiance, à lui, se reprit-elle avec rage.

Il souriait toujours lorsque l'embarras de Diana la poussa à rouvrir les hostilités.

— Vous avez aidé les pompiers et vous avez trouvé Willow, mais ça n'explique pas pourquoi vous vous investissez autant dans cette histoire. Vous ne connaissez même pas Penny et Willow. Qu'est-ce que ça peut vous faire, que la maison ait explosé à cause d'une bombe ?

Le sourire de Tyler laissa la place à une profonde exaspération.

— Bon Dieu, Diana, est-ce que ça arrive tous les jours dans cette ville, que des bombes explosent chez les gens ? Je ne pense pas. Est-ce que vous aussi vous ne seriez pas curieuse si une maison explosait comme ça, même si vous ne connaissiez pas les habitants ? Peut-être bien que je ne connais ni Penny ni sa petite fille, mais je connais Al Meeks, l'ami de mon grand-père, *mon* ami qui vit tout près d'ici. J'ai découvert hier soir qu'il connaît Penny. Et puis il y a vous, Clarice Hanson et votre oncle. Vous connaissez tous Penny.

Diana ne comprenait pas où il voulait en venir.

— D'accord, nous connaissons tous Penny. Et alors ?

La frustration contracta le visage de Tyler, qui reprit la parole lentement, comme s'il s'adressait à un enfant.

— Vous êtes une femme intelligente. Utilisez votre cervelle. À l'évidence, quelqu'un a essayé d'assassiner Penny — quelqu'un de suffisamment mauvais pour ne pas se soucier de tuer aussi une petite fille de cinq ans. Cette personne a peut-être voulu tuer Penny parce qu'elle savait quelque chose de dangereux à son propos. Si c'est le cas, cette personne pourrait penser qu'elle en a parlé à Al Meeks, ou à Clarice, ou à votre oncle, ou, surtout, à vous. Et puis il y a toujours Willow. Même si elle est très jeune, elle pourrait aussi savoir quelque chose. Diana, vous êtes tous des cibles potentielles.

5

Diana se tenait dans le hall principal du centre commercial, les mains tremblantes, la tête pulsant de douleur ; ses pensées s'échappaient comme de petits chapelets de souris effrayées. Le centre commercial grouillait généralement de monde le samedi après-midi, mais le beau temps avait vidé les lieux. Malgré ce calme relatif, pourtant, Diana ne parvenait pas à se repérer. Elle traversa le hall à grandes enjambées en jetant des regards aveugles aux vitrines et en essayant de se rappeler ce dont elle avait besoin pour Willow et dans quelle taille.

Une bombe. Bombe. *Bombe.*

Ce mot ricochait dans l'esprit de Diana à tel point qu'elle ne réussissait à se concentrer sur rien d'autre. Elle avait lu des articles sur des attentats au Moyen-Orient ou en Europe. Ces bombes tuaient quelques personnes dans des endroits où elle n'était jamais allée. Il était arrivé que des bombes explosent plus près de chez elle. Même si elle était très jeune alors, elle se souvenait de la douloureuse stupéfaction qui s'était abattue sur le pays après l'attentat d'Oklahoma City en 1995, qui avait fait 168 morts et plus de 800 blessés.

Mais elle n'avait jamais vraiment envisagé qu'une chose pareille pourrait la toucher *elle*. Quelle naïveté, se dit-elle avec honte. Non seulement c'était arrivé près de chez elle, mais elle avait failli y perdre la vie et sa meilleure amie allait certainement perdre sa bataille pour la sienne, consumée par une de ces bombes.

Tout cela semblait invraisemblable. Mais ça ne l'était pas, pensa Diana en traînant des pieds, presque submergée par l'envie de s'asseoir là et de pleurer librement. Une bombe avait explosé et son seul réconfort était de savoir Willow saine et sauve, tout au moins physiquement. Qui sait quelles séquelles émotionnelles l'enfant garderait de cette tragédie violente ?

Et que devait-elle penser de la théorie de Tyler selon laquelle tous ceux qui connaissaient Penny pourraient être la cible d'un tueur ? Et s'il était toujours à la poursuite de Willow ? À cet instant, Diana avait failli lui parler de l'incident de la nuit dernière à l'hôpital. Elle ne l'avait finalement pas fait parce que son histoire paraissait abracadabrante. Pourquoi quelqu'un viendrait-il dans un hôpital bondé, se cacherait-il dans une salle de bains et attendrait-il le bon moment pour la tuer elle, ou Willow, ou les tuer toutes les deux ?

Sa conviction selon laquelle les pétards n'avaient été qu'une diversion orchestrée par ce prétendu assassin semblait aussi bien trop mélodramatique en cette après-midi ensoleillée. Si l'on ajoutait à cela le fait que deux aides-soignants et deux employés de la sécurité avaient fouillé sa chambre et n'avaient pas trouvé la moindre trace d'intrusion, elle allait à coup sûr passer pour une hystérique. Diana était persuadée de ne pas avoir rêvé, mais elle n'aurait pas supporté que Tyler Raines se moque d'elle. Pour une raison absurde qu'elle ne comprenait pas, elle voulait qu'il la respecte.

Diana sentit son téléphone portable vibrer et sursauta. Simon s'était bien sûr occupé de le recharger, pensa-t-elle avec un faible sourire en plongeant la main jusqu'au fond de son sac.

— Oui, Simon, dit-elle en décrochant. Tu ne pouvais pas supporter l'idée que je me promène dans la nature sans portable qui fonctionne, n'est-ce pas ?

— Je suis navré d'avoir envahi le sanctuaire de cette besace de cow-boy que tu t'obstines à appeler un sac, mais un portable déchargé ne sert pas à grand-chose. Je voulais juste m'assurer que tu allais bien.

Sa voix serrée trahissait une inquiétude profonde qu'il tentait de masquer par un ton dégagé.

— Tu es partie plus longtemps que je ne le pensais.

— Je vais bien, assura Diana en faisant les mêmes efforts que son oncle pour contrôler son débit. J'ai cru qu'il allait me falloir un mandat fédéral pour entrer dans la maison de Clarice. Elle devra rafraîchir le salon et la cuisine, mais les deux chambres et la salle de bains sont intactes. Le chef des pompiers m'a accompagnée à l'intérieur et j'ai rassemblé quelques affaires dont Clarice pourrait avoir besoin.

— C'est merveilleux. Je suis sûr que Clarice sera ravie de récupérer certains de ses biens.

Il marqua une pause, puis lui demanda :

— Le chef des pompiers t'a dit ce qui a pu provoquer l'incendie ?

— Non, répondit Diana sans mentir.

Le chef des pompiers ne lui avait rien dit à propos de la bombe. Cette révélation était venue de Tyler.

— L'enquête est en cours.

— Ils doivent forcément savoir quelque chose ! Il est plus de cinq heures ! lâcha Simon avec irritation.

— Peut-être qu'ils ont quelques réponses, maintenant, riposta Diana sur le même ton. Je suis partie de là-bas il y a environ deux heures. Il y avait beaucoup de monde sur la route et le centre commercial est bondé. Mais je serais bientôt de retour à la maison.

— Bien. Je n'aurais pas dû t'appeler. Je t'ai promis de ne jamais me comporter comme si j'étais ton père.

— Ce n'est pas ce que tu fais. Mes parents ne remarquaient jamais combien de temps j'étais partie.

— Ils étaient légèrement égocentriques, concéda Simon. Enfin bref, je suis désolé de t'avoir dérangée. Après ce qui est arrivé hier soir, je me conduis comme une mère poule.

Pour la première fois de la journée, Diana rit.

— Oncle Simon, s'il y a bien un état dans lequel je n'arrive pas à t'imaginer, c'est celui de mère poule… Comment va Willow ?

— Très bien. Mon histoire l'a endormie en un rien de temps !

Diana grimaça en pensant que l'enfant avait dû sombrer dans l'inconscience presque immédiatement pour échapper à la cruelle réalité.

— Ne t'épuise pas à faire les boutiques, chérie. Tu avais l'air morte de fatigue quand tu es partie tout à l'heure.

Diana se sentait effectivement morte de fatigue lorsqu'elle repéra enfin un magasin de babioles. La vendeuse lui présenta rapidement une sélection de couronnes ornées de diamants fantaisie et Diana en acheta une qui serait au goût de Willow. En temps normal, elle aurait été très heureuse de sa trouvaille. Aujourd'hui elle ne ressentait qu'un soulagement las. Willow avait tant perdu. Diana pourrait au moins remplacer son jouet préféré.

À 18 h 45, Diana se gara dans l'allée de Simon à côté d'une citadine Lincoln bleue qu'elle n'avait jamais vue. Elle ne se souvenait d'aucun ami de Simon ayant une telle voiture, à moins que ce soit un achat récent.

Quand elle entra dans la maison, Simon l'appela immédiatement de la bibliothèque. Son ton était tendu, impératif. Diana entra dans la pièce chargée de deux gros sacs du centre commercial et s'arrêta brusquement en voyant se lever un homme d'une quarantaine d'années aux cheveux poivre et sel dont les yeux métalliques la fixaient avec un mélange dérangeant de curiosité et de fureur.

Simon la rejoignit vite comme s'il voulait la protéger et lui saisit fermement le bras.

— Diana, voici Jeffrey Cavanaugh, expliqua-t-il d'une voix sonore. Il semblerait que M. Cavanaugh soit le mari de Penny.

CHAPITRE 7

1

— Son mari ? demanda Diana d'une petite voix.

La voix tranchante de leur invité lui répondit vivement :

— Oui. Je suis le mari de Penny, madame Van Etton.

— Monsieur Cavanaugh, je vous ai expliqué tout à l'heure que nous attendions ma nièce, intervint froidement Simon. Je vous présente Mlle Diana Sheridan.

— Et le mari de Penny est mort, ajouta Diana.

— Est-ce que j'ai l'air mort ? riposta Jeffrey Cavanaugh avec agressivité. Nous avons été mariés pendant sept ans. Nous n'avons jamais divorcé.

— Mais… mais c'est impossible, insista Diana.

Jeffrey Cavanaugh fit un pas dans sa direction.

— Il y a exactement dix-huit mois, alors que j'étais en voyage d'affaires, Penny a pris notre fille et elle est partie, sans même laisser un mot d'explication. Elle a tout simplement disparu.

Diana demeura silencieuse un instant, stupéfaite.

Puis une hostilité incontrôlable se mit à bouillonner en elle.

— Non. Penny ne ferait pas une chose pareille. Pourquoi mentez-vous ?

L'homme lui lança un regard furieux.

— Je ne mens pas. Depuis dix-huit mois, je suis à leur recherche. Est-ce que vous avez la moindre idée de la souffrance que m'a infligée cette femme ? Elle a pris mon enfant. Ma fille ! Votre oncle dit que vous êtes une amie proche de Penny. Ne me faites pas l'affront de prétendre que vous n'étiez pas au courant.

— Je ne comprends rien à ce que vous racontez, monsieur… Cavanaugh, c'est ça ?

Les yeux argentés de l'homme semblèrent étinceler.

— Vous savez parfaitement bien qui je suis !

— Je n'avais jamais entendu parler de vous avant aujourd'hui. Je n'ai aucune idée de qui vous êtes, riposta Diana avec rage. D'où venez-vous ? Comment avez-vous su où était Penny ?

— Je vis à New York. À Manhattan.

Diana le fixa d'un regard hostile.

— Et c'est censé tout expliquer ? Je vous ai demandé comment vous aviez su pour Penny.

— Peu avant midi, les autorités m'ont contacté pour m'annoncer qu'on avait trouvé ma femme grâce à ses empreintes digitales, qu'elle vivait à Huntington, en Virginie-Occidentale, sous le nom de Penny Conley. On m'a dit que Penny avait été grièvement brûlée dans l'incendie de sa maison mais que

Cornélia était saine et sauve et avait été recueillie par l'employeur de Penny.

— Cornélia ? demanda Diana, les yeux vides.

— Ma fille.

— Willow, murmura Simon à Diana avant de défier Jeffrey Cavanaugh du regard. Je crois que nous devrions nous asseoir et discuter calmement de la situation. Je pense qu'aucun d'entre nous ne sait exactement ce qui se passe et se quereller n'arrange rien.

— Je suis d'accord. Jeff, je t'en prie, ne t'énerve pas autant.

Pour la première fois, Diana remarqua une femme assise sur un des canapés. Elle était une version plus jeune de Jeffrey Cavanaugh, sauf pour ses yeux immenses et bleu foncé très différents des yeux gris, étroits, presque dérangeants, de Jeffrey. À côté d'elle, un homme brun d'allure très élégante détourna les yeux de Diana ; la tension palpable entre elle et Cavanaugh le mettait à l'évidence mal à l'aise.

Simon reprit immédiatement la maîtrise de la situation, et son assurance.

— Diana, voici Leonore Wentworth, annonça-t-il avec courtoisie. La sœur de M. Cavanaugh.

La jeune femme ressemblait beaucoup à son frère, mais son visage était embelli par ses yeux bleus expressifs.

— Enchantée, mademoiselle Sheridan, dit-elle d'une voix douce et mélodieuse, avec un gentil sourire.

On aurait dit une petite fille bien élevée à une fête d'adultes.

— Bonjour, répondit sèchement Diana.

Simon continua les présentations comme si de rien n'était.

— Et voici le mari de Mme Wentworth, Blake Wentworth.

L'homme se leva du canapé. La structure patricienne très classique de son visage, avec ses pommettes hautes et son nez aquilin, s'accordait à merveille avec l'ambiance de la bibliothèque. Ses cheveux noir corbeau ondulés brillaient dans le soleil du crépuscule qui filtrait par la baie vitrée. L'eau d'ébène de ses yeux était imprégnée d'une sympathie sincère et presque intime pour Diana. Ils se serrèrent la main et il lui sourit avec discrétion et franchise, révélant une dentition légèrement imparfaite ; elle remarqua une minuscule fossette sur son menton. Blake Wentworth était sans aucun doute l'homme le plus séduisant que Diana ait jamais vu. Il devrait s'appeler lord Wentworth, songea instantanément Diana, et posséder un manoir anglais. Lorsqu'il dit « Ravi de vous rencontrer, mademoiselle Sheridan » elle ne put répondre que par un léger hochement de tête.

Jeffrey Cavanaugh resta debout — tendu, imposant, la respiration lourde. Il croisait et décroisait ses larges mains. Simon, qui tenait toujours le bras de Diana, lui lança un regard froid.

— Monsieur Cavanaugh, comme je vous l'ai dit, je pense que nous devrions nous asseoir et essayer de résoudre ce dilemme…

— Ce n'est pas un dilemme, explosa Cavanaugh.

Simon prit une inspiration profonde et se redressa de tout son mètre quatre-vingt-dix.

— Monsieur, je comprends que vous soyez bouleversé, mais vous êtes ici chez moi, et si vous n'êtes pas capable de vous comporter de façon décente, je vais devoir vous demander de partir. Maintenant, allons-nous parler de tout ça tranquillement ou préférez-vous l'autre solution ?

Jeffrey Cavanaugh était toujours debout, écumant de colère, les yeux plantés sur Diana. Sa sœur le regardait avec anxiété. Blake Wentworth était absorbé dans la contemplation d'une petite reproduction en albâtre du Grand Sphinx de Gizeh posée sur la table, devant lui. Au moment où Diana sentit son grand-oncle se raidir, prêt à expulser de chez lui ces trois visiteurs imprévus et indésirables, Jeffrey soupira, recula de deux pas et s'effondra presque dans un grand fauteuil derrière lui.

— Nan, appela Simon. Nan a proposé de rester une heure de plus quand nos invités sont arrivés, murmura-t-il à l'oreille de Diana, avant de répéter : Nan !

La jeune femme trébucha sur un lacet dénoué de ses tennis et fit maladroitement irruption dans la bibliothèque, les joues en feu.

— Oui… Monsieur.

Nan ne disait jamais « monsieur » et Simon la regarda avec surprise avant de demander :

— Pouvez-vous nous faire du thé, s'il vous plaît ?

— Je n'aime pas le thé. Je ne veux pas de thé, annonça Jeffrey avec une grande grossièreté.

— Eh bien moi oui ! intervint Leonore Wentworth que l'attitude de son frère irritait.

Elle glissa un sourire complice à son mari.

— Je suis sûre que tu en prendras aussi, chéri, n'est-ce pas ?

Blake détacha son regard de la statuette mais évita de le poser directement sur Diana ou sur Simon. Diana avait l'impression qu'il était profondément embarrassé par la scène qui se jouait devant lui. Il regarda sa femme, qui lui caressait le bras en petits gestes affectueux, et parvint à étirer ses lèvres en un sourire pincé.

— Oui, un thé, ce serait… bien.

La voix forte et vulgaire de Nan brisa le silence comme une brique lancée dans une fenêtre :

— Faut pas que je parte plus tard que sept heures et demie. C'est dans une demi-heure.

Simon ne lui fit pas le plaisir de lever les yeux vers elle.

— Si vous commencez à faire le thé dès maintenant, vous pourrez nous l'apporter largement avant la fin de votre service. Allez-y vite, Nan !

Leonore et Jeffrey jetèrent tous deux un regard à Diana, qui se refusa à prononcer ne serait-ce qu'un seul mot pour excuser l'attitude de Nan. Elle fut très reconnaissante à Simon lorsqu'il la délesta des deux sacs de courses auxquels elle s'agrippait encore comme à un bouclier.

— Tu as trouvé tout ce que tu cherchais ? lui demanda-t-il d'un ton aimable.

— Oui. Dans ces sacs, il y a les affaires de Clarice.

Les nouveaux vêtements pour Willow sont dans ma voiture.

Les yeux de Jeffrey Cavanaugh se plissèrent.

— Ma fille s'appelle Cornélia. Qui est Clarice ?

— Je suis désolé si nous vous avons offensé, monsieur Cavanaugh, mais nous avons l'habitude d'appeler votre fille Willow, répliqua Simon avec raideur. Mme Clarice Hanson est la voisine directe de Penny et une bonne amie à elle. L'incendie a gravement endommagé sa maison, elle demeure donc aussi avec nous pour l'instant. Elle et Willow — Cornélia — s'aiment beaucoup. Je pense que grâce à la présence de Mme Hanson, Wil… Cornélia se sent plus en sécurité.

— Je veux voir ma fille, dit brusquement Jeffrey.

Le ton de Simon resta neutre.

— Clarice joue avec elle en haut. Vous ne pensez pas qu'il vaut mieux laisser cette enfant en paix plutôt que de l'obliger à descendre alors que les esprits sont encore un peu trop échauffés ?

— Non !

— Si, intervint fermement Leonore avant de s'interrompre comme surprise par son audace. Jeff, je sais combien tu as hâte de voir Cornélia, mais M. Van Etton a raison. Ce ne serait certainement pas une bonne chose d'effrayer Corny.

Diana tressaillit. Corny ? Les Cavanaugh appelaient-ils vraiment cette jolie petite fille Corny ? Se rendaient-ils compte de l'effet qu'aurait sur elle d'être qualifiée de cliché à l'eau de rose ? Elle réfréna un gloussement nerveux.

— Je suis d'accord avec Leonore, déclara Blake

Wentworth, pour la première fois d'une voix sonore. Cette enfant a subi une expérience atroce, Jeff. Même si, Dieu merci ! elle n'a pas été blessée physiquement, son état émotionnel est tout à fait incertain pour l'instant.

Sa voix grave et moelleuse était celle d'un homme issu d'un milieu aisé et formé dans les meilleures écoles, mais dépourvue de prétention.

— Pourquoi ne pas la laisser avec son amie pour l'instant ? Je suis sûr que les Van Etton ne s'opposeront pas à ce que tu la voies plus tard.

— Bien sûr que non, confirma cordialement Simon.

Diana s'attendait à ce que Jeffrey aboie une objection, mais il regarda Blake un moment avant de hocher la tête.

— Tu as raison, comme toujours.

Un éclair d'agacement traversa le visage de Leonore.

— Il n'a rien dit de plus que moi.

Elle soupira, lasse, et parut soudain avoir vieilli de cinq ans.

— Mais si tu finis par écouter la voix de la sagesse, après tout, j'imagine que ça n'a pas d'importance qu'elle vienne de Blake ou de moi.

Si, cela a une importance, songea Diana. Vous aimez votre mari, mais vous en voulez à votre frère de l'écouter lui plutôt que vous.

— Leonore, Jeff n'accorde pas plus d'importance à mon opinion qu'à la tienne. Il a simplement l'habitude de me demander conseil, expliqua Blake en se tournant vers Simon. Jeffrey et moi sommes associés.

— Dans quelle branche ?

— Cavanaugh & Wentworth. C'est une entreprise de promotion immobilière. Jeff en est le président-directeur général et moi le directeur d'exploitation.

Diana dévisagea Blake.

— Vous êtes les Cavanaugh & Wentworth ? s'exclama-t-elle alors que Nan faisait son entrée dans la pièce, chargée d'un imposant plateau en argent. Vous prétendez que Penny était mariée au PDG de « Cavanaugh & Wentworth » ?

— Je ne prétends pas être marié avec elle, la corrigea Jeffrey. Je suis marié avec elle.

— Eh bien… eh bien c'est tout simplement impossible !

Nan noya la riposte outrée de Diana en posant violemment le plateau sur la table devant Simon. Entrechoquement de porcelaine, lait débordé, sucre renversé.

— Voyez ? Je sais pas servir le thé, proclama Nan, le visage cramoisi. Je vais en mettre partout.

— Il me semble que c'est déjà fait, marmonna Simon avant de lui sourire. Je pense que nous nous en sortirons sans vous. J'imagine que vous avez foison de projets passionnants pour la soirée.

Nan ne saisit pas la pointe de sarcasme dans la voix de Simon. Leonore si, et elle fit une discrète grimace à Diana.

Contre toute attente, Nan annonça :

— J'imagine que je pourrais rester un peu plus

longtemps, au cas où vous auriez besoin de quelque chose.

— Comme quoi ? demanda poliment Simon.

— Ben, je peux pas le savoir avant que vous ayez besoin, si ?

Simon parvint à rester imperturbable.

— Alors merci de vous retirer dans la cuisine, Nan, en attendant que nous ayons décidé de quoi nous pourrions avoir besoin.

— Bon, je vais faire le service, dit Diana en tendant la main vers une tasse posée dans une soucoupe une fois que Nan fut sortie de la pièce en traînant des pieds. J'ignore quel thé Nan a choisi.

— Ça n'a pas d'importance, dit gentiment Leonore. Ma mère a une véritable passion pour le thé, et moi aussi, en particulier quand je passe beaucoup de temps avec elle, comme ç'a été le cas ces deux dernières semaines. Elle vit dans le Connecticut et elle a des problèmes de santé depuis peu, alors elle m'a demandé de venir, comme d'habitude, alors qu'elle emploie une infirmière à plein temps. J'étais chez elle lorsque Blake m'a appelée pour m'annoncer la nouvelle à propos de Penny.

Diana remarqua que Blake donnait un discret coup de coude à sa femme. Leonore rougit légèrement.

— Oh ! Je ne peux pas m'empêcher de bavasser quand je suis fatiguée, nerveuse ou mal à l'aise — oh, et voilà que je recommence !

Elle gloussa, puis soupira.

— Je prendrai mon thé sans lait, avec un édulcorant.

Diana servit les Wentworth. Leonore regarda son frère et lui demanda :

— Jeff, tu es sûr que tu ne veux pas de thé ?

— Je n'aime pas le thé.

— Oui, nous avons compris cela, répondit Simon de façon affable, sans pour autant lui proposer autre chose à boire. Diana, sers-toi. Tu sembles sur le point de t'effondrer. Je remplirai ma tasse moi-même.

Le service du thé prenait un tour si cérémonieux que Diana se serait crue au Palais de Buckingham. Jeffrey se tenait assis très droit dans son fauteuil, ses traits durs comme la pierre.

— On peut parler de ma fille maintenant que tout le monde a eu son fichu thé ? siffla-t-il entre ses dents.

— Willow n'a aucune séquelle physique, répondit patiemment Simon. Ce que nous devons établir, c'est si elle est réellement votre fille et si Penny Conley est réellement votre femme.

Le visage de Jeffrey s'empourpra brutalement.

— J'en ai convaincu le FBI. J'ose espérer que vous ne serez pas plus difficiles à convaincre.

— Jeff, il est évident que ces gens ont une grande affection pour Cornélia. Ils font seulement preuve de prudence.

Leonore implora son frère du regard.

— Ne pourrions-nous pas être un peu moins antagonistes ? Pourquoi ne leur montres-tu pas son certificat de naissance ? Et aussi une photo d'elle.

— Un certificat de naissance et une photo de Cornélia ne leur prouveront rien.

— Pourtant...

Jeffrey leur lança à tous un regard à leur glacer le sang, puis posa sur ses genoux un attaché-case en cuir de grande qualité, l'ouvrit et en retira un dossier. Il le tendit à Simon, qui en sortit d'abord le certificat de mariage au nom de Jeffrey William Cavanaugh et Penelope Ann O'Keefe. Ensuite Simon lut le certificat de naissance de Cornélia Ruth Cavanaugh. Pour finir, il sortit du dossier une grande photo de professionnel représentant une enfant d'environ trois ans aux cheveux blonds et aux yeux bleu marine. Avec ses traits encore poupins, elle ressemblait à Willow, comme elle aurait ressemblé à beaucoup de petites filles.

Diana et Simon regardèrent les documents sans laisser paraître leurs sentiments. Diana leva les yeux vers Blake Wentworth et surprit son regard sombre si expressif posé sur elle.

— Jeff, ces trucs ne prouvent rien au Dr Van Etton et à Diana, dit-il doucement. Montre-leur la photo de toi avec Penny et Cornélia prise à Noël, avant le départ de Penny.

Jeffrey se crispa et le regard de Blake se déporta sur lui.

— Cette photo en dit plus que tous les autres documents réunis. S'il te plaît montre-leur !

Jeffrey soupira et ôta lentement une photo de sa mallette. Il la contempla un instant avant de quasiment la jeter à Simon. Diana se pencha vers son oncle et ils la regardèrent ensemble, comme hypnotisés.

C'était un agrandissement en 13 × 18.

— C'est moi qui l'ai prise. Je suis la photographe officielle de la famille et Blake dit que je m'améliore chaque jour !

La voix de Leonore ronronnait de fierté, mais Diana remarqua tout de suite qu'elle avait fait le point sur le fond au lieu de mettre l'accent sur les personnages.

Ils posaient devant un sapin de Noël richement décoré et éclairé. Les cheveux de Jeffrey étaient plus sombres, sa mâchoire plus puissante. Il portait un pull ras-du-cou rouge décoré d'un renne blanc sur le devant. Il ne regardait pas directement l'objectif et son demi-sourire figé trahissait une certaine gêne. Pas étonnant, ricana Diana intérieurement. Jeffrey Cavanaugh avait l'air ridicule dans cet habit de fête saugrenu.

Sur la photo, à côté de Jeffrey, une enfant, une petite fille de trois ou quatre ans aux cheveux blond vénitien longs jusqu'aux épaules et aux yeux bleus étincelants, dont le sourire exprimait un total ravissement. Une femme tenait l'enfant. Une femme aux longs cheveux cuivrés, de quelques teintes plus foncés que ceux de l'enfant, avec la même couleur d'yeux lacustre dont l'éclat était rehaussé par un fard à paupières bronze pailleté et un trait d'eye-liner brun tracé d'une main experte. Son blush couleur pêche se mariait parfaitement avec son rouge à lèvres ambré lustré d'une couche de gloss. Sa main gauche serrait fermement la taille de l'enfant — une main ornée d'une bague de fiançailles sertie d'un diamant taillé en marquise de plusieurs carats et une alliance également sertie de diamants.

Elle était clinquante. Elle était glamour. Elle était l'incarnation d'un bonheur serein.

C'était Penny.

2

Glen Austen jeta un coup d'œil au réveil à cristaux liquides sur sa table de chevet. 7 h 35. Puis il regarda la fenêtre de sa chambre. Le jour filtrait sur les côtés du léger store fermé. Dieu qu'il haïssait l'heure d'été. Il aimait que l'obscurité tombe doucement aux alentours de sept heures. Depuis ses quinze ans, il trouvait la nuit romantique, même s'il n'aurait jamais admis une émotion si « féminine ». Mais il y avait vingt ans de cela et il détestait toujours autant que le soleil continue d'irradier son univers jusqu'au milieu de la nuit.

Il n'avait pas envie de rester cloîtré chez lui ce soir, mais il n'avait pas non plus envie d'aller dans un restaurant ou un bar où il serait noyé sous les questions concernant Penny Conley. Glen ne pourrait pas supporter d'entendre parler de Penny Conley. Il aurait aimé que Diana ne lui dise rien de l'état de Penny parce que, maintenant, il ne parvenait pas à s'ôter de la tête l'image de ces horribles brûlures. Il espérait que Penny mourrait. Autrement, quelle vie aurait-elle ? Une femme autrefois ravissante et fraîche qui pousserait les gens à détourner le regard de son visage déformé par les cicatrices !

Glen crut qu'il allait vomir. Après quelques minutes d'étourdissement, son estomac se fit oublier.

Il grogna et avala une autre gorgée du whisky single malt millésimé qu'il gardait de côté pour une occasion pas si particulière. Certainement pas pour une telle occasion, en tout cas. Comme si le destin tragique de Penny ne suffisait pas, il s'était vu poliment mais fermement éjecté de la vie de Diana. Oh, pas de façon définitive. Elle ne lui avait pas dit qu'elle ne voulait plus « sortir » avec lui, mais elle n'avait pas eu envie d'être avec lui ce soir — un soir où elle aurait dû avoir besoin de son amour et de son réconfort — et c'était suffisamment clair.

Glen termina son troisième verre de scotch. Il comprenait les sous-entendus. Il était médecin, bon sang. Il était tout à fait capable de comprendre un sous-entendu !

Il se servit un nouveau verre de whisky et tenta de se concentrer sur le film qui ronronnait dans le téléviseur portable de sa chambre. C'était un film avec Sean Connery jeune, et Glen l'avait vu au moins cinq fois. Il prenait habituellement plaisir à s'identifier à ce Sean au charme ravageur, mais pas ce soir. Ce soir, il devait s'habiller pour aller danser au club. Danser au country-club. Ce que cela sonnait années 1950 ou 1960 ! Les gens élégants des vieux films qu'il avait tant aimés dans son enfance allaient danser au club, le summum de la sophistication et du glamour. Il y a bien longtemps, il s'était promis que lui aussi, un jour, ferait partie de ces gens chics et onctueux qui étaient admis au sein d'un country-club ; il serait l'homme beau et débonnaire qui électrise une salle dès qu'il y pose un pied.

Glen savait bien que l'appartenance à un country-club n'avait plus aujourd'hui le même cachet que par le passé, mais Simon Van Etton, que Glen admirait au-delà de toute mesure, en faisait partie et lui en avait présenté les membres les plus influents. En quelques semaines, il avait été admis dans leur cercle, pour sa plus grande fierté. Plus tard, lorsqu'il avait commencé à voir Diana, il s'était félicité d'avoir payé sa cotisation annuelle, bien qu'il ne jouât ni au golf ni au tennis, et qu'il ne sût ni nager ni danser.

Il avait pris des leçons de danse de salon et avait invité Diana à dîner et à danser pour son anniversaire, en février. Elle était ravissante, dans cette robe en mousseline lavande, avec ses cheveux bruns qui ondulaient jusqu'au milieu de son dos et ses yeux couleur de bruyère qui s'étaient allumés lorsqu'un serveur avait apporté le petit clafoutis aux cerises — il avait appris par Simon que c'était son dessert favori — en chantant « Joyeux anniversaire ».

Le téléphone sonna. Glen jura tout bas, content d'avoir débranché le téléphone de sa chambre. Il n'avait aucune envie de discuter ce soir — à moins que ce ne soit avec Diana, et encore. Il n'était même pas sûr de vouloir l'entendre, elle, ce soir. Il craignait qu'elle ne dise ce qu'il savait qu'elle dirait un jour, et il n'avait pas envie que ce soit aujourd'hui.

Au rez-de-chaussée de sa petite maison, les deux autres téléphones continuaient à sonner. Persistants. Sans doute quelqu'un prétendant « appeler pour savoir comment ça va », alors que la véritable raison de son appel serait de rassembler des informations sur l'explosion et l'état dans lequel se trouvait Penny. Cette personne a dû se dire que ce bon vieux Glen pourrait la renseigner. Après tout, il était presque fiancé à Diana Sheridan et elle était au courant de tout. Seigneur ! Diana aussi avait failli être déchiquetée la veille. Elle avait dû tout raconter à Glen.

La sonnerie retentissait toujours. Quelle peste ! fulmina Glen. Cette personne ne pouvait-elle pas comprendre que si Glen n'avait pas répondu après dix sonneries, c'est qu'il ne répondrait *pas* ?

Glen envisagea de descendre débrancher les deux autres appareils, mais il avait l'impression qu'il lui faudrait une force herculéenne pour sortir de son lit. Le whisky faisait son effet et l'avait plongé dans une torpeur bien plus agréable que la réalité. Il cessa de s'inquiéter pour les autres téléphones. Qu'ils sonnent !

Son esprit embrumé s'envola vers le mois de mai, quand Diana avait convaincu Penny de sortir dîner avec eux à ce qu'il appelait maintenant d'un air blasé « le Club ». Cette perspective ne l'enchantait pas. Il avait croisé Penny quelques fois chez Simon. Elle lui avait semblé jolie, surtout sans ses lunettes de vue ; elle était jeune, et chaleureuse, mais à l'évidence ni belle ni cultivée — en d'autres termes, pas le type de personne qu'il souhaitait emmener au « Club ». Mais Diana avait quasiment supplié Penny et, pour faire plaisir à Diana, il en avait fait autant. Penny avait hésité mais il avait bien vu qu'elle avait envie de venir. D'après lui, elle ne sortait pas beaucoup et elle avait grandement besoin de passer une soirée entre adultes, si fort qu'ait été son amour pour sa fille.

Glen se souvint combien l'allure de Penny l'avait

surpris lorsqu'ils étaient venus la chercher chez elle, et combien il s'était senti fier de pénétrer dans la salle à manger du Club avec une femme magnifique à chaque bras. Diana portait quelque chose de bleu — il ne gardait pas un souvenir précis de sa tenue. Mais il se rappelait parfaitement Penny dans sa robe vert d'eau soyeuse, dont le décolleté en V était profond mais élégant. Elle s'était maquillée davantage que d'habitude. Une délicate teinte rose ambré accentuait les courbes parfaites de sa bouche, un nuage de fard et un trait couleur bronze soulignaient ses yeux. Ses pendants d'oreilles dorés étincelaient dans sa chevelure acajou et des talons aiguilles allongeaient ses jambes finement galbées.

Pendant le dîner, elle avait été discrète et charmante, les avait laissés, Diana et lui, mener la conversation, et avait apporté des commentaires ou des remarques ponctuelles dont la sagacité et la subtilité avaient étonné Glen. Il s'était presque senti offensé par l'intelligence de Penny. Après tout, elle n'était que l'assistante de recherches de Simon, une ex-serveuse de restaurant routier ! Il oublia pourtant son ancien métier et son manque d'éducation lorsqu'il dansa avec elle. Elle se mouvait avec grâce et légèreté, voire avec sensualité, et l'espace d'un instant il avait été étourdi, comme une jeune fille.

À la fin de la soirée, il avait appris que Penny Conley était une femme charmante, intelligente, drôle et sexy. Elle n'était dotée ni de l'éducation ni du sens artistique de Diana, si bien qu'il n'avait pas éprouvé le besoin de remplacer Diana par Penny.

Mais son attirance pour Penny n'avait pas cessé pour autant.

Le téléphone se remit à sonner. Il l'insulta et se maudit de ne pas s'être levé plus tôt pour débrancher les appareils d'en bas. Maintenant, il serait incapable de descendre sans prendre le risque de plonger dans l'escalier la tête la première. La sonnerie persistait, encore, et encore, stridente, implacable, exaspérante. Il savait qui essayait de le joindre. Et il savait que cette personne essaierait sans relâche jusqu'à le faire céder, mais il n'était pas d'humeur à s'en occuper tout de suite. Pas ce soir…

Finalement, les paupières de Glen se firent lourdes, et il se rendit compte qu'il avait bu plus d'une demi-bouteille de scotch. Par miracle et à son grand soulagement, le téléphone avait arrêté de sonner. Il tripota la télécommande jusqu'à réussir à éteindre la télévision. Il était dans une obscurité totale. Il émit un soupir confus en remarquant que la lumière du jour avait disparu. La nuit avait fini par tomber. Il pouvait fermer les yeux et glisser dans l'oubli paisible du sommeil. Avec un peu de chance, il ferait de beaux rêves.

La dernière pensée semi-éveillée de Glen fut pour Penny. Il se demanda si elle rêvait, elle aussi.

3

— Alors ? demanda Jeffrey Cavanaugh avec arrogance. Qu'est-ce que vous avez à dire, maintenant ? Penny n'a pas pu tellement changer en dix-huit mois !

Diana sentit son cœur tomber en miettes lorsqu'elle vit la photo de Noël. C'était donc vrai — Penny avait enlevé l'enfant de son mari et s'était enfuie. En fait, elle avait kidnappé Willow. Le FBI était sur sa piste et avait fini par la retrouver, ce qui compliquait l'affaire. Le pire, c'était ce que Penny avait fait à Jeffrey Cavanaugh. Pendant dix-huit longs mois, il n'avait pas su si sa femme et sa fille étaient encore en vie, et quand il avait fini par les trouver…

— Alors ? répéta Jeffrey. Est-ce Penny ou non, mademoiselle Sheridan ?

— Cette femme a les cheveux blonds et les yeux bleus, dit vaguement Diana, qui persistait à combattre l'évidence. Les cheveux de Penny étaient — sont — plus foncés et coupés court, maintenant. Ses yeux sont bruns.

Leonore hocha la tête.

— Sa couleur naturelle est un blond vénitien, et elle a les yeux bleus. Elle a dû se teindre les cheveux et porter des lentilles de couleur. Mis à part cela, est-ce qu'elle ressemble à la femme sur cette photo ?

— Pas vraiment, maintint Diana, au bord du gouffre. Penny ne porte presque pas de maquillage et des lunettes, la plupart du temps. Elle s'habille très simplement — un pantalon, un twin-set, des talons plats, pas de bijoux.

— Mais au country-club… intervint Simon avec douceur. Souviens-toi du soir où tu l'y as amenée !

Bon sang, pensa Diana dans un moment de rage. Simon était-il obligé de parler de l'allure qu'avait Penny ce soir-là ? Bien sûr qu'il l'était. Simon était scrupuleusement honnête.

— Une fois je l'ai vue comme elle est sur cette photo, admit Diana. Avec un ami, nous l'avons invitée à venir danser au country-club. Elle portait une robe de cocktail verte et des pendants d'oreilles, davantage de maquillage… Son apparence m'a frappée, elle semblait si différente — si élégante. Et puis…

Diana chercha par quels mots décrire la part de mystère qu'elle avait détectée chez Penny ce soir-là.

— Elle paraissait si détendue, tellement dans son élément dans ces vêtements chics, cette ambiance mondaine. Je m'attendais à ce qu'elle soit un peu gauche, même si une soirée dans notre club n'a rien d'une réception à la Maison Blanche… Mais elle n'était pas nerveuse le moins du monde. Et elle dansait si bien, avec tant de grâce, tant de… métier. J'étais sidérée. Plus tard, elle m'a dit qu'elle avait pris des leçons de danse classique pendant quelques années.

Diana vit Blake et Leonore échanger un regard évocateur avant que Blake ne détourne les yeux. Simon fixait toujours la photo, le menton en avant et le front plissé, parce qu'il refusait toujours de porter ses lunettes de vue en présence d'invités.

— Les pommettes hautes, le nez très légèrement busqué, la forme des yeux et des lèvres… c'est effectivement, et sans aucun doute, la femme que nous connaissons sous le nom de Penny Conley, dit-il à regret.

Diana savait qu'il devait se sentir aussi déçu qu'elle par leur amie commune.

— Elle a le même minuscule grain de beauté à

côté de son œil gauche, exactement comme Willow. Vraiment, la ressemblance entre Penny et Willow est frappante. Mais ce certificat de naissance dit que Cornélia Cavanaugh est née en novembre. Or Willow vient d'avoir cinq ans, en juin.

— Elle vient d'avoir cinq ans ? répéta Jeffrey, surpris. Ma fille, Cornélia, aura six ans en novembre !

— Pourquoi Penny mentirait-elle sur l'âge de Corny ? demanda Leonore.

— Penny a dû récupérer la carte de sécurité sociale d'une autre enfant pour Cornélia, dit Blake d'un air pensif. Et cette carte appartenait à une enfant née en juin, et non en novembre.

— Et Penny a vingt-neuf ans ? demanda Simon.

Jeffrey secoua la tête.

— Trente. Nous nous sommes mariés quand elle avait vingt-trois ans. Elle fêterait ses trente ans le 25 décembre. Elle plaisantait toujours sur le fait qu'elle était un cadeau non désiré apporté par le Père Noël.

— Non désiré ?

— Elle disait que ses parents ne l'avaient pas désirée. Elle a eu une petite enfance très difficile. C'est ce qu'elle prétendait, en tout cas, ajouta Jeffrey avec amertume. Maintenant, je ne sais plus si ma femme m'a jamais dit la vérité sur quoi que ce soit ou si elle ne m'a pas simplement épousé pour mon argent.

L'audace crue de cette remarque embarrassa tout le monde. Le visage crayeux de Jeffrey n'était animé que par ses pommettes rougies. Leonore considéra son frère avec pitié, tandis que Blake fixait une grande photo encadrée représentant les branches et brindilles d'un érable couvertes de neige dans les rayons du soleil — une photo que Diana avait prise l'hiver précédent. Blake semblait extrêmement mal à l'aise à chaque fois que Jeffrey manifestait une émotion forte.

Au bout de quelques minutes de silence général, Leonore se pencha en avant et prit la main de son frère.

— Jeff, j'admets qu'au début, j'ai craint que Penny ne s'intéresse qu'à ta fortune, mais ensuite j'ai changé d'avis. Je l'ai observée : la façon dont elle te touchait, dont elle te regardait, ne laissait aucune place au doute... Ce sont des choses qu'on ne peut pas feindre, à moins d'avoir un grand talent de comédienne.

— Peut-être que c'était son cas.

— Ce n'était pas le cas, dit Blake en se détournant enfin de la photo encadrée. Je ne dis pas cela parce que je suis ton beau-frère, et ton ami le plus proche depuis vingt ans. J'ai eu les mêmes inquiétudes que Leonore à propos de Penny, au début. Mais après votre mariage, j'ai vu combien elle t'aimait. L'amour fait partie des choses que l'on sent entre deux personnes. C'est inutile de se demander si elles sont amoureuses... on le sait, c'est tout. Et je sais que Penny et toi vous vous aimiez. Tous les deux, pas seulement toi.

Leonore regarda son mari avec une tendresse presque insupportable. Diana dut détourner les yeux. Son désir de ressentir des sentiments si profonds était si intense qu'il en devenait douloureux. Cette émotion la surprit — elle n'avait pas compris à quel point elle avait besoin d'amour. Peut-être en prenait-elle conscience ce soir parce que ses sentiments étaient à nu, songea-t-elle. Son cœur était à vif, et Penny était mourante.

Diana avala difficilement sa salive.

— La Penny que je connais ne se serait mariée que par amour. Je suis heureuse que vous soyez du même avis.

— Enfin, pour l'amour *et* pour l'argent, corrigea Leonore presque à contrecœur. Si elle ne s'était mariée que par amour, elle n'aurait jamais traité Jeff comme elle l'a fait. L'argent comptait beaucoup pour Penny.

La loyauté de Diana envers son amie l'emporta vite sur le choc initial que cette affirmation avait provoqué en elle, et elle reprit la parole avec fermeté.

— Je voudrais juste faire remarquer une chose. Penny vivait avec un petit salaire. Sa maison était modeste. Je me souviens d'être allée faire les boutiques avec elle plusieurs fois. Penny achetait ce dont Willow avait besoin à mesure qu'elle grandissait, mais seulement deux ou trois affaires pour elle, et jamais dans des magasins de luxe. Elle conduisait une voiture vieille de douze ans qui avait au moins cent mille kilomètres au compteur.

Jeffrey, Leonore et Blake la regardaient en silence et Diana soupira avec impatience.

— Si elle était une croqueuse de diamants qui vous a épousé pour votre argent, monsieur Cavanaugh, il ne semble pas qu'elle se soit enfuie en vous en volant !

— Et pourtant si !

Le moment de faiblesse de Jeffrey était passé. Il planta ses yeux dans ceux de Diana.

— Du liquide, des bijoux.

— Beaucoup ? demanda Diana.

— Je ne crois pas que cela vous regarde.

Leonore jeta à son frère un regard gêné et réprobateur et reprit la parole.

— Jeff, quoi que Penny ait fait, je crois que nous devrions être justes à propos de ce qu'elle n'a pas fait.

Elle se tourna vers Diana.

— Elle a retiré quinze mille dollars sur les trente mille qui se trouvaient sur son compte personnel. Jeff lui donnait une somme fixe d'argent par mois. Il ne lui a jamais donné accès à ses comptes bancaires.

Jeffrey rougit et Blake se précipita à son secours.

— C'était mon idée, dit-il. Il ne connaissait pas Penny depuis longtemps quand ils se sont mariés et… eh bien… J'ai simplement pensé que cela rassurerait tout le monde sur cette histoire d'argent. Et puis, ce n'est pas comme si elle vivait dans la pauvreté. Les trente mille dollars étaient de l'argent de poche, qu'elle pouvait dépenser en vêtements, en distractions diverses et variées. Ce n'était pas le budget de leur ménage.

Leonore approuva d'un hochement de tête.

— Oh oui, Jeff était très indulgent. Je n'ai pas voulu sous-entendre le contraire. Pourtant, comme je l'ai dit, Penny n'a retiré que la moitié de l'argent dont elle disposait. Elle n'a pris aucun de ses vêtements de créateurs — aucun tailleur Chanel, aucune de ses tenues Armani ou Versace. Elle n'a même pas pris le moindre sac de voyage Vuitton.

Nouveaux riches, pensa Diana, amusée par le nombre de noms de créateurs de mode que Leonore avait casés en une seule phrase. Elle regarda Blake, dont le teint s'était empourpré, mais Leonore poursuivit son énumération sans le remarquer.

— Quant aux bijoux, Penny a emporté une paire de boucles d'oreilles en diamant de chez Cartier — un cadeau de Blake et moi. Elle a aussi pris une petite croix en or que sa grand-mère lui avait donnée quand elle était enfant, et un pendentif en or, avec une rose de rubis et sa tige en émeraude, que Blake et moi avions fait faire chez Tiffany's pour Cornélia, à sa naissance. Oh, et nous lui avions aussi offert le traditionnel hochet gravé en platine de chez Tiffany's avec la timbale assortie, soi-disant de la part de ma mère.

Leonore finit par se tourner vers Blake.

— Je ne crois pas que nous ayons berné Penny avec cette timbale. Elle savait qu'elle ne venait pas de Mère.

Elle reporta son regard sur Diana.

— Penny a emporté le hochet, mais pas la timbale ; je ne l'avais pas précisé. Et puis, laissez-moi réfléchir…

— Oh, pour l'amour de Dieu, ça suffit ! explosa Jeffrey. On dirait que tu fais un rapport à une compagnie d'assurances.

Le visage de Leonore s'enflamma et elle baissa les yeux.

— Je suis désolée…

Blake intervint pour prendre la défense de sa femme.

— Jeff, ne défoule pas ta colère sur ta sœur. Elle n'a rien fait pour le mériter.

— Mais si ! glissa humblement Leonore. Je bavassais. Encore. Je suis désolée, Jeff. Je sais à quel point cela t'agace.

— Effectivement, mais ce qui m'agace davantage, c'est qu'à t'entendre, Penny n'a rien fait de mal puisqu'elle n'a pas emporté je ne sais quelle frusque de chez Chanel…

La large main droite de Jeffrey fouetta l'air comme pour balayer tous les vêtements de luxe de Penny tandis que sa voix rude continuait de tonner.

— Elle est partie sans un mot ! Elle m'a abandonné alors que je lui avais tout donné ! Alors que, grâce à moi, elle est passée d'une carrière de strip-teaseuse à une vie de princesse !

— Une strip-teaseuse ! s'exclamèrent Diana et Simon à l'unisson.

Jeffrey leur lança un regard noir.

— Ne me dites pas que vous l'ignoriez.

— Comment l'aurions-nous su ? cria presque Simon. Nous ne savions même pas qu'elle avait un mari !

Il s'interrompit, comme s'il avait besoin d'un moment pour digérer un concept improbable.

— Penny était strip-teaseuse ? Vous en êtes certain ?

— Si j'en suis certain ?

Pour la première fois, Jeffrey sembla presque amusé.

— Bon Dieu, c'était ma femme. Je l'ai rencontrée dans une boîte après son numéro, auquel j'ai assisté du début timide à la fin torride.

Diana regarda Simon, dont la mâchoire pendait encore d'ébahissement. Elle ne l'avait jamais vu si surpris — il l'était tant qu'elle ne s'appesantit pas sur son propre choc. Leonore le regardait aussi, avec une appréhension croissante, comme si elle craignait qu'il fasse une crise cardiaque.

— Docteur Van Etton, Penny n'était pas réellement une strip-teaseuse, dit-elle très vite. Elle était danseuse exotique. Il y a une énorme différence. Elle me l'a expliquée, d'ailleurs. Les danseuses exotiques sont de vraies danseuses, et elles n'enlèvent pas tous leurs vêtements. Vraiment ! Penny ne dansait pas nue sur un bar, elle ne faisait pas ce « lap-dance » si vulgaire ou...

Cette fois, Blake lui donna un coup de coude si vigoureux qu'elle tomba presque du canapé.

— Elle était danseuse exotique, conclut-elle les joues en feu.

— Que pensaient ses parents de ce métier ? demanda Diana.

Simon semblait toujours incapable de prononcer un mot.

Jeffrey inspira profondément.

— D'après Penny, son père est mort quand elle avait sept ans. Sa mère a été tuée par un petit ami, pour dire les choses poliment.

Diana se dit que la mère de Penny devait se prostituer. Pas étonnant qu'elle n'ait jamais parlé de ses parents.

— Elle n'avait personne d'autre. Quand elle a eu dix ans, elle a été placée dans une famille d'accueil. À dix-huit ans, elle s'est retrouvée livrée à elle-même, continua Jeffrey. Elle a travaillé comme serveuse pendant un temps et à vingt et un ans, elle a commencé à danser. Elle s'est fait une réputation sous le nom de Penny Cuivre. Ce nom allait parfaitement avec sa couleur de cheveux. Un soir, un client important a insisté pour m'emmener dans la boîte où elle dansait et la suite, vous la connaissez.

— Sauf que notre mère et un grand nombre de nos amis ont été horrifiés, reprit l'incorrigible Leonore. Jeff a eu la force de caractère d'ignorer leurs persiflages. Il a épousé Penny et ils semblaient très heureux tous les deux, surtout après la naissance de Corny, même si Jeff a insisté pour lui donner le nom de notre mère, Cornélia Ruth. Penny voulait la baptiser Willow Rose. C'est pour ça que Blake a eu l'idée de ce pendentif — c'était un clin d'œil pour réconforter Penny.

— Malgré cet hommage à son prénom, ma belle-mère n'a pas accepté le bébé, déclara Blake en abandonnant pour la première fois l'esprit d'apaisement pour donner libre cours à de la colère. Cette femme a refusé d'accepter l'enfant. Elle ne l'a vue que trois fois, et toujours lorsque Jeff était seul, sans Penny. Mme Cavanaugh n'a rencontré Penny qu'une seule fois.

— Et votre père, demanda Diana à Leonore.

— Il est mort depuis près de dix-sept ans. Il…

Jeffrey leva la main pour la faire taire.

— Nous n'avons pas à étaler toute l'histoire de la

famille devant ces gens. J'exige de voir ma fille, répéta-t-il à l'intention de Simon.

Diana se crispa. Elle craignait bien sûr que Jeffrey Cavanaugh n'emmène simplement Willow ce soir et pour toujours. Mais elle n'avait pas seulement peur de perdre Willow. Une autre appréhension résonnait en elle ; elle ne parvenait pas à l'identifier précisément, mais elle sentait qu'elle devait suivre son intuition.

— Monsieur Cavanaugh, il se fait tard, dit-elle. Ne vaudrait-il pas mieux que vous voyiez Willow — Cornélia — demain, quand elle sera reposée ?

Bien qu'elle soit certaine qu'il connaissait l'heure exacte, elle le vit jeter un coup d'œil à sa montre.

— Il est à peine plus de huit heures. Je doute qu'elle soit trop épuisée pour voir son propre père. Je veux qu'on me l'amène tout de suite !

Tous le regardèrent, saisis. Simon finit par prendre la parole, avec résignation.

— Cela t'ennuie d'aller la chercher, Diana ? Si M. Cavanaugh veut la voir, autant que ce ne soit pas trop tard.

En haut, dans la chambre de Willow, Clarice était assise dans un fauteuil, Willow pelotonnée sur le lit, les deux chats blottis contre elle, et tous regardaient un dessin animé. Ou plutôt tous sauf Roméo, qui ne tenait jamais bien longtemps le soir et ronflait déjà, boule informe de poils gris, lâchant de faibles grognements à chaque fois que le panache de Christabel venait lui chatouiller le museau.

Clarice regarda Diana.

— Nos invités sont-ils partis ? demanda-t-elle avec une bonne humeur factice.

— Non, pas encore. Ils aimeraient voir Willow avant de partir.

Elle essaya de calquer son ton sur celui de Clarice, sans y parvenir tout à fait, car elle craignait qu'ils ne veuillent partir *avec* Willow.

— Hé, choupette, on peut arrêter le film le temps que tu descendes avec moi et que je te présente des gens ?

Willow ne feignit pas l'enthousiasme.

— Je suis obligée ? Le film est vraiment super et je ne veux pas déranger Roméo et Christabel.

— Tu pourras reprendre le film exactement où tu t'es arrêtée, la rassura Diana en se dirigeant à grands pas vers le lecteur de DVD.

Elle le mit en pause, même si elle n'était pas du tout certaine que Willow verrait la suite plus tard ce soir.

— Et rien ne peut réveiller Roméo.

Willow poussa un soupir de tragédienne et se dégagea doucement du tas de chats qui la bordait. Elle portait toujours la robe que l'infirmière de l'hôpital lui avait donnée, mais elle était toute fripée. Son visage si lisse était assombri par la fatigue et elle afficha une moue subtilement renfrognée.

— D'accord, mais maman dirait que je suis fatiguée et grognon. Je t'aurai prévenue.

— Eh bien merci pour cette délicate attention. Je suis avertie.

Willow s'avança et mit sa main dans celle de Diana. Avant de sortir de la chambre, Diana se retourna, s'agenouilla devant Willow et la regarda dans les yeux.

— Chérie, tu te souviens de ton papa ?

Diana sentit Clarice se crisper dans son fauteuil plus qu'elle ne la vit, et Willow fronça les sourcils.

— Je me souviens un peu d'un monsieur très grand que j'appelais Papa, dit-elle lentement. Je me souviens d'un monsieur qui me tenait sur le cheval d'un manège et que maman m'emmenait le voir dans un immeuble vraiment immense dans une très grande ville. Il était assis derrière un gros bureau.

Elle marqua une pause, puis continua.

— Et puis une fois, pour Noël, le grand monsieur est venu dans notre maison et une dame a pris une photo de lui avec maman et moi… Mais c'était il y a très très longtemps et je ne l'ai pas vu souvent. Et après maman m'a dit qu'il ne fallait pas que je sois triste parce que ce monsieur n'était pas du tout mon papa. Elle m'a dit que mon vrai papa était mort il y a très longtemps. Et ensuite on est venues ici, et j'ai préféré.

Diana n'avait pas le temps de démêler le vrai du faux dans ce flot d'informations, ce que Penny avait effectivement dit et ce que Willow avait pu mal interpréter. Elle prit une profonde inspiration.

— Eh bien, Willow, ça va sans doute te surprendre, mais apparemment ta maman a fait une erreur. Elle ne l'a pas fait exprès, bien sûr. Ta maman t'aime plus que tout au monde. Tu dois toujours te souvenir de ça, Willow.

— Je sais que maman m'aime plus que tout le reste du monde. Comment ça, elle a fait une erreur ?

— Ton papa n'est pas mort. Il ne savait pas où tu étais depuis longtemps, mais il a fini par te retrouver. Il est ici, dans la maison, et il a vraiment hâte de revoir sa petite fille, qui n'est plus si petite, d'ailleurs !

Willow la fixait des yeux et dit d'une voix soupçonneuse :

— Un monsieur qui dit qu'il est mon papa est ici ?

— Oui, chérie. Je suis sûre que tu as envie de le voir.

— Si c'est mon vrai papa, alors c'est un fantôme.

— Willow, ce n'est *pas* un fantôme !

— Alors ce n'est pas mon papa.

— Il *est* ton papa, mais il n'est pas un fantôme. Je sais reconnaître un fantôme quand j'en vois un, conclut-elle pitoyablement.

Willow regardait toujours Diana, sans bouger.

— Tu vas m'obliger à le voir, c'est ça ?

— Eh bien, il veut te voir, mon cœur. Si tu ne descends pas le trouver, il montera dans ta chambre.

— Non ! Il ne peut pas venir ici !

Diana eut un mouvement de recul.

— Pourquoi ne peut-il pas venir ici ?

— Parce que…

Les yeux de Willow s'emplirent de larmes.

— Parce que même s'il est vraiment mon papa, il est quand même un fantôme. Je ne peux pas laisser un fantôme entrer dans ma chambre !

— D'accord, mon cœur, calme-toi, la cajola Diana. Je t'ai dit que ce n'était pas un fantôme, mais dans le doute, descendons le voir ensemble. Ce serait mieux, non ?

Diana détestait devoir forcer cette enfant à rencontrer un homme qu'elle n'avait aucune envie de voir. Willow en avait déjà trop supporté. Mais si elle ne l'amenait pas à Jeffrey, il n'hésiterait certainement pas à monter, et cette éventualité semblait terrifier Willow.

— Willow, je sais que tu te sens un peu nerveuse à l'idée de voir ton père, mais je suis là, et oncle Simon aussi.

Willow la regarda, vaincue.

— J'imagine qu'il *faut* que j'y aille, marmonna-t-elle en lissant les plis de sa robe.

Christabel sauta du lit, miaula de sa voix délicate, s'enroula autour des jambes de Willow puis bondit vers la porte.

— Chris aussi a envie de venir, dit Diana avec entrain. Tu es prête, Willow ?

— Ouais, croassa Willow. Je suis prête.

Willow descendit l'escalier agrippée à la main de Diana, derrière Christabel qui sautillait en éclaireur. Clarice les regarda s'éloigner. Arrivée en bas, Willow se figea. Simon, Leonore, Blake et Jeffrey se tenaient tous dans le vestibule, sous la lumière diffuse prodiguée par le lustre. Le visage de Leonore se fendit d'un sourire extatique.

— Corny ! gloussa-t-elle. Oh, chérie, comme tu es belle !

Mais le regard de Willow la contourna pour se poser sur Jeffrey, qui ne bougea pas mais dont le visage se fendit d'un sourire crispé. Il tendit les mains vers elle et demanda :

— Cornélia ? Tu te souviens de moi ?

Les grands yeux bleus de Willow mangeaient maintenant son visage horrifié, blanc comme du parchemin, et son corps se raidit, comme au souvenir d'une terreur ancienne. Elle leva le bras et pointa son doigt sur Jeffrey.

— Lui ! cria-t-elle. Il m'a trouvée ! Il a aussi dû trouver maman !

Leonore eut un mouvement de recul et Diana s'agenouilla, attirant Willow près d'elle.

— Bien sûr qu'il t'a trouvée, chérie. Je t'ai expliqué qu'il n'y avait pas de raison d'avoir peur. C'est ton papa. Ton papa t'a retrouvée.

Willow fut secouée d'un violent tremblement, rejeta sa tête en arrière et poussa un étrange gémissement, presque inhumain, qui s'éleva dans la maison, passant du cri au murmure, comme s'il ne devait jamais finir. Christabel fusa en haut des marches, sa fourrure hérissée jusqu'au bout de la queue. Willow reprit finalement son souffle et hurla :

— C'est pas mon papa ! C'est le Méchant et il a tué maman, exactement comme elle me l'avait dit !

CHAPITRE 8

1

Diana serra l'enfant dans ses bras aussi fort qu'elle le put. Willow enfouit son visage dans son giron et pendant un instant, tous les adultes demeurèrent figés, effarés. Les cris de Willow attirèrent même hors de la cuisine une Nan blafarde, qui se posta en retrait dans le vestibule pour fixer la petite fille avec une surprise étrangement éteinte. Leonore finit par élever la voix pour couvrir les pleurs de la petite :

— Corny, c'est tante Leonore, et ton papa !

Willow poussa un autre hurlement glaçant. Diana regarda Jeffrey, qui avait surmonté son choc initial remarquablement vite. Ses yeux métalliques malveillants passaient frénétiquement de Simon à Diana.

— Je veux savoir lequel de vous a monté ma fille contre moi. Qui lui a raconté ce mensonge ignoble…

— Jeff, tu es en train de crier, l'interrompit Blake avec prudence, mais sévérité. Tu l'effraies plus encore. De plus, personne ici ne lui a dit quoi que ce soit… Regarde-les ! Tu vois bien qu'ils sont aussi abasourdis que toi !

Jeffrey regarda sa fille, toujours agitée de sanglots violents. Il ferma les yeux un moment et lorsqu'il les rouvrit, le regard d'acier si dérangeant avait disparu.

— Cornélia, est-ce que ta mère t'a dit d'horribles choses sur moi ?

Willow émit un gémissement de terreur et Leonore secoua la tête à l'intention de son frère.

— Ne l'interroge pas comme ça, Jeff ! Ramenons simplement Corny à notre hôtel…

Elle regarda Diana.

— Nous sommes descendus au Pullman Plaza. J'ai pensé à apporter l'album de famille que j'ai commencé à la naissance de Cornélia. Nous lui montrerons les photos et elle se souviendra de nous trois, et combien nous l'aimions.

Willow cria à nouveau.

— Vous ne pouvez pas envisager sérieusement d'emmener cette enfant avec vous ce soir, s'exclama Simon. Regardez-la ! Elle est en pleine crise de nerfs !

— Pour l'instant, dit Leonore avec un sourire bancal, mais nous pourrions aller lui acheter une glace et puis regagner nos chambres et jouer un peu et regarder l'album, et…

— Cornélia ! aboya Jeffrey en tendant la main vers l'enfant. Cesse de te comporter comme un bébé et viens avec nous !

— Pas ce soir, jugea Blake.

Leonore fusilla Jeffrey des yeux.

— Je suis désolée d'intervenir, Jeff, mais c'est plus fort que moi. Tu as passé une journée horrible et une nuit pire encore. Je ne suis pas le Rocher de Gibraltar, mais je pense avoir les idées un peu plus claires que toi. Cornélia se sent b n sécurité, avec ces gens. Ils l'aiment énorm c'est une évidence. Laisse la situation se calm peu — au moins cette nuit. Je t'en prie, Jeff. elle qui compte le plus maintenant.

— Je suis son père, affirma Jeffrey. lace est avec moi.

— Oui, mais pas tout de suite, répét ake, le visage fermé. Tu as vu qu'elle était en bon nté…

— En bonne santé ! s'exclama Jeffrey. E st…

— Elle pleure sans réussir à se calmer par u'elle ne veut pas venir avec nous. Nous sommes d tran-gers pour elle. Il est tout à fait logique et mal qu'elle ait peur, alors laissons la petite là où e se sent bien. Voilà ce que ferait un père aimant, Jef

Diana s'attendait à une riposte rageuse de Jeffrey. Mais après quelques insupportables secondes de tension muette, il se contenta de grogner « d'accord ». Elle souleva aussitôt Willow dans ses bras et courut à l'étage. Elle referma la porte de la chambre et déposa l'enfant sur le lit, où Christabel, encore légèrement ébouriffée, s'était couchée à côté de Roméo, son amoureux inconscient.

Diana attrapa une poignée de mouchoirs en papier et se mit à éponger le visage baigné de larmes de Willow.

— Tu restes ici, ce soir, ma chérie, dit-elle, le cœur battant à se rompre.

— Mais ils ont dit…

— Tu pleurais trop fort pour l'entendre, mais M. Cavanaugh a dit que tu pouvais rester ici cette nuit.

— Mais il [illegible]t-être changer d'avis, gémit Willow.

Diana la r[illegible] droit dans les yeux.

— Willow[illegible]ey, personne ne va t'emmener où que ce soit[illegible]ir. Tu vas dormir dans ce lit, les chats vont [illegible] ici avec toi, nous allons ouvrir les portes de[illegible]alle de bains pour nous voir l'une l'autre et[illegible]s faire des coucous et discuter depuis nos lits. [illegible]era bien, en sécurité, avec oncle Simon et avec [illegible]ice.

— M[illegible] ils ont dit que je devais aller dans un hôtel, [illegible]sta Willow en pleurant de plus belle. Cette femm[illegible]t le Méchant... Je veux pas aller dans un hôtel, et... et je veux pas regarder des... et...

— Willow, tu n'iras nulle part.

Diana décida d'opter pour une autre stratégie, plus légère.

— Christabel et Roméo ne laisseront personne t'emmener loin d'ici !

Willow renifla et se tourna vers les chats. Christabel grimpa immédiatement sur ses genoux et se mit à ronronner et Roméo trouva la force d'ouvrir et refermer ses gros yeux jaunes, comme pour rassurer Willow d'un clin d'œil. Elle sourit à travers ses larmes.

— Non, peut-être qu'ils empêcheront qu'on m'emmène.

— Bien sûr. Les gens ont tendance à sous-estimer ces chats, mais je peux te dire qu'ils forment une sacrée équipe quand ils se mettent en tête de protéger quelqu'un, d'autant plus s'il s'agit de leur petite fille préférée. Je n'aimerais pas les croiser dans un coin sombre si j'étais une méchante grande personne qui en avait après Willow Conley ! assura Diana en frissonnant pour plaisanter. Ils la réduiraient en pièces et la mangeraient pour dîner !

Willow se mit à glousser en imaginant la petite Christabel et Roméo-à-trois-pattes transformant un homme adulte en viande hachée avant de le manger. Ils ne mangeaient que la nourriture pour chats la plus chère et ne buvaient que de l'eau de source française en bouteille.

C'est incroyable comme les enfants peuvent être résistants, songea Diana en regardant Willow rire et caresser les chats. Pourtant, même une petite fille aussi solide que Willow ne pouvait tout endurer. Un autre traumatisme ce soir, et elle s'effondrerait complètement. Diana relança le dessin animé et fit comme si elle avait oublié la scène dramatique qui venait de se dérouler à l'étage inférieur. Elle rit avec enthousiasme au moindre gag et imita les voix des personnages. Après un petit quart d'heure, Simon entra dans la chambre et annonça que « les gens » étaient partis.

— Ils vont pas revenir me prendre, hein ? demanda nerveusement Willow.

— Tu vas avoir l'honneur de passer la nuit en compagnie de Diana, de Clarice, et de moi-même, dit Simon en veillant à ne pas promettre à Willow qu'elle ne quitterait pas non plus la maison plus tard. Et bien sûr Roméo et Christabel. Nan s'est enfuie par la porte de derrière sans même dire au revoir.

— Je suis contente qu'on soit entre nous maintenant, souffla Willow en souriant, soulagée.

— Moi aussi, lui répondit Simon avec le même sourire. Tu sais, Clarice a eu une excellente idée. Elle m'a raconté que parfois, quand elle te garde, vous buvez un bon chocolat chaud. Est-ce qu'une petite séance chocolat chaud entre nous autres te ferait plaisir, Willow ?

— Ce serait estrordinaire !

Quinze minutes plus tard, les quatre occupants de la maison étaient assis dans la cuisine avec leurs tasses fumantes. Willow, dont la lèvre supérieure était ornée d'une moustache de chocolat, annonça que c'était la meilleure séance chocolat chaud à laquelle elle ait été conviée. Simon fit mine de réfléchir avant de se ranger à son avis.

— Ce n'est pas seulement à cause du chocolat chaud, dit-il. C'est grâce à la charmante compagnie réunie autour de cette table. Je suis en présence de trois femmes époustouflantes de beauté. Voilà l'idée que je me fais du paradis.

— Tu sais comment j'imagine le paradis, moi ? rebondit Willow.

Les trois adultes secouèrent la tête.

— Maman, Diana, Clarice, oncle Simon, Roméo et Christabel tout là-haut en train de faire un pique-nique avec moi sur un nuage.

Elle reporta immédiatement son attention sur un bout de guimauve qu'elle pêcha dans sa tasse et suçota avec délice. Diana lui sourit. Des larmes avaient surgi dans les yeux de Clarice et Simon se racla la gorge. Diana ferma les yeux ; elle se sentait sombre, vide, sans espoir.

Plus tard, Diana baigna Willow après avoir placé des bougies à la vanille autour de la baignoire et vidé une bouteille de bain moussant dans l'eau, pour le plus grand ravissement de l'enfant, qui augmenta encore lorsque Christabel entra dans la salle de bains et s'assit sur le bord du lavabo pour la regarder. Diana montra ensuite à Willow le nouveau pyjama rose qu'elle lui avait acheté. La petite fille insista pour le mettre toute seule et après une pirouette devant le miroir en pied, elle le jugea es-tror-di-naire.

Diana borda Willow dans son lit. Roméo dormait si profondément qu'il n'ouvrit même pas les yeux quand Diana le souleva du lit pour le déposer doucement dans sa petite couchette personnelle. Tout juste donna-t-il quelques vagues coups de queue instinctifs, comme pour chasser un insecte importun, en émettant un gargouillis comique. Christabel, encore pleine de l'énergie et de l'enthousiasme de la jeunesse, refusait toujours de regagner son panier tant que toutes les lumières n'avaient pas été éteintes et que Diana ne se trouvait pas dans son propre lit. Elle se pelotonna donc contre Willow pendant que Diana racontait à la petite une histoire très décousue, de son invention.

Les paupières de Willow se fermèrent lentement et sa respiration s'apaisa. Quand Diana fut certaine qu'elle dormait à poings fermés, elle l'embrassa doucement sur le front et retourna en bas, Christabel, toujours vaillante, trottinant sur ses talons. Elle trouva Clarice et Simon assis dans la cuisine autour d'une nouvelle tournée de cacao fumant à la guimauve.

— Dieu du ciel ! Encore du chocolat chaud ? dit-elle en riant. Nous avons déjà tous pris deux tasses avec Willow.

— Clarice et moi avons décidé de nous soûler au cacao, annonça Simon avec enthousiasme. Une vraie beuverie. Je ne sais pas dans quel état nous serons demain matin, mais je pense que nous méritons un bon moment de détente après la soirée nerveusement exténuante que nous venons de subir à cause du gang Cavanaugh.

— Je suis tout à fait d'accord, soupira Diana en servant deux friandises pour chats à Christabel, qui lui lança une œillade pleine de reproches.

Diana sourit avec tendresse et en rajouta trois dans son bol. Elle se servit ensuite une troisième tasse de chocolat, en se disant qu'elle le payerait sans doute plus tard. Même à près de trente ans, les orgies de chocolat provoquaient toujours chez elle l'éruption d'au moins deux boutons très laids. C'était dans ce genre de cas qu'elle bénissait l'inventeur de l'anticerne.

— Willow s'est endormie comme un ange, dit-elle en s'asseyant à table. Il y a une heure je n'y aurais pas cru, mais je pense que l'épuisement a eu raison de sa peur.

— Sa peur du Méchant.

Les yeux mauves de Clarice brillaient d'anxiété.

— C'est comme cela qu'elle a appelé son père.

— Elle pense que Jeffrey n'est pas son père, dit Diana. Elle pense que son père est mort et que Jeffrey est le Méchant.

— Les cris de cette chère petite m'ont fait prendre au moins deux ans, souffla Clarice. À votre avis, pourquoi a-t-elle appelé M. Cavanaugh le Méchant ?

— Penny a dû lui donner ce nom.

Simon avala une gorgée de son chocolat et une crevasse se forma entre ses sourcils argentés.

— Elle voulait s'assurer que si Jeffrey retrouvait un jour leur trace — et surtout Willow — elle ne serait pas tentée de le suivre. Elle se serait probablement enfuie à toutes jambes, elle se serait cachée.

— Oui, cela semble logique, dit Clarice. Je n'arrive pas à croire que Penny ait abandonné son mari en emportant leur enfant. Peut-être qu'ils ne s'entendaient plus ; dans ce cas elle aurait pu divorcer ! Mais emporter l'enfant ? Le laisser se demander pendant des mois où était sa fille, comment elle allait ? Puis apprendre à Willow à craindre son propre père ? Je ne peux imaginer Penny agissant de façon si cruelle.

— À moins qu'elle n'ait pas été cruelle du tout, dit Diana le regard dans le vague, ne voyant devant elle que la puissance de l'amour qui vivait dans les yeux de Penny à chaque fois qu'elle regardait Willow. Nous savons que Penny n'a pas volé l'argent de Jeffrey. Alors pourquoi se serait-elle enfuie comme ça loin de cet homme, pourquoi aurait-elle abandonné une vie de luxe pour s'enterrer ici et dissimuler son identité et celle de sa fille ?

— La peur, dit doucement Simon. Penny était terrifiée par Jeffrey Cavanaugh.

2

La bombe. Diana laissa presque échapper que l'explosion de la maison de Penny avait été provoquée par une bombe, mais elle avait promis à Tyler Raines de ne pas en parler à Simon. Elle se sentait coupable de ce mensonge par omission, mais en regardant Clarice et Simon, elle comprit à quel point ils avaient besoin de répit et d'une bonne nuit de sommeil. Ils avaient l'air épuisé et la soirée avait été suffisamment dérangeante sans qu'elle annonce de but en blanc que quelqu'un — peut-être Jeffrey Cavanaugh — avait posé une bombe chez Penny.

Le silence s'étira en longueur et Diana finit par demander :

— Simon, tu as appelé l'hôpital ce soir pour prendre des nouvelles de Penny ?

— Oui, je l'ai fait, mais Jeffrey Cavanaugh y était déjà allé pour se présenter. Comme l'hôpital refuse de donner des informations sur les patients à d'autres personnes qu'à la famille, toi et moi ne sommes plus leurs interlocuteurs privilégiés. Avant que tu ne rentres du centre commercial, cependant, Leonore nous a dit que, d'après les médecins, son état n'avait pas changé.

— Elle va mourir, laissa tomber Diana. Nous le savons tous.

— Nous ne le savons pas, s'emporta Simon. Je suis allé lire beaucoup de choses sur l'Internet à propos des cas graves de brûlures. De nos jours, même les personnes brûlées sur une grande partie du corps, comme Penny, s'en sortent. Ce qui les condamnait, avant, c'était l'infection. Maintenant il existe des antibiotiques à large spectre très puissants. Il y a toujours de l'espoir, Diana.

— On croirait entendre grand-mère.

— C'est faux. Je ne parle pas d'étranges pressentiments ou de messages mystérieux transmis depuis un autre monde comme elle le faisait. Je crois en la science, et la science a fait des progrès fantastiques dans le domaine médical. Tu es en train d'abandonner Penny sans savoir tout ce qui peut être tenté pour qu'elle s'en sorte, et je ne te laisserai pas faire !

Clarice baissa les yeux en tripotant nerveusement sa serviette de table ; elle craignait à l'évidence qu'une réelle dispute n'éclate entre Diana et son grand-oncle.

Elle n'est avec nous que depuis hier, pensa Diana avec compassion. Elle ne comprend pas encore comment Simon et moi nous fonctionnons. Diana sourit.

— Clarice, je vous en prie, ne soyez pas mal à l'aise. Simon et moi nous disputons au moins une fois par jour. Cela nous évite de nous ennuyer ensemble.

Simon fit une grimace à Diana et Clarice arbora un faible sourire.

— Je me sens mieux, si vous me dites que vous n'êtes pas vraiment en colère l'un contre l'autre.

— Je ne crois pas que nous ayons jamais été en colère l'un contre l'autre, dit Diana. À part lorsque Simon s'est opposé à mon mariage.

— Et j'avais raison ! Ce type n'était pas du tout

pour toi — puérilement égocentrique, jaloux de ton talent. Cela sautait aux yeux de tout le monde — sauf aux tiens, aveuglée que tu étais par ce qui n'était, d'après moi, qu'une toquade d'adolescente, pour laquelle tu étais à la fois trop vieille et trop intelligente. Diana, je n'ai jamais compris…

— Excusez-moi, l'interrompit Clarice avec discrétion mais fermeté. Diana, savez-vous quelque chose à propos de Jeffrey Cavanaugh ?

Diana réprima un sourire d'amusement en remarquant comme Simon s'était immédiatement tu.

— Je ne sais rien sur Jeffrey Cavanaugh à part qu'il est le PDG de Cavanaugh & Wentworth, qui est un des plus importants promoteurs immobiliers du pays. Ils possèdent des hôtels en Floride et en Californie et des immeubles à New York. Je suis sûre que ce n'est pas tout, mais je n'ai jamais étudié l'entreprise de près.

— Apparemment Jeffrey ne fait pas autant étalage de ses succès que Donald Trump, lâcha sèchement Simon.

— Malheureusement, répliqua Diana. Si c'était le cas, nous saurions des choses sur lui.

Simon regarda les deux femmes avec sérieux.

— C'est cela, le problème. Nous ne savons pas qui est cet homme. En tout cas, il ne m'a pas fait bonne impression. Oh, je ne parle même pas de sa harangue ou de son hostilité. Je peux excuser un tel comportement dans un cas aussi extrême. C'est quelque chose de plus profond qui m'a dérangé, quelque chose de l'ordre de sa nature fondamentale.

— C'est un sale type. Voilà ce qui cloche avec sa

nature fondamentale, asséna Diana. Il m'a envoyé de très mauvaises ondes. Je trouve comme toi qu'il dégage quelque chose de très malsain. C'est sans doute la raison pour laquelle Penny s'est enfuie loin de lui.

— Et voilà qu'il se présente ici au moment où Penny est à l'agonie. L'explosion de la maison est censée être un accident, mais je n'aime pas les coïncidences.

Simon regarda Diana de ses yeux verts pénétrants et elle se sentit rougir. Elle avait l'impression qu'il savait qu'elle lui cachait une information capitale, comme le fait que la maison de Penny avait explosé à cause d'une bombe.

— Voilà pourquoi nous devons tous être prêts à nous défendre et à nous protéger les uns les autres, dit-il.

Vingt minutes plus tard, Simon, Diana et Christabel se tenaient ensemble dans la chambre de Clarice.

— Bon, vous n'avez aucune raison d'avoir peur de cela, dit Simon en essayant de remettre un revolver à Clarice. Le canon ne mesure que sept centimètres et demi et il pèse moins d'un kilo.

— La longueur du canon m'est complètement égale ! C'est une arme !

— Une très petite arme, Clarice, ce n'est pas un fusil.

Simon tenta une nouvelle fois de lui remettre l'arme, mais elle serrait ses mains derrière son dos comme une petite fille.

— Clarice, vous êtes une femme adulte, pas une

enfant qui pense qu'il s'agit d'un jouet. Il faut bien sûr être prudent en le manipulant, même avec le cran de sûreté mis, mais ce n'est pas de la nitroglycérine, ça ne va pas exploser au moindre geste incontrôlé. Tout ce que vous avez à faire, c'est me laisser vous montrer comment viser et comment tirer. Ensuite vous n'aurez plus à le toucher, à moins d'une urgence.

— Je n'en aurai pas besoin ! Sur qui voulez-vous que je tire ? Nan ?

Simon fit mine de réfléchir un instant puis se tourna vers Diana.

— Ce n'est pas une mauvaise idée. Je ne sais pas combien de temps je vais encore pouvoir supporter cette fille.

Diana hocha la tête avec humour. Clarice les regardait tous les deux comme s'ils étaient devenus fous.

— Comment pouvez-vous plaisanter à propos de ça ?

Diana sourit.

— Parce que nous essayons de vous détendre. Les armes peuvent être dangereuses si elles sont entre de mauvaises mains. Celles des enfants, des gens qui ont envie de tirer sur d'autres pour le plaisir, des grands anxieux qui se mettraient à tirer dans tous les sens au moindre bruit suspect — des milliers de gens ne devraient pas avoir d'armes. Mais dans le cas présent, poursuivit Diana, oncle Simon a raison. Le système d'alarme est utile, mais la police ne peut pas arriver en une seconde. Simon a toujours pensé qu'il vaut mieux apprendre à se défendre avec une arme un peu plus efficace qu'une batte de base-ball. Je sais que des millions de personnes nous jugeraient déments ou inconscients d'avoir des armes dans la maison. Mais là encore je suis d'accord avec Simon : nous devons prendre en considération la situation actuelle. Nous ne devons pas oublier ce qui est arrivé à Penny et je sais que Simon vous a raconté ce qui s'est passé à l'hôpital la nuit dernière. Souvenez-vous, Clarice, que nous ne nous protégeons pas seulement nous-mêmes, nous protégeons aussi Willow.

Clarice dénoua lentement ses mains et les laissa retomber sur ses cuisses.

— Bien, si vous présentez les choses de cette manière, ça ne me semble pas si terrible. Sauf pour une chose. Vous avez dit qu'une arme ne devait pas se trouver à portée des enfants. Avez-vous oublié qu'il y a une enfant sous ce toit ?

— Pas un instant, intervint Simon, qui attrapa une boîte posée sur la coiffeuse. Je conserve la majeure partie de ma collection d'armes dans un coffre fermé construit à cet effet, que je garde à côté de mon lit. Diana de même. J'ai proposé une arme à Penny, mais elle m'a dit qu'elle en avait déjà une. Je lui ai d'ailleurs donné une boîte semblable pour la ranger.

— Oh, Simon, si quelque chose se passait je serais bien trop agitée pour ouvrir une boîte fermée à clé ou pour me souvenir d'une combinaison, gémit presque Clarice. Je serais si inutile !

— Vous n'êtes absolument pas inutile et je ne veux pas vous entendre dire une chose pareille, la rassura Simon avec un mélange de sévérité et d'affection.

Diana ne put s'empêcher de sourire, ravie. Elle savait que son grand-oncle ne se montrait pas juste gentil : il appréciait et admirait vraiment Clarice Hanson.

— Alors : ceci s'appelle un coffre à sécurité digitale spécialement conçu pour entreposer les armes à feu, continua-t-il doctement. Vous n'avez à vous soucier d'aucune clé ou combinaison. Ce boîtier est neuf, il n'a jamais servi. Nous allons le programmer pour qu'il ne reconnaisse que votre empreinte digitale. Tout ce que vous aurez à faire, c'est de toucher la boîte à cet endroit, expliqua-t-il en désignant un creux sur le côté du coffret, et il s'ouvrira en trois ou quatre secondes. Le coffre conserve votre empreinte en mémoire, même s'il y a une coupure de courant. Pouvez-vous imaginer système plus simple ?

— C'est vrai, ouvrir la boîte ne semble pas bien difficile, admit Clarice à contrecœur. C'est tenir l'arme et tirer, qui m'inquiète.

— Je vais rapidement vous apprendre comment la tenir et viser. Sans balles. En cinq minutes vous saurez tout ce que vous avez besoin de savoir. Ensuite je la chargerai et je la placerai dans son coffre. Est-ce que cela vous rassurerait ?

— Me rassurerait ? Vous plaisantez, Simon, répondit Clarice avec son premier sourire depuis plus d'une demi-heure.

Simon lui rendit ce sourire.

— Tout ira bien, Clarice. Faites-moi confiance.

— Bien, je suis épuisée, dit Diana. Je crois qu'il est l'heure pour moi d'aller au lit.

Une fois en haut, elle entra dans la chambre de

Willow sur la pointe des pieds. L'enfant était couchée au milieu du grand lit, profondément endormie avec sa couronne en plastique et zircon dans les bras. Diana la détacha doucement de ses petits doigts et embrassa le front chaud de Willow. Est-ce qu'il faisait trop chaud ? Ou la température des enfants augmentait-elle toujours légèrement la nuit ? Diana n'avait pas l'expérience d'une maman. Penny le saurait. Si seulement Penny était ici pour prendre soin de sa petite fille ! pensa Diana en sentant des larmes imbiber ses cils.

Les deux chats dormaient dans leurs couchettes respectives dans des positions impossibles, le cou cassé et les pattes entortillées. Roméo avait posé une de ses pattes sur un de ses yeux fermés.

— Prenez bien soin de votre protégée cette nuit, murmura Diana, même si les deux fauves semblaient peu disposés à la bagarre.

Elle veilla à laisser les deux portes de la salle de bains ouvertes et d'y allumer une veilleuse pour que Willow puisse voir Diana dans son propre lit au cas où elle se réveillerait. Elle ne voulait pas allumer la grande lumière de la salle de bains et abrégea sa toilette du soir : ni lait démaquillant, ni crèmes hydratantes pour le visage, le cou et le contour des yeux aujourd'hui — le rituel hygiénique que sa mère considérait comme aussi crucial que la respiration.

Au lieu de cela, Diana savonna son visage et se brossa les dents avant de gagner sa chambre et, toujours à la seule lumière de la veilleuse, elle se déshabilla, enfila un grand T-shirt bien doux et s'écroula littéralement dans son lit. Elle n'aurait jamais pensé être si fatiguée un jour, même pas pendant les expéditions de Simon.

Elle rêva qu'elle marchait d'un pas lourd dans un paysage désertique à perte de vue, sous une chaleur si brûlante qu'elle ne la sentait même plus, chargée de son matériel de photographie, déterminée à ne pas se plaindre, se demandant comment Simon, âgé d'une soixantaine d'années, parvenait à avancer plus vite que tous les autres sans jamais sembler avoir besoin de repos. C'est une machine, pensait-elle dans son rêve. Ce n'est pas un homme. Ou peut-être que les dieux de l'Égypte ancienne l'ont doté d'une énergie indéfectible. Peut-être était-il l'un d'entre eux, comme le déclaraient certains de ses compagnons d'aventure en plaisantant. Simon Van Etton était un être issu d'un autre monde, d'un autre temps, d'une nature fondamentalement différente et supérieure.

Diana ouvrit brusquement les yeux. Pendant un instant, elle se crut encore en plein désert. Puis elle s'habitua à la pénombre et elle reconnut sa commode, sa coiffeuse, sa chaîne hi-fi, et…

Christabel assise sur le large dossier du fauteuil de Diana, devant la fenêtre. Sa queue enroulée autour d'elle, les oreilles dressées, elle était figée dans la pose millénaire du chat qui, en silence et sans ciller, observe.

Diana se glissa hors de son lit et se dirigea vers la fenêtre en se tenant penchée. Elle n'avait pas fermé ses rideaux. Elle les laissait souvent ouverts quand tout était éteint à l'intérieur, elle aimait regarder le ciel nocturne. Mais elle n'avait jamais trouvé Christabel ainsi postée sur le dossier du fauteuil, en train de faire la même chose.

Diana s'agenouilla subrepticement près du fauteuil et leva la tête juste assez pour voir dehors par-dessus le dossier. Elle suivit le regard de Christabel et discerna instantanément une silhouette à côté d'un chêne immense, à environ quatre cents mètres de sa fenêtre. Une petite lueur orangée s'intensifiait puis s'estompait. La silhouette était en train de fumer. De fumer et de guetter.

Un frisson parcourut la colonne vertébrale de Diana et la chatte, sentant sa peur, feula doucement puis émit un grognement de gorge.

— Qui est-ce, Chris ? demanda Diana juste pour entendre autre chose que ces bruits annonçant un danger. Il est une heure du matin. Qui est là, debout sous l'arbre, à fumer en nous observant ?

Une voiture vira alors sur un lacet de la route, éclairant le guetteur de ses phares ; il glissa derrière l'arbre, mais pas suffisamment vite pour échapper à leur faisceau puissant.

Le guetteur était Tyler Raines.

CHAPITRE 9

1

Blake Wentworth sortit de la salle de bains enveloppé dans un peignoir en velours bleu marine. Il frictionnait ses cheveux noirs humides avec une serviette. Sa femme, calée au lit contre deux oreillers rebondis, sa nuisette rose en satin et dentelle dépassant des couvertures, sourit, bien qu'il ne la regardât pas.

— Tu es le plus bel homme que j'aie jamais vu sortir de la douche.

Blake ôta la serviette de sa tête et lui adressa un sourire.

— C'est un compliment à double tranchant, plaisanta-t-il. Combien d'hommes avez-vous donc vus sortir de la douche, madame Wentworth ?

Leonore rougit.

— Oh ! Ce n'est pas du tout ce que je voulais dire en te faisant ce compliment !

Blake s'assit sur le bord du lit.

— C'est souvent le cas. C'est mignon, dit-il en lui

caressant la joue. Tout comme quand tu rougis. On dirait une petite fille.

— Et toi tu ressembles à un très jeune homme.

— Ce n'est pas ce que j'ai pensé en débusquant quatre cheveux blancs dans le miroir, il y a deux minutes, dit Blake en riant et en secouant sur elle ses cheveux mouillés.

— À cinquante ans, mon père avait déjà la moitié de ses cheveux blancs et tu n'en as que quatre ?

— C'est sans doute parce que j'ai à peine quarante ans, chérie.

— Et moi j'ai quarante-quatre ans, des rides et des kilos en trop, pleurnicha Leonore. C'est pour ça que je m'imagine parfois que tu pourrais avoir envie de m'échanger contre un modèle plus jeune.

— Parfois ? ricana Blake. Leonore, tu me fais savoir au moins une fois par jour que je pourrais avoir envie d'une femme plus jeune ! « Tu ne trouves pas cette jeune femme ravissante, Blake ? » l'imita-t-il avec une voix haut perchée, mais sans méchanceté, si bien que Leonore se mit à glousser. D'autres fois, c'est « Mon Dieu, une telle est plus jolie à trente-cinq ans qu'elle l'était à vingt-cinq ! Tu ne la trouves pas particulièrement jolie ? »

Leonore rit de plus belle.

— Et les jours où tu es de mauvaise humeur, ou quand tu as la migraine, tu vas jusqu'à t'exclamer : « Admets-le Blake, tu préférerais être marié à une femme d'une vingtaine d'années ! Arrêtons de tourner autour du pot ! Vas-y, dis-moi la vérité ! Je peux tout supporter de ta part. »

Son épouse riait à gorge déployée, même si son visage était en feu à cette évocation.

— Honnêtement, chérie, tu m'étonneras toujours, continua Blake. Si je faisais partie de ces hommes qui partent en chasse d'une femme plus jeune ou louchent sans vergogne dans les décolletés qu'elles exhibent lors de certaines soirées, je pourrais le comprendre. Mais je ne t'ai jamais donné le début d'une raison d'être jalouse.

— Tu es trop poli pour reluquer d'autres femmes en ma présence.

— Non, je ne le fais pas parce que je n'y songe même pas. Je suis complètement heureux en ménage.

Leonore lui lança un regard suspicieux et il se pencha vers elle.

— Je serais totalement perdu sans ma Leonore adorée, murmura-t-il avant de l'embrasser avec passion.

Elle passa sa main dans ses cheveux encore humides et lui sourit tendrement. Mais son sourire disparut brutalement :

— Oh mon Dieu ! Je ne me suis pas lavé les dents, ce matin !

— Tu vois à quel point je t'aime ? plaisanta Blake.

Quelqu'un frappa à la porte de leur chambre et Blake alla ouvrir. Il glissa un pourboire au garçon d'étage et fit rouler un chariot couvert d'une nappe blanche jusqu'au lit.

— Room service. J'ai commandé des crêpes aux fraises pour toi. Tu ne fais pas encore un de ces stupides régimes, au moins ?

— Eh bien, en fait si, mais je ne peux pas résister à des crêpes aux fraises.

— J'ai aussi commandé des œufs au bacon et deux cafetières. Je sais que tu étais éperdument éprise de thé hier soir, mais la Leonore que je connais préfère boire du café le matin.

— Oh, hier soir, grogna Leonore en s'extirpant hors du lit.

Elle enfila un magnifique déshabillé en satin rose assorti à sa nuisette.

— Est-ce que ce n'était pas accablant ?

— C'est exactement le mot qui convient.

— J'aime le thé, mais j'en ai bu des litres chez Mère ces deux dernières semaines. Et Jeffrey s'est comporté comme un gamin de deux ans mal élevé à proclamer dix fois combien il détestait le thé. Il était très énervé. J'ai bien remarqué que le vieil homme ne lui a rien proposé d'autre.

— C'était volontaire, et mérité je dois dire. Il ne voulait pas céder aux attaques de Jeffrey. Il n'a même pas voulu lui laisser voir combien son impolitesse le gênait.

— Je ne pense pas que l'impolitesse de Jeff l'ait gêné. Simon Van Etton, voilà comment il s'appelle. C'est un nom très distingué. C'est un homme très distingué. Très raffiné.

— Et bien plus sûr de lui que Jeff, j'en ai peur ! estima Blake en servant le café. Je suis étonné que ces gens n'aient rien su pour Penny. Ils semblaient tout ignorer de son passé, même cette jeune femme, Diana.

— Je sais, ponctua Leonore avec un sourire

piteux. Ils ont été si choqués par son expérience de strip-teaseuse.

— Je croyais qu'on parlait de danse exotique...

— Oui, eh bien ! nous sommes entre nous, mon amour. Nous pouvons appeler un chat un chat.

Leonore souleva le couvercle et découvrit l'assiette de crêpes couvertes d'énormes fraises et de crème fouettée.

— Oh Seigneur ! Elles ont l'air divines.

— Et je veux que tu manges tout. Tu as besoin de prendre des forces. Tu es un peu pâle et hier tes yeux étaient cernés. Ta mère ne te laisse jamais te reposer !

— Heureusement que j'étais déjà en route pour l'aéroport quand tu m'as appelée pour m'annoncer la nouvelle. Je n'ose imaginer quelle aurait été la réaction de Mère.

— Moi non plus. Je n'ai aucune envie de l'imaginer, dit Blake en tartinant son toast de confiture de myrtilles. Elle ne versera pas une larme pour Penny.

— Oh Blake ! Si, elle le fera. Comment peux-tu dire une chose aussi horrible ? Elle se réjouira que Penny soit sortie de la vie de Jeff et que Willow soit toujours vivante, mais elle ne se réjouira pas de savoir Penny entre la vie et la mort.

— Elle ne l'admettra pas, mais elle en sera heureuse. Ta mère peut être vraiment horrible.

Leonore coupa une fraise en deux, la porta à sa bouche et réfléchit. Oui, sa mère serait sans doute ravie, mais Leonore avait du mal à se l'avouer. Elle n'avait jamais accepté la nature impitoyable de sa mère. Elle changea de sujet.

— Que penses-tu de Diana ?

Blake posa sa fourchette.

— Ah non, pas encore !

Leonore sourit.

— Elle était l'amie de Penny et Cornélia semblait folle d'elle. Je me demande juste ce que toi tu as pensé d'elle.

— Eh bien je sais que tu veux surtout savoir si je l'ai trouvée jolie. C'est le cas. Elle a des cheveux magnifiques et ses yeux sont assez saisissants — ils peuvent être doux et féminins et durs comme du granit la seconde d'après. Elle est féminine, mais je l'imagine aussi très bien en bottes de cow-boy ou en train de grimper aux arbres…

— Ou de participer à des expéditions en Égypte comme nous l'a raconté son oncle quand nous attendions son retour à la maison.

— Oui, dit Blake avant de prendre une bouchée d'œufs. Je lui trouve aussi beaucoup de ressemblance avec lui. Mais attends… c'est son grand-oncle, non ? Elle ne se laisse pas facilement intimider. Jeff ne lui a pas davantage fait peur qu'à son oncle. Elle n'est pas une femme masculine ou dure, mais elle n'est pas non plus une petite fleur délicate.

Il haussa les épaules et sourit à Leonore.

— Que puis-je dire de plus ?

— Rien à voir avec leur espèce de gouvernante.

Blake éclata de rire.

— Pourquoi diable emploient-ils cette fille ? Mon Dieu, quelles manières ! Elle était atroce !

— Diana a dit qu'elle était nouvelle.

— À mon avis ce n'est qu'une partie de l'histoire, dit Blake en riant toujours. Je ne conçois pas que

Van Etton puisse la supporter plus d'une journée à moins d'avoir une bonne raison de le faire !

— Oui, eh bien nous ne connaissons pas ces gens. On nous a vanté leur réputation, nous avons vu qu'ils vivent dans le confort, nous avons aussi vu combien Corny les aime, mais…

— Mais nous n'avons pas personnellement appris à les connaître.

Blake s'interrompit pour croquer dans une lamelle de bacon.

— Et d'ailleurs à ce propos, je sais que cela mettra Jeff en colère, mais est-ce que nous pourrions, s'il te plaît, appeler cette enfant Willow au lieu de Cornélia ou, pire encore, Corny ? Penny détestait ce prénom mais Jeff a insisté pour qu'elle le porte, parce qu'il pensait que cela ferait plaisir à votre mère qui, fidèle à elle-même, s'est jugée insultée qu'il ait donné son prénom à la fille de cette « traînée », comme elle dit. Penny voulait que sa fille s'appelle Willow et c'est apparemment ce que tout le monde fait depuis dix-huit mois. Est-ce que la Terre s'arrêterait vraiment de tourner si nous aussi nous l'appelions Willow ?

— J'imagine que non, grommela Leonore. Penny a gardé le prénom qu'elle avait choisi. D'après toi, pourquoi ne l'a-t-elle pas changé aussi ?

— Le FBI dit que Penelope Hope Conley est le nom figurant sur la carte de sécurité sociale qu'elle utilisait. Je ne sais comment, elle a déniché une carte avec son propre prénom. Mais la carte de Willow est au nom d'une certaine Deborah Lee Conley. Elle pouvait très bien prétendre que « Willow » était un surnom.

— Mais où Penny a-t-elle trouvé ces cartes ?

— Je ne sais pas. Il y a plein de choses que nous ignorons sur sa vie avant qu'elle rencontre Jeff, Leonore. Dans le domaine où elle évoluait, elle a pu fréquenter toutes sortes de gens interlopes qui savent comment se procurer des faux papiers. J'ai toujours pensé qu'elle avait eu recours à un professionnel pour les fabriquer, quelqu'un qui connaissait Penny Cuivre et qui était disposé à l'aider.

— Mais elle a dû le payer. Un criminel ne prendrait pas un risque gratuitement.

Blake sourit.

— J'espère que tu ne parles pas d'expérience.

— Malgré toutes les malversations que l'on prête à mon père, je ne connais les mœurs des criminels que par la télévision et le cinéma.

— Où les criminels sont toujours représentés avec un réalisme absolu, remarqua Blake en secouant la tête. Je ne sais pas comment elle s'y est prise, Leonore, mais n'oublie pas les quinze mille dollars qui ont disparu de son compte. Elle a dû utiliser cet argent pour payer les fausses cartes.

— Peut-être, oui.

Leonore but une gorgée de café et remplit à nouveau sa délicate tasse en porcelaine.

— Penny n'est pas partie pour voler Jeff. J'ai toujours pensé qu'elle s'était enfuie avec un riche amant. Mais d'après les Van Etton, elle vivait de façon modeste. Cela n'élimine bien sûr pas la possibilité d'un amant, mais il n'était pas riche. Et puis, où l'aurait-elle vu ? Je doute qu'elle ait beaucoup fréquenté Huntington-Virginie-Occidentale !

— Elle n'avait sans doute jamais entendu parler de cet endroit auparavant.

— Alors pourquoi est-elle venue ici ?

— Je n'en ai pas la moindre idée, chérie.

Leonore regarda Blake.

— Pourquoi as-tu fait ce merveilleux discours sur l'amour véritable qu'on reconnaît au premier coup d'œil et sur la façon dont Penny regardait Jeff ? Est-ce que tu tentais de l'apaiser ?

— En partie, oui. C'est pour ça que j'en ai tant rajouté. Mais je suis certain que Penny était amoureuse de Jeff quand elle l'a épousé. Simplement, ce regard a disparu quelques mois avant qu'elle parte.

— Tu penses donc qu'elle a pu le quitter pour un autre homme.

— Au début, c'est ce que j'ai cru, tout comme toi. Quand le temps a passé sans que Jeffrey reçoive la moindre nouvelle ou une demande de divorce, je me suis dit qu'elle était peut-être avec quelqu'un qui ne voulait pas l'épouser. La seule chose que je croyais pouvoir affirmer, c'était que, s'il y avait un autre homme, il devait avoir de l'argent, dit Blake. Penny n'a pas épousé Jeff *que* parce qu'il était riche — j'en suis sûr — mais elle s'était habituée à un certain train de vie et elle voulait aussi ce qu'il y avait de mieux pour sa fille. Il semblerait pourtant que j'avais tort. S'il y a eu un autre homme, il ne l'a pas couverte de ses largesses.

— Non, elle s'est retrouvée assistante d'un universitaire retraité, à vivre dans une maison minuscule avec un système électrique défaillant qui a fini par tout faire exploser.

La bouche pleine, Blake secoua la tête, puis avala.

— Un système électrique défectueux peut provoquer un incendie, mais pas une explosion. Un court-circuit dans une pièce saturée de gaz en raison d'une fuite pourrait en revanche en provoquer une. Le chef des pompiers nous fera sans doute un rapport complet aujourd'hui, dit Blake avant de marquer une pause. Je crois que nous sommes mûrs pour la deuxième cafetière.

Leonore faisait mine de triturer sa crêpe du bout de la fourchette, comme si elle hésitait à en reprendre une bouchée. Elle surprit Blake en train de la regarder, sourire aux lèvres.

— Tu sais que je vais nettoyer cette assiette, n'est-ce pas ?

— Oui. Et pourquoi pas ? Tu perds toujours deux ou trois kilos quand tu vas chez ta mère.

— Ce sont deux ou trois kilos que je devais perdre. Ce n'était pas ton cas, mais tu en as perdu largement autant. Le moment pour que tout ça se produise est vraiment mal choisi. Juste quand je reviens de chez Mère et que tu te remets de la grippe ! Tu n'es pas complètement guéri, tu sais ? Tu avais vraiment l'air épuisé chez les Van Etton hier soir, et tu as toussé toute la nuit.

— La soirée n'a pas précisément été de tout repos, Leonore. La cerise sur le gâteau étant Cor… Willow hurlant que Jeff était le Méchant qui avait tué Penny.

— Oh mon Dieu ! C'était insupportable !

Leonore ferma les yeux quelques secondes, comme si elle se repassait la scène.

— Mais cette enfant était terrifiée, Blake. Elle n'essayait pas seulement d'éviter de nous suivre.

— Je sais qu'elle était terrifiée. C'est Penny qui est responsable de cela. Elle a répété à Willow que Jeff était un méchant homme.

— Est-il possible que Cor… Willow se souvienne encore de lui après tout ce temps ?

— Penny devait avoir au moins une photo de lui. Elle la lui aura montrée. Mais je ne comprends pas pourquoi elle a voulu effrayer sa fille. Ce n'est pas comme si Willow risquait de tomber sur lui par hasard.

— Cela aurait pu arriver, si ces détectives avaient réussi à retrouver Penny. Peut-être a-t-elle essayé de monter Willow contre Jeff par vengeance.

— Pour se venger de quoi ? Jeff n'a rien fait d'autre à Penny que de la traiter comme une reine.

Leonore soupira.

— J'aimerais juste comprendre quelle a été la vie de Penny ici, à Huntington. Je ne parle pas de sa maison ou de ses vêtements. Je veux dire : comment était-elle ? Que pensait-elle ? Où allait-elle ? De quoi discutait-elle ? À quoi s'intéressait-elle ?

— Eh bien tu as rencontré les deux personnes qui semblent le mieux la connaître — Simon Van Etton et Diana Sheridan. Si tu veux en savoir davantage sur la « vraie » Penny, je pense que Diana est la mieux placée pour te répondre.

— Mais enfin je ne peux pas simplement aller la voir et lui dire : « Parlez-moi de Penny » !

Blake rit.

— Cela manquerait de finesse.

— Et puis Diana n'a pas eu l'air très portée sur les ragots. J'ai la sensation que lui soutirer des informations — en particulier sur Penny — s'avérerait très difficile, surtout parce que je suis la sœur de Jeffrey.

Blake engloutit son dernier toast débordant de confiture et se servit une autre tasse de café.

— Leonore, tu es experte dans la science de soutirer des informations aux gens. C'est une des raisons pour lesquelles Jeff t'a placée au conseil d'administration de l'entreprise. Tu as l'air d'une franchise et d'une naïveté désarmantes. Cette innocence trompe même les hommes d'affaires les plus chevronnés. Tu en as appris davantage sur certains de nos concurrents que Jeff et moi réunis.

— Tu parles de compliments à double tranchant ! Je suis une championne de l'enquête parce que les gens pensent que je suis idiote.

— Je n'ai pas dit idiote. J'ai dit franche et charmante. Et totalement candide et avenante. Les gens se mettent à te raconter des tonnes de choses, sans même se rendre compte de ce qu'ils sont en train de faire. Et lorsque quelqu'un dit quelque chose de vital, que nous avons besoin de savoir, tu fais comme si tu ne t'en étais pas aperçue. Tu continues à babiller comme si tu n'avais pas enregistré l'information.

— C'est ça, les gens me prennent pour une idiote.

Blake soupira, puis sourit à Leonore avec affection.

— D'accord, ils ne te considèrent pas comme la fine lame du service. Ils pensent que tu as un titre ronflant dans la société parce que ton frère la dirige.

— Mon frère et mon mari.

— Oui, mais Jeff dirigeait déjà l'affaire lorsqu'il m'y a fait entrer. Parfois, je doute qu'il ait même besoin de moi. Il se sent redevable à mon égard parce que votre père a créé l'entreprise avec le mien. Mais en dehors de tout cela, tu es une perle, Leonore. Ton frère et moi, nous savons que nous te devons certains des faits d'armes les plus réussis de Cavanaugh & Wentworth, insista-t-il jusqu'à ce qu'un sourire apparaisse sur le visage de sa femme. Alors ? Combien de temps penses-tu que va résister Diana Sheridan face à une professionnelle aussi talentueuse et expérimentée que toi ? Elle n'a aucune chance de cacher quoi que ce soit à Leonore Wentworth.

— Mon Dieu ! peut-être devrais-je proposer mes services à la CIA. Ils pourraient arrêter de torturer les gens.

Blake sourit.

— Quelle merveilleuse idée, chérie ! Mais ils ne paient pas aussi bien que Cavanaugh & Wentworth. Donc, reprit-il avec sérieux. Que penserais-tu d'aller soutirer quelques informations à Diana ? Je suis sûr que ce sera une partie de plaisir pour toi.

Leonore porta une nouvelle fois sa tasse de café à sa bouche en regardant par la fenêtre, au-delà de Blake, la belle journée d'été qui commençait.

— Hier soir Jeff a dit qu'il voulait voir Penny aujourd'hui. Il voulait qu'on vienne avec lui, mais malgré tout ce qu'a fait Penny, je ne supporterais pas de la voir atrocement défigurée. Jeff m'en dispensera si tu l'accompagnes. Je sais que tu n'as pas envie d'y aller non plus, mais il va insister. Son aversion pour l'interaction sociale devient pathologique, il a de plus en plus besoin que toi ou moi soyons là pour parler à sa place. Cette fois-ci, il aura vraiment besoin de la présence d'un proche.

— Alors, quel plan proposes-tu ?

— Tu vas aller à l'hôpital avec Jeff. Je le supplierai de m'épargner cette visite, j'appellerai chez les Van Etton et je demanderai si je peux passer rendre visite à Willow. Je ne vois pas comment ils pourraient dire non. Je suis la tante de cette enfant, et puis je ne suis pas mon frère, ce qui devrait déjà les soulager, nota Leonore en souriant à son mari. Et j'agirai de façon aussi innocente, charmante et babillante que possible jusqu'à ce que j'obtienne toutes les informations que je veux. Cela te convient-il ?

— Mieux que ça, dit Blake en prenant la main de Leonore par-dessus la table. C'est du pur génie, ma chère Leonore.

2

Lorsque Diana se réveilla, Willow se tenait à côté de son lit et la fixait avec intensité de ses immenses yeux bleus.

— J'ai cru que t'allais jamais te réveiller, et Christabel, Roméo et moi, on meurt de faim.

Roméo, par terre quelque part à côté de Willow, émit ses coassements de stentor habituels.

— Tu vois ? On meurt de faim.

— Je n'avais pas réalisé que la situation était si

grave, marmonna Diana tandis que Christabel sautait sur elle. Quelle heure est-il ?

— L'heure du petit-déjeuner.

Diana ouvrit plus grands les yeux pour lire son réveil.

— Il est neuf heures. L'heure du petit-déjeuner est même presque passée, mais toi et moi, nous avions du sommeil à rattraper. Et puis Roméo aime assez les grasses matinées.

Le gros chat cancana de plus belle, afin de lui donner clairement tort.

— Roméo dit qu'il a faim maintenant, décréta Willow. Il faut vraiment qu'il mange maintenant sinon il risque de devenir tout faible et tout tremblotant à cause du manque de nourriture.

— Oh c'est sûr ! rit Diana. D'accord, mes pauvres petites créatures, je me lève tout de suite. Le petit-déjeuner sera prêt dans dix minutes.

Elle enfilait sa robe de chambre quand quelqu'un tapota discrètement à sa porte. La voix de Clarice suivit quelques secondes plus tard :

— Diana ?

— Oui, entrez, Clarice !

La vieille dame pénétra dans la chambre sans son déambulateur. Elle portait un tailleur bleu pâle — la seule tenue habillée que Diana avait rapportée de chez elle la veille — et des chaussures à petits talons. Elle avait coiffé ses cheveux en un chignon torsadé plus élaboré qu'en temps normal, prenant soin de laisser dépasser quelques boucles autour de son visage.

— Seigneur ! Vous êtes élégante même le dimanche matin. Vous êtes ravissante, dit Diana.

Clarice sourit.

— Merci. J'assiste toujours à la messe, le dimanche, et votre oncle m'a proposé de m'escorter.

— Oncle Simon vous conduit à l'église ?

— Pour tout dire, il insiste pour assister au service avec moi et m'emmener déjeuner ensuite, pour profiter du fait que je ne souffre presque pas de mon arthrite aujourd'hui. Je lui ai bien dit qu'il était inutile de déjeuner dehors, mais… eh bien… Vous connaissez Simon mieux que moi.

— Oh oui ! dit pensivement Diana.

Simon, qui n'avait pas dû entrer dans une église depuis le mariage de sa sœur, et qui ne se contentait pas de proposer de l'accompagner, mais avait insisté pour le faire ? L'homme que Diana avait quitté le mardi matin n'était pas celui qui attendait maintenant Clarice Hanson pour aller à la messe puis au restaurant. Diana esquissa un sourire. Elle se réjouissait sincèrement que son grand-oncle ait décidé de sortir un peu le nez de son travail.

— Eh bien, Willow me dit qu'elle et les chats meurent de faim. Nous nous apprêtions à descendre petit-déjeuner.

— On meurt de faim, répéta Willow avec emphase. Tous les trois.

— Je suis heureuse que tu aies retrouvé l'appétit, dit Clarice.

Christabel roucoula discrètement en s'élançant vers la porte, Roméo, au summum de ses capacités de vitesse, sur ses talons.

— Tu sais, Willow, Simon m'a expliqué que Diana ne mange pas au petit-déjeuner, d'habitude. Elle se douche, puis elle sort faire une longue promenade pour prendre des photos avec son appareil. C'est pourquoi j'ai pris les devants et j'ai préparé des œufs brouillés pour toi. Simon s'occupera de nourrir les chats. Cela te convient ?

Willow regarda Diana avec incrédulité.

— Pour de vrai, tu manges pas le matin ?

— Pas un vrai petit-déjeuner. Juste un toast et du café.

Willow soupira.

— Les adultes ! Oui, Clarice, des œufs brouillés me feraient très plaisir.

— Parfait. Vous trois, vous allez descendre en ascenseur, annonça Clarice avant de se tourner vers Diana. Je les mets dans la cabine et je reviens ; j'aimerais vous parler, si ça ne vous dérange pas.

Diana avait déjà enlevé sa robe de chambre et se dirigeait vers la salle de bains pour profiter de la grande cabine de douche, mais elle se figea. Le visage de Clarice avait perdu son sourire, et elle comprit qu'il n'avait été qu'une façade. Penny est morte, pensa-t-elle. Penny est morte et Clarice veut me le dire avant de l'annoncer à Willow. Elle hocha la tête en direction de la vieille dame, remit sa robe de chambre et s'assit sur le bord de son lit, se préparant à encaisser la nouvelle. Une fois l'ascenseur arrivé au rez-de-chaussée, Diana entendit le piaulement réjoui de Roméo. Il adorait prendre l'ascenseur. Simon cria :

— La cargaison est arrivée saine et sauve, mesdames ! Nous serons dans la cuisine.

Clarice regagna la chambre et ferma la porte derrière elle. Diana leva les yeux vers elle :

— Penny est morte, c'est ça ?

Clarice la regarda avec surprise, puis compassion.

— Oh ciel, non ! Diana, ma chère, pensez-vous que votre oncle et moi irions ainsi à l'église puis au restaurant en vous laissant seule avec Willow si une telle chose était arrivée ? Nous n'avons eu aucune nouvelle de Jeffrey Cavanaugh mais pour autant que nous le sachions, l'état de Penny est stationnaire.

Diana se rendit compte qu'elle retenait encore sa respiration. Elle expulsa enfin l'air confiné dans ses poumons et murmura :

— Dieu merci.

— Oui, justement, c'est pourquoi je vais à l'église.

Clarice se rapprocha doucement du pied du lit.

— Ma chère, il y a une chose dont je dois vous parler. Je n'en étais pas sûre, mais j'ai discuté avec votre oncle après que vous êtes allée vous coucher — lorsqu'il a eu rangé cet horrible revolver dans sa jolie boîte — et il pense que vous avez le droit de savoir ce que je vous ai caché jusqu'ici. Pas bien longtemps, mais caché tout de même.

Clarice se sentait visiblement misérable et se tordait les doigts en fronçant les sourcils, ses yeux mauves toujours un peu réticents. Diana approcha une chaise du lit.

— Asseyez-vous et dites-moi tout, Clarice ! Et s'il vous plaît, n'ayez pas l'air si accablé ! Je suis sûre que ce que vous avez à me dire n'est pas si terrible.

— Je l'espère, dit Clarice en s'asseyant, la regardant droit dans les yeux. C'est à propos de Glen.

— Glen ? répéta Diana, interloquée. Glen Austen ?

— Oui. Je ne connaissais ni son nom ni son lien avec vous avant qu'il ne vienne ici hier, quand il a entendu parler de l'explosion. Mais, Diana, je l'avais déjà vu avant.

Clarice hésita.

— Je l'ai vu venir chez Penny.

— Glen et moi avons emmené Penny dîner au country-club en mai. Nous sommes allés la chercher chez elle en voiture…

Clarice secoua la tête.

— Pas à ce moment-là. Plus tard. Quand vous m'avez demandé, la nuit de l'explosion, si j'avais vu quelqu'un chez elle, j'ai hésité, et Simon a dit qu'il y était allé pour laisser des courses à Penny la semaine où Willow était hospitalisée. Je n'ai rien dit à ce moment-là, mais j'ai vu Glen venir chez elle quatre fois depuis deux mois, continua Clarice d'une voix hésitante. Deux fois, Willow m'a raconté qu'elle avait passé la nuit chez sa camarade de classe. Chaque fois que Glen est venu, il est resté au moins une heure. La dernière fois, Penny venait de rentrer d'une conférence à l'université et m'a confié Willow. Glen est arrivé juste après, en voiture, et il est aussi resté environ une heure.

Clarice regarda Diana avec prudence, s'attendant à entendre un cri de détresse, à voir la tension sur son visage. Mais Diana ne répondit rien, si bien qu'elle continua.

— Après son départ, Penny s'est précipitée chez

moi, elle s'est platement excusée et m'a expliqué qu'une personne qu'elle connaissait d'un de ses cours assistait aussi à la conférence, et qu'il s'était invité chez elle. Mais elle était nerveuse, embarrassée, et j'ai su qu'elle mentait, Diana. Je l'ai vu tout de suite et j'en ai été surprise, poursuivit Clarice. Je ne comprenais pas pourquoi Penny me racontait des mensonges. Si elle avait rencontré quelqu'un qu'elle aimait bien, quelqu'un avec qui elle aurait eu envie de sortir, elle aurait dû savoir que je serais heureuse pour elle ! Je ne m'expliquais pas non plus pourquoi, alors qu'il était venu chez elle plusieurs fois auparavant, ils ne sortaient pas officiellement ensemble, de façon normale, dirais-je. Voulez-vous que je continue, Diana ? Vous avez l'air pâle…

— Je suis étonnée, mais je vais bien, dit platement Diana. Je veux tout entendre.

— D'accord. La dernière fois que j'ai vu Glen, c'était mercredi soir — deux nuits avant l'explosion. Il est arrivé vers neuf heures — il faisait encore un peu jour. La soirée était plus fraîche, et si tranquille ! J'avais éteint l'air conditionné et ouvert ma fenêtre et… Bon, soyons francs, j'espionnais, autant que je l'avoue.

Clarice rougit légèrement.

— Penny ne l'a pas laissé entrer tout de suite. Je l'ai entendue lui dire qu'elle était fatiguée, qu'elle avait passé beaucoup de temps au chevet de Willow à l'hôpital, qu'elle ne se sentait pas très bien et qu'elle n'avait qu'une envie, c'était d'aller se coucher ; mais Glen lui a dit qu'il ne resterait que quelques minutes. D'après ce que j'ai vu, il avait déjà mis un pied dans la maison. Alors Penny a fini par lui ouvrir. Et j'ai continué à observer, je n'ai pas honte de l'avouer, dit Clarice avec une pointe de défi. Glen s'était montré si… agressif, en quelque sorte, alors que Penny voulait à l'évidence être seule ! J'étais inquiète pour elle. C'est alors que j'ai vu une autre voiture approcher et venir se garer contre le trottoir d'en face. La nuit était presque tombée, à ce moment-là, et je n'ai distingué la silhouette du conducteur qu'une fois qu'il a ouvert la portière. Cette personne est sortie, s'est dirigée vers la maison de Penny puis a hésité et fait demi-tour. Une fois de retour dans la voiture, elle a allumé la lumière intérieure et j'ai vu que le conducteur était une jeune femme. Vous n'imaginez pas comme j'ai été surprise lorsque, samedi matin, votre aide ménagère est arrivée. C'était elle que j'avais vue ce soir-là, en train d'observer Glen chez Penny — Nan Murphy.

Diana s'était tant rapprochée du bord de son lit à mesure que Clarice égrenait ces révélations que la dernière faillit l'en faire tomber. Elle se reprit et Clarice gémit :

— Oh, mon Dieu ! Je vous ai choquée ! J'ai dit à Simon que ce serait trop pour vous. Je vous en prie, Diana, ne vous évanouissez pas. Glen ne vaut pas une seule de vos larmes.

Diana se rassit confortablement mais ses pensées tournoyaient dans sa tête, si vite qu'elle craignit un instant de ne pas parvenir à formuler une phrase claire. Clarice était allée remplir un gobelet d'eau dans la salle de bains. Elle le lui tendit.

— Buvez doucement, ordonna-t-elle. Oh, je suis

si désolée de vous avoir ainsi bouleversée ; Simon a dit que vous pourriez le supporter. Il vous considère comme la huitième merveille du monde, complètement différente de vos semblables de la gent féminine ; il vous juge la plus forte et capable de faire face à toutes les situations…

— Clarice, je vais bien. Je ne suis pas la perfection de femme que Simon voudrait que je sois, mais je peux supporter l'idée que Glen poursuivait de ses assiduités une autre femme. Ou même deux, assura Diana avec un sourire qu'elle savait trop ébahi pour être vraisemblable. Clarice, je n'éprouve aucun sentiment fort pour Glen. Je l'aime bien, mais notre relation s'étire maintenant depuis des mois sans que j'aie le courage d'y mettre un terme. Je n'ai jamais été amoureuse de lui — loin de là. Pour être honnête, je ne suis pas blessée par ce que vous m'avez dit, et vous ne devez pas vous en vouloir. Simon avait raison — il fallait que je sache.

— Oh, Dieu merci !

Clarice se laissa retomber sur la chaise et se mit à s'éventer avec un magazine qu'elle avait ramassé sur la table de nuit de Diana.

— J'ai à peine pu dormir cette nuit : après avoir vu et Glen et Nan hier, j'ai compris qu'il y avait un lien entre eux, alors que lui semblait plutôt être votre joli cœur à vous. Je me suis sentie obligée de demander son avis à Simon parce qu'il vous connaît mieux que quiconque. Pourtant je n'étais pas convaincue, même après lui avoir parlé.

— Vous avez fait ce qu'il fallait.

Diana marqua une pause puis se mit à parler comme à elle-même.

— Penny savait exactement ce que je ressentais pour Glen. J'ignore pourquoi elle ne m'a rien dit, s'il a commencé à lui prêter attention. Elle n'a pas pu penser que j'en serais blessée.

— Il semblerait que Penny ait eu bien des secrets, dit tristement Clarice. Je me demande si aucun de nous la connaît vraiment.

— En fait, même si la plupart des gens me considéreraient comme une parfaite idiote de le croire, je pense que nous connaissons la vraie Penny — son âme, son esprit, quel que soit le nom qu'on lui donne — celle qui était tapie sous tous ces secrets. Je ne peux pas m'empêcher d'avoir la sensation qu'elle est une bonne personne, mais qu'elle s'est retrouvée piégée, Clarice. Après tout, elle n'a pas pris la fuite avec l'argent de Jeffrey Cavanaugh. Oui, elle a emporté sa fille, mais regardez comment cette enfant réagit à sa présence ! Il est évident que Penny a appris à Willow à craindre Jeffrey pour qu'elle ne cherche jamais à le retrouver, mais Penny n'aurait pas terrifié sa petite fille de cinq ans juste pour qu'elle n'ait pas envie de chercher sa trace une fois plus grande. Ce serait cruel, et Penny n'était pas cruelle — peu m'importe ce que disent les autres ! Je pense qu'elle avait une bonne raison de quitter Cavanaugh. Peut-être qu'un autre homme est impliqué, mais elle a pensé que la fuite et une vie de recluse étaient le seul moyen d'échapper à Jeffrey. Et quelque chose ou quelqu'un l'a rendue folle de peur cette semaine.

— Mais ça ne peut pas être Jeffrey, dit Clarice. Il n'a su où elle se trouvait qu'après l'explosion.

— C'est ce qu'il dit. Je ne l'aime pas et je ne lui fais pas confiance. Je ne fais confiance à aucun d'entre eux — ni à Jeffrey ni à Blake à ni Leonore.

Ni à Tyler Raines. Diana savait qu'elle aurait dû rajouter son nom à sa liste, mais pour une raison qui lui échappait, elle ne parvenait pas à le ranger dans le même groupe que les Cavanaugh. Elle ignorait quel rôle il jouait dans ce drame, mais il ne semblait pas faire partie du même milieu que les trois personnes qu'elle avait rencontrées la veille.

— Quant à Glen…

Diana haussa les épaules.

— Je ne saurais expliquer pourquoi, mais je n'imagine pas que Penny ait pu être attirée par Glen. Ce n'est pas du tout le genre d'homme avec qui je la verrais. Bien sûr, je sors avec lui depuis des mois maintenant, alors qu'il n'est pas mon type non plus… Et comme vous l'avez dit, ils ne vivaient sans doute pas une relation sentimentale « normale ». Une aventure purement sexuelle ? Peut-être. Après tout, Glen et moi ne couchons pas ensemble.

Clarice rougit à nouveau.

— Peut-être Glen était-il sauvagement attiré par Penny. Franchement, je ne faisais pas assez attention à lui pour le remarquer.

— Il est beau garçon, estima timidement Clarice. Et il est un bon ami de votre oncle.

— Oncle Simon l'aime bien — mais je ne dirais pas qu'il le considère comme un bon ami. Il n'est d'ailleurs pas très satisfait que je sorte avec Glen depuis si longtemps. Il m'a toujours dit que je devrais voir quelqu'un d'autre, quelqu'un de plus « enflammé », raconta Diana avec un sourire espiègle. Si Glen avait une liaison avec Penny et Nan, j'imagine que Simon s'est trompé sur l'importance de sa « flamme ».

Clarice baissa les yeux sur ses mains nouées, très gênée.

— Eh bien je ne saurais le dire. Lorsque j'ai parlé avec Glen hier, je ne l'ai pas du tout considéré en ces termes, dit-elle d'un ton presque guindé.

Elle redressa brusquement la tête quand Diana éclata de rire.

— Non, j'imagine ! Comme vous avez dû être abasourdie quand il est arrivé et s'est présenté comme mon petit ami, alors que vous aviez déjà découvert que la femme qui l'avait suivi jusque chez Penny — Nan — était en ce moment notre aide ménagère ! Je ne sais pas comment vous avez fait pour garder votre calme. Vous êtes une merveille, Clarice !

Clarice sourit.

— Je ne pense pas être une merveille, ma chère. J'étais terriblement embarrassée de devoir lui parler quand Simon est monté vous chercher dans la chambre de Willow. J'ai déserté la bibliothèque dès que vous êtes arrivée.

Diana réfléchit, laissant le silence s'installer. Puis elle demanda :

— Que s'est-il passé quand Nan attendait devant la maison de Penny ? Est-ce que Glen l'a vue quand il est reparti ?

— Oh, non. Elle a démarré sa voiture et s'est éloignée environ dix minutes avant qu'il ressorte par la porte principale. Je pense qu'elle ne savait pas quoi faire. Quand elle est retournée s'installer dans la voiture après s'être dirigée vers la maison de Penny, elle est restée là une vingtaine de minutes avant de partir, tous phares éteints comme si elle ne voulait pas être vue.

— Comment Glen et Penny se sont-ils séparés ? Est-ce qu'il l'a embrassée sur le seuil ?

— Seigneur, non ! Une dizaine de minutes après le départ de Nan, la moustiquaire s'est ouverte si violemment qu'elle est venue cogner la façade. Glen s'est rué dehors, est resté planté un instant, puis s'est retourné en hurlant presque : « Tu fais une grosse erreur, Penny ! »

Diana dévisagea Clarice.

— Il a dit qu'elle faisait une grosse erreur ?

Clarice hocha la tête.

— On ne peut bien sûr pas savoir ce qu'il voulait dire par là, réfléchit Diana. Peut-être qu'il parlait de sa décision de quitter Huntington. Simon est allé chez elle. Il m'a raconté qu'il y avait des cartons partout. Glen les aurait vus aussi. Il aurait compris que Penny comptait partir, même si elle ne le lui a pas dit.

— Glen aurait aussi pu penser qu'elle déménageait seulement dans une autre maison. Peut-être que ça n'était que ça.

— Si c'était le cas, elle en aurait parlé à l'un d'entre nous. Elle n'a rien dit ni à vous ni à Simon ni à moi. Et pourquoi Glen aurait-il jugé qu'elle faisait une terrible erreur ? Et puis n'oubliez pas qu'elle vous a dit, comme à moi, des choses qui laissaient entendre que nous ne la reverrions jamais.

Diana secoua la tête.

— Je suis certaine que Penny n'allait pas simplement changer de quartier, Clarice. Elle était à nouveau en fuite.

— Et Glen ne voulait pas qu'elle parte.

— Soit cela, soit il ne voulait pas qu'elle parte en le laissant seul. Même si elle avait une liaison avec lui, si elle avait à nouveau besoin de s'enfuir elle ne lui aura sans doute pas dit où la retrouver. Il aura compris à quel point elle tenait peu à lui. Ou peut-être partait-elle à cause de lui. Glen supporte très mal d'être rejeté, ça l'aura mis très en colère.

— Oh mon Dieu, murmura presque Clarice. Pensez-vous qu'il ait pu se montrer violent ?

— Je n'en sais rien. Et pour couronner le tout, Nan savait que Glen voyait Penny. Elle l'a espionné ce même soir.

Diana hésita. Elle eut la soudaine impression que son estomac était lesté d'un poids dur et froid.

— Clarice, dit-elle doucement. Glen s'est énervé contre Penny, et Nan a vu Glen chez Penny mercredi soir. Les esprits devaient être sacrément échauffés ce soir-là. Le lendemain, j'ai eu un coup de téléphone de Penny. Elle m'a dit qu'elle avait besoin de me parler, que c'était une question de vie ou de mort.

Clarice écarquilla les yeux.

— Vous voulez dire que jeudi soir elle avait peur parce que soit Glen soit Nan l'avaient menacée ?

— Peut-être, dit vaguement Diana.

Mais elle ne pensait pas à des menaces. Elle pensait à la bombe qui avait fait sauter la maison de Penny vingt-quatre heures plus tard.

CHAPITRE 10

1

Diana et Willow sortirent accompagner Simon et Clarice lorsqu'ils partirent pour l'église. Willow les salua avec autant d'enthousiasme que s'ils entamaient un tour du monde. Quand la voiture eut quitté l'allée, Diana inspira profondément, déclara que la matinée était magnifique et suggéra une petite balade sur la pelouse. Une fois arrivée près du chêne sous lequel s'était tenu Tyler Raines, Diana trouva deux mégots écrasés. Elle les ramassa et se fit la réflexion qu'il avait dû récupérer les autres, car elle était sûre qu'il était resté longtemps sous l'arbre.

— Est-ce que les écureuils qui vivent dans les arbres se sont mis à fumer ? demanda Willow.

— J'espère bien que non ! Les cigarettes sont très mauvaises pour la santé.

— Mais s'ils s'étaient mis à fumer, où ils iraient acheter leurs cigarettes ?

— Au supermarché, répondit Diana sans ciller.

Willow rit.

— Mais non ! Ils ne vendraient pas des cigarettes à des écureuils !

— N'en sois pas si sûre, estima Diana avec le plus grand sérieux. Ils feraient n'importe quoi pour un dollar.

— C'est ça que ça coûte, un paquet de cigarettes ?

— C'est même plus cher que ça. L'équivalent de trois glands, à moins que le prix soit monté à quatre.

Willow riait toujours de leurs bêtises quand elles rentrèrent dans la maison, mais elle se calma vite pour raconter une histoire aux chats pendant que Diana allait consulter l'annuaire dans une autre pièce. Elle chercha le numéro d'Al Meeks, et trouva deux entrées : au nom du restaurant Al's Best Barbecue et au nom d'Albert Meeks. Elle hésita à appeler tout de suite — peut-être vaudrait-il mieux attendre l'après-midi — mais ses doigts composèrent le numéro automatiquement. Quelques secondes plus tard, une voix masculine rugueuse répondit.

— Bonjour ! Que puis-je faire pour vous ?

— Monsieur Meeks ?

— Oui m'dame.

— Pourrais-je parler à Tyler, s'il vous plaît ? Tyler Raines ?

Après un petit moment d'hésitation, Al Meeks bredouilla :

— Je suis désolé, mais il est sorti.

Très surprise qu'il n'ait pas demandé qui était Tyler Raines, Diana fut désarçonnée et mit quelques secondes à réagir.

— Savez-vous quand je pourrais le joindre ?

— Non.

Trop rapide, trop laconique, pensa Diana. Al mentait.

— Je vois. Monsieur Meeks, je suis Diana Sheridan. J'ai mangé dans votre restaurant quatre ou cinq fois avec Penny et Willow Conley.

— Oh, Diana Sheridan ! Bien sûr, je me souviens de vous, dit-il avec un enthousiasme qui s'évapora aussitôt. Ce qui est arrivé à cette pauvre Penny me rend malade. J'adorais cette fille. Dieu merci, la petite Willow a été épargnée… Et vous ! Tyler m'a raconté qu'il s'en était fallu de peu pour que vous soyez à l'intérieur au moment de l'explosion.

Tyler Raines connaissait donc bien Al Meeks. Il lui avait même exposé les détails de cette terrible nuit. Elle était tellement persuadée que Tyler avait menti ! Elle prit conscience qu'à l'autre bout du fil, Al attendait qu'elle dise quelque chose.

— J'aurais dû être chez Penny une heure plus tôt, mais j'étais en retard. Si j'avais été à l'heure et que Willow ne s'était pas faufilée dehors pour trouver des lucioles à offrir à sa mère, il y aurait eu deux victimes de plus ce soir-là. Penny n'est pas morte, mais…

Diana fut agacée de sentir ses larmes se remettre à couler. Elle n'éclaterait pas en sanglots au téléphone avec cet homme qu'elle connaissait à peine ! Elle avala difficilement sa salive et reprit :

— Les médecins disent que l'état de Penny est inchangé. Elle est toujours inconsciente. Bien sûr, personne ne peut la voir ou obtenir des informations sur sa santé en dehors des membres de sa famille.

— Quel gâchis ! dit Al avec chagrin. Je prierai pour Penny.

— Je suis sûre qu'elle serait touchée de cette attention. D'ailleurs, c'est la raison pour laquelle j'appelais. Pas pour prier, mais je voulais exprimer ma reconnaissance et celle de Clarice Hanson à Tyler, pour toute l'aide qu'il nous a apportée ce soir-là. Il a éloigné ma voiture de l'incendie, il est allé chercher Clarice dans sa maison, qui était gagnée par les flammes…

— Il a fait quoi ? cria presque Al.

— Il a porté Clarice Hanson hors de sa maison en feu.

— Sacré gamin ! Il n'a pas dit un mot là-dessus. Si je me doutais ! Comme son grand-père. Nous étions très bons amis. J'imagine qu'il vaut mieux qu'il soit mort tôt. Ce que Tyler a subi quand il était plus jeune lui aurait brisé le cœur.

— Ce que Tyler a subi ?

Elle sentit Al Meeks devenir méfiant.

— Oh, ne faites pas attention à ce que je raconte ! Je ne suis qu'un vieux radoteur. Bien, je dirai à Tyler que vous avez appelé pour le remercier de son aide, ça lui fera plaisir… C'est un bon garçon, mademoiselle Sheridan. Je serais fier qu'il soit mon propre petit-fils.

— Pourrais-je vous poser une dernière question, monsieur Meeks ?

— Vraiment désolé, mais ma femme me pousse littéralement dehors. C'est l'heure de la messe. Merci d'avoir téléphoné, mademoiselle Sheridan. Prenez soin de vous. Bonne journée !

Diana eut à peine le temps de lui rendre son salut qu'il avait raccroché. Les paroles d'Al résonnaient dans son esprit. « C'est un bon garçon… Je serais fier qu'il soit mon propre petit-fils. »

— Qui l'eût cru ! marmonna-t-elle en secouant la tête, sourire aux lèvres.

2

— On peut aller voir maman, aujourd'hui ?

Diana regarda Willow, qui avait mis un short bleu marine, un chemisier bleu et rose avec des manches papillon, et sa couronne en plastique.

— Je ne pense pas que ta maman ait droit aux visites pour l'instant, dit Diana en écartant le journal dominical, qui annonçait en gros titre en première page qu'une bombe avait explosé dans une maison de Rosewood.

Elle n'avait plus à garder le secret.

— Mais je veux voir maman.

— Je sais, mon cœur, mais on ne fait pas toujours ce qu'on veut.

La bouche de Willow trembla légèrement.

— Est-ce que maman ne peut pas avoir de visites parce qu'elle ne va pas bien ? C'est ça que ça veut dire ?

— Non, ça signifie que les médecins préfèrent qu'elle consacre toute son énergie à sa guérison plutôt qu'à des visiteurs. Elle est encore très faible.

— Mais elle va mieux.

Ce n'était pas une question. Willow avait énoncé,

presque avec défi, ce qu'elle avait besoin de considérer comme une certitude. Mais sa volonté vacilla.

— Maman va mieux, hein ? Tu me raconterais pas un bobard, hein ?

Se montrer totalement honnête ou réconforter une enfant : une bataille éclair fit rage dans l'esprit de Diana. Puis elle plongea dans les grands yeux interrogateurs de Willow, qui mangeaient son visage innocent et triste, et elle sut qu'elle ne pouvait pas se résoudre à briser l'espoir de la petite fille.

— Les docteurs et les infirmières font tout ce qu'ils peuvent pour que ta maman aille mieux. Tu sais qu'elle n'a qu'une envie, c'est de venir retrouver sa petite fille chérie, qu'elle aime plus que tout au monde. Et tu sais que c'est une femme forte, Willow. Très forte.

— J'aimerais tellement la voir, juste une minute ! supplia Willow. Peut-être que ça l'aiderait si je lui disais que je l'aime !

— Elle sait que tu l'aimes, Willow. Crois-moi, elle le sait, dit Diana avec un sourire, en repliant le journal. Tu es prête à aller te promener et à prendre des photos avec moi ? Oncle Simon et Clarice ne rentreront pas de leur expédition église-restaurant avant deux bonnes heures.

— Oui, si tu veux. Les chats peuvent venir ?

— Tu vois, les chats ne vont pas se balader avec les humains comme le font les chiens. Et puis les longues marches fatiguent trop Roméo.

— Tu pourrais acheter une carriole pour qu'on le transporte, suggéra Willow.

— C'est une brillante idée, mais il ne faut pas

oublier Christabel. Elle s'enfuirait. Elle irait se cacher dans les bois et on ne la retrouverait jamais.

— Je me suis cachée dans les bois, moi, et on m'a trouvée.

Les sens de Diana s'aiguisèrent mais elle mesura le ton de sa voix.

— Oui, c'est vrai. Un homme t'a trouvée. Comment a-t-il fait alors que personne d'autre n'y était arrivé ?

— Parce que je me suis cachée de tous les autres.

— Mais tu ne t'es pas cachée de lui. Pourquoi ?

Le regard de Willow parcourut la pièce pendant une poignée de secondes.

— J'en avais assez de me cacher et j'avais peur des serpents.

— Je vois. Tu connaissais l'homme qui t'a trouvée ?

— Euh… non…

— Tu en es sûre ?

Willow la regarda et Diana aperçut dans ses yeux un éclair d'appréhension. Elle hésita et finit par dire :

— Au début, j'ai cru que je le connaissais, mais en fait non. Je me suis mélangée.

— Tu as cru que c'était qui, au début ?

— Euh… j'ai pensé…

Willow ôta sa couronne et se mit à inspecter les différentes pierres factices qui étincelaient au soleil. Sans lever les yeux, elle dit :

— J'ai cru que c'était un ami de maman, mais en fait, non.

Diana savait que l'enfant disait soit une demi-vérité soit un complet mensonge. Willow n'était pas une menteuse, même quand elle avait fait une bêtise et cherchait à ne pas être punie. Diana savait que si Willow mentait maintenant, c'était pour obéir aux consignes de Penny. Mais pourquoi Penny chercherait-elle à cacher qu'elle connaissait Tyler Raines ? Et pourquoi Tyler cachait-il qu'il connaissait Penny ?

Willow, de plus en plus absorbée dans la contemplation de sa couronne, s'éloignait lentement de Diana lorsque le téléphone sonna. C'est aussi bien, pensa Diana. Elle avait à l'évidence suffisamment poussé Willow à parler pour l'instant.

Diana décrocha et entendit la voix gazouillante d'une femme :

— Diana ?

— Oui. Madame… Wentworth ?

— Je vous en prie, appelez-moi Leonore. J'espère que je n'appelle pas trop tôt.

Diana regarda sa montre.

— Il est onze heures dix. On ne peut pas dire que ce soit trop tôt.

— Je connais des gens qui dorment jusqu'à midi, le dimanche. Et j'en connais d'autres — assez peu — qui vont à la messe.

— Aujourd'hui je n'ai fait ni l'un ni l'autre.

— Alors tant mieux. Je suis tellement heureuse d'avoir pu vous joindre ! s'exclama Leonore avant de reprendre plus sérieusement. Diana, j'ai toujours tendrement aimé ma nièce. J'avais tellement hâte de la voir hier soir ! Mais les choses ne se sont pas passées comme je pensais, c'est le moins que l'on puisse dire. Jeff va voir Penny à l'hôpital et Blake l'accompagne.

Je sais que je devrais y aller aussi, mais pour être franche je n'ai pas la force de voir Penny dans cet état.

Consciente que Willow se trouvait encore à proximité, Diana se contenta de demander :

— Vous avez eu des nouvelles ?

— Jeff a appelé l'hôpital, mais il est d'humeur monosyllabique ce matin. D'après eux, il n'y a pas de changement. Je n'ai pas eu davantage de détails. Peut-être que lui non plus d'ailleurs. J'aurais préféré qu'il n'essaie pas de la voir, mais une fois qu'il s'est mis quelque chose en tête c'est impossible de le faire changer d'avis. Enfin, je me demandais si cela vous dérangerait que je passe — seule — pour voir Cornélia.

Diana resta paralysée par l'appréhension. Elle ne voulait pas aggraver la situation en refusant, mais elle ne voulait pas non plus bouleverser Willow à nouveau.

— Pourriez-vous attendre juste une minute, que je pose la question à Willow ? suggéra-t-elle sans agressivité.

Leonore, en revanche, ne parvint pas à dissimuler totalement une certaine irritation.

— Non… enfin je veux dire bien sûr, demandez-lui !

Diana posa sa main sur le combiné.

— Willow, c'est ta tante Leonore au téléphone. Elle était là hier soir, mais je pense que tu ne l'as même pas vue.

Le regard de Willow se fit méfiant.

— Elle a l'air plutôt gentille, et elle dit qu'elle t'a

toujours beaucoup aimée et qu'elle a très envie de te voir.

Willow fronça les sourcils.

— Elle a précisé qu'elle voulait venir seule.

— Pas de Méchant ? demanda Willow avec effroi.

— Personne d'autre.

Willow réfléchit un moment.

— Seulement si elle promet qu'il n'y aura qu'elle.

— Leonore, Willow dit qu'elle est d'accord si vous promettez de venir seule.

— Oh, c'est à ce point-là ? Eh bien, il n'y a rien que nous puissions y faire pour l'instant. Je promets de venir seule. Croix de bois, croix de fer.

— Elle a dit croix de bois, croix de fer.

Willow sembla peser le pour et le contre, et finit par hocher la tête.

— Au temps pour notre promenade ! grogna Diana une minute plus tard, après avoir raccroché.

Elle avait pensé partir un quart d'heure plus tard pour que Willow profite de cette journée magnifique dans le parc, et elle se réjouissait d'avance des belles photos qu'elle pourrait prendre de la petite fille. Au lieu de cela, elles seraient coincées dans la maison à faire la conversation à Leonore Wentworth…

La sœur de Jeffrey Cavanaugh… songea Diana avec un malaise soudain. Jeffrey et ses yeux froids, métalliques, son hostilité, sa détermination à récupérer sa fille — sa fille qui l'appelait « le Méchant » et avait fait une crise de nerfs à sa seule vue. Leonore avait promis de venir seule, mais Diana ne savait pas quel prix cette femme accordait à une promesse faite à une enfant. Il se pouvait que Leonore arrive seule mais que Jeffrey la rejoigne peu après. Diana se retrouverait vulnérable avec eux et Willow dans la maison.

L'éclair d'un instant, Diana regretta que Tyler Raines ne soit plus adossé au chêne, dehors. Elle écarta pourtant rapidement cette pulsion ridicule — elle aurait dû appeler la police quand elle l'avait surpris à observer la maison, mais elle s'était dit qu'elle n'avait pas envie de mettre encore tout le monde sens dessus dessous. Maintenant qu'elle y repensait, elle se demandait si c'était vraiment la raison pour laquelle elle n'avait pas appelé la police. Quand elle avait regagné son lit, laissant Christabel à son poste de guet, elle s'était sentie… en sécurité.

— En sécurité ! s'exclama-t-elle, choquée par cette pensée.

— Quoi ? Qu'est-ce qu'il y a ? demanda Willow en se rapprochant tout contre elle.

Diana reprit ses esprits et rit.

— Rien, ma puce. Je pensais juste à quelque chose et le mot est sorti tout seul de ma bouche. Fais comme si je n'étais pas là. Je suis idiote aujourd'hui.

— C'est parce que tu n'as pas pris de petit-déjeuner ! affirma Willow avec sagesse.

— Tu as raison, approuva sincèrement Diana.

Son cerveau lui dictait de ne pas faire confiance à un homme qui ne disait pas toute la vérité. Elle était persuadée qu'il connaissait Penny et Willow, au moins de loin. Il avait dit qu'il habitait à New York — où Penny avait vécu avec Jeffrey. Il avait refusé de lui dévoiler son métier mais il avait obtenu des informations sur l'explosion de la part de la police plus de vingt-quatre heures avant qu'elle ne fasse d'annonce publique. Elle ne savait rien de cet homme…

Tout ce qu'elle savait, c'était qu'il avait éloigné sa voiture du danger, qu'il s'était précipité dans la maison de Clarice et l'en avait sortie avant qu'elle soit piégée par les flammes, qu'il était ensuite retourné sur les lieux pour trouver Willow, et que, face à sa colère irrationnelle et à ses larmes, la veille, il l'avait prise dans ses bras et avait murmuré : « Ne pleurez pas, chérie. » Surtout, Diana se souvenait que, malgré elle, elle s'était sentie en sécurité dans ses bras, à la fois rassurée et émue par la voix grave de Tyler, son accent du Sud et ses mots tendres — une tendresse qui ne paraissait ni feinte ni paternaliste.

Willow la regardait avec gravité, sa couronne penchée vers la droite.

— Diana, tu vas bien ? demanda-t-elle prudemment.

— Oui, mon cœur. Je pensais juste à la visite de Leonore.

L'enfant se crispa instantanément.

— Tu crois qu'elle nous a raconté des sornettes ? Tu crois qu'elle va venir avec le Méchant ?

— Non, mentit Diana. Mais je me disais que ce ne serait pas très agréable de rester à l'intérieur toute l'après-midi, d'autant que nous avions prévu de faire une balade et de prendre des photos.

Elle réfléchit un instant.

— Willow, est-ce que ça te dirait de faire un pique-nique ?

— J’adore les pique-niques… mais on pourrait aussi se cacher dans la maison et ne pas aller ouvrir la porte quand la dame viendra. Je sais que toi aussi tu as peur du Méchant, même si tu dis le contraire.

Cette enfant avait une empathie assez incroyable, en particulier avec sa mère et Diana.

— Le Méchant… enfin, je veux dire Jeffrey, ne peut pas entrer dans la maison et y provoquer des problèmes si nous ne sommes pas là. Nous avions prévu une promenade. Il fait trop beau pour la manquer. Il n’y a aucune raison pour que Leonore ne vienne pas avec nous, et nous en ferons un moment agréable grâce au pique-nique.

Diana se leva et se dirigea vers la cuisine tout en continuant à parler à Willow, qui la suivait de près.

— Je sais que nous avons de la limonade. Tu aimes la limonade. Et il y a aussi du beurre de cacahuètes et de la confiture, et…

Diana ouvrit le frigo.

— Et de la dinde froide ! On pourra faire deux sortes de sandwiches ! Et nous avons aussi des chips. Nan croit que nous ignorons qu’elle cache de la nourriture dans ce placard, mais nous l’avons découvert — et elle a aussi des sablés ! Oh, merci Nan !

— Merci Nan ?

— D’avoir apporté tout ce dont nous avons besoin pour parfaire notre pique-nique. Je n’avais pas envie d’aller faire des courses. Je voudrais que tout soit prêt quand Leonore arrivera.

De façon à ne pas rester plus de quelques minutes dans la maison avec elle et Dieu sait qui, ajouta Diana en pensée.

— Ce sera une surprise. Comme ça, elle te verra et, en plus, elle passera une bonne après-midi dans le parc. Oh, où est le panier ?

Willow pointa son doigt vers un grand garde-manger.

— Comment sais-tu ça ?

— Parfois, quand je venais avec maman et qu'elle travaillait avec oncle Simon, Mme Murphy me laissait explorer. Elle est beaucoup plus gentille que Nan.

Nan. Et Glen, dont Nan avait suivi les cours au deuxième semestre. Glen séduisant une étudiante, à moins qu'elle l'ait juste suivi parce qu'elle avait un béguin pour lui. Diana avait toutefois du mal à croire que Glen n'ait été que l'objet innocent d'une toquade ; elle se souvenait, maintenant, de moments bizarres où ils s'étaient trouvés ensemble dans la même pièce et où Nan et lui échangeaient des regards embarrassés. Elle se rappelait aussi une après-midi où elle avait eu l'impression qu'ils s'étaient éloignés brusquement l'un de l'autre dans le vestibule au moment où elle était apparue dans l'escalier. Elle s'était dit qu'ils avaient dû se croiser de près. Elle se souvint aussi d'un jour où, chaque fois qu'elle revenait dans la pièce après s'être absentée un moment, Nan l'asociale était en train de parler avec Glen.

Glen avait à l'évidence une aventure avec Nan. Diana se rendait compte qu'elle devait l'admettre et agir en conséquence, même si cela signifiait seulement de faire sortir Glen de sa vie. Elle ne pourrait pas obliger Nan à renoncer à lui, alors qu'elle était certaine qu'il ne pourrait que la rendre malheureuse, mais elle n'avait pas le temps de s'appesantir là-dessus.

En vingt minutes, Diana empila une pyramide impressionnante et peu élégante de nourriture dans le grand panier de pique-nique. Elle y ajoutait une poignée de serviettes en papier et trois gobelets en plastique, quand la sonnette de la porte retentit. Diana ouvrit à l'instant où Leonore Wentworth faisait un signe de la main à son mari, qui repartait à bord d'une berline blanche. Elle se retourna vers Diana.

— Jeff a pris la Lincoln, bien sûr. Il nous a laissé la voiture dont la clim ne marche pas, dit-elle en roulant des yeux. Mais où ai-je la tête ! Je ne vous ai même pas dit bonjour ! se reprit-elle en riant. Salut, Diana ! J'aimerais être suffisamment mince pour porter des jeans aussi étroits et qu'ils m'aillent aussi bien !

Diana rit, légèrement déstabilisée par l'exubérance de Leonore mais incapable de la recevoir avec froideur.

— Bonjour Leonore. Pour ce qui est des jeans étroits, j'ai la fâcheuse habitude de perdre la notion du temps et de sauter des repas, mais merci pour votre compliment. Oncle Simon se plaint toujours de la passion qu'éprouvent les femmes d'aujourd'hui pour le jean. Il prétend avoir oublié à quoi je ressemble en robe.

Leonore était entrée dans le vestibule. Elle lissa son pantalon en lin beige et son haut à manches courtes assorti ; l'ensemble avait l'air simple, mais Diana reconnut la patte d'un créateur.

— Comme c'est calme, ici, remarqua Leonore. Est-ce que nous sommes seules ?

Diana réfléchit un instant à la portée possible de cette question, mais se décida à répondre honnêtement.

— Simon a emmené Clarice à l'église.

— Et votre aide ménagère ? Ann, c'est cela ?

— Nan. Un diminutif pour Nanette. Sa mère, Martha Murphy, travaille pour nous depuis douze ans, depuis qu'elle est veuve. Martha a fait une petite crise cardiaque la première semaine de juin et elle a supplié Simon d'employer sa fille à sa place. Tout ce que je peux dire, c'est que nous serons immensément reconnaissants quand Mme Murphy reviendra de congés, dans quinze jours.

Leonore éclata de rire.

— Alors voilà la raison ! Blake et moi nous demandions vraiment pourquoi vous employiez une fille comme Nan. Le moins qu'on puisse dire c'est qu'elle est particulière, dans son genre !

— C'est une gentille façon de tourner les choses, dit sèchement Diana. Non seulement elle n'a aucune expérience, mais elle ne nous aime pas et ne se gêne pas pour nous le faire savoir. Enfin, heureusement, nous n'avons plus très longtemps à la supporter.

— Et voici ma nièce, juste derrière vous. Chérie, comme tu es mignonne ! fondit Leonore. Quand est-ce que tu es devenue reine ?

Willow ébaucha un sourire.

— Je ne suis pas reine pour de vrai. Je ne suis pas sûre que les pierres précieuses sont des vraies. C'est Diana qui me l'a achetée.

— Ce qui indique clairement qu'il ne s'agit pas de vrais diamants, glissa Diana à Leonore.

— Et alors ? Les diamants ont l'air très authentiques et tu es magnifique, Cor… Willow. Mon mari et moi, nous avons décidé ce matin que puisque ta maman voulait que l'on t'appelle Willow et que tu en as l'habitude, nous t'appellerions tous les deux Willow au lieu de Cornélia.

Willow sourit.

— Tant mieux. Je n'aime pas l'autre prénom.

— C'est très attentionné de votre part, Leonore, dit Diana.

— Eh bien, je détesterais être appelée par un prénom que je n'aime pas, dit Leonore en regardant Willow. Tu te souviens de mon nom ?

Willow avait entendu Diana dire « Leonore » deux fois au cours des cinq dernières minutes, mais quand elle prononça « Leo-nore », sa tante battit des mains.

— Même quand tu n'étais qu'un bébé, tu tenais absolument à dire « Leonore » au lieu de « Leo » ou « Nore », s'exclama-t-elle. Mon mari, ton oncle Blake, m'appelle parfois Leo, mais toi, tu ne l'as jamais fait.

— Oh, fit Willow comme si elle ne savait pas bien comment réagir à cette information.

— D'habitude, le dimanche matin je vais me promener dans le parc et je prends des photos, intervint Diana. Vous m'avez dit que vous étiez photographe amateur alors j'ai pensé que cela pourrait vous intéresser. Ensuite, Willow et moi avons décidé de préparer un pique-nique. J'espère que ça vous convient ?

Leonore sembla interloquée et peu ravie de ce

changement de programme, et Diana fut soulagée qu'elle et Willow n'aient pas à rester seules dans la maison avec cette femme qu'elles ne connaissaient pas. Peut-être quelqu'un d'autre devait-il vraiment arriver…

Mais l'expression de Leonore afficha rapidement un certain plaisir.

— Cela me convient parfaitement ! On va s'amuser ! Et si vous me donniez quelques astuces de photographe ? Je n'avais pas compris hier que vous étiez une artiste accomplie, mais il se trouve que mon mari a vu certaines de vos œuvres dans une galerie, à New York. Elles l'ont beaucoup impressionné. Je me suis vraiment sentie ridicule de m'être ainsi vantée de ma photo de Noël.

— Vous ne vous êtes pas vantée, et la photo est plutôt bonne.

Leonore lui jeta un regard faussement sévère.

— D'accord, elle est prometteuse, corrigea Diana.

— Je considère que c'est un compliment, venant de vous.

Ses yeux bleus parcoururent rapidement la pièce.

— Alors, j'imagine que nous devons rassembler du matériel pour notre excursion !

Diana prit son appareil le plus récent et une couverture, et Leonore insista pour porter le panier. Willow enleva sa couronne et elles chargèrent la voiture de Diana. Elles descendirent la colline jusqu'au parking qui longeait l'immense pelouse menant au Ritter Park. L'autre côté de la route était bordé d'imposantes demeures admirablement entretenues. Près de l'entrée du parc, une vaste fontaine propulsait des jets d'eau vers le ciel. Des ponts de pierre enjambaient l'étroit Four Pole Creek et conduisaient à des marches rustiques qui gravissaient une colline fleurie de rosiers.

— Mon Dieu, mais c'est idyllique, ici ! s'exclama Leonore en parcourant du regard les hectares d'herbes hautes et d'arbres centenaires. Je ne me serais jamais imaginé ça. Hier soir nous étions concentrés sur l'itinéraire jusqu'à votre maison et ce matin j'ai babillé avec Blake dans la voiture, comme d'habitude, sans faire attention à ce qui m'entourait. Ce parc est immense !

— Il fait environ trente-cinq hectares, expliqua Diana tandis qu'elles sortaient de voiture.

Elles marchèrent un moment en quête d'un bon emplacement.

— Il y a des courts de tennis, des roseraies — on les aperçoit d'ici — un amphithéâtre, et un musée assez impressionnant au sommet de la butte, là-bas.

— Et cet escalier ! dit Willow, fidèle à son effervescence habituelle. Il y a au moins cent marches qui montent jusque là-haut…

— Je ne pense pas qu'il y en ait plus de vingt-cinq ou vingt-six, corrigea Diana en souriant.

— Oui, ben, ça fait beaucoup quand même ! Elles conduisent aux roseraies, Leonore, et à ce gros immeuble tout en verre, qui s'appelle « Une Chambre avec Vue », c'est là que les gens fêtent les mariages et les invités sortent et se promènent au milieu des roses et ils regardent en bas, la fontaine est toute allumée et c'est là que je vais me marier quand j'aurais choisi le garçon qu'il faut, conclut Willow, à bout de souffle.

— Eh bien ! dit Leonore en souriant. Tu as pensé à tout, dis-moi ! Et tu as déjà certains garçons en vue ?

— Maman dit que j'ai tout le temps, mais je sais que je veux un prince ou une vedette de cinéma ou un chanteur de rock. Ici, il y a un endroit qui organise des concerts de rock et Diana et maman m'ont emmenée en voir trois fois, et j'adore les types qui chantent. Et ceux qui jouent de la guitare. Si je me marie avec un garçon comme ça, je chanterai avec lui et son groupe.

Diana haussa les sourcils et regarda Leonore, tentant comme elle de réprimer un éclat de rire.

— Tu as vraiment réfléchi à tout ça, Willow ! dit Leonore. Mais souviens-toi de ce que ta maman t'a dit : tu as tout le temps.

Diana s'éclaircit la gorge et pointa du doigt un endroit derrière Leonore et Willow.

— Je vois un joli emplacement là-bas, où nous serons à l'aise. Pas de joueurs de frisbee ou de fanatiques de la bronzette à proximité. Nous n'avons plus qu'à profiter de la journée.

— Oui, cet endroit est parfait, approuva Willow en partant en courant dans la direction qu'avait indiquée Diana.

— En tout cas, elle ne semble pas avoir peur de moi, dit Leonore avec soulagement.

— J'imagine que non. Elle vous a présenté ses projets pour les vingt prochaines années de sa vie. Même le lieu de son mariage. J'espère que vous aimez le rock, au cas où elle ne rencontrerait pas le prince ou la vedette de cinéma adéquats.

— Je crains que mes goûts musicaux n'aient cessé d'évoluer quand j'avais une vingtaine d'années. Je n'aime pas la plupart des trucs modernes. Dieu sait à quoi ressemblera le rock quand Willow sera en âge de se marier !

Elles déployèrent la couverture sur la pelouse et posèrent le panier.

— L'idée du pique-nique nous est venue à la dernière minute, Leonore, nous n'avons donc rien de très sophistiqué.

— Pas de fraises nappées de chocolat ? Pas de caviar ? Bon ! Si c'est comme ça, je retourne à l'hôtel ! plaisanta Leonore.

— Qui mange des fraises au chocolat ? demanda Willow.

— Les gens qui veulent grossir, répondit Leonore en aidant Diana à sortir les victuailles du panier. J'aime la nourriture simple.

Leonore sembla moins convaincue de cette dernière affirmation lorsqu'elle découvrit les sandwiches au beurre de cacahuètes et à la confiture, le paquet de chips et la bouteille de limonade. Elle les fixa avec dédain avant de reprendre son sourire de circonstance.

— Je n'ai pas mangé de sandwich au beurre de cacahuètes et à la confiture depuis… Je ne saurais le dire…

— Nous avons aussi de la dinde et des sablés ! annonça fièrement Diana, amusée par les efforts de

Leonore pour paraître enthousiaste. J'adore les sablés !

— Je fais attention à mon poids. J'aimerais être sculpturale comme vous, mais je ne mesure qu'un mètre soixante-deux, et j'ai dix bons kilos de trop, en général. Je fais de l'exercice tous les jours comme une forcenée, des abdos-fessiers à outrance. Je prends du muscle mais je ne maigris pas. Oh ! Blake dit que je suis parfaite, insista-t-elle. Je viens de perdre près de trois kilos pendant mon séjour chez ma mère, et je n'ai pas envie de les reprendre tout de suite, alors je pense que je vais me contenter d'un petit sandwich à la dinde.

— Je mesure un mètre soixante-huit, ce n'est pas non plus la taille mannequin ! rit Diana en tendant un sandwich enveloppé de film plastique à Leonore et en lui remplissant un gobelet de limonade.

Pendant le pique-nique, Willow se montra plus réservée qu'elle ne l'avait été sur le trajet. Elle mangeait en silence et posait de temps à autre un regard timide et pensif sur Leonore. Elle finit par demander :

— Leonore, est-ce que tu vas parfois dans un endroit comme ça qui s'appelle Central Park ?

— Central Park ! Tu te souviens ! s'écria Leonore en renonçant à son sandwich. Central Park se trouve à New York, c'est même plus grand qu'ici. Ta mère t'y emmenait au moins trois fois par semaine quand vous viviez à New York. Parfois, je vous accompagnais.

— Oh, fit Willow en scrutant Leonore. Mais parfois il y avait aussi d'autres gens.

— C'est vrai ! Ton oncle Blake est venu avec nous quelquefois. Et puis ton papa a engagé un homme pour vous suivre et te protéger.

— Pour me protéger de quoi ?

— Parfois des gens peu recommandables rôdent dans le parc — des voleurs, des sans-abris qui ont perdu la tête et sont dangereux. Je ne veux pas dire que tous les sans-abri sont des fous dangereux, juste certains…

Willow n'avait à l'évidence pas compris les mots « recommandables », « rôdent » et « sans-abri », mais elle ne demanda pas qu'on les lui explique.

— Est-ce que mon papa venait parfois avec nous ?

— Non. Il était toujours très occupé, mais il t'aimait beaucoup.

Willow fronça les sourcils.

— Chérie, tu te souviens de lui. Tu l'as vu hier soir.

Willow se figea et articula :

— L'homme que vous avez appelé mon papa hier soir n'est pas mon papa. C'est le Méchant.

— Chérie, il est ton papa. C'est un gentil monsieur. Pourquoi penses-tu qu'il est méchant ?

— Il l'est. Tu ne m'auras pas sous prétexte que je suis une enfant, s'entêta Willow. C'est le Méchant.

— Willow, il n'est pas méchant. Il t'aime. Il veut que tu vives à nouveau avec lui.

Willow eut un violent mouvement de recul.

— Je ne veux pas vivre avec cet homme ! Il me fait peur ! Diana, ne la laisse pas m'emmener !

— Leonore ne va pas t'emmener, dit Diana de

sa voix la plus autoritaire, en espérant qu'elle franchirait l'armure de terreur de Willow. Elle n'est pas venue pour t'emmener ou pour parler de ton papa. Elle est venue passer l'après-midi avec nous dans le parc. N'est-ce pas Leonore ?

Leonore considéra l'expression sévère de Diana et sembla reculer légèrement.

— Oui, Diana a raison.

Elle avait l'air déçu mais elle comprit que Diana pensait qu'elle avait trop bousculé la petite et ne permettrait plus qu'on parle de « papa ».

— Je suis juste venue te rendre visite, aujourd'hui, Willow. C'est tout.

L'enfant posa sur Leonore un regard pénétrant et sembla se détendre un peu après quelques secondes. Elle fit des commentaires banals sur les personnes qui faisaient leur jogging et jeta des miettes de pain aux écureuils gris. Une petite fille de son âge s'approcha avec un appareil jetable et demanda à Willow si elle voulait bien la prendre en photo. Diana l'y autorisa d'un hochement de tête et Willow bondit sur ses pieds, ravie. Elle disait souvent que, quand elle serait grande, elle aimerait être une « preneuse de photos », comme Diana. Les deux gamines s'éloignèrent en papotant comme si elles se connaissaient depuis toujours, à la recherche du parfait cadre pour leur cliché.

— Je ne voulais pas en parler devant Willow, dit Leonore en baissant la voix inutilement, mais j'ai lu le journal ce matin. La police affirme que c'est une bombe qui a provoqué l'explosion chez Penny !

— Oui, j'ai aussi lu le journal, répondit prudemment Diana.

— C'est incroyable, vous ne trouvez pas ?

— D'après l'article, le chef des pompiers n'a aucun doute, et les experts gouvernementaux non plus.

— Mais enfin, une bombe ? Qui aurait pu mettre une bombe ?

Diana regarda Willow donner ses consignes à sa nouvelle camarade de jeu, qui posait devant un arbre.

— Apparemment, il ne s'agissait pas d'une bombe très sophistiquée. De la dynamite, une mèche, un minuteur. N'importe qui peut apprendre à confectionner un tel engin sur Internet.

— Mais pourquoi ? Est-ce que Penny avait des ennemis ?

— Pas que je sache, mais elle devait en avoir au moins un.

— Vous la connaissiez pourtant si bien, persista Leonore. Vous devez sûrement avoir entendu parler de ses autres amis, les gens qu'elle fréquentait ; vous devez avoir une idée de qui pourrait lui vouloir du mal !

Un signal d'alarme s'était mis à tinter dans l'esprit de Diana. Leonore essayait de jouer l'innocente et le choc, mais sa curiosité presque puérile sur le sujet lui parut fausse. Elle décida de faire comprendre à Leonore qu'elle perdait son temps.

— Leonore, la seule personne que je connaisse qui pourrait vouloir du mal à Penny, c'est votre frère.

Leonore eut l'air d'avoir reçu une gifle. Son étonnement se mua en colère.

— Vous pensez que Jeff aurait pu faire une chose

pareille à Penny ? Mon Dieu, Diana, il ne savait même pas où elle était !

— Il était à sa recherche, et il avait envoyé beaucoup de gens à ses trousses, riposta calmement Diana. Est-ce que vous êtes totalement certaine que Jeffrey n'a pas découvert où vivait Penny avant que les autorités ne l'appellent pour lui annoncer que sa femme avait été victime d'une explosion ?

— Bien sûr que j'en suis certaine !

La voix de Leonore grimpa dans les aigus, et un coureur qui passait près d'elles tourna la tête pour la regarder.

— Je n'arrive pas à croire que vous puissiez ne serait-ce qu'insinuer que Jeff a quelque chose à voir avec cet incident !

— Incident ? C'est comme ça que vous appelez le fait que Penny souffre de brûlures si graves qu'elles lui seront sûrement fatales ? Un incident ?

— Je me suis mal exprimée. C'est… une catastrophe. Une tragédie.

Les deux petites filles continuaient à sautiller d'un endroit à l'autre en riant. Willow prenait maintenant la pose tandis que son amie la suivait avec l'appareil.

— Oui, je dirais que ces deux termes sont beaucoup plus appropriés à ce qui est arrivé à Penny.

— Et ce qui aurait pu arriver à Willow. Vous oubliez que, si elle avait été dans la maison, l'explosion l'aurait tuée ? Vous pensez que Jeff tuerait sa propre fille ?

— Je ne sais pas de quoi Jeffrey Cavanaugh est capable, lâcha Diana d'un air énigmatique pour tenter de renverser la vapeur et de pousser Leonore à révéler ce qu'elle savait sur les relations entre Penny et Jeffrey.

— Si vous imaginez que Jeff pourrait faire du mal à Cor… Willow, alors c'est que vous ignorez tout de lui !

— C'est ce que je dis depuis le début, confirma Diana en prenant son appareil photo posé à côté d'elle. Je ne sais rien de lui et encore moins pourquoi Penny a décidé de le fuir pour venir se cacher ici au lieu de demander le divorce. Il doit bien y avoir une raison, Leonore. Je ne sais pas ce que c'était, mais personne ne me convaincra que Penny a choisi par pur caprice de partir de cette manière.

— Il n'y avait pas de raison ! dit Leonore avec brusquerie. Jeff était enfin heureux et elle l'a pratiquement détruit, et personne n'a la moindre idée de ce qui lui a pris ! Bien sûr que nous voulons des réponses, et vous étiez son amie.

— J'étais une amie qui pensait que Penny était veuve et qu'elle venait de Pennsylvanie. J'ignorais complètement qu'elle était la femme en fuite de Jeffrey Cavanaugh. Je sais qu'aucun d'entre vous ne me croit, mais c'est la vérité, et quels que soient les efforts que vous déploierez pour obtenir des informations sur Penny, vous n'en aurez pas davantage parce que je n'en sais pas plus. Maintenant, s'il vous plaît, baissez d'un ton. Les gens commencent à nous regarder. Si vous voulez continuer à vous disputer avec moi à propos de ce que vous croyez que je sais, je serais ravie de vous donner satisfaction, mais pas ici, et pas maintenant. Si vous aimez votre nièce autant que vous le dites, ne gâchez pas cette journée.

Tandis que Leonore luttait pour retrouver son sang-froid, Diana regarda par l'objectif de son appareil. Les enfants étaient ravissantes ; elles riaient, leurs cheveux soyeux de petites filles brillant sous le soleil, un arbre immense en toile de fond, près d'un méandre du ruisseau dont la rive était tapissée de cailloux humides. Elles n'étaient qu'à une vingtaine de mètres. L'appareil avait automatiquement choisi une profondeur de champ moyenne, si bien que Diana n'avait plus qu'à régler l'ouverture du diaphragme. Elle prit une salve de cinq photos en une seconde, puis s'interrompit, sourire aux lèvres.

Leonore était toujours silencieuse. Diana prit deux autres photos des fillettes en train de jouer la comédie. Lorsqu'elle reposa son appareil sur la couverture, elle remarqua que la respiration de Leonore avait ralenti. Elle finit par reprendre la parole.

— Je suis désolée que nous vous ayons ainsi harcelée, s'il est vrai que vous n'en savez pas davantage sur Penny. C'est juste que, d'après tout le monde, vous étiez sa meilleure amie, et qu'elle vous a caché un secret vraiment important. Je connaissais Penny, et je trouve difficile de croire qu'elle ait été capable d'une telle discrétion.

— Il semblerait bien que nous ne l'ayons pas vraiment connue, avança Diana d'un ton égal. Et nous avons toutes deux découvert qu'elle savait garder un secret.

— Oui… Oui, j'imagine.

Leonore prit deux inspirations profondes puis dit :

— Je suis désolée ne m'être emportée ainsi, Diana. C'est juste que la vie de mon frère est un enfer depuis que Penny est partie avec la petite. Il lui arrive de s'enfermer chez lui pendant toute une semaine — il ne va même pas travailler. Il peut facilement diriger ses affaires depuis la maison, mais il ne laisse personne venir le voir. Il se retire du monde, et ça m'effraie. J'ai toujours peur qu'un jour il rentre chez lui pour ne jamais en ressortir.

— On dirait qu'il a sérieusement besoin de l'aide d'un spécialiste.

— J'en suis parfaitement consciente, mais d'après moi il pense que ses problèmes ont commencé il y a bien trop longtemps pour être jamais réparés. Mon frère n'a pas eu une vie facile, Diana. Notre père était un homme froid, dur — un homme qui s'était fait tout seul. La seule chose qu'il admirait chez les autres, c'était leur force. Il considérait Jeff comme une mauviette, parce que sous ses airs sévères, mon frère est un homme bon, qui a des principes. Papa pensait que ces qualités étaient des signes de faiblesse et il a tourmenté Jeff sans relâche pendant toute son enfance.

— C'est triste ! dit Diana sans perdre des yeux les fillettes qui, après un bref conciliabule, se dirigeaient vers Leonore et elle en se tenant par la taille.

— Oui, c'était terrible, dit amèrement Leonore. Ensuite mon père a été assassiné quand Jeff avait trente ans. Et devinez qui la police a considéré comme le principal suspect ? Jeff. Malgré toutes les relations louches de mon père, jusque dans la mafia, les flics pensaient que Jeff avait tué papa pour prendre le contrôle de Cavanaugh & Wentworth.

— Quelle horreur, dit Diana tout bas, sous le choc.

Ses craintes concernant la part d'ombre de Jeffrey Cavanaugh montèrent aussi d'un cran.

— Qu'est-ce qui leur a fait penser que Jeff pourrait vouloir remplacer votre père à un si jeune âge? Le conseil d'administration de l'entreprise n'aurait sans doute pas jugé Jeffrey prêt pour de telles responsabilités.

— Jeff se savait prêt, en tout cas. Mais il semblerait que Papa ait fait certaines remarques sur son fils qui, je cite « veut prendre le trône ». Je suis sûre que mon père, Morgan, disait cela parce qu'il pensait être drôle. Il trouvait ridicule l'idée que Jeff puisse le remplacer. Morgan Cavanaugh était convaincu que personne ne pouvait le remplacer. La police a harcelé Jeff pendant plus d'un an, mais elle n'a jamais pu prouver qu'il avait quelque chose à voir avec le meurtre, continua Leonore. Pendant ce temps, malgré les grognements des membres du conseil, Jeff a remplacé Papa, ce qui a été une grande chance pour l'entreprise. Jeff est un génie, Diana, et je ne dis pas cela à la légère. Il a des côtés excentriques — comme tout le monde, mais surtout comme les personnes dotées d'un QI très élevé. Cinq ans plus tard, l'entreprise avait doublé son chiffre d'affaires et elle était connue du public. Mais il ne s'est jamais remis des accusations portées contre lui. Ensuite, il y a eu Yvette.

Les fillettes, presque arrivées à leur hauteur, s'arrêtèrent pour prendre encore quelques photos de deux écureuils qui chahutaient avec des glands.

— Qui est Yvette ?

— Qui était Yvette, vous voulez dire. Yvette Dupré. La première femme de Jeff. Il l'a épousée quand il avait trente-trois ans. Trois ans plus tard, elle s'est jetée par une fenêtre du huitième étage d'un hôtel, à San Francisco. Elle était instable, et très belle. Leur mariage était une erreur dès le départ, et les choses n'ont fait qu'empirer ensuite. Elle s'est suicidée, mais…

Diana se retourna vivement vers Leonore.

— Mais quoi ?

— Mais la police a cru que Jeff l'avait poussée par cette fenêtre.

CHAPITRE 11

1

Tyler Raines était appuyé contre un arbre, un exemplaire gondolé de *Watchers*, de Dean Koontz, dans les mains. Il l'avait déjà lu trois fois au cours des dix dernières années et chaque relecture était un délice. Aujourd'hui, pourtant, il ne lisait pas vraiment. Il utilisait le livre comme un paravent tandis qu'il gardait un œil sur Diana Sheridan. Elle était assise sur une couverture avec une femme et la petite Willow prenait des photos avec une autre enfant environ du même âge qu'elle.

Le regard de Tyler se posa à nouveau sur Diana. Elle portait un jean et une chemise vert d'eau pardessus un débardeur blanc. Ses cheveux couleur de miel luisaient au soleil, coiffés avec une raie sur le côté, ils ruisselaient librement dans son dos. Il ne discernait pas ses yeux, mais il se souvenait précisément de leur teinte gris-vert et de ses longs cils recourbés. Il se souvenait de la courbe délicate de son nez, de la forme de ses lèvres et de ses dents blanches, et de la volée de petites taches de rousseur qui parsemaient ses pommettes et son nez. La nuit de l'explosion, alors qu'elle était pâle, folle d'inquiétude et couverte de suie, elle était déjà très belle, et il s'était maudit de l'avoir remarqué dans de telles circonstances.

La femme qui l'accompagnait parlait avec animation en faisant de grands gestes, penchée vers Diana, son visage en perpétuel mouvement, agité par une succession d'émotions fortes. Diana se tenait assise, immobile, sans jamais quitter Willow des yeux. Par moments, elle disait quelque chose à la femme, mais elle ne souriait pas, elle ne relâchait jamais sa vigilance ou la tension de ses muscles. Elle écoutait la femme avec intérêt, mais elle ne cessait jamais d'observer les alentours, prête à bondir à tout instant si quelqu'un ou quelque chose menaçait l'enfant. Tyler se demanda si la petite ressentait cette attention infaillible de Diana.

Les fillettes s'amusaient avec ce que Tyler reconnut comme un appareil jetable. Elles rapprochèrent leurs têtes pour un conciliabule indubitablement sérieux et se dirigèrent vers Diana. Puis Willow s'arrêta, regarda au loin et se mit à reculer à petits pas, comme un robot, ses yeux fixés sur un homme qui arrivait à vive allure vers les deux femmes assises sur la couverture — un homme grand, large d'épaules, aux cheveux poivre et sel, le visage marqué et saturé de sang, ses mains puissantes serrées en poings presque blancs.

Diana vit Willow lever lentement ses mains pour les poser sur sa bouche, sans doute pour s'empêcher de crier. Diana suivit le regard de l'enfant et se mit debout en un éclair, juste au moment où l'homme s'arrêtait à quelques mètres d'elle et rugissait :

— Espèce de garce !

Diana se raidit et dit quelque chose. Au même moment, Tyler se leva, prêt à courir maîtriser cet homme s'il se rapprochait davantage de Diana. Mais l'homme resta à distance, et se remit à hurler :

— Vous saviez pour Penny ! Ne vous avisez pas d'essayer de faire croire que vous n'étiez pas au courant qu'il y avait un autre homme. Qui ? Je suis son mari, bon Dieu ! J'ai le droit de savoir !

La femme s'était aussi levée à côté de Diana et tendait les bras vers l'homme dans un geste suppliant. Elle ressemblait à cet homme. Il ne lui prêtait pourtant aucune attention. Il se tenait, raide comme la justice, devant Diana, le front légèrement baissé comme s'il s'apprêtait à la charger tel un taureau. Diana secoua la tête et dit à nouveau quelque chose, puis elle regarda Willow, qui continuait à reculer. Même sa petite camarade s'éloignait en tenant fermement son appareil photo, l'air étonné.

L'homme hurlait toujours.

— Vous le savez et vous allez me le dire, même si je dois vous le faire avouer sous les coups !

Tyler se mit en mouvement. Il sortit de l'ombre de l'arbre et se dirigea droit sur l'homme qui avait fait un pas de plus vers Diana, les poings levés. Lorsqu'il fut arrivé à mi-chemin, un homme mince aux cheveux bruns apparut derrière l'agresseur ; il passa son bras droit autour de son cou puissant et le tira violemment en arrière. L'homme le plus grand fut secoué d'un mouvement convulsif et tomba à genoux. Une prise d'étranglement classique, remarqua Tyler. Le brun maigrichon avait tenu en respect le type tout en muscles sans porter le moindre coup ni le jeter au sol, mais par un geste calme et précis, en jouant sur les points de compression.

La femme aux cheveux blonds se précipita en criant vers l'homme encore à genoux devant Diana, et Tyler sortit son téléphone portable pour appeler la police. Elle faisait régulièrement des rondes dans le parc. Tyler ne laisserait pas à ce type le temps de se relever et de partir, ou pire, de s'attaquer à nouveau à Diana.

Tyler empêcherait que cela arrive parce qu'il savait que cet homme était Jeffrey Cavanaugh et qu'il était dangereux.

2

Diana resta comme paralysée tandis que Leonore et Blake aidaient Jeffrey à se relever. Blake le retenait encore fermement et Leonore demanda :

— Est-ce que ça va, Jeff ?

Jeffrey la repoussa tout en essayant de reprendre son souffle. Elle se tourna vers son mari.

— Blake, comment as-tu pu… ?

— Comment j'ai pu ? Leonore, tu n'as pas vu la même chose que moi ? Ton frère qui se ruait sur Diana ? Prêt à la frapper ?

— C'est absurde. Jeff ne frapperait jamais une femme.

— Alors pourquoi est-ce qu'il dirigeait son poing

vers son abdomen ? demanda Blake avec rage. Parfois tu te conduis comme une mère aveuglée par son adoration quand il s'agit de Jeff, tu sembles oublier de quoi il est capable…

— Tais-toi, espèce de salaud ! siffla Leonore.

Diana entrouvrit les lèvres de stupeur. Elle était autant choquée par le ton sauvage qu'avait pris Leonore que par le comportement de Jeffrey.

Quand Leonore posa les yeux sur son mari, il eut un léger mouvement de recul, vira blanc comme un linge, mais ne laissait paraître aucune émotion. Elle se tourna vers Diana, tentant désespérément de calmer sa colère.

— Je suis désolée, Diana. Jeff ne voulait pas…

— Ne t'excuse pas auprès d'elle, je pensais tout ce que j'ai dit ! gronda Jeffrey, qui s'était relevé sans l'aide de Blake.

Jeffrey la regarda comme s'il allait se remettre à hurler, mais Diana fut ébranlée en voyant des larmes emplir ses yeux torturés. Il lui rappela soudain un animal blessé, sans défense.

Blake le saisit fermement par les avant-bras et le fit pivoter face à lui.

— Nous partons, maintenant, Jeff, dit-il en contrôlant sa fureur.

Jeffrey ne dit rien. Il s'éloigna avec Blake, tête baissée. Leonore se précipita vers Jeffrey et lui posa une main sur l'épaule, le visage inquiet.

— Je vais y aller avec eux, Diana, lança-t-elle sans se retourner. Merci pour le pique-nique.

Oui, un charmant pique-nique, vraiment ! pensa Diana avec amertume en les regardant tanguer jusqu'à la route, serrés les uns contre les autres, Jeffrey traînant des pieds et, toujours soutenu par Leonore et Blake, semblant ignorer les spectateurs médusés de cette scène. Elle scruta les alentours à la recherche de Willow et la repéra vite au bord du ruisseau, en train de fixer l'eau comme si elle allait y sauter. Diana la rejoignit en quelques enjambées et s'agenouilla près d'elle.

— Chérie, ils sont partis. N'aie plus peur.

Mais ce que ressentait Willow était plus que de la peur. Elle regardait Diana sans sembler la voir, figée, les yeux secs.

Diana la prit dans ses bras.

— Willow, réponds-moi, s'il te plaît ! Est-ce que ça va ?

Rien.

— Willow ? Tes bras sont tout froids. Je sais que ça t'a fait peur de voir ton papa…

— Il n'est pas mon papa ! hurla Willow. C'est le Méchant ! Je t'ai dit ! C'est le Méchant ! Il veut tuer des gens ! Il veut me tuer !

Les larmes jaillirent soudain de ses yeux et elle enfouit son visage dans le cou de Diana. Diana la serra plus fort encore contre elle en la cajolant, se fichant d'être le centre d'intérêt de toute la pelouse. Ce qui importait, c'était cette petite fille dont le propre père s'était rué sur Diana les poings menaçants en hurlant sur elle devant tout le monde, oubliant totalement que l'enfant qu'il prétendait chérir assistait à ce terrible spectacle. Diana se demanda si Penny n'avait pas bien fait de protéger à tout prix sa fille de ce père erratique et violent.

Elle laissa Willow pleurer jusqu'à ce que ses sanglots se calment d'eux-mêmes, sans que Diana la supplie de se calmer. Willow leva finalement son visage vers elle et dit d'une voix saccadée :

— J'ai tout mouillé tes cheveux.

— Ils sécheront, dit Diana en essuyant les joues de Willow avec les pans de son chemisier. Tout comme ton visage. Dans deux minutes, toi et moi, nous aurons retrouvé tout notre éclat !

Willow sourit, renifla, libéra un dernier sanglot et se détendit un peu.

— Je veux rentrer à la maison, maintenant.

— Moi aussi. Je vais aller chercher la couverture et le panier, et on y va.

Diana repliait la couverture et Willow allait jeter leurs emballages dans une poubelle toute proche quand Diana regarda vers la rue et vit une voiture de patrouille de la police s'arrêter à côté d'une berline blanche à l'arrière de laquelle Leonore et Blake étaient en train d'installer Jeffrey. Un agent s'approcha et ils semblèrent tous se figer sur place. Heureusement, pensa Diana ! Quelqu'un avait appelé la police. Jeffrey ne pouvait pas simplement retourner à son hôtel comme s'il ne s'était rendu coupable de rien.

Elle vit alors Willow qui regardait fixement le policier, qui portait uniforme et lunettes de soleil.

— Est-ce que le Méchant va aller en prison ?

— Je ne sais pas, dit Diana. Je ne sais pas ce qui arrive aux gens qui essaient d'effrayer quelqu'un en public, mais le policier va faire quelque chose. Ne t'inquiète pas, Willow. Ton… cet homme sera puni d'une façon ou d'une autre.

Elles regagnèrent leur voiture, Diana portant son appareil et le panier, Willow serrant contre elle la couverture repliée et gardant les yeux baissés. L'espace d'une seconde, Diana crut voir du coin de l'œil un grand homme mince aux cheveux blanchis par le soleil… Tyler Raines… Mais lorsqu'elle regarda autour d'elle, il avait disparu. Elle songea que Tyler avait la fâcheuse habitude de disparaître de cette manière. Est-ce qu'il avait assisté à ce qui venait d'arriver ? Est-ce qu'il avait vu le numéro de Cavanaugh ? Était-ce lui qui avait appelé la police ?

J'espère que c'est lui, pensa Diana, perturbée par le cours que prenaient ses désirs, mais trop fatiguée nerveusement pour refaire la liste des raisons pour lesquelles elle ne devrait pas lui faire confiance. Toute logique lui fit à nouveau défaut, comme chaque fois qu'il s'agissait de Tyler, et elle décida de laisser ses émotions choisir le chemin que prendrait leur relation dans l'avenir.

S'ils avaient un avenir.

3

Diana se sentit immensément soulagée quand elles parvinrent à la maison et qu'elle vit la Porsche de Simon garée dans l'allée. Elle sourit en se demandant ce qu'avait ressenti Clarice en arrivant à l'église à bord de ce bolide en compagnie d'une escorte aussi fringante. Clarice n'avait sans doute pas beaucoup joui du luxe au cours de sa vie, songea Diana, même si elle n'avait que des mots tendres pour son « cher Henry ». Diana avait vu son portrait dans la maison de Clarice, et son visage tout rond, bien que sympathique, ne valait pas l'allure flegmatique de Simon Van Etton.

— Oncle Simon et Clarice sont rentrés, dit-elle à Willow, qui n'avait pas prononcé un mot du trajet. Je suis contente que nous ne trouvions pas une maison vide.

— Roméo et Christabel ne sont pas allés à l'église et au restaurant, finit par grommeler Willow. La maison n'aurait pas été vide, même si Simon et Clarice n'étaient pas rentrés, mais je suis contente qu'ils soient là aussi.

Diana coupa le moteur et Willow la regarda, ses yeux plus ouverts encore que d'habitude dans son petit visage étroit.

— J'ai peur. Le Méchant ne va jamais me laisser tranquille.

Diana ne pouvait pas dire à Willow qu'elle ne reverrait jamais Jeffrey Cavanaugh. Cet homme était son père. Et après ce qu'il avait fait aujourd'hui, elle craignait que rien ne l'empêche de faire irruption chez les Van Etton pour simplement enlever sa fille. Diana pensa à l'ancien étudiant de Simon qui avait tiré des ficelles pour que la garde de Willow leur soit accordée tant que la police n'avait pas retrouvé de membres de sa famille. Elle demanderait à Simon de le rappeler pour s'assurer qu'il était au courant de ce qui était arrivé dans le parc. Il fallait que quelqu'un empêche Jeffrey de reprendre Willow de force pour la ramener à New York.

— Willow, un agent de police est allé parler à cet homme. Je suis sûre qu'il lui a ordonné de ne plus s'approcher de nous, et il ferait mieux d'obéir à la police, ou il risquerait d'avoir de gros problèmes. Cet homme a peut-être envie de nuire aux autres, mais pas à lui-même, et c'est ce qui arrivera s'il ne se contente pas de retourner à son hôtel et d'y rester aujourd'hui. N'y pense plus, chérie.

— Mais, et demain ? C'est pas parce qu'il a peur de la police aujourd'hui qu'il aura peur demain ! dit Willow avec une logique exaspérante.

— Ne nous soucions pas de demain avant demain, dit rapidement Diana, soulagée de voir Simon ouvrir la porte d'entrée et se diriger vers elles.

— J'ai cru que vous faisiez une petite promenade ! Où étiez-vous ?

Diana comprit immédiatement qu'il s'était inquiété en découvrant que sa voiture n'était plus là et elle se reprocha de ne pas avoir laissé de mot d'explication.

— Leonore a appelé pour demander à voir Willow. J'ai pensé qu'il vaudrait mieux que nous allions pique-niquer au bord du ruisseau toutes les trois. Avec du monde autour, dit-elle avec un clin d'œil.

— Oh ! fit Simon en lui rendant son signe de connivence. C'était une bien meilleure idée que de rester enfermées dans la maison, seules.

Diana descendit de voiture et attrapa son appareil dans le panier pendant que Willow agrippait la couverture et courait vers la maison sans un mot.

— Nous avons essayé de faire un pique-nique, du moins, marmonna Diana.

— Essayé ? Qu'est-il arrivé ?

— Jeffrey Cavanaugh. Je te raconterai plus tard.

Une fois dans la maison, les uns et les autres échangèrent un flot d'informations sur leurs activités respectives. Willow resta silencieuse et se dirigea vers le piano, s'assit sur le tabouret et caressa les touches si doucement que Diana entendait à peine les notes. Quand Diana se mit à raconter à Clarice et à Simon que Willow s'était fait une amie au parc, l'enfant éclata en sanglots et posa sa tête sur le clavier.

— Je veux ma maman, pleurait-elle. Je veux tellement ma maman !

Diana senti une main glaciale serrer son cœur. Elle courut prendre la petite dans ses bras.

— Willow, ça va aller. Nous sommes à la maison, maintenant. Nous sommes en sécurité, dit-elle avec un ton qu'elle voulut sûr.

— Mais jamais je serais en sécurité. Le Méchant viendra m'emmener un jour. Il a failli me prendre aujourd'hui. Si l'autre monsieur l'avait pas fait tomber, il t'aurait fait du mal et il m'aurait emmenée.

Diana, effarée, regarda Simon et Clarice et comprit qu'elle ne pouvait pas reporter une explication plus longtemps.

— Nous passions un bon moment dans le parc quand Jeffrey s'est rué sur nous. Je ne sais pas comment il nous a trouvées, mais j'imagine qu'il nous a vues depuis l'entrée principale. Il a recommencé sa litanie sur le fait que j'en saurais plus sur

Penny que je veux bien le dire. Il était furieux et il s'est avancé vers moi comme s'il allait me frapper, mais Blake Wentworth est sorti de nulle part et lui a fait une prise qui l'a mis à genoux. Blake et Leonore ont ramené Jeffrey à leur voiture et quelqu'un a appelé la police. Un agent était en train de leur parler quand nous sommes parties, Willow et moi.

— Grands dieux ! explosa Simon. C'est intolérable !

— Il va m'avoir, sanglota Willow. Il n'arrête pas de dire qu'il est mon papa et il va m'emmener avec lui.

— C'est ce que nous allons voir !

Simon était très rouge et ses sourcils s'étaient rapprochés pour jeter une ombre sur ses yeux verts.

— Jeffrey Cavanaugh pense peut-être que je suis un vieux professeur gâteux seulement capable de donner des conférences à des étudiants morts d'ennui, mais il va découvrir de quel bois je me chauffe !

— Est-ce que tu vas essayer de le taper ? demanda Willow avec horreur. Tu ne peux pas faire ça ! Il est méchant et tu es vieux !

— Elle veut dire que vous êtes plus vieux que Jeffrey, glissa Clarice, même si Diana vit que son grand-oncle ne s'était pas vexé de cette remarque. Ma chérie, il ne faut pas pleurer, dit-elle tendrement à Willow. Nous sommes tous là pour te protéger.

Willow se détourna et se remit à sangloter en répétant qu'elle ne voulait que sa maman. Diana, elle-même au bord des larmes, regarda Clarice.

— Peut-être qu'une petite sieste avec vous et les chats… ?

Clarice hocha la tête.

— C'est une excellente idée. Je suis sûre que Willow est fatiguée et elle a beaucoup manqué aux chats. Ils l'attendent en haut. Willow, tu montes avec moi rejoindre Roméo et Christabel ?

Après un court moment, Willow opina du chef.

— Tu veux prendre l'ascenseur ?

Willow tourna à nouveau son visage mouillé vers eux.

— Oui, s'il te plaît.

Diana prit Willow dans ses bras et elles entrèrent dans la cabine, qui n'avait jamais tant servi que ces deux derniers jours. Diana la déposa sur son lit et constata avec plaisir que les chats s'étaient déjà endormis dans leurs petits lits. Ils se réveillèrent dès qu'elles pénétrèrent dans la chambre et Christabel vint s'installer contre Willow. Diana souleva le gros Roméo sur le lit puis choisit un DVD et partit au moment où Clarice, qui tentait de toutes ses forces de dissimuler sa détresse, expliquait à Willow qu'elle avait toujours eu envie de voir ce dessin animé où les insectes parlaient.

Diana redescendit et alla dans la cuisine où elle se servit un verre d'eau glacée et chercha la boîte d'aspirine. Elle en avala deux tout en se disant qu'il en faudrait sans doute au moins trois pour étouffer la douleur qui cognait ses tempes, quand quelqu'un frappa à la porte de derrière. Diana regarda à travers le rideau et aperçut Nan. Surprise, elle ouvrit le verrou. Nan resta plantée devant elle, en jean élimé, baskets et T-shirt délavé, sans maquillage. Elle avait ramassé ses cheveux en queue-de-cheval. Sans la douceur apportée par ses boucles blondes, elle était encore moins séduisante que d'habitude.

— Nan, qu'est-ce que vous faites ici ? lança sèchement Diana.

— Je me demandais… Je veux dire… Je sais que vous m'aimez pas beaucoup mais… voilà, mademoiselle Sheridan, il faut que je vous parle.

Elle a cassé quelque chose et elle est venue l'avouer, pensa Diana. Elle a volé quelque chose et elle a mauvaise conscience. Elle veut quelques jours de congés.

— Nan, j'ai passé une matinée très difficile. D'ailleurs, c'est l'après-midi, maintenant, non ?

— Il n'est pas encore deux heures, dit Nan. Je vous promets que je ne vous embêterai pas longtemps, mais… S'il vous plaît, mademoiselle Sheridan. C'est vraiment important, insista-t-elle avant de souffler, dans un murmure : C'est à propos de Penny Conley.

CHAPITRE 12

1

Diana ouvrit la porte et fit signe à Nan d'entrer. Son visage luisait de sueur et ses mains tremblaient.

— Il faut que je vous dise quelque chose.

— On dirait surtout que vous avez besoin d'une boisson fraîche. Limonade ?

— Ouais, je vais la chercher.

— Non, cette fois, asseyez-vous et je vais vous chercher à boire. Des glaçons ?

— Ouais… Enfin, oui, merci.

Elle va me dire que Glen voyait Penny, pensa Diana en ajoutant de la glace dans les deux verres de limonade qu'elle venait de servir. Elle compte me révéler que Glen me « trompait » avec Penny. Est-ce qu'elle va aussi me dire qu'il me trompait avec elle ? Ou est-ce qu'elle espère qu'entendre parler de la liaison avec Penny me poussera à quitter Glen pour qu'elle puisse le récupérer ?

Diana posa un verre devant Nan puis s'assit face à elle.

— D'accord, Nan, quel est le problème ?

Nan prit une longue gorgée de limonade glacée puis baissa les yeux sur ses mains.

— Je sais que vous aimiez beaucoup Penny. Moi, vous ne m'aimez pas, et elle ne m'aimait pas non plus.

— Vous ne laissez pas les gens vous aimer, Nan. Vous ne souriez jamais, vous êtes malpolie, voire agressive, parfois... Je suis désolée de vous le dire, mais vous avez même tendance à être sournoise.

— Je ne vous ai jamais rien volé ! s'emporta Nan.

— Je sais, mais vous écoutez aux portes. Vous apportez de la nourriture et vous la cachez, comme vos chips par exemple. Que voulez-vous que ça nous fasse que vous apportiez des chips, des biscuits, des sodas ou tout ce qui vous fera plaisir ici ! C'est le fait que vous le cachiez qui nous dérange.

— J'ai cru que ça vous énerverait.

— Votre mère travaille dans cette maison depuis douze ans. Cela m'étonnerait qu'elle nous ait décrits comme des maniaques de la discipline. Simon n'a pas d'exigences impossibles, et moi non plus. Je pense que si vous le faites, c'est parce que vous aimez avoir la sensation de braver l'interdit. Vous n'aimez pas avoir à travailler pour des gens, et cacher des choses vous permet de croire que ces gens ne vous contrôlent pas complètement.

Nan leva enfin les yeux et sourit d'un air désolé.

— On dirait un psy.

— Je crois qu'un psy analyserait le problème de façon plus fouillée. Je ne vous donne qu'un avis.

— Mais vous avez raison, bien sûr... Vous êtes belle, intelligente, cultivée, vous avez fait des tonnes de choses excitantes et votre vie est comme un bol de cerises bien mûres… Bien sûr que vous avez raison. Vous ne savez pas ce que c'est de vous tromper, vous ne connaissez pas l'échec.

— Nan, vous ne savez pas autant de choses sur moi que vous vous l'imaginez. Je vous assure que j'ai raté un certain nombre de choses et ma vie n'a pas toujours été une partie de plaisir, comme vous avez l'air de le penser.

Diana but une gorgée de limonade en observant Nan, dont la main gauche pianotait nerveusement sur la table.

— Mais vous n'êtes pas venue ici pour discuter des raisons pour lesquelles je vous aime ou pas. Vous avez dit que vous vouliez parler de Penny.

— Ouais. Oui, c'est ça. Vous parler de Penny, bafouilla Nan avant de prendre une grande inspiration et de se pencher en avant. Je ferais mieux de commencer par le début, c'est-à-dire vers avril. Vous savez que je n'ai pas bien réussi ma première année à Marshall. Je détestais tous les cours, sauf un — les cours d'histoire de Glen… du Dr Austen. Le sujet ne m'intéressait pas particulièrement, mais… enfin…

— Vous êtes tombée amoureuse de Glen.

Nan jeta un regard effaré à Diana.

— Comment vous le savez ? Il vous l'a dit ?

— Non, dit platement Diana. Il ne m'a rien dit.

— Oh… Alors qui ?

— Je ne pense pas que ce soit important.

— Est-ce que c'est Penny ? Il faut que vous me le disiez, si c'est Penny.

Non seulement Diana n'aimait pas le ton inquisiteur que prenait cette fille, mais il éveillait aussi ses soupçons. Peut-être Nan cherchait-elle en fait à obtenir des informations sur Penny, ou sur Glen ? Elle décida de voir où cette conversation allait les mener et répondit :

— Ce n'est pas Penny.

— Oh, souffla Nan avec soulagement. Tant mieux.

— Pourquoi ?

— Je préfère, c'est tout. Vous comprendrez quand je vous aurai raconté toute l'histoire.

Le carillon de la porte résonna. Une pointe d'appréhension traversa Diana. Jeffrey Cavanaugh oserait-il venir ici après la scène du parc ? Elle savait que Simon irait ouvrir et pria pour qu'il n'en fasse rien. Si elle avait été avec lui, elle l'en aurait empêché. Il se croyait invincible, mais à soixante-quinze ans, elle ne pensait pas qu'il ferait le poids face aux muscles d'un enragé de trente ans plus jeune.

— Vous ne m'écoutez même pas ! l'accusa Nan.

— Mais si. J'ai juste été distraite parce que quelqu'un a sonné à la porte. Nous avons eu des problèmes tout à l'heure avec Jeffrey Cavanaugh — j'espère que ça n'est pas lui.

— Quel genre de problèmes ?

Le visage de Nan exprimait davantage la peur que la curiosité.

— Cela n'a pas d'importance. Continuez votre histoire.

— Ouais, ben, comme j'ai dit, ça a commencé en avril, quand j'ai eu le courage d'aller voir Glen… le

Dr Austen… dans son bureau. J'ai fait semblant d'être inquiète à propos d'un devoir que j'avais rendu, mais en fait je voulais le voir, savoir si… enfin… voir si je l'intéressais. Plus personnellement… Vous voyez ?

— Je vois tout à fait, dit sèchement Diana.

— Bon…

Simon apparut à la porte de la cuisine.

— Oh, bonjour Nan ! Je ne savais pas que vous étiez là.

— Nan a cru qu'elle avait oublié son portefeuille ici hier soir, dit rapidement Diana, pour ne pas embarrasser davantage la jeune fille et l'empêcher de parler — elle dirait la vérité à Simon plus tard.

— Ah, voilà qui est bien embêtant ! Vous ne pouvez pas vous passer d'un portefeuille ; plus d'argent, plus de papiers…

Nan hocha la tête et plongea le nez dans sa limonade. Elle avala bruyamment une gorgée et Simon se tourna vers Diana.

— Je suis navré de vous interrompre mais, Diana, il faut que tu viennes dans la bibliothèque un instant. Blake Wentworth est ici ; il dit qu'il doit impérativement te parler et qu'il n'a pas beaucoup de temps.

Simon ne pouvait ignorer que la dernière personne qu'elle avait envie de voir était un membre de la clique Cavanaugh, mais il devait avoir eu une excellente raison de le laisser entrer.

Diana regarda Nan.

— Je suis désolée, mais je dois vous laisser quelques minutes. Surtout ne partez pas, s'il vous plaît.

— Ouais…

Nan semblait plus agitée encore. Elle pinça les lèvres.

— D'accord. Mais je ne peux pas rester très longtemps.

— Je reviens tout de suite. Promis !

Blake était assis sur la seule chaise confortable de la pièce, penché en avant, les coudes posés sur les genoux, le menton appuyé sur ses mains jointes. Les vagues noires luisantes de ses cheveux étaient ébouriffées et sa peau, pâle, semblait tendue sur les os de son visage. Quand Diana entra dans la pièce, il se leva et lui sourit avec gêne.

— Bonjour, mademoiselle Sheridan.

— Je me demande bien pourquoi vous êtes venu.

Le sourire de Blake s'évanouit et il sembla intensément mal à l'aise.

— Je suis venu m'excuser pour Jeff.

— Et il ne peut pas le faire lui-même ? demanda Diana d'une voix calme en s'asseyant sur un canapé. Ou peut-être ne juge-t-il pas devoir s'excuser ?

— Les deux, dit Blake en reculant contre le dossier de son siège. Il est à l'hôtel avec Leonore. C'est pour cela que je ne peux pas rester longtemps. Je ne veux pas laisser Leonore seule avec lui, au cas où il déciderait de faire quelque chose de vraiment stupide. Pour l'instant, il ne considère pas devoir s'excuser auprès de vous. Je pense, pour tout dire, qu'il n'arrive pas à avoir la moindre pensée claire.

— Diana m'a raconté la scène dans le parc, intervint Simon. Je ne peux compatir pour l'état émotionnel dans lequel se trouve votre beau-frère alors que son attitude a plongé sa propre fille dans une totale terreur. Nous avons cru que nous n'arriverions pas à la calmer, cette fois. Pour finir, nous avons réussi à la convaincre d'aller s'allonger sous la garde de Clarice, avec un dessin animé pour la distraire de toutes ces horreurs. Willow n'est pas près d'oublier la scène d'aujourd'hui. Le moins qu'on puisse dire, c'est que Jeffrey ne se comporte pas comme un homme qui veut reconquérir sa fille. On dirait même qu'il se fiche complètement de ce qu'elle peut ressentir.

— Il tient à elle, dit Blake avec sincérité. Je ne dis pas qu'il est un bon père, il ne l'a jamais été. Mais il ne la traitait pas durement. Il est simplement incapable d'exprimer de l'affection, en particulier envers les petits. Il n'a aucune expérience avec les enfants et sa propre vie a été plutôt spéciale…

— Leonore m'a un peu parlé des aléas de sa jeunesse, l'interrompit Diana. Tout cela est bien triste, mais ça n'a rien à voir avec la manière dont il traite sa fille. Et franchement, je me demande vraiment comment il se comportait avec elle quand ils vivaient encore sous le même toit. Vous dites qu'il n'était pas dur, mais qu'en savez-vous ? Peut-être Penny s'est-elle enfuie pour protéger Willow de lui.

— Je ne sais pas pourquoi Penny s'est enfuie. J'avais mon opinion à l'époque mais j'ai changé d'avis quand nous sommes venus ici et que j'ai découvert quelle était la vie de Penny à Huntington. Maintenant, pourtant, je pense que ma première impression était la bonne.

— Vous pensiez qu'elle avait un amant, dit Diana.

— Oui. C'est ce que j'ai d'abord pensé. Et c'est ce que je pense aujourd'hui.

— Pourquoi ? s'étonna Simon.

Blake hésita.

— Je vais vous raconter ce qui s'est passé ce matin. Vous comprendrez peut-être mieux l'état dans lequel était Jeff quand nous sommes arrivés au parc. Après avoir déposé Leonore, je suis allé rejoindre Jeff à l'hôpital, comme il me l'avait demandé. Peu après mon arrivée, Penny a repris connaissance.

— Elle s'est réveillée ! dirent Simon et Diana à l'unisson.

— Oui. Vous souriez tous les deux. Vous n'auriez pas souri si vous aviez été là.

Blake ferma les yeux un moment avant de continuer.

— Je n'ai jamais vu quelqu'un souffrir autant. Le docteur a dit que certaines brûlures étaient si profondes qu'elles avaient détruit les terminaisons nerveuses et ne pouvaient plus la faire souffrir, mais les autres… Ses soubresauts, ses hurlements, son œil exorbité comme s'il allait exploser, je n'ai jamais rien vu d'aussi horrible de toute ma vie. Je ne l'oublierai jamais.

— Mon Dieu, dit Simon douloureusement.

Diana, trop accablée pour parler, eut la sensation qu'une épine de glace lui transperçait le cœur. Penny, son rire cristallin et ses yeux étincelants. Penny.

— Jeff était fou de désespoir, presque hystérique. Le médecin a dit que Penny ne pourrait pas supporter une telle douleur et qu'il fallait la rendormir. Je ne me souviens plus du nom de la drogue qu'ils lui ont donnée, mais c'est très puissant. Bien sûr, Jeff les a autorisés à le faire, tout de suite.

Blake hésita.

— Ensuite, le docteur a dit à Jeffrey que ce produit pourrait nuire au bébé.

— Au bébé ? lâcha Diana dans un souffle.

Blake hocha la tête.

— Penny est enceinte d'environ deux mois.

2

Quelque chose se brisa sur le sol de la cuisine. Ils se regardèrent un moment en silence, interloqués, puis Diana se leva brusquement.

— Excusez-moi, Blake. Je vais aller voir ce qui se passe.

Diana trouva les débris d'un verre sur le seuil de la cuisine, à quelques mètres à peine de la deuxième porte menant du vestibule à la bibliothèque. Plusieurs glaçons étaient mêlés aux éclats et la porte de service était entrouverte. Diana se précipita dehors juste à temps pour voir Nan sauter à bord de sa vieille voiture, qu'elle avait garée à l'arrière de la maison. La vitre était baissée côté conducteur et Diana appela Nan, mais cette dernière ne tourna pas la tête. Elle appuya sur l'accélérateur et fila en direction de l'allée pavée en contrebas.

Encore en train d'écouter aux portes ! se dit Diana. Les vieilles habitudes ne se perdent pas en un jour, et la curiosité compulsive de Nan avait encore eu raison d'elle. Cette fois, pourtant, elle avait entendu que Penny était enceinte, une révélation qui l'avait apparemment tant choquée, ou dégoûtée, que cette fille avait laissé tomber son verre de limonade et s'était enfuie.

Diana décida de nettoyer les dégâts une fois Blake parti. Il avait dit ne pas pouvoir rester longtemps et elle avait des questions à lui poser. Alors qu'elle entrait dans la bibliothèque, le téléphone sonna ; elle fit signe à Simon de ne pas se lever et alla décrocher. Elle fut saisie par la voix faussement enjouée de Glen :

— Comment ça va, aujourd'hui, Diana ?

Elle eut une image de Glen allongé dans son lit avec son étudiante de dix-neuf ans, qui l'idolâtrait tandis qu'il la considérait tout juste utile. Elle articula avec difficulté :

— La journée a été mouvementée.

— Mouvementée ? Comment ça ?

Elle n'avait pas parlé à Glen depuis que la police avait retrouvé Jeffrey Cavanaugh, mais elle était certaine que Nan lui avait raconté sa visite à la maison et la scène qu'il avait faite pour récupérer sa fille samedi soir. Elle ne voulait cependant pas en dire plus que nécessaire.

— Willow et moi avons fait un pique-nique qui a mal tourné. Et je viens d'apprendre que Penny est sortie du coma…

— Quoi ? s'exclama Glen, apparemment très surpris. Comment va-t-elle ?

— C'est horrible. Elle n'a pu que hurler de douleur. Quand elle est réveillée, elle sent les brûlures.

Ils ont dû la rendormir pour qu'elle y survive. Parce qu'on peut mourir de douleur.

— Oh, oui, bien sûr. C'était stupide de ma part d'imaginer qu'elle puisse se réveiller et s'exprimer normalement, être… elle-même.

Oui, c'est vraiment stupide de ta part ! pensa Diana.

— Et pour finir, Nan est passée pour me parler.

Elle sentit Glen se crisper à l'autre bout du fil.

— Parler de quoi ?

— Je ne sais pas. Un visiteur qui n'avait pas beaucoup de temps est arrivé et elle est partie en douce.

Diana hésita, mais elle ne put s'empêcher d'ajouter :

— Je suis sûre qu'elle m'appellera ou qu'elle reviendra.

Apparemment, elle avait vraiment besoin de se délester d'un poids.

— Ah oui ?

Glen tenta un rire moqueur qui sonna comme un caquètement de poulet.

— Je ne vois pas du tout ce que la belle et intelligente Nan Murphy pourrait si désespérément avoir envie de te confier !

— Moi non plus. Il ne me reste plus qu'à attendre jusqu'à demain, quand elle viendra travailler.

Diana regarda Blake, qui parlait toujours à voix basse avec Simon.

— Je suis désolée, mais il va falloir que je te laisse.

— Qui est votre visiteur ? demanda Glen l'air de rien.

— Je te rappelle bientôt, Glen. Au revoir.

Diana raccrocha et sourit presque en songeant à l'état dans lequel devait se trouver Glen à cet instant. Nan allait lui avouer leur liaison, et bien sûr, Glen l'avait compris. Son petit monde si parfait était sur le point de voler en éclats — plus de Diana, plus de Simon Van Etton. Il méritait bien ce qui lui arrivait.

Maintenant, elle ne se souciait plus que de Penny. Diana retourna auprès de Simon sur le canapé.

— Malgré cette scène abominable à l'hôpital, est-ce que le médecin a parlé d'une amélioration de son état ?

Blake la regarda avec compassion mais franchise.

— L'infection a commencé. C'est ce qu'ils craignaient. Ils donnent à Penny une quantité innombrable d'antibiotiques, qui parviennent parfois à sauver des gens qui n'auraient pas eu la moindre chance il y a vingt ans. Mais dans le cas de Penny, les brûlures sont très étendues et les antibiotiques risquent de ne pas être assez puissants pour endiguer l'infection.

— J'imagine donc qu'il ne sert à rien de s'inquiéter pour les conséquences que les sédatifs pourraient avoir sur le fœtus.

Blake hocha la tête ; la question brillait dans ses yeux. Elle y répondit.

— Non, Blake, je ne savais pas qu'elle était enceinte.

Diana était consciente qu'il se demandait si elle avait une idée de qui était le père. Oui, elle en avait une idée assez précise, mais malgré la colère qu'elle ressentait à l'égard de Glen, elle ne le jetterait pas en pâture à cette brute enragée de Jeffrey Cavanaugh.

— Je ne savais pas que Penny voyait quelqu'un.

— Jeff a été dévasté par cette nouvelle, dit Blake. Il l'aimait encore. Je crois qu'il l'aurait reprise. Il a toujours pensé qu'il y avait un autre homme, mais penser et savoir sont deux choses bien différentes. Sans parler d'apprendre qu'elle portait l'enfant d'un autre. Voilà pourquoi il a complètement perdu la tête aujourd'hui. D'abord les médecins nous ont annoncé que l'infection était déclarée, ensuite Penny s'est réveillée et s'est mise à hurler comme une damnée, et pour finir il a appris pour le bébé. Il s'est précipité en courant hors du service des grands brûlés, hors de l'hôpital. J'étais juste derrière lui, mais je n'ai pas réussi à le rattraper avant qu'il entre dans sa voiture et ferme les portières à clé. J'étais persuadé qu'il allait se ruer chez vous, Diana, et je l'ai suivi jusqu'au parc.

— J'aurais préféré que vous l'arrêtiez avant qu'il parvienne jusqu'à nous, dit Diana. Willow passait un bon moment, si surprenant que cela puisse paraître. Elle s'était confiée à Leonore, elle lui avait même parlé de ses projets de mariage. Elle s'était fait une copine de son âge. Elle gloussait et chahutait comme une petite fille de cinq ans ordinaire… Et puis Jeffrey est arrivé.

— Je suis désolé, Diana. Je suis venu aussi vite que j'ai pu.

— Je le comprends. Mais depuis, nous vivons dans la hantise qu'il revienne.

Blake sourit faiblement.

— Ne vous inquiétez pas pour ça. Leonore lui a donné de force deux de ses calmants. Il était déjà plus tranquille quand je suis parti. J'espère qu'il va rester au lit le reste de l'après-midi… Il n'avait pas dû dormir plus de quelques heures depuis que le FBI avait appelé samedi matin.

Blake refit son faible sourire à Diana et Simon et se leva.

— Il faut vraiment que j'y retourne. Je n'aime pas laisser Leonore seule avec lui.

— Vous craignez que votre femme ne soit pas en sécurité avec son propre frère ? demanda sèchement Diana. Alors, vous aussi vous devez penser qu'il est dangereux.

— Je pense qu'il est bouleversé. Terriblement bouleversé et en colère, et Jeff a beaucoup de mal à gérer sa colère. Il ressemble un peu à son père, de ce point de vue là.

Diana et Simon se levèrent à leur tour et accompagnèrent Blake jusqu'à la porte de la bibliothèque ; il s'arrêta et se retourna vers la baie vitrée et l'insert en vitrail représentant le nénuphar.

— Ce vitrail est vraiment magnifique, dit-il, un point d'interrogation dans la voix.

— J'ai hérité mon intérêt pour tout ce qui concerne l'Égypte de ma mère, expliqua Simon. Quand j'étais enfant, elle m'a raconté un mythe à propos d'un nénuphar bleu. Elle aimait tant cette histoire que mon père a commandé ce nouveau vitrail pour la baie. Il disait que, de cette façon, ma mère pourrait regarder son nénuphar bleu tous les jours, dit-il en souriant. En général, Père était tout sauf sentimental, mais je pense qu'il était un romantique contrarié.

Blake rit doucement.

— C'est toujours ce que j'ai pensé de Jeff.

3

Quand sonna l'heure du dîner, comme personne ne semblait avoir beaucoup d'appétit, Simon proposa qu'ils commandent une pizza. Diana fut d'abord surprise puis, lorsque Willow sauta de joie à cette idée, elle se souvint que la petite fille adorait la pizza et elle comprit que Simon s'en était souvenu aussi. Elle téléphona donc pour commander une grande pizza avec cinq garnitures et deux litres de soda.

Le dîner fut livré dans une atmosphère de fête, grâce à la participation active de Diana, de Clarice et de Simon et à l'enthousiasme sincère de Willow. Simon porta l'immense boîte plate dans la cuisine comme s'il s'était agi d'une pièce montée et tout le monde inspira avec délectation lorsqu'il en ouvrit le couvercle.

— Oh, ça sent si bon ! s'exclama Willow. Je crois que je pourrais tout manger !

Après sa troisième part, pourtant, elle avoua qu'elle n'en pouvait plus. Les adultes en firent autant et Diana rangea le reste de la pizza dans le frigo.

Une fois ce festin achevé, Clarice et Simon s'installèrent devant la télévision pour regarder une célèbre émission de reportages hebdomadaire. Willow s'agenouilla près d'une des tables basses de la bibliothèque avec son cahier de coloriage et une énorme boîte de crayons de couleur, les chats somnolant à ses côtés. Diana décida d'en profiter pour se connecter à Internet et faire quelques recherches sur Jeffrey Cavanaugh.

Elle trouva rapidement les informations les plus basiques : date et lieu de naissance ; parents : Morgan et Cornelia Webster Cavanaugh ; première épouse Yvette Dupré, décédée dix ans plus tôt, l'enquête ayant conclu à un suicide ; second mariage trois ans plus tard avec Penelope Ann O'Keefe. Aucun article de presse ne mentionnait la disparition de Penny. Cavanaugh était diplômé de Harvard et avait pris la tête de l'entreprise de promotion immobilière Cavanaugh & Wentworth à trente ans, quand son père avait été tué. La police n'avait jamais arrêté l'assassin de Morgan Cavanaugh.

La plupart des articles soulignaient comment Jeffrey Cavanaugh, timide et réservé, s'était révélé un maître de la finance en assumant le poste de PDG et en doublant la valeur de Cavanaugh & Wentworth en moins de cinq ans. La même année, Blake Wentworth, le fils de l'associé défunt de Morgan Cavanaugh, Charles Wentworth, avait été nommé directeur des opérations de l'entreprise. Quelques articles exposaient le lancement récent par Cavanaugh d'une petite compagnie aéronautique, et le qualifiaient de Howard Hughes du XXe siècle.

Diana savait qu'en fouillant davantage elle trouverait des informations plus confidentielles, mais elle ne parvenait plus à se concentrer. Elle revoyait sans cesse Jeffrey dans le parc, qui lui faisait face, les poings serrés, puis les larmes dans ses yeux. Elle repensait à Blake leur racontant le réveil cauchemardesque de Penny à l'hôpital, leur annonçant qu'elle était enceinte de deux mois. Elle songea aussi à Nan. La molle, désagréable et impassible Nan, assise dans la cuisine, nerveuse et couverte de sueur, son regard habituellement si vide, animé par l'angoisse.

Et moi, je lui ai tourné le dos et je l'ai laissée seule ! pensa Diana. Blake avait dit qu'il ne pouvait pas rester longtemps et il semblait avoir quelque chose d'important à dire, mais c'était aussi le cas de Nan. Diana ne l'aimait pas, mais finalement elle la connaissait très peu. Que pouvait-elle savoir d'elle après seulement deux mois de cohabitation épisodique ? Après tout, Nan était la fille de Martha Murphy, qui travaillait avec dévouement pour Simon depuis douze ans. Diana se rendait bien compte qu'elle devait un peu plus de considération à Nan, ne serait-ce que pour cela.

La culpabilité l'assaillit. Elle tenta de la combattre en trouvant des excuses à son comportement cavalier de l'après-midi, mais rien n'y fit. Car outre une certaine honte, Diana ressentait aussi une pointe d'appréhension. Nan avait dit qu'elle préférait commencer l'histoire par le début, c'est-à-dire par sa liaison avec Glen, ce qui signifiait qu'elle voulait en dire davantage. Et que cela avait un rapport avec Penny.

Peut-être Nan avait-elle seulement voulu lui révéler que Penny aussi avait une aventure avec Glen, mais même si cette nouvelle avait pu attrister Nan, ou la blesser, Diana ne comprenait pas pourquoi elle en aurait éprouvé de l'inquiétude… Quand elle avait entendu que Penny était enceinte, elle en avait laissé tomber son verre. Là encore, Diana concevait que cette annonce pût la surprendre, mais de là à en lâcher son verre et à prendre ses jambes à son cou? Non, seule la peur pouvait expliquer l'attitude de Nan. Mais de quoi avait-elle peur?

Diana abandonna son ordinateur et monta dans sa chambre. Elle chercha le numéro de portable de Nan dans son carnet d'adresses; elle essaya de la joindre à trois reprises et tomba chaque fois sur sa messagerie vocale. Nan vivait toujours chez sa mère; Diana trouva le numéro fixe de Martha dans l'annuaire et appela. Après sept sonneries, elle raccrocha. Le répondeur avait apparemment été débranché.

Vers 8 heures, Willow bâillait déjà et Roméo avait le plus grand mal à garder un œil ouvert. Ils répétèrent le rituel de l'ascenseur et du coucher. Roméo plongea instantanément dans les bras de Morphée tandis que Willow remettait son pyjama rose. Elle se glissa dans son lit et dit d'une petite voix pleine de regrets:

— Je suis désolée, Diana, mais j'ai trop sommeil pour une histoire.

— Pas de problème, mon cœur.

Diana espérait ne pas avoir laissé transparaître son soulagement. Elle était trop préoccupée pour inventer une histoire digne de divertir Willow.

— Tu veux que je reste ici jusqu'à ce que tu t'endormes?

Willow hocha la tête et Diana s'installa dans le confortable fauteuil où Clarice avait passé plusieurs heures à regarder des dessins animés. Ce soir, Diana avait jugé que Clarice méritait de retrouver sa liberté, qu'elle avait apparemment décidé de consacrer à parler de l'actualité avec Simon. Willow et elle les avaient abandonnés en pleine conversation sur le Proche-Orient.

En un petit quart d'heure, Willow s'endormit profondément. Diana sortit de la chambre à pas de loup et laissa la porte entrouverte pour qu'ils puissent l'entendre appeler d'en bas. Christabel l'oiseau de nuit suivit Diana au rez-de-chaussée puis dans la cuisine, où Diana, par réflexe, ouvrit le frigo à la recherche de quelque chose à grignoter. Elle opta pour un verre de Coca puis remonta dans sa chambre pour réessayer de joindre Nan. Sans succès.

Diana essaya de lire le dernier roman policier qu'elle avait acheté, mais elle ne parvint pas à se concentrer suffisamment pour suivre l'intrigue. Elle décida de ranger son armoire et classa puis replia tous ses hauts avant de se lasser de cette activité. Elle ferma la porte qui communiquait avec la salle de bains et mit un CD dans sa chaîne. Elle s'allongea et écouta l'album d'Evanescence, jusqu'à ce qu'arrive le titre *My Immortal*, qu'elle chantait d'habitude à tue-tête. Mais ce soir, les paroles se mélangeaient dans sa tête et elle arrêta le disque.

À 9 heures, elle essaya à nouveau d'appeler Nan. Toujours pas de réponse. Diana savait qu'il était ridicule de s'inquiéter parce qu'une fille de dix-neuf ans ne décrochait pas son portable, mais elle ne pouvait s'en empêcher. Elle ne parvenait pas à oublier l'angoisse dans les yeux de Nan, le verre brisé, la peur sur son visage d'ordinaire si apathique et indifférent. Elle avait eu désespérément besoin de se confier, et Diana aurait tout aussi bien pu lui claquer la porte au nez. Elle avait mis Nan « en attente » pour aller écouter un visiteur plus important — un homme qu'elle connaissait à peine — et elle avait le sentiment d'avoir failli à son devoir. Elle avait déjà laissé tomber Penny ; elle ne voulait pas laisser tomber une autre femme qui avait besoin de son aide.

Diana attrapa une veste légère et son cabas, qu'elle n'avait pas eu le temps de faire nettoyer depuis son expédition de la semaine précédente. Elle descendit l'escalier calmement et entra dans la bibliothèque, où Simon et Clarice regardaient maintenant une série policière sur l'écran géant que Simon s'était offert l'an passé. Ils levèrent tous les deux la tête en entendant tinter le trousseau de clés de Diana.

— Tu sors ? demanda Simon.

Diana n'avait pas l'intention de leur dire qu'elle s'inquiétait pour Nan. S'ils pensaient que cette inquiétude était justifiée, ils tenteraient de la dissuader d'aller jusque chez les Murphy. Simon suggérerait d'appeler la police pour qu'elle aille vérifier que Nan allait bien, mais Diana savait que la police ne dépêcherait pas une patrouille parce qu'une jeune fille ne répondait pas au téléphone peu après 9 heures du soir. Diana détestait leur mentir, mais si elle leur disait la vérité et partait malgré leurs objections, leur soirée serait gâchée : pour la première fois depuis quarante-huit heures, ils avaient tous deux l'air détendu, et presque heureux.

— J'ai une envie soudaine de glace, déclara-t-elle avec conviction. Et d'un magazine. Peut-être deux. Je n'ai pas suivi les activités de mes amis de Hollywood depuis bien trop longtemps. Je vais passer au supermarché faire quelques courses. Je suis comme une pile. Je vais sans doute faire un petit tour en voiture avant. Vous avez besoin de quelque chose ?

Clarice tourna immédiatement des yeux soucieux vers elle.

— Vous êtes sûre qu'il est prudent que vous y alliez seule, ma chère ?

— Je ne vais pas laisser Jeffrey Cavanaugh faire de moi une prisonnière, Clarice. Et puis je ne pense pas qu'il tentera quelque chose ce soir. Même lui doit se rendre compte que ce serait peu prudent.

— Ton téléphone portable est rechargé ? demanda Simon.

Diana sourit.

— Rechargé, et gentiment rangé dans la très pratique poche extérieure de mon sac.

— Bon, d'accord. Tu as envie de quoi, comme parfum de glace ?

— Euh... Tourbillon de cerise. Clarice, vous aimez le tourbillon de cerise ?

— Je mange rarement de la crème glacée, mais ce soir un peu de tourbillon de cerise me ferait grand plaisir.

— Prends-en un demi-litre, ordonna Simon. Et pas du premier prix !

— Bien entendu, répondit Diana en souriant. Je reviens vite.

L'air du soir était chaud mais pas aussi humide que le vendredi soir. Diana inspira profondément et sentit les odeurs annonciatrices de l'automne. Elle aimait cette saison, quand les feuilles changeaient de couleur et que les matinées devenaient fraîches. Ce soir, les étoiles brillaient tant qu'elles scintillaient presque autour du croissant irisé de la lune, aux trois quarts pleine. Ni la tiédeur ambiante ni le spectacle du ciel nocturne ne parvinrent cependant à faire disparaître l'effroi que ressentait Diana. Elle avait l'obscure sensation que la Nan qu'elle avait vue aujourd'hui — une Nan qu'elle n'avait pas devinée auparavant — pourrait se faire du mal. Et tout cela à cause de Glen ! pensa-t-elle avec rage. Tout cela à cause d'un homme fourbe et sans scrupule, avec lequel Diana sortait depuis des mois. Comme elle était soulagée de ne pas avoir laissé leur relation devenir intime ! Même si c'était sans doute pour cela qu'il était allé chercher ailleurs de quoi satisfaire ses pulsions sexuelles. Auprès d'une proie facile comme Nan.

Et Penny ? Elle n'était pas une proie facile, elle, se dit Diana en descendant l'étroite route sinueuse qui traversait Ritter Park. Pourquoi Penny s'était retrouvée liée à lui ? D'après Clarice, Glen était venu pour la première fois chez Penny environ deux mois plus tôt. Et Penny était enceinte… de deux mois. Avait-elle choisi de s'enfuir à cause de ce bébé ? Diana n'avait aucune idée de ce que Penny pouvait penser de l'avortement, mais elle était certaine que si son amie se décidait à en subir un, elle en éprouverait de la culpabilité. Peut-être ne pourrait-elle pas s'y résoudre.

La maison des Murphy se trouvait sur un demi-hectare de terrain à l'ouest de Huntington, sur une colline surplombant l'autoroute nationale 64. La maison et le terrain avaient appartenu aux grands-parents paternels de Nan, qui les avaient légués à leur fils en lui faisant promettre qu'il n'en vendrait pas le moindre arpent. Quand le père de Nan était mort, alors qu'elle n'avait que sept ans, Mme Murphy avait expliqué à Simon qu'elle avait grandement besoin d'argent et qu'elle aurait aimé pouvoir vendre la moitié du terrain, mais qu'elle avait fait à son mari la même promesse qu'il avait faite à son père.

Diana déboucha dans le chemin mal entretenu qui menait à la maison que Nan partageait avec sa mère. Elle passa devant deux maisons aux fenêtres éclairées, puis devant une troisième plongée dans l'obscurité, avant d'atteindre la fin du chemin. Deux lumières étaient allumées — l'une dans ce qui devait être une chambre, l'autre filtrant d'une pièce située au fond de la maison, guère plus grande que celle de Penny. Diana se gara dans l'allée, derrière la vieille Pontiac de Nan et respira un grand coup. Elle s'approcha de la maison d'un horrible jaune verdâtre et monta les deux marches du perron, puis frappa à la porte d'entrée.

Personne ne vint ouvrir, mais Diana perçut très clairement de la musique à l'intérieur. Peut-être Nan ne l'avait-elle pas entendue, pensa-t-elle, et elle frappa à nouveau. Toujours pas de réponse, et pourtant Nan devait être là. Pourquoi ne venait-elle pas ouvrir ?

Diana regarda autour d'elle. Au bout de cette impasse terne, la lune et les étoiles semblaient moins brillantes, et les deux autres maisons occupées bien lointaines. Diana sentit ses paumes devenir moites et elle comprit soudain qu'elle n'aurait pas dû venir seule dans cet endroit relativement isolé, de nuit, mais elle n'avait pas le choix. Elle ne pouvait pas demander à Simon de laisser Clarice dans la maison avec Willow après l'accès de rage de Jeffrey. Son unique véritable amie agonisait à l'hôpital et son « petit ami » n'était certainement pas un recours possible.

Partir n'était pas la solution non plus, se dit-elle, même si elle avait une furieuse envie de rejoindre sa voiture en courant et de quitter les lieux à toute vitesse. Depuis quand Nan était-elle une priorité pour elle ? Depuis ce qui était arrivé à Penny. Elle n'avait pas pris l'inquiétude de Penny suffisamment au sérieux jeudi soir. Elle n'était pas prête à commettre la même erreur avec Nan.

Diana tourna la poignée. À sa grande surprise, la porte s'ouvrit. La musique, très forte, se déversa hors de la maison. Barry White chantait *Never, Never Gonna Give You Up* de sa voix profonde, envoûtante. Diana entra dans un petit salon faiblement éclairé par la lumière de l'entrée. À sa droite, elle distingua un long canapé avachi caché sous un plaid au motif floral criard, et un fauteuil élimé. La table basse semblait sur le point de s'écrouler sous le poids d'un amoncellement de magazines, de prospectus, de verres et d'assiettes sales, de quelques romans de gare et de deux cendriers pleins à ras bord. Un fatras qui s'était sans aucun doute accumulé depuis le départ de la mère de Nan, la semaine précédente.

En face du canapé, Diana vit la télévision, plus toute jeune non plus, et à côté elle repéra une mini-chaîne radiocassettes. C'était une cassette, et non un CD de Barry White, ce qui signifiait qu'elle pouvait tourner depuis longtemps et que Nan n'était peut-être effectivement pas chez elle. Diana le souhaitait presque. Elle l'appela pourtant d'une voix forte, mais ne reçut toujours aucune réponse. Diana avait la sensation d'être une intruse. Elle hésitait à faire le tour de la maison, mais elle se dit qu'au point où elle en était, elle devrait tout tenter pour trouver Nan avant de rentrer chez elle.

Diana repassa devant la porte d'entrée et décida de la laisser ouverte. De cette manière, étrangement, elle avait moins l'impression d'être hors la loi. Elle se sentait aussi moins coupée du reste du monde, admit-elle, même si le monde extérieur était silencieux et sombre. Elle appela une nouvelle fois Nan en se dirigeant vers la pièce éclairée, la pièce qu'elle pensait être une chambre.

En traversant l'entrée, elle vit l'escalier escamotable qui conduisait au grenier. De la lumière filtrait par la trappe étroite découpée dans le plafond et s'écoulait sur les marches ; une valise poussiéreuse était posée dans un coin. Peut-être Nan était-elle allée la chercher au grenier et était-elle remontée y prendre autre chose ?

Diana passa la tête dans chacune des petites chambres, toutes vides. Elle appela encore Nan puis, lâchant un soupir de frustration, elle décida de monter voir dans le grenier. Alors qu'elle saisissait la rampe de l'escalier, elle sentit comme une goutte de pluie tomber sur le sommet de son crâne. Elle toucha ses cheveux, humides, puis regarda ses doigts. Rouges. Une autre goutte atterrit sur sa tempe et coula le long de sa joue. Elle l'essuya d'un revers de main et leva les yeux. Les gouttes continuaient de tomber, de plus en plus vite.

Le cœur de Diana s'emballa. Son premier instinct fut de tourner les talons, de courir hors de cette maison, de sauter dans sa voiture et de fuir aussi loin et aussi vite que possible, mais elle en fut incapable. Nan était blessée — peut-être mortellement. Diana ne pouvait pas abandonner une jeune fille sans doute en train de se vider de son sang.

Diana commença à gravir les marches. La terreur pesait sur sa nuque comme une poigne glacée. Elle pensa appeler la police, mais elle n'aurait rien à leur dire, à part que quelqu'un — ou quelque chose saignait dans le grenier. Il lui fallait plus d'informations. Hors de question qu'elle s'attarde. Elle n'allait pas monter jusqu'en haut. Elle voulait juste pouvoir regarder à l'intérieur…

Elle parvint enfin à la bonne hauteur. L'ampoule nue accrochée à une poutre de toit éclairait la pièce encombrée comme un projecteur de cinéma et révélait d'épaisses couches de poussière, des toiles d'araignées, des cloisons décrépies, des meubles mis au rebut au fil des générations et divers bibelots posés à même le sol couvert de gravillons de saleté.

Il fallut moins de cinq secondes à Diana pour voir tout cela. Elle grimpa une autre marche et agrippa ses mains moites au plancher du grenier. Elle regarda à sa gauche, d'où le sang devait venir, et le choc lui coupa le souffle. Nan Murphy gisait à quelques centimètres seulement de la trappe et fixait Diana de ses yeux éteints, un hachoir planté dans son cou, sa tête reposant dans une mare de sang, qui s'étendait à vue d'œil et s'écoulait par les interstices entre les lattes du plancher.

Une terreur incontrôlable aspira l'air hors des poumons de Diana. Elle aurait été incapable de crier, même si cela avait pu servir à quelque chose. Elle eut un vertige et s'agrippa fermement au plancher un instant pour retrouver l'équilibre. Respirant par spasmes, elle redescendit d'une marche et attrapa la rampe. Soudain, Diana perçut un frottement prolongé et une volée de poussière la frappa en plein visage. Aveuglée, elle entendit un rugissement presque inhumain et une chaussure vint percuter son torse avec violence, la faisant basculer en arrière. Elle lâcha prise et les marches se dérobèrent sous ses pieds. Diana poussa un faible cri lorsque son corps atterrit sur le sol de l'entrée.

CHAPITRE 13

1

— Diana ! Diana !

La voix parvenait à elle, ténue, comme venue du bout d'un tunnel long et obscur.

— Diana, est-ce que vous m'entendez ?

Oui, je vous entends. Elle pensa l'avoir dit tout haut, mais la voix demanda encore :

— Est-ce que vous m'entendez ?

Une voix d'homme. Grave. Familière. Elle se rapprochait d'elle dans le tunnel. De plus en plus près.

— Diana !

— Tyler ? parvint-elle à souffler. Tyler…

— Dieu merci !

Une main écarta les cheveux qui couvraient son visage. Des lèvres effleurèrent sa joue. Elle attendait qu'elles recommencent, mais il demanda :

— Pouvez-vous ouvrir les yeux ?

Au prix d'un immense effort, elle réussit à décoller ses paupières qui semblaient peser un kilo chacune. La vision encore floue, elle discerna son visage tanné penché sur le sien, ses cheveux blondis en auréole, puis la ride qui s'était formée entre ses sourcils sombres.

— Où sommes-nous ? demanda-t-elle, toujours dans le brouillard.

— Vous ne vous en souvenez pas ?

— N… non. Je cherchais quelqu'un, je crois… Oui, c'est ça. Mais qui ?

— Ça n'a plus d'intérêt maintenant. Restez tranquille.

Elle tenta aussitôt de redresser la tête et Tyler lui cria :

— J'ai dit restez tranquille ! C'est pas vrai !

— Ne vous énervez pas, marmonna-t-elle. J'ai mal à la tête.

— Ça ne m'étonne pas. Et je ne m'énerve pas, je m'inquiète. Maintenant, s'il vous plaît, ne bougez plus, j'appelle les secours. Il faut que je vous emmène à l'hôpital.

— D'accord. Comme vous voudrez, Tyler.

Elle lui sourit piteusement, et ignora encore son ordre pour caresser la joue de Tyler d'un doigt tremblant. Avant de s'évanouir à nouveau, elle lui dit d'une voix rêveuse :

— Tant que vous ne me laissez pas… Ne me laissez plus jamais…

*

Diana ne se rappellerait ni l'arrivée de l'ambulance ni le trajet jusqu'à l'hôpital, ni son admission aux urgences. Lentement, elle prit conscience qu'une lumière blanche explorait ses yeux ; des gens la portèrent et l'allongèrent sur un rectangle dur ; quelqu'un ordonna, trop fort :

— Inspirez profondément, maintenez et ne bougez plus.

Ensuite, elle sentit une douleur fulgurante dans son poignet, ouvrit brusquement les yeux et cria :

— Aïe !

Deux yeux bruns d'une grande douceur la considéraient à travers des verres de lunettes.

— Vous voilà de retour parmi nous, mademoiselle Sheridan !

— Je suis allée quelque part ? demanda confusément Diana. Je ne me souviens pas d'être allée ailleurs.

— Là, vous êtes à l'hôpital.

— Oh, fit Diana, imperturbable.

Elle le regarda avec attention.

— Je vous connais.

— Oui, effectivement. Nous nous sommes rencontrés vendredi soir quand vous êtes venue rendre visite à la fille de votre amie, Willow.

— Willow... Willow...

Diana scruta le plafond pendant un moment puis lâcha, triomphante :

— Willow Conley ! Et vous, vous êtes le docteur Evans !

— Très bien ! Est-ce que vous vous souvenez de ce qui vous est arrivé ce soir ?

Diana fronça les sourcils. Elle avait la sensation de creuser de ses mains nues une chape de béton armé sous laquelle étaient enfouis ses souvenirs des dernières heures.

— Non, je ne me souviens de rien, dit-elle avec une agitation croissante. Comment ça se fait ?

— Ne vous inquiétez pas. C'est tout à fait normal.

— C'est normal que je ne me rappelle pas les dernières heures ?

Elle essaya de s'asseoir, mais une infirmière la repoussa en position allongée.

— Restez couchée bien gentiment, mon petit ! Vous n'avez aucune raison d'avoir peur.

Diana leva les yeux vers les yeux bleus intelligents de l'infirmière.

— Miss Trenton !

— Encore gagné ! répondit-elle avec un sourire. J'étais à l'accueil le soir où vous êtes venue voir Willow. Vous étiez en colère parce que je ne vous ai pas laissée aller la voir tout de suite.

— Le règlement, c'est le règlement, dit Diana en imitant à la perfection le ton employé par l'infirmière.

Miss Trenton et le docteur Evans se regardèrent en riant.

— Elle n'a pas perdu son sens de l'humour, en tout cas, dit le médecin.

— Peut-être, mais j'ai perdu une partie de ma mémoire, geignit Diana. Je n'arrive pas à me rappeler cette soirée et ça me fait peur. Je suis ici, toute seule, et j'ai peur !

Le docteur Evans consulta son dossier et la rassura :

— Vous n'êtes pas seule. Un jeune homme est

venu avec vous. Il s'inquiète beaucoup pour vous. Tyler Raines. Vous voulez le voir maintenant ?

Diana regarda miss Trenton.

— Je peux ? Il ne fait pas partie de ma famille.

Miss Trenton rit à nouveau, les joues rosies.

— Eh bien, j'ignorais que j'avais autant l'air d'un tyran !

— Pas d'un tyran, concéda Diana en souriant. Vous êtes sévère mais juste. Et, oui, j'aimerais beaucoup voir Tyler.

Quelques secondes plus tard, Tyler Raines entra dans la chambre, un peu hésitant. Diana voyait encore trouble mais elle comprit qu'il fronçait toujours les sourcils. Il ne regarda ni le médecin ni l'infirmière, juste Diana.

— Salut, dit-il d'une voix changée. Comment vous sentez-vous ?

— Merveilleusement bien. Je n'ai qu'une hâte, c'est de sortir d'ici pour aller danser. Accessoirement, j'aimerais aussi savoir ce qui m'est arrivé, ajouta-t-elle en tendant la main vers lui.

Tyler la considéra un moment avec perplexité, puis comprit qu'elle voulait qu'il vienne plus près. Il s'approcha de la table d'examen et enveloppa sa main dans les siennes.

— Tyler, qu'est-ce qui s'est passé ?

Tyler hésita avant de lui répondre.

— Vous avez fait une mauvaise chute.

— Une chute ? Dans l'escalier de la maison ?

— C'était bien un escalier, mais pas chez vous.

— Où, alors ?

— Je pense que Tyler devrait vous raconter tout

cela plus tard, intervint le docteur Evans, toujours souriant. La plupart des patients s'inquiètent davantage de savoir ce qu'ils ont que ce qui leur est arrivé.

— Je suis donc l'exception qui confirme la règle. Et puis j'imagine que vous allez me le dire de toute façon, non ? Alors, allez-y !

— Pour commencer, vous avez une commotion. Vous avez ce qu'on appelle un bel œuf de poule sur la tête. Il a fallu vous faire trois points de suture mais nous n'avons tondu qu'une petite partie de vos cheveux. Vous en avez une telle masse que la partie rasée ne se remarquera pas du tout.

— Pourquoi ai-je une commotion ?

— Nous vous l'avons dit, vous êtes tombée dans un escalier.

— Docteur ? demanda Tyler, alarmé.

— Tout va bien, monsieur Raines. Il faut s'attendre à ce genre de choses, le rassura le docteur Evans en reportant son regard sur Diana. Une commotion peut provoquer confusion, nausées, céphalées, troubles de la vision, perte de mémoire à court terme, et persévération, c'est-à-dire la répétition d'une question à laquelle il a déjà été répondu plusieurs fois. Ensuite vous risquez d'être plus sensible à la lumière, plus sujette aux sautes d'humeur. Si c'est le cas, ne paniquez pas. Ce n'est que temporaire.

— Je ne me sens pas nauséeuse, dit Diana. J'ai mal à la tête.

— Nous allons vous donner quelque chose pour ça très vite, dit le docteur avec patience. Quant à vos autres blessures…

— Oh non, encore !

— Oui, j'en ai bien peur.

Il prit son poignet gauche et le fit légèrement pivoter. Elle hurla de douleur.

— Vous avez une entorse au poignet. Vous avez atterri dessus et je suis étonné qu'il ne soit pas cassé, mais d'après les radios, vous avez eu de la chance. Nous allons le bander serré et il faudra l'utiliser le moins possible. Vous êtes droitière, n'est-ce pas ?

Diana hocha la tête.

— Cette blessure au poignet gauche ne devrait donc pas trop vous handicaper. Et il y a une dernière chose, ajouta le docteur.

— C'est pas vrai ! gémit Diana.

— On appelle ça une contusion de la crête iliaque. C'est une blessure qu'on voit souvent chez les joueurs de football. Elle est provoquée par un choc direct sur le bassin, en l'occurrence sur la hanche. L'arête de cet os et le muscle qui la recouvre sont contusionnés. Nous avons fait des radios et là encore, vous avez de la chance d'avoir échappé à la fracture. Il vous faut du repos, des cataplasmes froids et des anti-inflammatoires.

— Et je serai comme neuve ? demanda Diana avec espoir.

— Dans un petit moment, oui. Ne précipitez pas votre convalescence. Et n'oubliez pas les cataplasmes.

— Nous pouvons vous donner de la documentation qui explique ces lésions et le traitement prescrit, précisa miss Trenton à Tyler Raines.

— Merci, c'est gentil, répondit-il en la gratifiant

de son sourire le plus charmeur — fossettes marquées, dents blanches et teint hâlé, œil pétillant : la totale.

Diana remarqua que l'infirmière rougissait.

— Mais je m'attendais à entendre un flot d'informations que je ne comprendrais pas, alors j'ai apporté ça, dit Tyler en sortant un dictaphone de sa poche. J'ai enregistré tout ce que vous avez dit, doc. Je suis sûr que son grand-oncle sera content de pouvoir l'écouter. Il est très à cheval sur les détails. Mais je lirai avec intérêt les prospectus que vous voudrez bien me donner.

— C'est tout ? demanda Diana. J'aimerais vraiment rentrer chez moi, maintenant.

Le médecin fronça les sourcils.

— Nous en avons fini avec les examens, mais il serait plus prudent que vous restiez à l'hôpital cette nuit.

Nuit à l'hôpital. Diana avait peut-être oublié les événements qui avaient immédiatement précédé son accident, mais elle se rappelait chaque détail de la nuit de vendredi à samedi qu'elle avait passée dans la chambre de Willow, ici même. Le mystérieux tintement de métal sur la faïence dans la salle de bains, la porte qui s'était ouverte lentement et sa fuite dans le couloir, Willow dans les bras, au moment où retentissait ce qui ressemblait à des coups de feu. Non, elle ne supporterait pas de passer une autre nuit dans cet hôpital.

— Non, dit-elle fermement. Je ne resterai pas ici jusqu'à demain.

— Diana, si le docteur pense que c'est mieux… commença Tyler.

— Non. Et je ne changerai pas d'avis.

— Alors vous sortirez contre avis médical, dit miss Trenton.

— Tant pis. Je rentre chez moi, même s'il faut que j'y retourne à pied !

Tyler soupira et regarda le médecin.

— Diana est têtue et dotée d'un sacré caractère, dit-il comme s'il la connaissait depuis toujours.

Elle lui jeta un regard noir.

— Mais il se trouve que la police aimerait lui parler.

— La police ? s'exclama Diana. Les flics veulent savoir pourquoi je suis tombée ?

Le docteur Evans ignora cette intervention.

— Elle n'est pas en état de leur parler. Et puis, elle n'a rien à leur dire puisqu'elle souffre d'amnésie temporaire.

Il regarda Diana.

— Est-ce que vous vous souvenez de quelque chose concernant votre soirée ?

— Non, très franchement, je ne me souviens de rien. Je voulais voir quelqu'un. Mais je ne sais même plus qui.

Elle regarda Tyler.

— Où suis-je tombée ?

Il hésita une seconde.

— Chez Nan Murphy.

— Nan !

Des images tourbillonnèrent dans sa tête : une table basse surchargée, l'escalier menant au grenier, les yeux éteints de Nan… Mais elles s'enlisèrent aussitôt dans son esprit vaseux.

— Je ne sais plus pourquoi j'étais chez elle.

— Ça n'a plus d'importance, dit Tyler.

Il semblait soulagé et ne lui laissa pas le temps de poser d'autres questions.

— Je vais sortir prévenir… les gens qui souhaitent voir Diana qu'ils devront patienter jusqu'à demain, dit-il en s'éloignant rapidement.

Diana essaya de se redresser d'un geste vif mais retomba avec un gémissement.

— J'ai l'impression d'avoir été piétinée.

— Voilà pourquoi je préférerais que vous passiez la nuit ici, dit le médecin.

— Est-ce que j'aurai moins mal ici qu'à la maison ?

Le docteur Evans sourit.

— Vous m'avez eu, mademoiselle Sheridan. Je vais vous prescrire un anti-inflammatoire et un antalgique. Et surtout, souvenez-vous que vous devez vous reposer. Quand M. Raines vous aura raccompagnée chez vous et que vous écouterez son enregistrement avec votre famille, ils sauront comment prendre soin de vous. C'était une idée très judicieuse d'enregistrer ainsi mon diagnostic.

— Oui, c'est un type judicieux, dit Diana, à la fois embarrassée et fière de ce compliment. Un type très judicieux.

*

Plus tard, Diana signa des formulaires attestant qu'elle quittait volontairement l'hôpital contre l'avis du médecin. Elle s'habilla avec l'aide de miss

Trenton tandis que Tyler allait chercher ses médicaments à la pharmacie de l'hôpital. Ensemble, ils gagnèrent ensuite tranquillement la voiture de Tyler — il la soutenait et l'enveloppait de ses bras et elle n'essaya pas de l'en empêcher. Elle ne se rappelait toujours pas ce qui était arrivé et Tyler refusait de le lui dire. Il ne cessait de lui répéter : « Pas ce soir. Peut-être demain, si la mémoire ne vous est pas revenue entre-temps. » Une fois en voiture, Tyler appela Simon pour lui dire que Diana avait refusé de rester à l'hôpital. Elle comprit qu'il lui avait déjà téléphoné plus tôt pour lui raconter ce qui s'était passé. Cette fois, Tyler lui précisa que Diana souffrait d'une légère amnésie.

— Diana et moi sommes tombés d'accord : nous parlerons plus tard de ce qui lui est arrivé, dit-il.

— Traître ! dit Diana alors qu'ils sortaient du parking. Je ne suis d'accord avec rien du tout. C'est vous qui avez fixé les règles.

— Oui, je suis légèrement autoritaire, admit Tyler. Je suis aussi têtu, obstiné et je m'emporte facilement, ajouta-t-il en lui souriant. Ça vous rappelle quelqu'un ?

— Oncle Simon. Le seul et l'unique.

— D'accord, chérie, si vous le dites. Je ne voudrais surtout pas vous énerver et faire palpiter l'œuf de poule que vous avez sur la tête.

Diana toucha l'énorme bosse sous ses cheveux.

— Je veux juste savoir pourquoi j'étais chez Nan.

— Et votre cerveau veut juste que vous lui permettiez de se reposer un moment. Ce n'est pas comme si vous aviez perdu la mémoire pour toujours, tels ces personnages de feuilletons. Tout va vous revenir dans quelques jours, peut-être même dans quelques heures. Détendez-vous, et laissez faire la nature.

— Laissez faire la nature, marmonna Diana avec irritation.

Tyler soupira :

— Allez, on arrête les questions ! Je vais mettre un peu de musique.

Il engagea un CD dans le lecteur et *Someday*, de Nickleback, résonna dans l'habitacle.

— C'est une de mes chansons préférées ! s'exclama Diana. Je n'aurais pas cru… enfin, je ne pensais pas que c'était votre style de musique.

— Vous pensiez quoi ? Que je n'écoutais que de la country ? Eh bien, surprise !

Il la regarda et sourit.

— Je suis un homme plein de surprises, Diana.

— C'est ce que je vois.

La maison Van Etton semblait illuminée de la cave au grenier et l'éclairage extérieur était également allumé. Ils se garaient lorsque Simon se précipita à leur rencontre. Diana sortit péniblement de la voiture et sourit à son grand-oncle.

— En quel honneur toutes ces illuminations, Simon ? Tu attends une tête couronnée ?

— Oui, toi ! dit Simon en l'enlaçant avec effusion. Mais qu'est-ce qui t'a pris d'aller…

— Demain, l'interrompit Tyler. Nous aurons tout le temps pour les questions demain.

— Il me rend dingue, dit Diana à mi-voix. Je ne me souviens de rien, il refuse de me dire ce qui s'est passé et en plus il empêche les autres de me le dire.

— Il vaut mieux que tu te concentres sur ta guérison, pour l'instant, gronda Simon. Viens à l'intérieur. Et tu vas tout de suite aller te coucher.

Diana franchit le seuil et secoua la tête.

— Je veux d'abord m'asseoir dans la bibliothèque un moment. Je voudrais un verre de cognac, Simon.

— Je comprends bien, mais ce n'est pas recommandé aux gens qui souffrent de commotion et qui sont sous traitement. Et je sais que tu n'es pas toi-même, très chère, parce que tu ne m'as jamais demandé un verre de cognac. Qui m'avez-vous ramené à la place de Diana ? fit-il en se tournant vers Tyler, ravi de sa plaisanterie.

Simon installa Diana dans un canapé comme si elle était invalide, et Clarice apparut chargée d'un grand plaid moelleux avec lequel elle la borda. Simon s'absenta et revint presque aussitôt avec une bière pour Tyler et un verre d'eau fraîche pour Diana, assorti de deux comprimés.

— Où est Willow ? demanda Diana avant d'avaler sagement ses médicaments.

— Tu l'as couchée avant de partir chercher de la glace, dit Simon avec une pointe de sarcasme. Tu ne t'en souviens pas ?

— Monsieur, elle a une perte de mémoire à court terme, expliqua Tyler. Je vous ai dit…

— Oui, vous me l'avez dit, et voilà que c'est moi qui souffre d'amnésie !

— Diana, est-ce que vous voulez du lait, ou un autre verre d'eau ? demanda Clarice.

— Non. Si Simon me refuse un bon cognac, je vais aller me coucher.

a se sentit soudain agacée par toutes ces s à son égard et la douleur dans son crâne et sa hanche avait augmenté de plusieurs crans. Elle se leva avec précaution.

— Oh, ma chère, vous devez laisser Tyler et Simon vous aider à monter dans votre chambre, s'écria Clarice. Imaginez que vous tombiez à nouveau !

— Je ne me souviens pas d'être tombée la première fois, rétorqua Diana, fâchée de l'impatience dans sa voix.

Ils essayaient seulement de l'aider. Elle s'obligea à sourire.

— Je vais prendre l'ascenseur. Bonne nuit, oncle Simon, Clarice. Et Tyler, merci pour cette charmante soirée. Il faudra qu'on recommence, une fois où je me souviendrai de ce que nous avons fait.

2

— Je me suis complètement ridiculisé aujourd'hui.

Jeffrey Cavanaugh, vêtu d'un pantalon froissé et d'un polo à manches longues, tenait un verre de bourbon et passait nerveusement son autre main dans ses cheveux poivre et sel. Il avait le teint terreux et les paupières gonflées.

— C'est à ce moment-là que tu es censé dire que ce n'était pas si grave, ronchonna-t-il.

Blake Wentworth regarda son beau-frère de ses yeux noirs et perçants :

— Je ne peux pas te dire que ce n'était pas si grave. Tu t'es plus que rendu ridicule, Jeff ! Tu as failli frapper Diana Sheridan devant ta fille.

Jeffrey vacilla et ferma les yeux.

— Comment est-ce que j'ai pu faire ça ? Je me souviens à peine de ce qui s'est passé. Tout ce que je ressentais, c'était de la colère et un sentiment de trahison. De trahison ! C'est absurde. Penny m'a trahi il y a déjà longtemps. Pourquoi l'annonce de sa grossesse m'a-t-elle fait un tel choc ?

— Peut-être parce que même si tu as toujours affirmé qu'elle était partie pour un autre homme, tu n'en étais pas totalement convaincu.

— Si, je l'étais. Je pense qu'il y a toujours eu d'autres hommes. Exactement comme avec Yvette.

— Mais aujourd'hui, tu en as eu la preuve. Avant, tu pensais qu'il y avait un autre homme. Aujourd'hui, tu n'as pas d'autre choix que d'accepter la vérité.

— Oui, il y a sans doute un peu de ça, admit Jeffrey avant de prendre une gorgée de bourbon. Mais je l'ai vue, ma magnifique Penny, brûlée de façon si horrible... Et puis elle s'est réveillée, et elle vit un tel supplice...

Il ferma ses yeux convulsivement.

— Quand le médecin a dit qu'elle était enceinte, j'ai eu la confirmation qu'il y avait un homme dans sa vie. Si elle ne s'était pas enfuie pour être avec lui, elle ne serait pas en train de mourir dans d'atroces souffrances.

Blake fronça les sourcils.

— Pourquoi dis-tu qu'elle meurt à cause d'un autre homme?

— Parce que si elle était restée chez nous, avec moi, où était sa place…

Jeffrey secouait la tête, comme s'il luttait pour garder l'esprit clair.

— Si, si si… Tant de choses seraient différentes, si…

— Par exemple, si Yvette n'était pas morte, tu n'aurais jamais épousé Penny.

Jeffrey lui lança un regard farouche.

— Si Yvette n'était pas morte, nous aurions divorcé. Ce mariage a été une erreur dès le départ. Les gens ont essayé de me prévenir — ils m'ont dit qu'elle était indomptable, instable, incapable d'aimer. Mais tout ce que je voyais, c'était sa beauté.

Il avala une autre gorgée de bourbon.

— Elle était somptueuse, n'est-ce pas, Blake?

— Oui, je dois l'admettre.

— C'était la plus belle femme que j'avais jamais vue. Et que j'aie vue depuis. Même Penny n'était pas aussi belle qu'Yvette — blonde, des traits réguliers, ses yeux vert d'eau si profonds. Elle brillait comme de l'or.

— Jeff, on dirait Jay Gatsby parlant de Daisy Buchanan.

Jeffrey esquissa un sourire las.

— Sans doute. Je ne suis pas un poète comme toi, Blake. Je suis obligé de plagier les grands auteurs. Mais elle était une héritière et elle en avait tout l'apanage, dit-il en levant ses yeux métalliques sur son beau-frère. Toi et elle, vous aviez cela en commun, cette allure aristocratique. Elle aurait mieux fait d'épouser quelqu'un comme toi.

Blake rit sèchement.

— Merci pour le compliment sur mon allure, Jeff, mais malgré la sienne, Yvette ne m'a jamais attiré. Ce n'était qu'une façade, un masque qu'elle utilisait pour obtenir ce qu'elle voulait et pour cacher ses défauts répugnants.

— « Répugnant » est un terme un peu fort ! siffla Jeffrey. Elle pouvait être charmante, insouciante, et si drôle. Elle n'était pas une jolie poupée qu'on prend plaisir à habiller et à montrer, mais c'est ainsi que ses parents l'avaient élevée. C'est ce que son père a fait avec elle depuis son enfance ! Rien que d'y penser, ça me rend fou, dit Jeffrey en laissant tomber sa tête sur sa poitrine. Blake, elle était malade, et personne n'a rien fait pour elle ! Même pas moi. Elle était schizophrène. Ils ont dit qu'il faudrait l'interner... Je n'étais pas prêt à ça. Il devait forcément y avoir une autre solution, mais je ne l'ai pas trouvée à temps.

Blake se pencha en avant.

— Jeff, il fallait la faire hospitaliser, et je ne sais pas d'où t'est venue cette idée qu'ils allaient l'enfermer dans un asile digne du XIXe siècle, comme Bedlam. Les médicaments ne suffisaient plus... elle ne prenait pas son traitement de façon régulière. Elle avait besoin d'un environnement contrôlé, sans fêtes jusqu'au bout de la nuit, sans alcool, sans risque de se comporter comme la harpie qu'elle était les derniers mois de votre mariage. Est-ce que tu as oublié ce qu'elle a fait ce soir-là ? Comme elle t'a humilié devant tous tes plus importants clients ? Jeffrey ferma les yeux.

— Et pourtant, je la revois plus tôt dans la soirée, avant tout ce cirque. Yvette avec ses cheveux blonds remontés, cette robe de cocktail bleue si fluide, son collier…

— Ah, le fameux collier que tu avais fait faire spécialement pour elle. C'est sans doute le seul de tes cadeaux qu'elle ait jamais vraiment aimé.

Jeffrey sembla tourner son regard vers l'intérieur de son être, vers ses souvenirs.

— Le collier avec les diamants bleus et le gros diamant jaune au centre. Je l'ai commandé à cause d'un mythe égyptien qu'elle adorait — tu sais combien elle aimait tous ces trucs égyptiens, elle pensait même avoir été Cléopâtre dans une vie antérieure.

Blake eut un rire moqueur.

— Tout ça parce qu'un soi-disant médium lui a dit exactement ce qu'elle avait envie d'entendre. Comme si ce « mage » avait pu ne pas remarquer combien elle insistait sur « vous voyez quelque chose à propos de l'Égypte, dans mon passé ? » Je me souviens de cette journée. Le laïus que nous a servi ce charlatan était si ridicule que même Yvette n'aurait pas dû se laisser convaincre, et pourtant, elle l'a cru. Ce type annonçait sans doute à cinq femmes par mois qu'elles avaient été Cléopâtre dans une vie antérieure. Personne ne veut entendre qu'il a été une prostituée ou un voleur.

— Yvette n'enlevait jamais ce collier, dit Jeffrey comme si Blake n'était pas intervenu. Même pas quand elle dormait, quand elle prenait un bain ou une douche. Elle le nettoyait tous les jours.

Son visage s'obscurcit.

— Mais à San Francisco, elle a sauté de cette fenêtre sans son collier. Ils ont dit que je l'avais poussée, et que je lui avais arraché le collier avant.

Blake ferma les yeux un instant.

— Jeff, nous en avons déjà parlé mille fois. Après qu'elle a sauté, une foule de curieux s'est amassée autour de son corps. Tout le monde criait, un gars a tenté de la ranimer, un autre a cherché un pouls. Les gens couraient dans tous les sens, faisant mine de se « rendre utiles ». Quand la police a finalement atteint Yvette, le collier avait disparu. Il n'était pas dans la chambre. Un des badauds l'a volé, Jeff !

— Mais il n'a jamais refait surface — personne n'a même essayé de revendre les diamants séparément.

— La personne qui l'a pris avait suffisamment de cervelle pour ne pas chercher à revendre un diamant jaune de cinq carats, Jeff. La police a prévenu tous les marchands de pierres précieuses suffisamment en fonds pour s'offrir l'ensemble. Si le collier n'existe plus, Jeff, c'est parce que quelqu'un a retaillé les pierres et les a revendues largement en dessous de leur valeur originelle, asséna Blake. Jeff, pourquoi penses-tu autant à Yvette et à son collier ce soir ? Tout cela fait partie du passé, maintenant.

— C'est à cause d'un truc idiot. Chez les Van Etton. Nous sommes arrivés là-bas avant le coucher du soleil. Les derniers rayons brillaient à travers cette baie orientée plein ouest, au fond de la bibliothèque. Au centre d'un des panneaux, il y avait un vitrail. Un nénuphar bleu avec un cœur jaune d'or. Je n'en ai pas cru mes yeux quand je l'ai vu. Ensuite je me suis souvenu que Van Etton était égyptologue. Il devait connaître la même légende qu'Yvette.

— Il la connaît. Tout comme sa mère.

Jeffrey le regarda sans comprendre.

— J'ai remarqué le vitrail cet après-midi. Il m'a expliqué que sa mère s'intéressait aussi beaucoup à l'Égypte, elle a sans doute influencé son propre goût. Enfin, il a dit qu'elle avait un attachement particulier pour un mythe ancien concernant un nénuphar et que son père avait fait poser cet insert dans la baie vitrée pour elle.

— Eh bien… Quelle coïncidence !

— Que deux femmes s'intéressent à l'égyptologie ? Deux femmes qui ne se sont jamais vues de leur vie ? Je ne vois pas où est la coïncidence là-dedans.

— Penny est allée travailler dans une maison dont la baie vitrée est décorée d'un nénuphar égyptien bleu. Voilà où est la coïncidence, Blake !

— D'accord. Admettons que c'est une coïncidence.

Il regarda Jeffrey et sourit.

— Mais je trouve simplement qu'elle ne signifie rien. Est-ce qu'on pourrait changer de sujet ?

— Je pense à mes femmes, ce soir, poursuivit Jeffrey. Mon père me considérait comme un raté. Ma mère prétend qu'il était le diable incarné et que je suis exactement comme lui. Peut-être qu'ils ont tous les deux raison. En tout cas, ce n'est pas un cadeau de se marier avec moi.

— Jeff, cesse de te complaire dans le morbide ! On croirait entendre un fou. Ton père a fait beaucoup pour moi après la mort du mien, mais dans l'ensemble c'était un homme cruel, et il l'a particulièrement été avec toi. Quant à ta pauvre mère, elle aurait mieux fait de se faire nonne que d'épouser Morgan Cavanaugh ! Il a brisé son esprit et l'a transformée en femme amère et impitoyable. Pour ce qui est de tes épouses, tu t'es marié avec deux femmes qui n'étaient pas faites pour toi. Fin de l'histoire.

— Tu ne mâches pas tes mots, dis-moi, souffla Jeffrey sans rancœur.

— Jamais quand je m'adresse à toi ou à Leonore.

Blake tenta de dissimuler un bâillement, sans y parvenir.

— Il est presque minuit et je ne tiens plus debout. Tu crois que tu pourras dormir, maintenant ?

Jeffrey sourit.

— Je finis mon verre et je vais me coucher. Promis. Désolé de t'avoir accaparé autant de temps. J'oubliais que tu as une femme ravissante qui t'attend.

— En fait, non, dit Blake pesamment. Ta sœur m'en veut toujours terriblement de t'avoir cravaté dans le parc. Elle a pris une autre chambre pour la nuit.

— Une autre chambre ?

Jeffrey avait l'air abasourdi.

— Elle ne se rend donc pas compte que tu m'as

empêché d'agresser cette femme ? Que tu m'as rendu service ?

— Apparemment, elle ne voit pas les choses comme ça. Elle trouve seulement que j'ai été méchant avec son grand frère, dit Blake avec un sourire aigre. Elle a même demandé une chambre à un autre étage !

— Je vais l'appeler, dit Jeffrey en se dirigeant vivement vers le téléphone. Dans quelle chambre est-elle ?

— Laisse tomber, Jeff. Elle fait régulièrement ce genre de crise. Personne n'est parfait, mais elle l'est presque, et je suis très heureux d'être son mari. Voilà pourquoi quand elle se fâche contre moi comme ça, je lui laisse le temps de se calmer toute seule. Elle va s'en remettre. Mais je déteste dormir seul !

— Tu peux dormir avec moi, si tu veux, dit Jeff.

Blake regarda son beau-frère avec un étonnement horrifié.

— Qu'est-ce que tu es en train de suggérer, exactement ?

Jeffrey partit dans un éclat de rire rauque.

— Si tu voyais ta tête ! C'est ma meilleure blague depuis des semaines, mais l'accueil tout sauf chaleureux que tu réserves à ma proposition t'a fait louper ta chance, Wentworth ! Il gèlera en enfer avant que ça se reproduise !

— Je l'espère, dit Blake en riant. Je l'espère de tout cœur !

3

Des gouttes de pluie contre la fenêtre.

Barry White se pencha sur Diana, chantant de sa voix plus profonde que sensuelle « Jamais, jamais je ne t'abandonnerai ». Rouge. Du rouge qui lui coule sur le visage. Du rouge qui se déverse sur le sol et sur son visage… des yeux sans vie… des yeux vides…

Des gouttes de pluie contre la fenêtre.

Le nez de Diana frémit. Elle le frotta et tourna légèrement la tête. Encore un chatouillis. D'un geste maladroit, elle leva la main et attrapa la queue en panache de Christabel.

— Qu'est-ce que tu veux ? marmonna-t-elle. Va dormir !

La chatte vint caler son petit corps contre l'oreille de Diana et se mit à roucouler doucement. Puis de plus en plus fort. Le roucoulement se changea en cancanement autoritaire.

— Roméo ? grogna Diana. Du vent. Tous les deux.

Encore un miaulement en trille. Puis un autre « Couac » volontaire. « Couac ! Couac ! »

Soudain, Diana fut complètement réveillée. Elle regarda par la fenêtre. De l'obscurité. Pas de pluie. Elle consulta son réveil. 2 h 10. Christabel se tenait maintenant sur sa poitrine, ses yeux aux pupilles rondes plongés dans ceux de sa maîtresse et Roméo faisait les cent pas au pied du lit, cancanant toujours.

— Qu'est-ce qui vous arrive, à tous les deux ? demanda Diana comme s'ils allaient lui répondre.

Pourquoi vous n'êtes pas dans vos lits ? Pourquoi vous n'êtes pas avec…

Son regard vola jusqu'à la porte ouverte de la salle de bains.

— … Willow. Où est Willow ?

Christabel sauta par terre et Diana rejeta le drap et la légère couverture d'été. Elle alluma sa lampe de chevet et passa aussi vite qu'elle le pouvait dans la salle de bains, puis dans la chambre de la petite fille. La veilleuse éclairait assez la pièce pour montrer le lit de Willow — vide. Elle alluma le plafonnier et cligna des yeux, éblouie. Elle fit le tour de la pièce et chercha même dans l'armoire. Puis elle remarqua qu'une fenêtre était entrouverte de quelques centimètres. Willow ne voulait pas dormir fenêtre ouverte…

Un frisson d'appréhension parcourut Diana lorsqu'elle ouvrit la porte de la chambre et sortit dans le couloir. Les chats tentèrent de la suivre, mais elle leur ferma la porte au museau. Elle ne pouvait pas porter Roméo jusqu'en bas avec son poignet abîmé et elle ne voulait pas qu'il tombe dans l'escalier en essayant de ne pas être semé par Christabel. Au rez-de-chaussée, Diana fit le tour de la bibliothèque, de la pièce désignée sous le nom de « salle de dessin », de la salle à manger, d'une pièce qui avait été le « bureau » de son arrière-grand-mère, et fouilla chaque recoin de la cuisine, jusqu'à la réserve. Elle s'arrêta devant la porte fermée de la chambre de Clarice et envisagea de la réveiller, mais la vieille dame avait l'air épuisé lorsque Tyler avait raccompagné Diana de l'hôpital.

Alors que Diana retournait vers la cuisine, elle

remarqua que la porte de service était entrouverte. Simon vérifiait tous les verrous avant d'aller se coucher, pensa Diana. Il n'aurait jamais oublié celui-ci. Elle ouvrit la porte davantage et regarda dehors. La vaste pelouse de la propriété Van Etton s'étendait jusqu'à un bois bien plus grand que celui qui se trouvait derrière la maison de Willow. Est-ce qu'elle avait pu y retourner, en pleine nuit ?

Comme pour répondre à sa question, à cet instant précis, elle aperçut un tissu clair à l'orée des arbres. Juste là ! Il avait disparu. Était-ce le nouveau pyjama bleu ciel qu'elle avait acheté à Willow ? Est-ce celui que Willow avait mis la veille au soir ? Diana maudit sa mémoire défaillante. Encore une apparition fugitive, à plusieurs centaines de mètres d'elle, quelque chose de clair qui ressortait parmi les arbres sombres.

Willow.

Diana attrapa un vieil imperméable accroché à une patère, près de la porte. Elle l'enfila à la hâte et se précipita dehors, sans se soucier ni de ses pieds nus ni de ses ecchymoses. La nuit était tiède, somptueuse. La douleur cognait aux tempes de Diana. Elle essaya de courir, mais sa hanche lui faisait trop mal. À cause de sa chute. Elle était tombée chez Nan mais personne ne voulait lui dire pourquoi elle était allée là-bas. Pas d'importance pour l'instant. Il fallait qu'elle se concentre sur Willow.

Diana traversa la terrasse bétonnée et s'avança sur la pelouse, fraîche et humide. Elle tenta encore d'accélérer le pas, mais ne parvint qu'à trotter lamentablement. Ainsi, la douleur était supportable. Elle passa devant le lourd socle d'un cadran solaire monumental et très ancien posé au pied de la terrasse et leva mécaniquement les yeux vers un creux entre la branche et le tronc d'un chêne tout proche, où un rouge-gorge veillait sur ses quatre oisillons.

Elle trébucha contre une pierre et une douleur fulgurante remonta le long de sa jambe, la faisant presque tomber. Si seulement j'avais pris mes chaussures avant de quitter ma chambre ! pensa-t-elle. Mais le fait d'avoir été ainsi tirée d'un sommeil chimique par deux chats en alerte avait apparemment évacué tout bon sens de son cerveau embrumé. Si la situation n'était pas si grave, elle se serait félicitée, comme Simon, de la vigilance des chats. Diana était certaine que Christabel s'était réveillée immédiatement, soit quand Willow avait ouvert sa fenêtre, soit quand elle avait quitté la chambre. La petite chatte avait senti que quelque chose n'allait pas, et elle avait réalisé l'exploit de traîner Roméo jusqu'auprès de Diana pour la réveiller. Un comportement attendu de la part d'un chien, mais bien moins courant parmi les félins.

Clopin-clopant, Diana avait parcouru les deux tiers de la distance qui la séparaient de l'orée du bois quand elle aperçut une nouvelle fois le tissu bleu ciel et entendit la douce petite voix de Willow :

— Où tu es ? appelait-elle. Où tu es parti ? Tu m'as dit que tu allais m'emmener voir maman !

L'emmener voir maman ? Un frisson glacé hérissa le dos de Diana. Quelqu'un avait attiré Willow dehors en lui promettant de la conduire à Penny. Seule cette pensée avait pu permettre à Willow de surpasser la terreur que déclenchait chez elle l'idée du Méchant, et la pousser à sortir seule en pleine nuit.

— Willow ! hurla Diana. Willow, viens ici !

L'enfant ne répondit pas. Diana marcha sur quelque chose de long et d'étroit, qui se tortillait. Un serpent. Elle laissa échapper un cri aigu de surprise. Elle n'avait pas peur des serpents quand ils n'étaient pas venimeux, mais ce n'est pas pour autant qu'elle aimait marcher dessus pieds nus. Son cri avait dû atteindre Willow, car l'enfant appela :

— Diana ? C'est toi ?

— Willow, viens, cria Diana en vacillant de douleur, le souffle court.

Elle n'arrivait pas à savoir d'où était venue la voix de Willow.

— Viens tout de suite me rejoindre, Willow ! Je ne suis pas fâchée contre toi, je veux juste que tu sois avec moi ! ajouta-t-elle, consciente qu'il ne fallait surtout pas effrayer la petite.

— Je vais voir maman !

La voix de Willow semblait plus proche.

— Mon ange gardien va m'emmener voir maman !

Willow émergea du bois, avec son pyjama bleu et les chaussons duveteux que Diana lui avait achetés. Elle courut vers Diana et attrapa sa main.

— Il ne devait y avoir que moi, mais l'ange voudra sans doute bien que tu viennes aussi, si je lui demande…

Un coup de feu déchira le silence de la nuit. Les oiseaux s'envolèrent à grands cris de leurs perchoirs et Willow avala une goulée d'air avant de se précipiter contre Diana. Une deuxième détonation retentit, si proche que Diana entendit siffler la balle. Elle se jeta au sol et attira Willow sous elle. Willow se mit à crier mais Diana lui couvrit la bouche.

— Ne crie pas, ma chérie. Ta voix risque d'indiquer où nous sommes au tireur.

Un autre coup de feu, juste au-dessus d'elles. Willow tenta d'ouvrir la bouche mais Diana la serra plus fort encore et baissa la tête. Qui pouvait bien tirer sur elles ? Willow devait être la cible. Je suis venue perturber le programme. Je ne suis qu'un grain de sable, pensa Diana. Et la personne qui essaie de tuer Willow est aussi celle qui a essayé de la tuer vendredi soir dans l'explosion.

Encore une détonation. Cette fois, la balle ne les manqua que de quelques centimètres. Diana envisagea de courir jusqu'au bois, mais il se trouvait à une trentaine de mètres d'elles. Elle ne pouvait pas se redresser sans découvrir Willow et, pour l'instant, le corps de Diana était sa seule protection.

Diana entendit des pas approcher dans l'herbe fraîche. Elles étaient des cibles faciles, deux silhouettes aplaties par terre, attendant que la mort vienne les prendre. Diana eut l'impulsion de lever la tête pour regarder leur assassin dans les yeux avant les coups de feu fatals. Mais elle ne voulait pas que la dernière vision de sa vie soit celle d'une brute.

— Ferme les yeux, bébé, murmura-t-elle à Willow. Ferme tes yeux et pense au plus joli endroit que tu aies jamais vu de ta vie. Rappelle-toi les couleurs, les sons et ce que tu ressentais. Imagine que tu y es. C'est ton monde. Ton seul monde.

Comme par magie, le corps de l'enfant s'immobilisa immédiatement. Sous la main de Diana, les muscles faciaux de Willow se crispèrent tandis qu'elle fermait les yeux, aussi fort que possible. Diana fit de même. Elle revit un lac de Nouvelle-Angleterre, un vaste lac, un beau jour ensoleillé. Une butte herbue parsemée de pâquerettes et de fleurs de carotte jusqu'au bord de l'eau, une eau si lisse que le ciel et les nuages cotonneux s'y reflétaient comme dans un immense miroir. Elle avait été si heureuse ce jour-là. Si heureuse...

Un coup de feu retentit. Il semblait plus lointain. Puis un autre. Diana ne put s'empêcher de lever les yeux, et sa vision idyllique s'évanouit dans l'obscurité de la nuit, avant d'être brutalement évacuée par une lumière soudaine, artificielle ; elle venait de l'intérieur de la maison, et aussi des lampes extérieures qui bordaient la terrasse. Elle entendit Simon crier à ce qui lui apparut comme des kilomètres. Elle crut sentir le sol trembler ; leur agresseur courait vers les bois. Une autre personne que Simon poussa un cri. Il y eut un dernier coup de feu. Plus rien.

Puis un homme se pencha doucement sur elle et dit :

— Il est parti. Vous êtes en sécurité, maintenant, chérie.

Diana leva la tête. Tyler Raines la regardait, décomposé et essoufflé. Alors qu'elle se redressait pour la prendre dans ses bras, Willow s'écria en pleurant :

— Badge ! Tu viens toujours me sauver, exactement comme maman me l'a dit !

— Badge ? bredouilla Diana.

Puis elle regarda l'arme par terre, à côté de lui.

— Vous avez un permis de port d'arme valable en Virginie-Occidentale ?

— Dans tous les États-Unis, dit Tyler. Diana, je suis un flic de New York sous couverture.

CHAPITRE 14

1

— La personne que tu as vue par la fenêtre, c'était un homme ou une femme ?

Willow, assise sur le canapé le plus gros et le plus confortable de la bibliothèque avec une tasse de chocolat chaud, regarda Tyler avec agacement.

— C'était mon ange gardien ! Je vous l'ai déjà dit dix fois !

La police était partie un quart d'heure plus tôt. Willow avait raconté les faits à sa façon, mais entre les larmes, les sanglots et une crise de hoquet, ses explications avaient été presque impossibles à comprendre. Maintenant qu'elle semblait s'être un peu apaisée, Tyler avait décidé d'essayer à nouveau de l'interroger, tant que les souvenirs de la soirée étaient encore frais dans sa mémoire.

— Cet ange, c'était un homme ou une femme ?

— Les anges ne sont ni des hommes ni des femmes ! Ce sont juste des anges, expliqua Willow avec une surprise teintée de pitié. Tu ne sais pas ça ?

Tyler soupira.

— Encore une lacune de mon éducation, j'imagine. Bon, ma puce, raconte-moi exactement ce qui est arrivé cette nuit !

— Je l'ai déjà fait. Et je l'ai dit aux policiers qui sont venus.

— Je sais, mais je voudrais que tu me le racontes, à moi. S'il te plaît, Willow.

— Oui, ma chère, dit Clarice quand elle vit que la petite fille était sur le point de se buter. Je n'ai pas compris tout ce que tu as dit aux policiers. Tu sais que je n'entends pas bien.

— Mais ta petite-fille Katie, elle dit que tu as des oreilles de chauve-souris et que les chauves-souris entendent super bien.

Clarice eut l'air désarçonnée et Diana et Tyler étouffèrent un éclat de rire.

— Katie n'a que treize ans et elle n'en sait pas autant qu'elle croit, rétorqua Clarice, vexée.

Puis elle sourit à Willow.

— S'il te plaît, tu veux bien raconter à nouveau ton histoire, pour que je puisse la connaître en entier ?

— Bon, d'accord !

Willow s'emmitoufla dans le plaid que Clarice avait donné à Diana quelques heures plus tôt seulement.

— Je dormais et puis, très lentement, je me suis réveillée, parce que quelque chose cognait à ma fenêtre. Christabel aussi l'a entendu. Elle regardait la fenêtre. Je me suis levée, j'ai regardé dehors, et j'ai vu l'ange.

— Comment as-tu su que c'était un ange? demanda Tyler. De quoi avait-il l'air?

— Au début, je ne savais pas que c'était un ange. Il portait une longue robe blanche — pas une robe qu'on mettrait tous les jours, une avec des grandes manches flottantes…

— Désolée de t'interrompre, dit Diana, mais par «flottantes» tu veux dire que la robe était légère, comme en mousseline, ou plutôt comme une cape.

— Je veux dire flottante, riposta Willow. Et une lumière éclairait son visage, son visage rayonnait!

— Il rayonnait? répéta Simon, perplexe.

— Oui, il rayonnait, oncle Simon. Pourquoi est-ce que personne ne comprend ce que je dis, ce soir?

— Désolé. Nous sommes juste tous très fatigués et nous avons eu très peur pour toi. Et nous n'avons jamais vu d'ange en vrai. Notre esprit n'est pas très clair, dit Simon pour tenter d'apaiser Willow, épuisée et irritable. Reprends donc une gorgée de chocolat tant qu'il est encore chaud et continue ton histoire. Je promets que nous ne t'interromprons plus.

Willow avala son chocolat chaud puis, comme amollie, elle continua.

— J'ai ouvert ma fenêtre. Je voulais juste mieux voir dehors, parce que j'avais peur. Alors l'ange a dit: «N'aie pas peur Willow. Je suis ton ange gardien et je suis venu pour te conduire jusqu'à ta maman.» J'ai dit: «Mais je vous ai jamais vu avant», et l'ange a répondu: «Les gens ne me voient pas tant qu'ils n'ont pas vraiment besoin de moi. Maintenant, viens dehors sans faire de bruit et je t'emmènerai voir ta maman.» Christabel était debout sur ses pattes arrière à côté de moi. Elle aussi elle a vu l'ange, et elle vous le raconterait si elle savait parler. Alors j'ai dit à l'ange : « J'ai pas le droit de sortir toute seule la nuit. » Et l'ange a dit : « Tu ne seras pas toute seule. Tu seras avec moi... » Je savais que l'ange avait raison et que personne ne me gronderait puisque je serais avec lui. Alors j'ai mis mes chaussons et j'ai refermé la porte de ma chambre pour que Christabel ne me suive pas. Je l'ai entendue miauler et gratter à la porte et ça m'a fait de la peine, mais comme Diana m'avait dit qu'elle risquerait de se perdre dans les bois et de ne pas retrouver son chemin... J'ai descendu l'escalier sur la pointe des pieds, je suis allée dans la cuisine, j'ai ouvert la porte et je suis sortie. Je pensais que l'ange serait là en train de m'attendre, mais il s'était éloigné de la maison. J'ai cru qu'il partait parce que j'avais mis trop de temps, et puis il s'est retourné et m'a fait signe de le suivre. Alors moi j'y suis allée. J'ai couru vers les bois mais je ne le voyais plus. Je restais sur la pelouse parce que j'ai peur des bois quand il fait nuit, mais je ne le voyais toujours pas. À ce moment-là, j'ai entendu Diana m'appeler et j'ai couru vers elle. Je lui ai expliqué qu'elle pourrait peut-être venir avec nous voir maman, et après...

Willow se tut, le visage blanc comme un linge, et ses mains se remirent à trembler.

— ... Et après quelqu'un s'est mis à nous tirer dessus et Diana m'a jetée par terre et s'est couchée sur moi. Les coups de feu n'arrêtaient pas et elle m'a dit de fermer les yeux et de penser à l'endroit le plus joli que j'avais jamais vu. Je me suis souvenue de la fois, il y a longtemps, où maman et Badge et moi on était montés tout en haut des cent marches du parc et qu'on avait vu les roses de toutes les couleurs, juste au moment où le soleil se couchait ; le ciel était bleu comme la mer avec des grands traits roses et orange. Après, ça a encore tiré et oncle Simon a crié et les lumières se sont allumées, et puis j'ai vu Badge.

Willow ralentit son débit et regarda Tyler avec tendresse :

— Comment ça se fait que t'es là, alors que t'es censé être un secret ?

— Il était temps de partager notre secret, mon cœur, dit gentiment Tyler. Ta maman ne voudrait pas que nous le gardions pour nous plus longtemps.

*

Lorsque Simon et Clarice eurent recouché Willow et ses compagnons à fourrure, Diana dit doucement :

— Je sais que Willow est votre fille. Je ne vous juge pas, Tyler, mais cela crève les yeux. Elle vous ressemble beaucoup…

Tyler lui prit la main et la regarda droit dans les yeux.

— Elle ressemble à Penny.

— Willow vous aime, continua calmement Diana. Il est évident qu'elle vous a toujours connu. Penny lui a demandé de ne parler de vous à personne, mais j'aurais dû deviner qu'il existait un lien très fort entre vous à la manière dont vous vous êtes démené pour elles le soir de l'explosion. Vous n'étiez pas horrifié comme l'aurait été un étranger, même très compatissant et généreux — ça, je l'ai tout de suite remarqué.

Ensuite Willow est venue vers vous alors qu'elle s'était cachée de toutes les autres personnes parties à sa recherche. À chaque fois que je l'ai interrogée sur vous, elle s'est complètement renfermée sur elle-même. Je vous ai raconté qu'elle était sortie attraper des scintillettes pour sa mère. Tout le monde m'a demandé ce qu'étaient des scintillettes, mais pas vous. Vous saviez qu'elle donnait ce nom aux lucioles.

Diana inspira profondément.

— J'ai fini par comprendre que vous et Penny étiez…

— Frère et sœur.

Le mot « amants » était sur le point de franchir ses lèvres et elle pâlit, bouche bée.

— Nous n'avons aucun lien de sang, mais c'est tout comme, dit-il d'un ton grave. Quand j'avais quinze ans et elle treize, elle est venue vivre dans la famille d'accueil où les Services de protection de l'enfance m'avaient placé.

Surmontant sa surprise, elle demanda, incrédule :

— Vous avez été élevés par la même famille ? C'est ça votre lien avec Penny ?

— Oui, Diana. Mais notre « lien », comme vous dites, est plus profond que ça, dit-il avec un sourire nostalgique. Elle était ravissante, mais elle me rendait dingue parce qu'elle était tout le temps accrochée à moi ; moi je n'avais aucune envie qu'une gamine me colle aux basques. Ce n'était pas « cool », et je me considérais comme le summum du « cool », à l'époque. Ensuite je me suis habitué à elle. Plus tard, à mon plus grand désespoir, je me suis rendu compte que je l'aimais — pas de façon romantique, mais comme si elle avait été ma sœur de naissance. Sans doute plus encore, parce que, si elle avait été ma vraie sœur, elle n'aurait pas été Penny… Vous savez comme Penny est irrésistible.

Diana laissa soudain échapper un flot de paroles :

— Elle m'a dit qu'elle était fille unique. Je ne savais pas qu'elle avait été adoptée avant la visite de Jeffrey Cavanaugh, mais il n'a pas parlé de vous. Si vous étiez restés proches, comment se fait-il qu'elle ait caché votre existence à son mari ? Pourquoi fallait-il que vous restiez dans l'ombre, en marge de sa vie, et de celle de Willow ?

Tyler inspira profondément, comme s'il hésitait à tout lui dire. Il reprit la parole lentement.

— Je vous ai dit que j'avais un oncle dans la police. C'est la vérité. Je l'admirais et je voulais devenir comme lui. À dix-huit ans, quand j'ai pu quitter ma famille d'accueil, j'avais déjà terminé ma première année de fac — j'ai étudié la criminologie — et j'ai choisi de travailler sous couverture. Je voulais que Penny puisse aussi aller à l'université, mais elle pensait qu'elle n'était pas assez patiente pour de longues études. Elle voulait partir et vivre, c'est ce qu'elle disait toujours. Bref, elle a travaillé comme vendeuse, puis comme serveuse. Quand elle a eu vingt et un ans, elle a commencé la « danse exotique ». Je débutais dans la police à ce moment-là et, étant donné la racaille qu'elle fréquentait à l'époque, nous avons tous les deux décidé qu'il vaudrait mieux cacher notre relation, même si je n'utilise pas mon vrai nom dans le boulot.

— Mais après son mariage, pourquoi vouliez-vous qu'elle cache votre identité à Jeffrey Cavanaugh ? demanda Diana. Il ne fait pas partie du milieu.

— Vous croyez ? Qu'est-ce que vous savez sur ce type, exactement ?

— Pas grand-chose, en fait, à part qu'il a repris l'entreprise familiale à la mort de son père et…

— C'est alors que la saga commence. Vous voulez entendre toute l'histoire ou vous préférez aller vous blottir dans votre lit et dormir pendant les dix prochaines heures ?

— Je n'arriverai pas à dormir même si vous me payiez pour, dit malicieusement Diana. J'ai l'impression d'être passée sous un quinze-tonnes, mais je n'ai toujours aucun souvenir d'avant mon arrivée à l'hôpital. Je n'ai aucune idée de qui a pu essayer de nous tuer, Willow et moi, dans mon propre jardin. J'ai peur que Jeffrey Cavanaugh ne fasse encore irruption ici pour emporter Willow loin de nous et de ne plus jamais la revoir. Ma meilleure amie subit une agonie insupportable…

La voix de Diana se brisa et ses yeux s'emplirent de larmes.

— Pour résumer, nerveusement, je suis une épave.

Simon était entré et se tenait derrière elle.

— Ce dont tu as besoin, c'est d'un sachet de glace sur la tête, d'un autre sur ta hanche, d'un antalgique, d'un léger tranquillisant, et d'un bon verre…

— De vin ? Je t'en prie !

— De lait chaud.

— Alors ça, ça va m'achever ! dit Diana entre rire et larmes. Je hais le lait chaud.

— Pas d'importance, ça te fera du bien, insista Simon avec autorité. Dans quinze petites minutes, Clarice et moi t'aurons donné médicaments et réconfort, puis nous nous retirerons dans nos chambres et vous pourrez parler ensemble aussi longtemps que vous voudrez, tous les deux. Tyler ?

— Oui, monsieur ?

— Premièrement, appelez-moi Simon, et non « monsieur ». Deuxièmement, je suis sûr qu'un petit verre vous ferait plaisir. Quel est votre poison ?

— Vodka.

— Ce sera une double vodka Gray Goose, alors. Et je laisserai la bouteille sur le buffet de la cuisine, au cas où vous voudriez vous resservir. Troisièmement, je voudrais vous remercier de tout mon cœur pour avoir sauvé la vie de Diana et de Willow. Le monde ne serait plus le même sans elles.

Tyler regarda Diana, qui luttait encore contre les larmes, et sourit avec tendresse.

— Je trinquerai donc à cela.

2

Diana s'était pelotonnée sur le canapé, emmitouflée dans l'épaisse et longue robe de chambre d'hiver en laine de Clarice. La vieille dame avait insisté pour que Diana la mette avant l'arrivée de la police. Malgré la tiédeur de la nuit, Diana se sentait transie et le tissu chaud la réconfortait.

— Par quel miracle vous êtes-vous trouvé là au

moment où Willow et moi avions besoin de vous ? demanda-t-elle.

— Je vous suis comme votre ombre depuis vendredi soir. Je pensais que vous l'aviez remarqué.

— Je pense que je le savais.

Diana prit sagement ses comprimés, posa le sachet de glace sur sa tête cabossée et but un tiers de son lait.

— Qu'est-il arrivé à vos parents, Tyler ?

— C'est une longue histoire.

— J'aimerais l'entendre, si ça ne vous gêne pas de me la raconter.

Tyler se pencha en avant, prit son verre de vodka sur la table basse et en avala une gorgée.

— Je n'ai parlé de mon enfance qu'à quelques personnes et c'était il y a très longtemps. Mais comme vous avez enfin l'air décidée à me faire confiance, j'imagine qu'il vaut mieux que vous sachiez tout de moi.

Il s'enfonça dans son fauteuil et ses fossettes se creusèrent en un sourire.

— Du moins tout ce qu'une dame peut entendre.

— Je ne me choque pas facilement, Tyler. Je promets de ne pas m'échapper dans ma chambre si j'apprends que vous n'avez pas été un enfant de chœur.

— Tant mieux, parce que j'en étais très loin.

Il inspira profondément et regarda droit devant lui, évitant les yeux de Diana.

— Mes parents voulaient tous les deux percer à Broadway. Ils venaient de petites villes du Sud et ils étaient très jeunes. Ils se sont rencontrés à une audition et se sont mariés très vite. Je ne pense pas qu'ils s'aimaient vraiment — ils se sont accrochés l'un à l'autre dans cette ville étrangère et hostile. Ils refusaient de rentrer chez eux, et ils sont tombés dans la drogue. Je suis né deux ans après leur mariage. Les parents de ma mère lui avaient tourné le dos. Mon grand-père paternel était veuf, mais il me gardait très souvent, comme le frère aîné de mon père, Don. Don était flic. Il avait sept ans de plus que mon père et je le prenais pour un dieu descendu sur Terre. Il vivait toujours dans le Sud, dans la même ville que grand-père, et j'y ai passé beaucoup de temps avec eux.

— D'où votre accent méridional, dit Diana.

Tyler hocha la tête.

— Mes parents n'ont jamais perdu le leur et j'ai passé les meilleurs moments de ma vie dans le Sud. Cet accent est donc devenu une partie de moi. Grand-père et Don voulaient me garder avec eux, mais mes parents ont promis qu'ils avaient décroché et ils m'ont repris. Ils ne sont pas restés clean longtemps. Quand j'ai eu douze ans, ils étaient accros au crack et survivaient comme ils pouvaient. Ils étaient sur le point de me laisser retourner chez mon oncle ou mon grand-père quand Don a été tué en service. Trois mois plus tard, mon grand-père est mort d'une crise cardiaque. À treize ans, je vivais avec des parents qui n'avaient qu'une idée fixe : ratisser assez d'argent pour financer leur vice. Pour eux, le crack était plus important que tout le reste… même moi.

Tyler marqua une pause et baissa légèrement la tête. Quand il reprit la parole, sa voix était plus dure.

— Un jour, je suis rentré après l'école et ils

n'étaient plus là. L'appartement où nous habitions était une cage à lapin, mais j'ai réussi à y rester un mois avant que le loyer tombe. Ensuite je me suis retrouvé dans la rue. Pendant presque un an, j'ai fait la manche et dormi dans des cartons l'été et des immeubles désaffectés en hiver. J'ai fini par trouver un petit boulot dans un restaurant. La femme du gérant m'a dénoncé aux Services de protection de l'enfance. Je l'ai haïe pour ça, à l'époque. Mais c'était la meilleure chose qui pouvait m'arriver. Quand j'étais avec mon grand-père, nous passions souvent voir Al Meeks et il est devenu comme un deuxième grand-père pour moi. Après la mort de grand-père, j'ai commencé à lui écrire. Quand il n'a plus entendu parler de moi pendant deux ans d'affilée, il s'est mis à ma recherche. À ce moment-là, j'étais déjà en foyer. Il a voulu me prendre chez lui, mais nous n'avions pas de lien de parenté, il était divorcé, et ils préfèrent placer les enfants dans des familles plus traditionnelles. C'est comme ça que je me suis retrouvé dans une famille d'accueil à New York. Heureusement pour moi, c'étaient des gens bien, dit-il en relevant les yeux vers Diana, un sourire aux lèvres. Environ un an plus tard, Penny est arrivée. Al venait me voir plusieurs fois par an et il a tout de suite aimé Penny. Deux fois, nos parents adoptifs nous ont emmenés à Huntington pour lui rendre visite. Une année, nous sommes allés voir un match de football à l'université Marshall. Nous sommes même allés au Ritter Park. Penny adorait Huntington.

— Ce qui explique qu'elle se soit réfugiée ici après avoir quitté Jeffrey, dit calmement Diana.

— C'est la principale raison, mais pas la seule. Elle pensait que la ville était assez grande pour qu'elle y passe inaperçue, sans être trop importante. Elle n'avait jamais vécu en mère célibataire. Elle savait qu'elle pourrait se débrouiller dans une grande ville seule, mais elle n'était pas sûre d'y arriver avec un enfant en bas âge. De plus, elle n'avait jamais parlé à Jeffrey de nos vacances ici, sans doute parce qu'elle avait peur de mentionner Al ou moi par accident.

Tandis que Tyler parlait, Diana s'était forcée à avaler le reste de son lait chaud. Elle reposa le verre et toucha le bras bronzé de Tyler.

— J'ai appelé Al Meeks.

— Je sais, il me l'a dit.

— Vous saviez que je ne vous faisais pas confiance. Je savais que vous mentiez quand vous affirmiez ne pas connaître Penny et Willow. J'ai pensé que vous mentiez peut-être aussi pour Al. Enfin, tout ça pour dire qu'il a tenté de divulguer le moins d'informations possible, mais il m'a dit que votre grand-père aurait eu le cœur brisé de savoir ce qui vous était arrivé dans votre enfance. Il parlait de ces dernières années avec vos parents, de votre vie dans la rue, où vous avez dû vous battre pour survivre à treize ans à peine, dit Diana en resserrant son étreinte. Tyler, je suis tellement désolée que vous ayez subi tout cela. Mais vous vous en êtes remarquablement bien sorti. Vous auriez pu être tué, mourir de faim, sans parler des gens terribles entre les mains desquels vous auriez pu tomber.

Votre grand-père et votre oncle seraient fiers de vous. Al Meeks l'est, en tout cas.

— Tant mieux. J'étais à la limite de m'attirer des ennuis… de gros ennuis. Voilà pourquoi je suis si heureux que cette femme m'ait signalé aux autorités. Quand je suis sorti de la fac, à vingt et un ans, je lui ai envoyé un mot de remerciement, raconta-t-il en riant. Elle ne se souvenait probablement pas de mon nom.

— Je suis sûre que si, dit Diana d'une voix hésitante. Vous savez ce que sont devenus vos parents ?

— Je sais que ma mère est morte d'une overdose quand j'avais seize ans. Je l'ai découvert des années plus tard. Je ne sais pas ce qui est arrivé à mon père. Il a disparu dans la masse de ceux qui vivent dehors — le genre que je croise si souvent dans mon travail.

— Je suis désolée, Tyler. Vraiment.

— Pendant toute mon adolescence, j'ai été furieux contre mes parents, à cause de ce qu'ils étaient devenus, de ce qu'ils m'avaient fait. Ensuite, sans doute parce que j'ai mûri, je n'ai plus éprouvé d'amertume à leur égard — juste de la tristesse, parce qu'ils n'ont pas su être suffisamment clairvoyants pour comprendre que leurs rêves ne se réaliseraient jamais, qu'ils n'ont pas réagi, même après ma naissance et qu'ils se sont laissé engloutir par la drogue.

Tyler but une autre gorgée.

— Voilà pour ma triste histoire. Maintenant, parlez-moi de Diana Sheridan.

— Diana Sheridan est loin d'être aussi intéressante !

— J'en doute. Crachez le morceau !

— Mon père venait d'une famille riche. Ma mère et lui se sont mariés jeunes, je suis née presque aussitôt après, et ils ne savaient absolument pas comment s'occuper d'un enfant. Ils partaient beaucoup en voyage et me laissaient à ma grand-mère. Ils dépensaient beaucoup d'argent. Trop d'argent. Arrivée à mes douze ans, il n'en restait plus. Ils ont arrêté de voyager, arrêté d'organiser des fêtes, ils ont cessé d'aimer la vie. Quand j'avais quatorze ans, mon père a trop bu au cours de la première soirée à laquelle ils assistaient depuis des mois et, sur le chemin du retour, il a perdu le contrôle de la voiture, qui est tombée dans un ravin. Ma grand-mère était anéantie — ma mère était sa fille unique, elle venait à peine d'avoir trente-quatre ans. J'ai été triste, bien sûr, mais pas dévastée par la peine, parce que je n'ai jamais eu l'impression de vraiment connaître mes parents — ils n'étaient pas comme les parents de mes amis. J'avais compris qu'ils avaient dilapidé toute leur fortune et que mon père était aussi incapable de nous faire vivre que je l'étais à l'époque. Ils n'étaient pas faits pour mener une vie ordinaire, Tyler. J'aimais mes parents, et ils m'ont manqué, mais leur mort ne m'a pas précipitée dans le gouffre que connaissent la plupart des adolescents confrontés à la même situation. Ils ne faisaient tellement pas partie de ma vie, que j'avais appris à ne compter que sur ma grand-mère et sur moi-même. Et sur Simon, bien sûr. Et je savais aussi combien leur nouvelle vie les décevait.

— C'est un raisonnement bien complexe pour une fille de quatorze ans.

— J'imagine que c'était davantage le résultat de l'observation que de la réflexion. Les enfants sont plus perspicaces que la plupart des gens le pensent.

— Vous êtes donc allée vivre avec votre grand-mère. Vous passiez beaucoup de temps avec Simon et quand vous avez eu dix-huit ans, il vous a emmenée avec lui pour une de ses expéditions égyptiennes. Penny trouvait que c'était une histoire extraordinaire.

Diana sourit.

— C'était fabuleux. C'était pénible, mais aussi fabuleux, soupira-t-elle. Penny et moi, nous parlions de partir en expédition ensemble et d'emmener Willow. J'ai toujours su que ça n'arriverait pas, mais nous étions comme deux gamines qui parlent de ce qu'elles feront quand elles seront grandes. C'était drôle.

Tyler sourit tristement.

— Je sais. Vous avez été sa première meilleure amie, vous savez ? Elle avait toujours l'air d'avoir à nouveau seize ans quand elle parlait de vous deux et de ce que vous faisiez ensemble.

— Je n'en savais rien, mais je suis heureuse que Penny ait accordé de l'importance à notre amitié. Elle est aussi la meilleure amie que j'aie jamais eue.

Une larme coula sur la joue de Diana et d'autres apparurent dans les yeux de Tyler, à la lueur de la lampe. Il regarda rapidement son verre vide.

— Je pense que je vais profiter de cette délicieuse bouteille de Gray Goose que Simon a laissée dans la cuisine. Vous avez besoin de quelque chose ?

— Si vous pouviez me rapporter un verre de vin…

Une fois Tyler parti, Diana se débarrassa de sa poche de glace ridicule et reposa sa tête sur le dossier du canapé. Elle ignorait comment c'était possible, mais elle était heureuse.

— Tu dois être dingue, Diana Sheridan ! dit-elle à haute voix. Il n'y a que toi pour être heureuse deux heures après qu'on t'a tiré dessus.

— Vous me parliez ? demanda l'objet de son bonheur en entrant dans la pièce.

Son visage semblait plus détendu, et ses yeux ne sillonnaient plus chaque recoin à l'affût d'un danger potentiel. Il tendit son verre à Diana, s'avança jusqu'à la baie vitrée et écarta les rideaux.

— Bien, l'équipe de surveillance est toujours là, même si je préférerais qu'ils soient plus près de la maison. J'ai regardé par la fenêtre de la cuisine, ils fouillent les bois.

Diana but une gorgée.

— Eurk ! Tyler, c'est du jus de pomme de Willow !

— Tout à fait. Votre oncle a dit pas d'alcool avec les tranquillisants et les antalgiques.

— Un tranquillisant très doux…

— Peu importe, dit-il en s'asseyant si près d'elle qu'elle sentit la chaleur de son corps. Je viens d'obtenir les bonnes grâces de Simon. Je ne vais pas tout gâcher à cause d'un verre de vin.

— Vous avez conquis Simon la nuit où vous l'avez rencontré, dit Diana. Vous le savez bien. Il vous a prêté une de ses voitures. Et je pense que Clarice est tombée carrément amoureuse de vous.

— Eh bien ! Clarice est un beau brin de fille, mais ce n'est pas celle dont j'espère les faveurs.

Diana avait toujours méprisé les femmes qui se montraient faussement modestes, mais elle ne put résister à la tentation :

— Et à quelle fille pensez-vous ?

— Une fille ambitieuse qui veut aller chercher la chance, et pas qu'on la lui donne. Une fille qui ne se laisse pas consumer par sa beauté impressionnante, ajouta-t-il, avant de s'interrompre. Et surtout, une fille qui ferait tout pour protéger ceux qu'elle aime. Vous avez même mis votre vie en danger pour protéger Willow.

— Oui, j'ai vraiment été héroïque, n'est-ce pas ?

— Vous vous êtes réveillée. Vous êtes sortie la chercher. Vous vous êtes couchée sur elle pour la protéger.

— Je me suis réveillée grâce aux chats. Les gens qui disent que les chats ne sont pas capables d'actes héroïques ignorent combien il est fréquent que des chats sauvent leurs maîtres. Ensuite, bien sûr que je suis partie à la recherche de Willow et que je l'ai protégée de mon corps. Qui ne l'aurait pas fait ?

— Plein de gens. Je vois ça tout le temps.

— En tout cas, la personne qui a essayé de nous tuer tout à l'heure doit être celle qui a essayé de tuer Penny vendredi. Pourquoi deux tueurs différents seraient-ils aux trousses de cette famille ?

Tyler sourit et lui prit la main.

— J'aime que vous incluiez Penny et Willow dans « cette famille ». Penny était si heureuse que Simon l'ait embauchée ! Heureuse et nerveuse — votre grand-oncle l'intimidait beaucoup, au début. Au bout d'un mois, il ne lui faisait plus du tout peur. Et vous l'avez tout de suite traitée en amie. Après quatre mois, elle parlait de vous et de Simon comme si vous aviez été des parents.

— Pour nous, Penny et Willow font partie de la famille. Nous les aimons énormément.

Le regard de Diana croisa celui de Tyler.

— Voilà pourquoi je pense que vous devriez aussi me dire pourquoi Penny a fui Jeffrey au lieu de demander le divorce. Pourquoi a-t-elle choisi la clandestinité ?

Tyler baissa les yeux et Diana sentit qu'il rassemblait ses forces pour dire ce qu'il avait probablement juré de ne jamais révéler. Il avait sans doute le plus grand mal à rompre ses promesses. Puis il se remit à parler, d'une voix hésitante.

— Je détestais ce que Penny faisait avant son mariage. Elle était strip-teaseuse, autant ne pas jouer sur les mots. Elle ne se prostituait pas, comme certaines personnes l'ont prétendu, mais elle se déshabillait. Ensuite elle a rencontré Jeffrey Cavanaugh. Elle l'a fréquenté pendant un mois avant de me l'avouer. Elle était amoureuse, et moi, horrifié. Je savais déjà tout de Cavanaugh à cette époque. Son père, Morgan, entretenait des relations avec tellement d'associations criminelles que les autorités avaient du mal à ne pas perdre le fil, mais il était si retors que nous n'avons jamais pu l'épingler. Il était aussi très intelligent, suffisamment pour savoir que, s'il voulait rentrer dans les affaires légales et monter son entreprise, il aurait besoin d'un partenaire prestigieux. Voilà pourquoi il a eu besoin de Charles Wentworth, le père de Blake. Les gens ont dit qu'il n'avait accepté de s'associer à Cavanaugh que parce qu'il avait perdu la majeure partie de sa fortune dans des investissements hasardeux. Ils ont donc créé Cavanaugh & Wentworth ensemble.

Tyler but une autre gorgée.

— La compagnie a décollé comme une fusée. Morgan Cavanaugh commençait même à gagner le respect du monde des affaires, même s'il était tout sauf respectable sur le plan professionnel. Il avait une femme et deux enfants, et en plus toujours au moins une maîtresse, et il méprisait son fils. J'ai entendu des histoires terribles sur la manière dont il traitait Jeffrey. Ce genre d'expérience aurait laissé des cicatrices à n'importe qui.

— Donc vous éprouvez de la pitié pour lui ?

— Je pense que cette enfance l'a peut-être brisé, ou en tout cas déformé. C'est triste, mais ça veut aussi dire que ce type a de sérieux problèmes.

— Je comprends. Vous ne parlez pas des causes. Ce qui vous inquiète, ce sont les conséquences de ces souffrances.

— Exactement, surtout quand elles ont commencé à concerner Penny, reprit Tyler. Environ dix ans après la création de la compagnie, Wentworth s'est suicidé. Apparemment, il aurait détourné des fonds, se serait fait prendre la main dans le sac, et n'aurait pas supporté cette humiliation. Beaucoup de gens n'ont pas cru à ce scénario. La réputation de Wentworth était immaculée, l'entreprise brassait tellement d'argent qu'il n'avait aucun besoin d'en détourner, et il était dévoué à sa femme et à son fils. Mais la police n'a rien pu prouver. Morgan s'est retrouvé avec l'empire pour lui tout seul. Il a veillé à ce que la famille de Wentworth ne manque de rien, mais la femme a sombré dans la dépression environ six mois après le suicide de son mari et elle ne s'en est jamais remise. Elle est toujours en clinique. Morgan a pris Blake sous son aile, il l'a traité comme le fils qu'il aurait aimé avoir à la place de Jeffrey. Il a financé ses études à Harvard, tout comme celles de Jeffrey, et approuvé son mariage avec sa fille. Tout le monde pensait que Jeffrey devait beaucoup en vouloir à Blake, mais ça ne semble pas avoir été le cas.

Tyler haussa les épaules.

— D'après ce que j'ai entendu, ils n'étaient pas proches avant la mort de Charles Wentworth, mais ensuite, ils sont devenus de bons amis, malgré leur différence d'âge de six ans.

— Cela plaide plutôt en faveur de Jeffrey, dit Diana. Si ce n'était pas une pose.

— Avec Jeffrey, on ne peut jamais savoir. Cet homme est une énigme. Brillant, solitaire, et étrange.

— Étrange comment ?

— Tout dépend de qui en parle. J'ai entendu des dizaines de personnes dire ce qu'ils pensaient de Jeffrey Cavanaugh et personne ne me l'a décrit de la même manière. Certains disent qu'il est juste un peu excentrique. Pour d'autres, il est fou. Personne ne le qualifie de sympathique, ou de banal.

— Tout cela est très rassurant ! marmonna Diana.

— N'est-ce pas ? Juste après les trente ans de Jeffrey, son père a été assassiné. Une seule balle tirée dans la tête, à bout portant. Ça avait tout du règlement de compte mafieux, mais les gens se sont mis à penser que Jeffrey s'était peut-être débarrassé de son père. Il le détestait et, Morgan disparu, l'entreprise lui revenait. Il l'a fait prospérer de façon magistrale, puis il a nommé Blake vice-président. Entre-temps, il avait épousé une mondaine du nom d'Yvette Dupré. Elle était magnifique, et complètement folle — personne ne s'est jamais interrogé sur son état mental à elle ! Ce mariage a été un lamentable échec dès le départ. Elle s'est mise à le tromper presque tout de suite. Au bout de trois ans, elle semblait faire tout ce qui était en son pouvoir pour humilier Jeffrey. À l'issue d'une soirée particulièrement éprouvante, à San Francisco, elle a quitté un dîner organisé dans un hôtel avec Jeffrey et un groupe de grosses légumes qu'il voulait conquérir. Elle est montée dans leur chambre et une demi-heure plus tard, elle a plongé du huitième étage.

— Leonore m'a parlé de la mort d'Yvette, dit Diana avec un frisson. Elle m'a expliqué que la police n'avait pas cru à un suicide.

— C'est à cause du collier, dit Tyler en secouant la tête. Vous n'imaginez pas les problèmes qu'a eus Jeffrey à cause de ce maudit collier. Même lui ne sait pas toute la vérité.

— Qu'est-ce que ce collier avait de si spécial ?

— C'est une coïncidence, mais Yvette aussi était fascinée par l'Égypte ancienne — comment les gens vivaient, leurs croyances, etc. J'imagine qu'elle aurait adoré rencontrer Simon. D'ailleurs, elle avait son premier livre.

Diana ouvrit la bouche de stupeur.

— Vous plaisantez ! Tyler, c'est… c'est…

— Flippant, pour parler vulgairement.

— Exactement.

— Et pourtant, c'est vrai. Donc, Yvette était passionnée d'égyptologie, et elle aimait particulièrement une légende à propos d'un lotus bleu. Un lotus ou un nénuphar ? Ça vous rappelle quelque chose ?

Diana resta sans voix un moment. Il aurait tout aussi bien pu être en train de lui raconter une des histoires abracadabrantes que Willow aimait entendre avant de dormir.

— Vous êtes sérieux ? finit-elle par demander.

Tyler hocha la tête.

— Allez regarder le panneau central de la baie vitrée, là-bas.

— C'est déjà fait, dit-il en souriant, mais en se dirigeant tout de même vers le vitrail.

Il écarta les rideaux et secoua la tête :

— Exactement comme Penny me l'a décrit !

— Vous devriez le voir quand il est traversé par les rayons du soleil. C'est magnifique ! Et Penny vous en a parlé ?

— Pas qu'un peu ! Mais je ne me souviens plus de la légende. Rafraîchissez-moi la mémoire !

Tyler restait debout face au vitrail, comme hypnotisé.

— On l'appelle le mythe du lotus bleu, même si les peintures retrouvées dans les temples montrent une fleur qui ressemble davantage au nénuphar. D'après la légende, au commencement du monde, des eaux sombres et tumultueuses couvraient toute la surface de la Terre. Le premier nénuphar a surgi des profondeurs. Ses pétales bleus se sont ouverts et un enfant-dieu est apparu, assis sur le cœur d'or de la fleur. La lumière qui semblait irradier du corps de l'enfant chassa l'obscurité. Cet enfant était considéré comme la source de toute vie.

Tyler se retourna et la regarda.

— Est-ce que Simon parle de cette légende dans son premier livre ?

— Je sais qu'il y a fait allusion, mais je ne me souviens plus si c'était dans le premier.

— C'était celui que possédait Yvette.

Tyler siffla entre ses dents :

— Tu parles d'une surprise…

— D'accord, vous êtes surpris, stupéfait, médusé. Maintenant, revenez ici et parlez-moi du collier d'Yvette !

— Ravi que mes états d'âme vous laissent si froide.

— Je ne m'inquiète pas pour l'état de votre âme parce que vous avez une des âmes les plus généreuses que je connaisse.

— Je parie que vous dites ça à tous les hommes !

Tyler fit la grimace, mais Diana vit qu'il était touché. Elle tapota le canapé à côté d'elle, et Tyler revint s'y asseoir, tout près d'elle. Cette fois, il passa un bras autour de ses épaules.

— Tout ce que je sais, c'est que le collier était un mélange de diamants bleus et jaunes que Jeffrey avait créé pour Yvette à cause d'une vieille légende qui l'obsédait. Quelqu'un m'a même dit qu'il s'agissait d'un mythe chinois. De toute façon, tout ce qui intéressait la police, c'était qu'il valait une fortune et qu'Yvette ne le quittait jamais. Or il n'a pas été retrouvé sur son corps après sa chute par la fenêtre. Il n'était pas non plus dans la chambre d'hôtel.

— Quelle a été l'explication de la police de San Francisco ?

— Ils ont pensé que quelqu'un avait un peu aidé Yvette à sauter, et que cette personne avait gardé le collier.

— J'imagine que Jeffrey n'était pas avec elle quand elle est passée par la fenêtre.

— Le débat reste ouvert. Jeffrey, Yvette, Leonore et Blake se trouvaient à San Francisco pour assister à la fête d'anniversaire d'un des plus gros clients de Cavanaugh & Wentworth, dans la salle de réception d'un grand hôtel. Pendant toute la soirée, Yvette a multiplié les scènes, et elle a fini par hurler, devant tout le monde, que Jeffrey avait tué son père, qu'il était un voleur, un pervers, tout ce que vous voudrez. Elle lui a jeté une flûte de champagne au visage et elle s'est ruée hors de la pièce. D'après les invités, Jeffrey est resté planté là, sans rien dire. Il n'a pas essayé de la faire taire, il n'a même pas essuyé le champagne sur son visage. Il n'a montré aucune émotion. Leonore s'est précipitée pour éponger les dégâts, mais il l'a repoussée, plutôt violemment. Leonore a quitté la salle de réception, très en colère, et les convives ont essayé d'agir comme si de rien n'était — comme si c'était possible ! Finalement, Jeffrey s'est nettoyé. Il a bu un autre verre de champagne et il est allé parler à quelques personnes. Il s'est montré plus loquace que d'habitude encore. Environ une demi-heure plus tard, il a quitté la fête. Tout le monde a jugé son comportement presque aussi étrange que celui d'Yvette.

— Leonore dit que l'attitude bizarre de Jeffrey découle de la façon dont leur père le harcelait.

— Je n'en doute pas. Je vous ai dit que Morgan était un salaud et, s'il ne pouvait pas supporter son fils, c'est soi-disant parce qu'il ne lui ressemblait pas.

Tyler sourit avec pitié.

— L'ironie de cette histoire, c'est que la mère de Jeffrey le déteste tout autant parce qu'elle considère qu'il est exactement comme son père.

— Il a dû énormément en souffrir, Tyler. Il ne pouvait pas en sortir vainqueur.

— Oui, eh bien ne vous apitoyez pas trop sur lui. Nous ignorons lequel de ses parents avait raison… Toujours est-il que Jeffrey est monté dans sa chambre. La police était persuadée qu'il y était arrivé alors qu'Yvette s'y trouvait encore, et qu'il lui avait arraché le collier avant de la pousser par la fenêtre, ou que sa main s'était prise dedans pendant la lutte. Mais l'occupant de la chambre voisine a raconté avoir entendu Yvette crier sur quelqu'un environ dix minutes avant que Jeffrey ait pu arriver, et un homme qui se trouvait dans le hall de l'hôtel a témoigné avoir vu Jeffrey à l'heure exacte où Yvette tombait. L'affaire s'est arrêtée là. Encore une fois, pas de preuves, conclut Tyler avec une moue de dégoût.

— Deux morts — le premier qui ressemble à un coup de la mafia, le second à un suicide — et deux morts qui arrangent Jeffrey, résuma lentement Diana. Je trouve que c'est pousser la coïncidence un peu loin.

— Je trouve aussi !

Tyler avait haussé le ton. Sa méfiance à l'égard de Jeffrey Cavanaugh, et la colère qu'il ressentait à propos de l'impasse dans laquelle les deux enquêtes avaient fini étaient évidentes.

— Vous comprenez pourquoi je ne voulais pas que Penny s'engage avec lui. Il vivait en ermite depuis la mort d'Yvette. Un soir, il est allé voir le numéro de « Penny Cuivre » avec un client, et il s'est mis à sortir avec elle. Je ne lis pas les chroniques mondaines, mais les journaux à scandale ont adoré cette histoire.

— Vous lisez la presse à scandale ? demanda Diana pour plaisanter et détendre un peu Tyler, qui avait l'air d'enrager à ces souvenirs. Vous préférez quel magazine ?

Pour la première fois depuis vingt minutes, il sourit.

— Je les lis tous de la première à la dernière page. J'attends devant le kiosque une heure avant qu'il ouvre pour être le premier à les attraper avant qu'ils soient tous vendus.

Diana hocha la tête d'un air entendu.

— Quand je vous ai vu, j'ai tout de suite pensé que vous étiez du genre ragots. Je suis sûre que vous n'avez pas ouvert un livre depuis des années.

— Et vous avez raison, assura Tyler, alors qu'il était un lecteur vorace.

Il avait du mal à circuler dans son petit appartement new-yorkais tant il était encombré de cartons remplis de livres.

— Je m'intéresse bien plus à un type qui se marie pour la sixième fois qu'à un vieux capitaine qui chasse une baleine blanche.

— J'ai l'impression que Jeffrey est devenu votre Moby Dick, dit doucement Diana.

— Sans doute.

Tyler redevint sérieux.

— J'ai appris beaucoup de choses après la mort d'Yvette. Alors quand j'ai su que Penny et lui avaient une aventure, j'en suis resté comme deux ronds de flan, comme disait mon grand-père. J'ai supplié Penny d'arrêter de le voir. Au lieu de ça, elle l'a épousé ! Diana, j'aurais préféré qu'elle continue à danser nue plutôt qu'elle se marie avec Jeffrey. J'avais peur pour elle.

— Pas étonnant. Mais vous ne vous en êtes pas mêlé davantage. Est-ce que Jeffrey sait que vous existez ?

— Non. Je ne pouvais pas le permettre, étant donné les liens supposés avec le milieu qu'il a hérité de son père. Penny assurait que Jeffrey était un homme honnête mais, pour être franc, elle pouvait se montrer excessivement naïve. Malgré tout, elle savait que l'anonymat était capital pour moi, et elle a gardé mon secret. Nous nous parlions à l'aide de téléphones prépayés pour que nos appels ne puissent pas être retracés. Nous nous rencontrions en coup de vent à Central Park. Plus tard, quand Willow est née, Penny l'amenait au parc pour que je la voie et, à mesure qu'elle grandissait, nous lui avons appris à m'appeler Badge : au cas où elle viendrait à parler de moi devant d'autres gens, Penny pourrait expliquer qu'elle parlait des policiers qui patrouillaient dans le parc.

— Willow n'arrêtait pas de répéter « badge »

quand elle est arrivée à l'hôpital l'autre soir ; le médecin et moi, nous avons effectivement pensé qu'elle faisait référence aux policiers présents sur les lieux, dit Diana.

— Aujourd'hui encore, elle ne connaît pas mon vrai nom. Penny pensait qu'elle pourrait m'appeler Tyler quand elle sentirait qu'elles étaient enfin en sécurité.

— En sécurité contre quoi ? Je ne sais toujours pas pourquoi Penny s'est enfuie !

Soudain, quelqu'un tapa doucement le heurtoir contre la lourde porte d'entrée et Diana sursauta.

— Qui cela peut-il être ? demanda Diana en attrapant le bras de Tyler.

— En général, les tueurs ne frappent pas à la porte pour annoncer leur venue. C'est sûrement un flic.

Diana se renfonça dans le canapé tandis que Tyler gagnait la porte. Malgré son mètre quatre-vingt-dix et sa carrure large, il déplaçait son corps ferme avec une grâce féline — le genre de grâce qui saurait fournir, si nécessaire, les gestes puissants et agiles d'un adversaire redoutable. Diana se rendit compte à quel point elle se sentait plus en sécurité quand Tyler était là. Sans sa présence, elle serait restée allongée dans son lit les yeux grands ouverts à trembler toute la nuit, même si Simon lui avait autorisé du rab de tranquillisants.

Tyler ouvrit la porte et Diana se glissa laborieusement jusqu'à l'entrée de la bibliothèque.

— Ils ont fini de fouiller les bois pour ce soir, dit un agent de patrouille. Je venais juste vous prévenir qu'ils allaient partir, maintenant.

— Vous avez trouvé quelque chose ? demanda Tyler.

— Une espèce de toge blanche. Un grand truc.

« Flottant », songea Diana au souvenir de la description faite par Willow.

— Les gars de la scientifique l'ont mise en sachet et l'ont emportée pour analyse. À part ça, rien. Mais ils reviendront jeter un œil demain, après le lever du jour.

— Très bien. Et vous maintenez une surveillance vingt-quatre heures sur vingt-quatre autour de la maison ?

— On va faire ce qu'on peut, mais je ne pense pas qu'on ait suffisamment d'hommes pour une surveillance constante.

— Vous voulez dire qu'après ce qui s'est passé, vous allez laisser ces gens sans protection ?

— Ce n'est pas ce que j'ai dit, répliqua le policier, piqué au vif. J'ai dit qu'on allait faire ce qu'on peut. Je sais que vous venez de New York ; ici, c'est pas New York, mais ça ne veut pas dire qu'on se tourne les pouces. La maison Van Etton n'est pas notre seule préoccupation, ajouta-t-il avant d'inspirer à fond. Écoutez, peut-être qu'il vaudrait mieux que vous en parliez avec le shérif demain.

— C'est ce que je ferai, dit Tyler. Je ne voulais pas vous sauter à la gorge, je suis désolé. Je tiens beaucoup à ces gens.

— Je comprends, dit l'agent d'une voix plus aimable. Je vais vous laisser, maintenant, mais on a posté deux gars dans la voiture, devant. J'espère que le reste de la nuit se passera bien.

— Je ne vois pas comment ça pourrait encore empirer ! dit sèchement Tyler.

Tandis que l'agent riait en refermant la porte, il se retourna vers Diana, toujours au seuil de la bibliothèque.

— Ils ont trouvé une toge blanche dans les bois.

— J'ai entendu. Celle de l'ange gardien de Willow, bien sûr.

Le regard de Tyler parcourut sa silhouette, enrobée des pieds au menton de velours bleu.

— Vous, vous avez un faible pour la lingerie de nuit sexy !

— Clarice et moi avons échangé nos robes d'intérieur. Vous auriez dû voir celle que je lui ai prêtée la première nuit qu'elle a passée ici ! C'était un cadeau de mon ex-belle-mère, dans le but d'inspirer une passion débridée à son fils. À mon avis, quand Clarice a posé les yeux sur cette chose, elle a été très tentée de prendre ses jambes à son cou et de retourner dans ce qui restait de sa maison.

Tyler avança vers Diana et enroula son bras autour de sa taille.

— Elle ne l'a pas fait, et d'après ce que j'ai pu voir, elle s'intègre à merveille dans la maison Van Etton.

— Elle s'entend particulièrement bien avec le maître des lieux. Vous savez que non seulement Simon l'a conduite à l'église, mais qu'il a en plus assisté à la messe ? Je ne me souviens pas de la dernière fois où Simon est entré dans une église.

— Pas pour votre mariage ?

— Je me suis mariée à la mairie. Pas de froufrous. Je n'ai même pas eu l'impression de me marier.

Elle attira Tyler vers le canapé et ils s'y rassirent tous deux, l'un contre l'autre, leurs visages si proches qu'ils en sentaient presque la chaleur.

— Parlez-moi du mariage de Penny.

Tyler prit son verre sur la table et le vida.

— La première année, Penny semblait très heureuse. Elle s'est ressaisie. Elle a pris des leçons d'élocution pour perdre son accent, qui était plutôt prononcé. Elle a passé des heures entières à lire des manuels de bonnes manières et des livres sur la cuisine ou les vins. Elle avait l'air plus préoccupée de devenir une dame que de courir les magasins de luxe pour accumuler vêtements et bijoux. Elle voulait que Jeffrey soit fier d'elle. La bonne société de la ville ne l'aurait jamais acceptée, bien sûr — pas une ancienne strip-teaseuse — mais elle l'ignorait, heureusement. Ça lui aurait brisé le cœur, parce qu'elle considérait Jeffrey comme un membre à part entière de ce monde-là.

Tyler leva les yeux au ciel.

— Mais c'était faux. Blake Wentworth en faisait partie, mais pas Cavanaugh.

Diana fronça les sourcils.

— Est-ce que ça posait un problème à Jeffrey ?

— Je ne crois pas. Il n'est pas un animal social, au cas où vous ne l'auriez pas remarqué. Wentworth limitait les apparitions de son associé dans ce monde, de toute façon. Je pense qu'il le faisait par considération pour Jeffrey.

— Et pour Leonore ?

— Sans doute aussi, car je ne crois pas non plus que l'élite l'ait considérée comme faisant partie des leurs. Bref. Penny s'est réjouie de la naissance de Willow — ou Cornélia, comme Jeffrey a tenu à ce qu'on l'appelle. Elle était en extase devant ce bébé, et n'a pas compris que Jeffrey ne partage pas cette adoration. Elle m'a expliqué qu'il aimait Willow, mais qu'il n'était pas du tout démonstratif. Après ça, les choses n'ont fait qu'empirer. Jeffrey passait de plus en plus de temps hors de chez eux. Il travaillait jusqu'à 10 heures du soir et recommençait à 7 heures du matin. Quand il partait en voyage, il emmenait Leonore et Blake, mais jamais Penny. Je voyais qu'elle était malheureuse. Ensuite Jeffrey a embauché un garde du corps pour Penny. Elle était censée n'aller nulle part sans ce type.

— Peut-être était-ce juste que Jeffrey la surprotégeait, surtout à partir du moment où ils sont devenus parents ?

— D'après Penny, il pensait qu'elle avait un amant.

— Et est-ce qu'il y avait un autre homme ?

— Si c'était le cas, elle ne m'en a rien dit.

— Êtes-vous sûr qu'elle vous en aurait parlé ?

— Non. En fait, elle me l'aurait sans doute caché. Elle aurait préféré éviter une autre leçon de morale de ma part sur le fait qu'elle jouait avec le feu… Mais elle n'était pas du tout douée pour la dissimulation. Mettons de côté cette histoire d'amant. Un jour, il y a environ un an et demi, elle m'a appelé, paniquée. Penny avait toujours été intriguée par un coffre-fort dissimulé dans le bureau de Jeffrey. Il ne la laissait jamais regarder ce qu'il y avait à l'intérieur, mais affirmait qu'il ne contenait que de la paperasse inintéressante. Elle a profité d'un de ses nombreux voyages d'affaires pour fouiller le bureau de Jeffrey. Sous le socle d'une sculpture, elle a trouvé un bout de papier avec des chiffres, et elle a compris qu'il s'agissait de la combinaison du coffre. À l'intérieur, elle a découvert le collier d'Yvette. Penny en avait tellement entendu parler qu'elle l'a tout de suite reconnu. Le fermoir était brisé et la chaîne était tordue. D'après elle, il n'aurait pas été abîmé de cette façon si Yvette l'avait porté au moment de sa chute, mais plutôt si quelqu'un le lui avait arraché du cou avant. L'assassin d'Yvette ne pouvait pas laisser le collier dans la chambre s'il voulait faire croire à un suicide, alors il l'aurait emporté avec lui. Si Jeffrey était en possession du collier, c'était qu'il l'avait arraché au cou de sa femme avant de la précipiter dans le vide — pour elle c'était clair. Jeffrey avait tué Yvette. Cette conviction a considérablement choqué et horrifié Penny. Mais ce qui l'a vraiment terrifiée, c'est qu'elle a soudain cru tout ce que les gens disaient sur lui — et qu'il avait aussi tué son père. Elle était hystérique au téléphone. Elle m'a parlé de la façon dont Jeffrey s'était mis à se comporter avec elle — ses sautes d'humeur, sa volonté de contrôler sa vie et de savoir à tout moment où elle se trouvait ; il ne la laissait quasiment pas sortir de l'appartement mais ne semblait plus s'intéresser ni à elle, ni au bébé. Elle était persuadée que, comme il était convaincu qu'elle le trompait, elle serait sa prochaine victime.

— Pourquoi n'a-t-elle pas apporté le collier à la police ?

— Je lui ai expliqué que le collier ne suffirait pas à faire inculper Jeffrey. Il venait à peine de quitter la fête quand l'homme qui occupait la chambre voisine d'Yvette l'a entendue crier. Et puis le type du hall affirme avoir vu Jeffrey se diriger vers les ascenseurs à peu près au moment où elle passait par la fenêtre. S'il dit la vérité, Jeffrey n'a pas eu le temps matériel de monter jusqu'à leur chambre, encore moins de se battre avec elle, de lui arracher le collier, de la tuer et de cacher le bijou. Jeffrey aurait très bien pu expliquer qu'il avait retrouvé le collier plusieurs années après la mort d'Yvette. Il aurait pu dire que quelqu'un l'avait volé et lui avait ensuite proposé de le racheter. En fait, je ne préférais pas que la découverte de Penny soit rendue publique parce que j'avais peur que Jeffrey entretienne des liens avec les amis peu recommandables de son père. J'ai pensé qu'il pourrait la faire taire, en personne ou par leur intermédiaire.

— Vous lui avez alors conseillé de s'enfuir.

— Non ! protesta Tyler. Je lui ai dit de demander le divorce. Si Jeffrey se souciait si peu de Willow, il ne se battrait sans doute pas pour obtenir sa garde. Selon Penny, il se serait au contraire démené comme un diable, pour le principe. Mais elle pensait qu'il ne laisserait pas les choses en arriver là, qu'il la tuerait avant qu'elle puisse le quitter, en particulier s'il était convaincu qu'elle avait un amant. Je lui ai dit : « Penny, tu peux t'enfuir, mais tu ne seras jamais en sécurité. » Mais elle était déterminée. Elle m'a supplié de l'aider. Elle m'a dit qu'elle se débrouillerait toute seule si je refusais.

Tyler sourit à Diana, abattu.

— Penny est intelligente, mais elle n'avait aucune idée de la marche à suivre pour disparaître. Elle aurait agi dans la précipitation, elle aurait été imprudente, et Jeffrey s'en serait rendu compte, et Dieu sait ce qu'il lui aurait fait. Alors j'ai cédé. Je lui ai procuré tous les faux papiers dont elle pourrait avoir besoin, j'ai racheté la carte de sécurité sociale d'une sans-abri — je n'ai eu aucun mal à en trouver une ; j'ai même eu la chance de dégotter une Penelope, qui en plus avait une enfant presque du même âge que Willow. Penny a insisté pour que je donne le double de la somme convenue à cette femme, se souvint Tyler avec un sourire. Personne ne pourra dire que Penny n'avait pas l'âme généreuse.

Son sourire disparut.

— Penny m'a dit qu'elle comptait aller à Huntington, surtout pour être près d'Al Meeks, même si elle avait d'autres raisons. Quand Jeffrey est revenu de voyage, l'appartement était vide.

— Je trouverais ça cruel, si je ne connaissais pas l'histoire de Jeffrey, dit gravement Diana. Mais je crois que si j'avais été à la place de Penny, j'aurais sans doute fait la même chose.

— Je ne pensais pas qu'elle serait vraiment en sécurité pour autant, mais je raisonne comme un flic... Nous sommes restés en contact et je suis même venu la voir à Huntington deux ou trois fois — c'était simple pour moi, puisque je pouvais loger chez Al.

Tyler détourna les yeux, son visage crispé par la douleur.

— Et puis Penny m'a passé un autre coup de téléphone hystérique il y a environ deux semaines. Elle a dit que quelqu'un posait beaucoup trop de questions. J'ai eu la sensation qu'elle ne me confiait pas tout, mais elle n'a pas voulu me donner de détails. Elle disait juste qu'elle avait été découverte, qu'il fallait qu'elle parte à nouveau — ce qui la désespérait parce qu'elle n'avait aucune envie de vous quitter, vous et Simon. J'ai bien sûr accepté de l'aider à nouveau. Je n'ai pas pu venir tout de suite — j'avais besoin de temps pour rassembler d'autres faux papiers. Quand je suis finalement arrivé ici, Willow était hospitalisée pour son appendicectomie. Nous devions partir dimanche matin, ajouta Tyler dans un soupir. Mais c'était trop tard.

Des larmes étincelèrent dans ses yeux bleus. Diana l'entoura de ses bras et posa sa tête sur son torse. Les bras de Tyler l'enveloppèrent immédiatement et elle sentit une larme tomber sur son front, alors que les siennes mouillaient le T-shirt de Tyler. Quand elle se sentit capable de parler, elle demanda :

— Est-ce que vous avez la moindre idée de qui a découvert la vérité à propos de Penny ?

— Non. Mais elle le savait. Elle m'a promis qu'elle me le dirait quand nous serions partis d'ici. Elle avait sans doute peur que je ne m'attaque à cette personne. Ou que je la tue. Je ne l'aurais pas fait, mais Penny s'emballe facilement, elle a tendance à exagérer.

Il soupira.

— À l'évidence, elle n'exagérait pas quand elle se disait en danger.

— Et ce n'était pas Jeffrey, ajouta doucement Diana. Il n'a appris où elle était qu'après l'explosion, quand ils ont trouvé les empreintes de Penny dans la base de données nationale.

— Ce n'est peut-être pas lui qui a posé la bombe, Diana, mais c'est tout comme. S'il n'avait pas eu ce collier, s'il ne lui avait pas donné toutes les raisons de se sentir menacée…

— Je sais, dit Diana en levant la tête. Je sais.

Tyler lui caressa les cheveux doucement, rangea quelques mèches derrière son oreille, puis il l'embrassa dans le cou et fit glisser ses baisers délicats de sa clavicule au lobe de son oreille. Diana ferma les yeux, s'abandonnant à la chaleur qui parcourait son corps, tandis qu'elle suivait des doigts les traits ciselés de son visage, tendue vers ses lèvres.

— Il y a quelques années, Penny m'a dit que, quelque part dans le monde, il y avait une fille pour moi, murmura Tyler. Elle m'a dit : « Elle est quelque part, Tyler, et je sais qu'un jour ou l'autre, tu vas la trouver. »

Diana ouvrit les yeux, rencontra les siens, et eut la sensation qu'ils la transperçaient jusqu'au plus profond de son âme.

— Environ trois mois après qu'elle a commencé à travailler pour Simon, elle m'a dit : « La fille faite pour toi existe, Tyler, et je l'ai rencontrée. Elle s'appelle Diana. »

Les yeux de Diana s'emplirent de larmes à nouveau, malgré son sourire.

— Elle pensait que j'étais celle qu'il te fallait ?

— Absolument. Quand je t'ai rencontrée, le soir de l'explosion, j'ai eu l'impression que nous nous connaissions déjà. Je crois que je suis tombé à moitié amoureux de toi à la seconde où je t'ai vue.

— Et maintenant ?

Tyler lui décocha son sourire charmeur, qui vint creuser les petites rides aux coins de ses yeux.

— Maintenant, je sais que Penny avait raison. J'ai trouvé la fille qu'il me faut. La seule chose, c'est que je ne sais pas si elle pense que je suis l'homme qu'il lui faut.

— Oh, elle le pense, dit Diana avec émotion. Sois-en sûr.

— Nous ne nous connaissons que depuis trois jours.

— Penny t'a dit qu'il existait une fille pour toi dans ce bas monde. Ma grand-mère m'a toujours dit que l'amour frappait aussi vite que la foudre. Peu importe que nous nous connaissions depuis trois jours ou trois ans… La foudre m'a frappée.

Tyler se pencha sur elle, il l'embrassa, et elle eut la sensation de ne jamais avoir été embrassée auparavant. Ses doigts coururent sur la masse de cheveux bouclés de Diana et elle colla la paume de sa main contre sa nuque chaude. Ils s'embrassèrent jusqu'à ce que l'horloge sonne 3 heures. Tyler s'éloigna d'elle, le souffle court et le visage en feu.

— Je suis d'un égoïsme incroyable, dit-il d'une voix feutrée et hésitante. Tu devrais monter pour essayer de dormir un peu.

— Je ne quitterai pas ce canapé, murmura Diana dans son oreille.

Il sourit.

— Et moi je ne quitterai pas cette maison.

Elle se redressa, attrapa le magnifique plaid tricoté et l'étendit sur eux.

— C'est donc une bonne chose que ce canapé soit assez large pour deux.

Quelques instants plus tard, Diana posa la tête sur la poitrine de Tyler et s'endormit en écoutant battre son cœur, le goût de ses baisers encore sur ses lèvres. En dépit de tout, dans ses bras, elle ne s'était jamais sentie aussi heureuse et en sécurité de toute sa vie.

CHAPITRE 15

1

Diana glissa dans un rêve. Assise sur son lit, elle écoute Clarice lui raconter l'histoire sur Glen et Penny, lui dire que Glen est venu voir Penny plusieurs fois. Clarice est inquiète de blesser Diana, mais elle se montre à peine surprise que Penny ne lui en ait pas parlé.

Toujours en rêve, Diana se trouve soudain transportée dans le parc, assise sur la couverture, le panier à côté d'elle. Elle prend des photos tandis qu'une femme parle. Un homme se rue sur elles, furieux. Il veut connaître l'identité de quelqu'un. Diana n'en sait rien. Il ne la croit pas. Il va la frapper quand il tombe à genoux ; la femme s'emporte.

Autre ellipse. Nan est en face d'elle, dans la cuisine. Elle semble changée — déférente et fragile. « Il faut que je vous dise quelque chose », supplie-t-elle. Elle parle de Glen. Nan veut aussi lui parler de quelqu'un d'autre. De Penny.

Diana est maintenant assise dans la bibliothèque. Un bel homme brun discute avec Simon et elle. Il s'excuse pour l'attitude d'un autre homme dans le parc. Il dit que l'homme a subi un choc. Le médecin lui a annoncé que Penny est enceinte.

Enceinte.

Un bruit de verre brisé dans la cuisine.

Diana se réveilla en sursaut. Elle regarda Tyler, collé au dossier du canapé, ses pieds en chaussettes dépassant d'un accoudoir, un bras enroulé autour d'elle dans une étreinte possessive, ses cheveux blonds couvrant un de ses yeux fermés, sa bouche légèrement entrouverte. Il ne ronflait pas. Quelle bénédiction qu'il ne ronfle pas ! se dit Diana. Elle voulait le réveiller, lui dire que sa mémoire revenait. Mais s'était-elle souvenue de quelque chose d'important ? Se rappelait-elle ce qui s'était passé la veille au soir, pourquoi elle était tombée ? Non. Autant qu'elle le laisse dormir. Il semblait si paisible. À l'étroit, mais paisible.

Diana, en revanche, savait qu'elle ne parviendrait pas à rester allongée là une minute de plus. Elle était trop nerveuse, son esprit trop agité. Et puis l'aube pointait à l'horizon, elle le sentait. Lentement, délicatement, elle se découvrit du plaid et le posa sur Tyler, puis bougea pour dégager son bras. Il murmura, mais n'ouvrit pas les yeux. Elle se leva et étouffa un cri de douleur lorsque ses pieds se posèrent sur le sol.

C'était comme si un tisonnier s'enfonçait dans sa hanche et remontait dans ses reins. Le poignet foulé de Diana palpitait. Son crâne bourdonnait. Sa bouche était plus sèche que le désert. Courir dans tous les sens pour échapper à un tueur n'avait à l'évidence pas été la meilleure thérapie, se dit-elle. Un antalgique la soulagerait rapidement. Oui, il lui fallait un comprimé de toute urgence, avec un grand verre d'eau fraîche et au moins une tasse de café chaud. Tout de suite !

Diana s'achemina péniblement jusqu'à la cuisine. Elle avala un antidouleur avec un verre d'eau qu'elle but en entier avec avidité. Elle tendit la main vers le pot hermétique contenant le café et haussa les sourcils. Une enveloppe était calée contre le pot. Le prénom de Diana était écrit dessus. L'écriture de Nan. Qu'avait-elle voulu écrire dans une lettre qu'elle n'avait pas pu lui dire en personne ?

2

Blake entendit un cliquetis à la porte de sa chambre d'hôtel et, lorsqu'il ouvrit les yeux, il vit Leonore entrer avec deux petits bagages.

— Je suis pardonné ?

— Presque.

Les cheveux en désordre de Leonore entouraient son visage fatigué. Elle avait couvert ses lèvres d'un rose pâle qui ne flattait ni son teint terreux ni ses yeux cernés.

— Je sais que j'ai une tête abominable, mais je n'ai pas beaucoup dormi.

Blake s'assit dans le lit mais ne lui proposa pas de l'aider avec ses bagages.

— Tu dors toujours mal quand tu n'es pas avec

moi. Je ne pense pas avoir agi de façon à justifier que tu délaisses le lit conjugal.

Leonore se posta face à lui, les poings calés sur les hanches.

— Tu as quasiment étranglé mon frère parce qu'il était très logiquement furieux contre Diana Sheridan.

Les yeux sombres de Blake s'agrandirent.

— Je n'ai pas étranglé Jeff, et sa fureur contre Diana n'était pas logique ! Qu'a-t-elle fait, pour le rendre aussi furieux ?

— Elle nous a caché des informations qu'un mari est en droit de connaître. Si elle avait parlé à Jeff de l'amant de Penny, la nouvelle de sa grossesse ne l'aurait pas mis dans cet état de nerfs ! Diana savait, et elle n'a pas eu la décence d'avertir Jeff.

— Tu as décidé que Diana savait. Tu n'as aucune preuve, Leonore !

Elle jeta son plus petit sac sur un fauteuil et passa une main dans ses cheveux en bataille.

— Tu la défends, maintenant ? Pourquoi ? Qu'est-ce qu'elle est pour toi, Blake ? Pourquoi prends-tu son parti et pas celui de ta propre femme ?

— Parce que le parti de ma femme est…

Blake s'interrompit et Leonore le regarda avec défi.

— Le parti de ta femme est quoi ?

— Je ne peux pas te parler quand tu es dans cet état-là. Je dirais quelque chose que je regretterais.

Blake ferma les yeux et secoua la tête pour se clarifier les idées.

— Je vais nous commander à petit-déjeuner. Qu'est-ce que tu veux ?

— Du café.

— C'est tout ? Juste du café ?

— Oui, cracha Leonore. Je suppose que tu es étonné que je ne commande pas le même petit déjeuner de bûcheron que d'habitude ?

Blake la considéra un moment, avant d'éclater de rire.

— Un petit déjeuner de bûcheron ? Leonore, mais de quoi parles-tu ?

— Tu préférerais que je m'affame jusqu'à ne plus avoir que la peau sur les os, comme Diana Sheridan. Ou Penny !

Blake laissa tomber sa tête dans ses mains et grogna :

— Et voilà, c'est reparti ! J'aurais dû m'y attendre.

Il releva les yeux vers elle.

— Tu penses que Penny me plaisait ? Une ancienne strip-teaseuse sortie de je ne sais quel caniveau ?

— Je ne dis pas que tu aurais voulu l'épouser. Je dis que tu voulais coucher avec elle.

Blake referma les yeux un instant puis dit, avec autant de patience que possible :

— Penny était… est la femme de ton frère. Personne ne m'a jamais qualifié de stupide, et avoir une aventure avec la femme de ton frère aurait été extrêmement stupide. Sans même parler du fait que ton frère est aussi mon meilleur ami. Je ne pouvais pas regarder Penny sans l'imaginer en train de se frotter à une barre verticale, et je ne trouve pas ça excitant du tout. Dieu sait avec combien d'hommes elle a couché avant de rencontrer Jeff !

— Ça ne t'a pas empêché de faire un discours enflammé à Jeff sur la sincérité de son amour.

— Et qu'est-ce que ça a à voir avec moi ? Elle lui convenait. Tant mieux pour lui. J'aurais été incapable de passer une nuit avec elle, mais il n'est pas obligé de le savoir.

Leonore le dévisagea pendant quelques secondes. L'espoir, le réconfort, le doute et l'aigreur se succédèrent dans ses yeux, puis elle dit :

— Je pense tout de même que tu préférerais être avec une autre. Si ce n'est pas Penny, alors Diana. Ça m'étonnerait que Diana Sheridan se soit frottée à une barre verticale !

Blake la fixa avec sévérité.

— Leonore, je ne veux pas être avec Diana Sheridan. Quand tu parles comme ça, on dirait une enfant de cinq ans. Même Willow aurait l'air plus mûre que toi !

— Son prénom est Cornélia. C'est comme ça que l'a baptisée Jeffrey et c'est comme ça que je continuerai de l'appeler.

— Encore une belle preuve de maturité de ta part, chérie. Je suis fier de toi quand tu prends position comme ça… sacrément fier !

Leonore le regarda avec rage.

— Je sais que tu trouves tout ça très drôle…

— Je ne trouve pas ça drôle du tout ! Je trouve ça pathétique. Leonore, toi et moi sommes mariés depuis douze ans et pendant tout ce temps, tu as pensé que je préférerais une femme plus jeune. Tu as quatre ans de plus que moi. Quatre petites années. Ce n'est rien du tout ! Je sais que, quand nous nous sommes mariés, quelques idiots ont fait des remarques sur le fait que je t'épousais pour ton argent et une place à vie dans l'entreprise. Leo, j'étais aussi le meilleur ami de Jeff ; je me serais fait une place dans l'entreprise même si nous ne nous étions jamais dit plus que « bonjour ». Et j'ai insisté pour que nous vivions avec ce que je gagne personnellement, avec mon salaire — ton argent est placé. Je ne t'ai jamais donné la moindre raison de douter de moi, de penser que je t'utilise, que je te trompe, et je commence à vraiment me lasser de toutes tes scènes.

La rigidité de Leonore faiblit légèrement et ses épaules s'avachirent ; sa confiance en elle semblait la quitter en même temps que sa colère.

— Et Jeffrey ? Il va bien ?

— Il allait très bien vers minuit. Nous avons parlé, et il a bu du bourbon avant d'aller se coucher.

— Alors ce que tu lui as fait dans le parc ne l'a pas blessé ?

Blake prit une profonde inspiration, comme s'il luttait pour se contrôler.

— Je lui ai coupé la respiration une fraction de seconde pour qu'il tombe à genoux. Je ne lui ai pas brisé la nuque, Leonore ! Et je vais te dire aussi, ce que j'ai fait pour lui. Je l'ai empêché de frapper cette femme, ce qui lui aurait valu d'être arrêté pour agression. Il le sait, Leonore ! Pourquoi ne le comprends-tu pas, toi ?

Quelqu'un frappa à la porte. Leonore regarda Blake.

— Je n'ai pas appelé le service d'étage, dit-il.

Presque aussitôt, ils entendirent Jeffrey :

— Salut, c'est moi. Je sais que vous êtes réveillés. Je vous entends depuis à côté. Vous disputer.

Leonore ouvrit la porte. Jeffrey s'engouffra dans la pièce, habillé de propre et les cheveux encore humides, les joues rosies par le rasage. Ses paupières étaient épaisses, pourtant, et ses yeux légèrement injectés de sang.

— Tu n'es pas resté debout à boire la moitié de la nuit, au moins ? demanda Blake.

— Non. J'ai juste mal dormi.

— Leonore aussi. Elle craignait que je t'aie fait mal, hier, dit Blake en repoussant les couvertures.

Il n'arborait qu'un bas de pyjama noir, et un agacement certain.

— Elle est toujours fâchée contre moi, Jeff.

Leonore regarda son frère.

— Il t'a jeté à terre...

— Il ne m'a pas jeté à terre. Je pèse quinze kilos de plus que lui, Leonore, dit Jeffrey en posant ses mains sur les épaules de sa sœur. J'apprécie que tu te soucies autant de moi, mais comme je l'ai dit à Blake hier soir, il m'a rendu service. Je ne me maîtrisais plus. J'ai failli commettre une énorme erreur.

Jeffrey éloigna Leonore de lui pour la regarder dans les yeux.

— Je pensais que tu aimais bien cette femme. Vous étiez en train de pique-niquer, bon Dieu !

— J'essayais de passer un moment avec ma nièce.

— Et de soutirer à Diana des informations sur Penny, ajouta Blake en cherchant sa robe de chambre dans le tas de vêtements qu'il avait laissé au pied de son lit. Je parie que si Leonore déteste si brusquement Diana, c'est parce que Mlle Sheridan ne s'est pas montrée aussi docile qu'elle l'espérait.

Leonore le regarda avec surprise et rougit.

— Bingo ! dit Blake en riant.

— Les choses avaient plutôt bien commencé, se justifia Leonore. Je me suis montrée charmante et inoffensive, comme mon cher mari dit que je sais si bien le faire. Soudain, la lueur dans les yeux de Diana a changé. Elle venait de comprendre exactement ce que j'étais en train de faire. Je ne sais pas ce qui s'est passé. J'ai réussi ce coup avec des gens bien plus intelligents qu'elle.

— Peut-être qu'ils n'étaient pas si intelligents, dit Blake.

Leonore lui jeta un regard assassin et dit à son frère :

— Non seulement il méprise mon jugement, mais en plus il ne se gêne pas pour nous faire savoir à quel point il admire Diana.

— J'ai simplement dit…

— Leonore, tu es fatiguée et sur les nerfs, dit gentiment Jeffrey. Et qui ne le serait pas ? Tu viens de passer près de deux semaines avec Mère, ce qui m'aurait sans doute tué. Alors que tu pensais enfin rentrer chez toi, je t'ai appelée pour t'avertir qu'on avait retrouvé Penny, et toi et Blake vous avez accouru ici avec moi. Tu as fait tout ce que tu pouvais pour entrer en contact avec Cornélia, dit-il en prenant sa sœur dans ses bras. Tu es épuisée, petite. Nous le sommes tous.

— Qu'est-ce que tu suggères ? demanda Leonore. Que nous rentrions à la maison ?

Jeffrey lui sourit.

— Pour une fois, je vais me montrer généreux. Je suggère que toi et Blake rentriez à la maison.

Leonore cligna des yeux, interdite.

— Et te laisser seul ici ?

— Je ne suis plus un adolescent, Leonore. J'ai quarante-six ans, et je devrais être capable de m'occuper de moi dans une ville aussi modeste que Huntington… Je ne partirai pas d'ici tant que Penny sera en vie.

— Et la petite Cornélia ? demanda Leonore avec angoisse. Tu la terrifies. Elle n'ira nulle part avec toi.

L'expression de Jeffrey se durcit.

— Peut-être pas volontairement, mais elle viendra. Van Etton et sa nièce agissent comme si elle était à eux, mais d'après son certificat de naissance, elle est ma fille. La loi n'y changera rien, et je suis déterminé à ne pas la laisser avec ces gens plus longtemps.

3

Diana regarda l'enveloppe avec appréhension tandis que le liquide chaud gouttait dans la cafetière. Elle savait qu'il lui faudrait un café bien fort pour supporter la lecture de ce que Nan avait voulu lui écrire. Elle ne comprenait pas pourquoi cette lettre la plongeait dans une angoisse telle, mais c'était le cas. Elle versa le café dans un mug, sachant qu'une des petites tasses en porcelaine ne suffirait à l'évidence pas, s'assit à la grande table de la cuisine, déchira l'enveloppe et en tira trois pages de papier jaune ligné arrachées d'un bloc. Puis elle lut.

Chère mademoiselle Sheridan,

J'ai pensé que vous ne seriez peut-être pas chez vous quand je viendrais, où que vous n'auriez pas le temps de me parler, alors j'ai décidé de tout écrire pour pouvoir vous laisser cette lettre si nécessaire, parce que je n'aurai pas d'autre occasion de vous dire ce que je dois absolument vous dire. Je ne reviendrai pas travailler chez vous, jamais. Il faut que je parte. Très, très loin. Je ne vais même pas dire à maman où je vais. En tout cas, pas pour l'instant.

Autant que je l'avoue tout de suite. J'ai une liaison avec Glen Austen depuis avril. Il m'a dit que vous étiez très amoureuse de lui et qu'il avait peur que vous vous tuiez s'il vous quittait. C'est pour ça qu'il disait que nous devions garder notre histoire secrète.

— Glen, espèce de dégueulasse ! s'exclama Diana sous le choc.

Elle pria aussitôt pour que son cri n'ait pas réveillé Tyler. Elle était furieuse que Glen ait pu prétendre que Diana était autant attachée à lui. Qu'il ait eu une liaison avec une étudiante dénotait un manque de scrupules évident de sa part, mais profiter d'une fille aussi naïve que Nan était répugnant. Elle serra les dents et continua à lire.

J'ai dit à Glen qu'il ne pourrait pas vous épargner éternellement, qu'il faudrait bien que vous l'appreniez un jour. C'est à ce moment-là qu'il m'a parlé de son autre problème. Le jeu. Il m'a raconté qu'il avait commencé à jouer quand il était à l'université et qu'il s'était peu à peu laissé dévorer par ce vice. Il a essayé de s'en sortir, mais il n'a pas réussi. Il m'a dit qu'il avait plus de 100 000 $ de dettes ! Il ne dépensait presque rien et presque tout son salaire de professeur atterrissait dans les poches d'un prêteur sur gages ; mais son ardoise se réduisait beaucoup trop lentement et il avait peur qu'on s'en prenne à lui. Il a dit qu'il vivait dans la terreur et qu'il m'aimait trop pour m'entraîner dans cet univers dangereux. Il m'a fait tellement de peine ! Je m'inquiétais beaucoup pour lui, et je n'arrêtais pas de me demander comment je pourrais l'aider à trouver de l'argent.

Je sais que vous aurez du mal à croire ce que je vais vous dire maintenant. Moi aussi j'ai été stupéfaite, mais ensuite je me suis dit que ça devait être un miracle. Maman a fait sa crise cardiaque en mai, et elle m'a demandé de venir travailler pour vous. Je sais que vous ne vous sentirez pas insultée si je dis que je n'aime pas ce travail. Je n'aime pas qu'on me dise ce que je dois faire. Mais j'ai accepté pour faire plaisir à maman, et parce qu'on avait besoin d'argent. J'ai rencontré Penny. J'ai tout de suite vu qu'elle ne faisait pas plus attention à moi que vous, et je ne l'aimais pas. Elle était toujours guillerette. Je déteste les gens guillerets.

Bref, après avoir passé une journée chez vous, qui m'a paru durer trois jours, j'étais allongée dans ma chambre à me dire que je n'arriverais jamais à revenir travailler, j'étais déprimée ; alors j'ai ressorti les vieux magazines que je garde depuis des années. Maman dit que ce sont des feuilles de chou, mais j'aime bien lire comment vivent les vedettes et les gens riches, et voir toutes les choses incroyables qu'ils font et que moi je ne ferai jamais.

J'en avais lu au moins six quand je suis tombée sur un magazine qui datait d'il y a plus d'un an. J'ai vu un article sur la femme d'un millionnaire, une ancienne strip-teaseuse, qui s'était enfuie avec leur petite fille, mais sans argent. Je me suis demandé quelle femme pouvait être assez stupide pour faire un truc pareil. Une strip-teaseuse qui décrochait un mari millionnaire ? Elle s'était trouvé une mine d'or ! J'ai mieux regardé la photo qui montrait le couple ensemble. Il était pas mal, mais n'avait rien de spécial, un peu vieux, mais elle était magnifique. Des longs cheveux blonds, des yeux très bleus, des gros diamants aux oreilles, un super maquillage. Tout d'un coup, elle m'a rappelé quelqu'un. Ce n'étaient pas ses cheveux. J'étais sûre que ce n'étaient pas les diamants. J'ai caché ses cheveux avec une main et mon impression s'est précisée. J'ai pris un stylo et j'ai redessiné ses cheveux courts et foncés. J'ai aussi colorié ses iris. Et devinez qui j'ai reconnu ? Penny Conley.

Au début, je n'arrivais pas à y croire. C'était beaucoup trop bizarre pour être vrai. J'ai cru que je ne voyais pas clair, alors j'ai apporté l'article à Glen. Il l'a bien regardé et il a dit que oui, elle ressemblait à Penny, mais pas vraiment. Qu'il ne pouvait pas dire qu'il la reconnaissait. Mais il n'avait pas passé autant de temps que moi à observer Penny. Et Willow? L'article disait que la femme était partie avec leur fille de trois ans, qui s'appelait Cornélia, ou quelque chose comme ça, mais j'ai calculé qu'elle aurait dans les cinq ans maintenant, l'âge de Willow. Peu importe ce que pensait Glen. Je savais ce que je venais de découvrir, et sans l'aide de personne !

Diana interrompit sa lecture et reprit sa tasse de café d'une main tremblante, réfléchissant à toute allure. Glen et elle avaient emmené Penny au country-club début mai. Elle n'avait senti aucune tension entre Glen et Penny, juste une fascination évidente de sa part à lui, qui ne l'avait d'ailleurs pas dérangée. Nan avait commencé à travailler pour Simon fin mai. C'est donc à ce moment-là qu'elle avait dû voir l'article sur Penny et Jeffrey. Et en parler à Glen.

Une information gravitait en périphérie de sa conscience. Une pensée. Un souvenir. Quelque chose que quelqu'un lui avait dit… Clarice ! Hier, peut-être, Clarice lui avait raconté qu'elle avait vu Glen chez Penny en juin. Était-il allé chez elle parce qu'il s'intéressait à elle d'un point de vue sentimental ? Diana ne le pensait pas. Penny le lui aurait dit, elle aurait su que Diana ne serait pas blessée. Non. Glen était allé chez Penny parce qu'il avait cru Nan ; il savait qu'elle avait reconnu la femme disparue du millionnaire. Qu'avait-il dit à Penny ce soir-là ? Est-ce qu'il l'avait fait chanter ? Non. Glen savait que Penny n'avait pas d'argent. Qu'a-t-il pu lui demander en échange de son silence ? Elle, pensa Diana. Glen avait été suffisamment vicieux pour séduire et tromper la pitoyable Nan Murphy, mais était-il capable d'exiger des faveurs sexuelles de Penny ? Peut-être avait-il juste joué au méchant chat traquant une souris fragile.

Diana n'avait aucune envie d'en lire davantage, mais elle n'avait pas le choix. Elle devait savoir tout ce que Nan avait à dire sur Glen. Et la police aussi.

J'étais vexée que Glen ne me croie pas. Il m'a traitée comme une gamine qui a trop d'imagination. Mais je savais que j'avais raison, alors j'ai fait des recherches sur ce millionnaire, Jeffrey Cavanaugh, et j'ai trouvé des choses sur son entreprise à New York, son adresse, et tout. Au début, je n'avais pas le courage d'agir, mais en juillet j'ai tapé un message à M. Cavanaugh, pour lui dire que je savais où étaient sa femme et sa fille et que ce n'était pas une plaisanterie. Qu'il pouvait me faire confiance. Je lui ai dit que s'il envoyait 150 000 $ à une boîte postale, je veillerais à ce qu'il les retrouve. J'aurais pu demander beaucoup plus d'argent, mais je ne voulais pas paraître trop cupide, comme le serait une personne pas digne de confiance, et puis cette somme suffirait pour sortir Glen de ses ennuis, il en resterait même un peu, j'aurais donné dans les 10 000 $ à maman. Alors j'ai loué une boîte postale de l'autre côté du fleuve, dans l'Ohio, pour qu'il croie que je vivais dans l'Ohio, et j'ai envoyé ma lettre. J'ai attendu environ trois jours *avant d'en parler à Glen. Il est devenu fou ! Il a dit que j'allais me faire prendre, et que je serais arrêtée. Je lui ai expliqué que j'avais fait ça pour lui et il s'est énervé encore plus en criant que j'allais l'entraîner là-dedans et qu'il serait arrêté aussi. Il m'a à peine adressé la parole pendant deux semaines. Je n'arrêtais pas de vérifier ma boîte postale, mais rien n'arrivait, ni argent, ni message de M. Cavanaugh. Je faisais toujours très attention que personne ne traîne près du bureau de poste pour repérer qui venait relever la boîte. J'ai dit à Glen que l'argent n'arrivait pas et il n'a pas eu l'air déçu. Il a dit qu'il était soulagé qu'ils m'aient prise pour une profiteuse et une menteuse. Ça m'a blessée.*

Ensuite, j'ai commencé à remarquer qu'il faisait beaucoup plus attention qu'avant à Penny quand il passait chez vous. À chaque fois que vous étiez dans votre chambre et qu'elle ne travaillait pas, ils parlaient ensemble. Après, il est passé plusieurs fois à des moments où il savait parfaitement que vous étiez absente. Je ne sais pas si Simon s'en est rendu compte, il est très vieux. Mais moi j'ai commencé à avoir des soupçons et je me suis mise à suivre Glen dès que je pouvais. Un jour, je l'ai vu aller chez Penny. J'allais frapper à sa porte pour lui dire que je savais tout, mais j'ai pensé que Glen serait très en colère. En plus, cette vieille pie que vous avez ramenée chez vous vendredi soir louchait par sa fenêtre et aurait tout vu. Elle ne peut pas regarder la télé, comme tout le monde ? Enfin bref, ça, c'était le jeudi soir. Et vous savez ce qui s'est passé le lendemain. Je m'étais branchée sur la fréquence de la police et j'ai tout de suite entendu la nou-

velle. J'ai appelé Glen. Il n'a quasiment pas réagi et il m'a raccroché au nez. Il a refusé de me parler le lendemain, quand il est venu vous voir. Il n'a pas non plus voulu me parler le dimanche. Diana, je crois que c'est lui qui a posé la bombe. Soit lui, soit ce M. Cavanaugh. J'ai peut-être choisi un bureau de poste trop près de chez moi. Peut-être que quelqu'un m'a suivie. Je ne sais pas, mais je suis trop maligne pour croire que cette bombe n'a pas quelque chose à voir avec ma combine. Je n'aimais pas Penny, mais je ne voulais pas qu'il lui arrive une chose pareille ! Je suis vraiment désolée pour la bombe. Mais je sais que je le payerai un jour. J'en suis sûre. Glen ou M. Cavanaugh sauront que j'ai tout découvert et l'un ou l'autre cherchera à me tuer. Alors il faut que je parte. Je ne vous dis pas où je vais. J'ai appris qu'il faut savoir se taire.

Nanette Murphy
(Je vais aussi changer de nom,
alors n'essayez pas de me retrouver)

Diana tremblait tellement qu'elle n'arrivait plus à bouger. Elle laissa retomber la dernière page sur la table. Avec une clarté effrayante, tout lui revenait. Elle était allée chez Nan, elle avait entendu la musique, était entrée dans la maison et avait trouvé l'escalier du grenier sorti. Son estomac se retourna et elle se souvint du sang qui avait goutté sur sa tête. Avec une bonne dose d'inconscience, elle avait gravi l'escalier et avait vu Nan, un hachoir planté dans le cou — les yeux vides de Nan ! Ensuite quelqu'un lui avait jeté de la poussière dans les yeux et lui avait asséné un violent coup de pied dans le torse, qui l'avait précipitée sur le parquet dur du rez-de-chaussée.

— Oh mon Dieu, murmura-t-elle, avant de crier : Tyler !

CHAPITRE 16

1

Vingt minutes plus tard, Diana était assise dans la cuisine ensoleillée avec Tyler et Simon.

— Simon, Clarice m'a dit avoir vu Glen chez Penny, elle m'a aussi parlé de Nan qui les observait, un soir, expliqua Diana quand Simon eut fini la lettre. Il se trouve que Nan est passée hier après-midi, dans l'intention de me parler elle-même de sa liaison avec Glen. Elle n'en a pas dit beaucoup, à part que ça a commencé en avril. Ensuite Blake est arrivé et je l'ai laissée dans la cuisine. J'ai senti qu'il y avait autre chose, mais je l'ai fait attendre pendant que nous recevions Blake.

— Je ne savais pas que Penny était enceinte, lâcha Tyler d'un air sombre.

— Je suis sûre que c'est l'enfant de Glen, affirma Diana sans émotion apparente. Le médecin a calculé qu'elle est enceinte d'environ deux mois. Clarice dit que Glen a rendu visite à Penny chez elle il y a deux mois. Grâce à Nan, Glen savait qui elle était. Je pense qu'il marchandait son silence contre du sexe.

— Seigneur ! s'exclama Simon, dégoûté.

— J'imagine que c'est pour ça que Penny ne m'a jamais dit qu'elle le voyait, continua Diana. Je crois que, si Penny voulait partir, c'est parce qu'il était au courant de son passé et à cause de sa grossesse. En tout cas, Nan était ici, quand Blake nous l'a annoncée. Je l'ai entendue laisser tomber son verre. Elle écoutait aux portes, comme d'habitude. Elle ne savait rien de la grossesse de Penny. Je ne saurais dire si elle a été choquée, blessée, ou les deux, mais quelque chose l'a poussée à s'enfuir par la porte de service. Pour ne rien arranger, Glen a appelé, et j'ai été assez bête pour lui raconter que Nan était venue me parler de quelque chose d'important.

Diana s'interrompit et reprit son souffle avant de poursuivre.

— D'après moi, Glen a compris que Nan avait découvert ce qui se passait entre Penny et lui. Si Nan me parlait de leur liaison, il le ressentirait comme une humiliation, mais il a dû penser que je ne l'ébruiterai pas, par égard pour Penny. Mais comment aurait-il réagi si Nan ou Penny m'avaient parlé du chantage sexuel ? Simon, tu connais Glen. La réputation est ce qui compte le plus pour lui. Il sait bien que je t'en aurais informé, et que je n'aurais pas hésité à en informer aussi l'administration de l'université ; pire encore, si j'en venais à la conclusion qu'il avait quelque chose à voir avec la mort de Penny, j'irais à la police.

Diana regarda Simon, dont les yeux vert foncé s'étaient rétrécis.

— Et s'il a posé une bombe dans le sous-sol de Penny, est-ce qu'on ne peut pas imaginer qu'il a aussi été capable de se débarrasser de Nan ?

2

— Qui veut se débarrasser de Nan ?

Simon, Tyler et Diana se tournèrent, à la fois surpris et consternés. Willow venait d'entrer. Simon fut le premier à se reprendre.

— La maman de Nan revient travailler la semaine prochaine et nous en serons tous très heureux. En tout cas, ce sera mon cas. Et toi, Willow ?

— Je serai super plus contente, répondit la petite fille, puis elle regarda Tyler avec un froncement de sourcils. Comment ça se fait que t'es toujours là ?

— Euh… Diana m'a demandé de rester.

Willow eut immédiatement l'air inquiète.

— Diana ? Pourquoi ?

Tyler inspira profondément, quitta sa chaise et s'agenouilla à côté de l'enfant.

— Ta maman ne voulait pas que tu parles de moi aux gens. J'étais censé rester un gros secret. Mais le moment était venu de le partager, ma grande, dit-il en souriant. Tous ceux qui sont dans cette pièce savent tout de moi, et ta maman serait contente de savoir que je leur ai tout raconté. Elle t'avait demandé de m'appeler « Badge ». Elle m'avait donné ce surnom, alors que mon vrai nom c'est Tyler. Tu sais pourquoi ?

Willow secoua la tête en serrant sa couronne en plastique contre sa poitrine.

— Elle m'appelait Badge parce que je suis officier de police.

Willow leva les yeux et Tyler hocha la tête.

— Je vis à New York, la ville où tu habitais avec ta maman, avant. Ta mère et moi, nous sommes comme un frère et une sœur, et je te considère comme ma nièce. Simon et Diana aussi. Nous t'aimons tous, et nous sommes là pour te protéger. Mais je suis le seul à travailler pour les forces de l'ordre.

Willow fronça les sourcils.

— ... Je suis flic, expliqua Tyler.

— Tu es flic ? souffla-t-elle, très impressionnée.

— Oui, je suis flic, sourit Tyler. Je suis sous couverture, ça veut dire que je ne porte pas d'uniforme.

Willow tendit la main vers lui et toucha son lobe d'oreille.

— C'est pour ça que tu as un petit trou ici ? Pour pouvoir mettre un anneau de temps en temps et avoir l'air d'un dur ?

— Exactement. Qu'est-ce que tu es intelligente ! Tu vois, que je porte un uniforme ou une boucle d'oreille, mon travail, c'est toujours d'empêcher les méchants de faire du mal aux gentils. J'ai étudié pendant des années pour apprendre comment faire. Je l'ai fait hier soir, dit-il en caressant la joue de Willow, qui hocha la tête. Et tu n'as pas été surprise. Tu as dit que tu savais que je viendrais te sauver. Tu savais que ma mission dans la vie, c'est de protéger les jolies petites filles intelligentes comme toi.

Elle glousa.

— Maman ne m'a jamais raconté, mais elle pensait que tu étais très fort. C'est pour ça que j'ai su que tu me protégerais toujours.

Plus tard, comme revigorée par les révélations de Tyler, Willow avait englouti trois beignets avant que Diana ne hasarde :

— Peut-être que nous devrions en garder quelques-uns pour plus tard, chérie. Ce serait dommage que tu aies mal au ventre.

— D'accord, concéda gentiment Willow. Merci de m'avoir laissé manger des beignets plutôt que des œufs brouillés, oncle Simon.

— Je t'en prie, mon petit cœur, gazouilla Simon, rayonnant de plaisir. Et je suis d'accord avec toi, les pâtisseries sont bien meilleures que les œufs, même si les œufs sont plus utiles.

— C'est aussi ce que dit Clarice, dit Willow en sautant de sa chaise. Il vaudrait mieux que je remonte voir ce que font les chats. Ils ont peut-être besoin de moi.

Elle venait de sortir de la cuisine lorsque le téléphone sonna. Simon décrocha et Diana distingua la voix forte et surexcitée d'une femme. Simon demeura calme, répondant : « oui », « bien sûr », « je comprends parfaitement — elle doit prendre soin de sa propre santé, maintenant », et « Je viendrai vous chercher à l'aéroport toutes les deux. Rappelez-moi pour me dire quel vol vous prenez. »

Il raccrocha et regarda Diana.

— C'était la sœur de Martha Murphy. Elle dit que Martha n'est pas bien aujourd'hui — pas étonnant, alors qu'elle vient d'apprendre que sa fille a été sauvagement assassinée. Nous l'avons prévenue hier soir, Diana, avant que ces souvenirs te reviennent. Enfin, le docteur préférerait qu'elle ne fasse pas le voyage depuis Portland avant demain. Sa sœur l'accompagne, fort heureusement. La dernière chose dont la pauvre femme a besoin, c'est de se retrouver toute seule. J'irai les prendre à l'aéroport. Je ne vais pas les laisser se dépêtrer avec leurs bagages et trouver un taxi dans la cohue.

Il considéra l'élégante robe de chambre en satin que Diana lui avait offerte à Noël.

— Maintenant, je vais monter revêtir un accoutrement plus approprié et vous laisser discuter entre jeunes.

Lorsque Simon fut parti, Tyler jeta un regard malicieux à Diana.

— Alors, jeune fille, qu'en penses-tu ?

— Je pense qu'il faut absolument que je remette cette confession à la police, quand j'irai faire ma déclaration aujourd'hui.

Tyler hocha la tête.

— Et j'ai encore plus peur de Jeffrey Cavanaugh qu'auparavant. Tyler, il savait sans doute où se trouvait Penny depuis deux bons mois.

— Alors pourquoi ne s'est-il pas montré ? Avec les moyens dont il dispose, c'est déjà très étonnant qu'il ne l'ait pas retrouvée dans les six mois qui ont suivi sa disparition ! Sachant dans quelle région elle s'était réfugiée, grâce au judicieux choix postal de Nan, je ne vois pas pourquoi il aurait eu tant de mal à remettre la main sur sa femme et sa fille.

— On dirait que tu le défends.

— Je serais la dernière personne au monde à prendre la défense de Jeffrey Cavanaugh. Je le hais. Mais ça, c'est mon côté affectif. Mon côté logique me dit que quelque chose cloche.

Tyler soupira et passa une main sur son front puis ses joues. Il la regarda, ses yeux légèrement rougis, et sourit.

— La soirée fut tout à fait charmante, mademoiselle Sheridan. C'est la meilleure nuit que j'aie jamais passée avec une femme sur un canapé.

Diana grimaça un sourire.

— Je ne sais pas comment je dois le prendre.

— Le mieux possible. Mais ma petite dame, j'ai besoin d'une bonne douche, de me raser et de changer de vêtements. Ensuite je vais t'escorter jusqu'au poste de police pour que tu fasses ta déposition.

— Oh Tyler, je t'ai déjà pris trop de temps !

— Chut ! Tu n'as même pas écouté la fin de mon plan. Nous n'irons pas tout seuls. Willow viendra avec nous.

— Au poste de police ? Elle va avoir peur.

— Je parie le contraire. Elle va adorer ça. Ensuite nous l'emmènerons déjeuner en ville et peut-être que tu pourrais me faire visiter le campus de Marshall ? Simon y a enseigné, et tu y as fait tes études, n'est-ce pas ?

— Si, bien sûr, tout comme Penny.

— Alors ça plaira beaucoup à Willow. Tu pourras prendre des photos d'elle.

Diana contracta ses épaules.

— Avec tout ce qui se passe, tu ne penses pas que Willow serait plus en sécurité ici ?

— Non. Si Jeffrey ou ses amis lisent la presse, ils vont apprendre l'assassinat de Nan. J'ai parlé à quelques journalistes pour qu'ils ne disent pas que c'est toi qui as trouvé son corps, mais je n'ai aucune influence, ici. Et si Jeffrey apprend ce qui s'est passé dans cette maison hier soir, il viendra ici et défoncera la porte s'il le faut pour avoir sa fille. Il aura peut-être du mal à obtenir de l'emmener après la façon dont il s'est donné en spectacle au parc hier — de ce côté-là, il nous a plutôt rendu service — mais cette enfant n'a pas besoin d'être terrorisée davantage. Elle a déjà l'air si pâle et éprouvée. Elle vient d'être opérée, et elle a enchaîné avec la pire épreuve que puisse subir une petite fille de son âge. Elle a besoin de sortir de cette maison, Diana. Elle a besoin de s'amuser. Je sais que c'est ce que tu as tenté de faire hier, mais ça n'a pas marché. Réessayons aujourd'hui.

— Mais elle sera totalement à découvert, Tyler.

— Justement. Jeffrey était dans un état second hier, autrement il n'aurait jamais pris le risque de t'agresser en public. Il ne commettra pas la même erreur une seconde fois, argumenta-t-il en baissant la voix. Que veux-tu qu'il tente devant des centaines de témoins ? Alors que si Willow reste ici, elle ne sera protégée que par un homme et une femme d'environ soixante-dix ans. Tu veux vraiment qu'ils aient à affronter Jeffrey Cavanaugh ?

Il ne fallut qu'une minute à Diana pour prendre sa décision.

— Reviens dans une heure, Tyler. Willow et moi serons prêtes à partir.

— Ça c'est une bonne fille ! dit-il en se levant et en l'attirant contre lui.

Il l'embrassa longuement.

— Ça c'est la fille pour moi dont Penny m'avait parlé !

3

Diana informa Simon du plan qu'elle avait mis au point avec Tyler, en se gardant d'insister sur le fait que Clarice et lui ne seraient pas les mieux indiqués pour protéger Willow en cas de nécessité. Si Simon le comprit, il n'en fit pas la remarque.

— Je pense que c'est une bonne idée, dit-il sincèrement. Clarice s'agiterait sans cesse autour de Willow et irait vérifier qu'elle va bien tous les quarts d'heure, et cette chère dame a grand besoin de repos. La journée d'hier a été très éprouvante pour elle. Elle souffre de son arthrite. Et un peu d'air frais et de distraction feront le plus grand bien à Willow. Allez-y, et j'espère que vous passerez une merveilleuse journée tous les trois.

Tyler partit et Diana monta expliquer le programme à Willow. Son visage s'éclaira à l'idée qu'elle allait participer à une « aventure » avec Diana et Tyler et elle choisit immédiatement un short jaune poussin et un T-shirt avec des carrés jaunes, blancs et bleus. Après son bain, elle demanda à Diana d'attacher ses longs cheveux blonds en queue-de-cheval avec un ruban jaune, puis elles allèrent admirer le résultat dans le miroir.

— Vous êtes éblouissante, *mademoiselle. Très élégante*[1].

À la surprise de Diana, le sourire de Willow s'évanouit.

— C'est dans quelle langue, ça ?

— C'est du français. Je l'ai étudié à l'université, mais je ne le parle pas très bien. Pourquoi ?

— Parce que maman essayait d'apprendre une nouvelle langue. Elle m'a appelée *mamadoselle* une fois aussi, alors ça devait être le français, dit-elle en fronçant les sourcils. Et il me semble que quelqu'un d'autre m'a parlé dans cette langue…

— Qui était-ce?

— Je m'en rappelle plus, mais maman essayait d'apprendre cette langue pour lui.

Willow était toujours intriguée par ce qui plaisait à Penny, mais cette fois un souvenir vague semblait la perturber.

— Maman a dit qu'un jour je saurai parler cette langue.

Diana tourna la petite fille pour lui faire face.

— C'est un homme qui parlait cette langue ?

— Ouais.

— Tu sais qui ?

— Non.

— Est-ce que c'était quand tu vivais dans ta maison ici, à Huntington ?

— Ouais, mais c'était il y a longtemps. Peut-être quand on s'est installées.

— Ce n'était pas Badge ?

1. En français dans le texte original. *(N.D.T.)*

— Tyler, corrigea Willow. Il faut l'appeler Tyler, maintenant, tu te souviens ? Et, non, c'était pas lui.

La bonne humeur de Willow avait disparu. Elle se frotta le front.

— Peut-être que je l'ai rêvé, ou que je l'ai entendu à la télé… Je crois que je vais avoir une migraine.

— Pourquoi ne vas-tu pas t'asseoir sur ton lit pour te reposer un peu pendant que je me prépare ? suggéra Diana. Si tu as toujours mal à la tête quand j'aurai fini, je te donnerai un cachet.

Il faut que tu lui changes les idées ! se dit-elle.

— Ah oui ! chérie, rappelle-moi de prendre les vêtements que la gentille infirmière t'a prêtés ! J'ai lavé la robe et les sous-vêtements ; la petite fille de cette dame voudra peut-être les porter cette semaine. Et il ne faut pas que j'oublie les sandales.

— Est-ce qu'on va devoir rester à l'hôpital ? demanda Willow avec précaution.

— Non. Tu n'auras même pas à entrer. Je laisserai le paquet à l'accueil.

Willow sembla soulagée d'apprendre qu'elle n'aurait pas à pénétrer dans l'enceinte de l'hôpital. Pas étonnant, songea Diana. Elle se souvient sans doute encore du bruit soudain des pétards explosant dans la poubelle métallique et de l'agitation qui a suivi.

Diana laissa Willow, qui racontait ses projets aux chats et les consolait du fait qu'ils ne pourraient pas l'accompagner en leur expliquant qu'il faisait très chaud, que les rues de Huntington seraient pleines de monde et que quelqu'un risquerait de marcher sur Roméo. En entrant sous la douche,

Diana imagina avec un sourire les deux chats en train de faire les touristes en ville.

Perdue dans ses pensées, elle prit trop de shampooing et mit cinq bonnes minutes à rincer ses cheveux et cinq minutes supplémentaires à nettoyer son œil droit. Elle sécha ensuite ses boucles ambrées qu'elle avait héritées de sa mère avant d'utiliser un fer pour domestiquer certaines mèches rebelles.

Diana n'avait aucune envie d'enfiler un jean rêche et foncé. Elle opta pour un pantalon en satinette de coton blanc qui mettait en valeur son ventre plat et un débardeur lavande, vert pâle et bleu par-dessus lequel elle passa un chemisier délicat en crêpe georgette blanc. Elle retourna dans la salle de bains pour appliquer un fard vert pâle sur ses paupières, un nuage de blush abricot sur ses pommettes, un gloss de la même teinte sur ses lèvres et une fine couche de mascara noir sur ses cils, puis dégagea son visage en glissant deux peignes ornés de perles factices dans ses cheveux.

— Qu'en penses-tu ? demanda-t-elle en faisant une entrée virevoltante dans la chambre de Willow.

Willow sauta au bas du lit.

— Oh la la, Diana, tu es *ré-plen-di-ssante* ! s'exclama la petite fille. J'ai trop hâte de mettre des talons hauts comme toi !

— Quand tu auras passé toute une journée sur des talons hauts, tu risques de changer d'avis, dit Diana en jetant un œil amusé à ses sandales à brides et à leur talon compensé en liège de près de dix centimètres.

— Et tu t'es verni les ongles de pieds en rose !

s'écria Willow en gloussant de joie. Ceux de maman sont toujours peints en rose ou en rouge. Toujours.

— Je vernirai les tiens ce soir, si ça te fait plaisir.

— Oh oui !

Willow soupira.

— J'ai tellement hâte d'être grande.

— Ne te précipite pas, mon cœur, dit doucement Diana. Être adulte n'est pas toujours facile, ni très drôle.

Willow la regarda avec sérieux.

— Être un enfant non plus, Diana.

4

— Tu es sûr qu'ils vont pas nous mettre en prison, Badge… euh, je veux dire Tyler ? demanda Willow quand ils se garèrent devant les bureaux du département d'enquêtes du comté de Cabell. Je ne me souviens pas d'avoir fait quelque chose de mal, mais ils ont peut-être un dossier sur moi.

— Un dossier ? demanda Tyler.

— Ouais. À la télé, les flics ont toujours des dossiers sur les gens.

Tyler et Diana retinrent un sourire.

— D'après moi, la plupart de ces gens ont plus de cinq ans, Willow, la rassura Tyler. Toi et moi nous allons juste faire un petit tour chez le shérif pendant que Diana parle à l'inspecteur.

Willow regarda Diana et l'avertit avec un air de professionnelle :

— Ne dis rien qui pourrait t'incinérer !

Tyler détourna la tête pour que Willow ne le voie pas rire, mais Diana parvint à garder son sérieux.

— Tu fais bien de me le rappeler, Willow. Tu regardes beaucoup de séries policières, apparemment.

— Oui. Peut-être que je deviendrai inspecteur.

— Je croyais que tu voulais être photographe, comme moi. Ou chanter dans un groupe de rock.

— Je peux faire les trois, lui glissa Willow, comme en confidence. Tyler peut m'aider pour être flic, toi tu m'aides à devenir photographe. Je ferai la chanteuse de rock le soir, conclut-elle avant de lâcher un gros soupir. Bon, allons nous débarrasser de ça, après on pourra aller déjeuner.

Une fois à l'intérieur, Tyler expliqua à Diana qu'elle parlerait à l'inspectrice Silver, à une femme, donc.

— Dis-lui tout ce que tu sais. Oh, et fais bien attention de ne pas t'incriminer — et de ne pas t'incinérer non plus !

— Je vais essayer, mais je suis si nerveuse que je ne promets rien. La combustion spontanée me guette !

Miriam Silver — la quarantaine, mince, quelques fils argentés dans ses courts cheveux noirs et des yeux noisette vivaces — mit immédiatement Diana à l'aise.

— C'est donc vous Diana Sheridan, la photographe ? dit l'inspectrice en souriant à Diana, assise de l'autre côté de son bureau surchargé. Mon mari et moi avons vu l'exposition consacrée à votre travail au musée de Huntington en février. Nous sommes tous les deux tombés amoureux d'un cliché intitulé *Willow dans le vent*.

— C'est un de mes préférés, dit Diana en repensant à cette journée de début novembre où elle avait pris en photo les feuilles rouges, dorées et bronze dans les bois proches de la maison de Simon.

Willow était brusquement entrée dans le champ avec un chrysanthème jaune. Une brise légère soufflait sur le visage de l'enfant, qui avait renversé la tête et fermé les yeux ; son petit profil parfait se découpait sur le fond des feuilles automnales et ses cheveux d'or rose semblaient flotter. Diana avait pris plusieurs photos de cette scène. Quand elle les avait montrées à Penny, celle-ci avait d'abord été enchantée. Mais ensuite, elle avait demandé à Diana si elle comptait présenter l'exposition dans de « grandes » villes, comme New York ou Chicago. Diana n'avait pas compris la raison de cette question alors, mais elle avait voulu faire plaisir à Penny et lui avait promis qu'elle ne la montrerait qu'au musée local, quelques mois plus tard. Après l'exposition, Diana lui avait offert un tirage encadré ; Penny s'était jetée dans les bras de Diana et s'était mise à pleurer. J'aurais dû savoir que quelque chose n'allait pas ! se reprocha encore Diana. J'aurais dû comprendre, en la voyant si nerveuse à l'idée que cette photo de sa fille puisse être vue ailleurs qu'ici.

— Vous allez bien ? demanda l'inspectrice Silver.

— Oui, je me souvenais juste du moment où j'ai pris cette photo. La mère de la petite fille, Penny Conley, ou Cavanaugh, ne voulait pas que je l'expose à New York. C'est là qu'habitent son mari, ainsi que la sœur et les amis de celui-ci, bien sûr. Le vrai prénom de l'enfant est Cornélia, mais Penny l'appelait Willow. J'ai choisi ce titre pour la photo parce que Willow adorait le livre *Martine et le vent*.

— Magnifique photo, magnifique titre, magnifique petite fille, dit l'inspectrice en tendant discrètement un mouchoir à Diana.

Diana épongea ses yeux.

— Je n'ai jamais été une pleurnicheuse, mais j'ai l'impression que je ne fais que ça depuis des jours, dit-elle avant de se moucher. Je suis désolée.

— Je vous en prie. Pleurez tant que vous voudrez. Ce n'est pas comme si vous m'aviez emprunté un de ces précieux petits mouchoirs ornés de dentelle… dont je ne possède pas le moindre exemplaire, au passage.

Diana rit.

— Willow est la petite fille que quelqu'un a essayé de tuer chez vous hier soir, n'est-ce pas ?

— Oui. Elle vit chez nous depuis que sa maison a explosé. Sa mère est soignée à l'unité pour grands brûlés de l'hôpital. Willow n'avait pas d'autre endroit où aller. Ensuite la police a découvert que Penny était l'épouse en fuite de Jeffrey Cavanaugh, le célèbre promoteur de New York, et que Willow était sa fille. Jeffrey est arrivé samedi avec sa sœur Leonore et son beau-frère, Blake Wentworth.

Diana était certaine que l'inspectrice Silver savait déjà tout cela, mais ce préambule l'aidait à aborder le nœud terrifiant du sujet.

— Jeffrey Cavanaugh a voulu emmener Willow ce soir-là, mais elle a fait une crise de nerfs. Il la terrifie et il n'a fait qu'empirer les choses hier : Willow et moi sommes allées pique-niquer avec Leonore au parc et il s'est rué sur nous en hurlant que je lui avais menti. Il a failli me frapper.

— Oui, Tyler Raines nous a avertis de cet incident. Il nous a appelés depuis le parc.

Diana esquissa un sourire. D'une certaine manière, elle savait déjà que c'était lui qui avait alerté la police.

— Alors que s'est-il passé hier soir, mademoiselle Sheridan ?

— Je suis sortie dimanche soir, et quelque chose est arrivé. Juste après, je n'aurais rien pu vous raconter parce que, lorsque je me suis réveillée à l'hôpital, j'avais une commotion cérébrale et une légère amnésie. Ensuite, je me suis souvenue que j'étais allée chez l'aide ménagère que nous employons depuis peu, Nan Murphy. Je l'ai trouvée dans le grenier, morte. J'ai vu un hachoir enfoncé dans sa gorge. Sa tête était presque détachée…

La voix de Diana se mit brusquement à trembler. L'inspectrice tendit la main pour prendre la sienne. Diana inspira pour vaincre les sanglots qui menaçaient dans le fond de sa gorge.

— L'assassin de Nan était encore dans le grenier. Il m'a jeté de la poussière dans les yeux pour que je ne le voie pas. Et il m'a poussée en bas de l'escalier d'un coup de pied. Je suis rentrée chez moi sans aucun souvenir de tout cela. Ensuite, vers 2 heures du matin, nos chats se sont réveillés. En fait, je pense qu'un bruit avait commencé à me sortir du sommeil avant l'intervention des chats, mais c'est encore flou dans mon esprit. J'ai eu l'impression d'entendre des gouttes de pluie, mais il ne pleuvait pas. Je me suis précipitée dans la chambre de Willow. Elle avait disparu. Sa fenêtre était ouverte. Elle ne dort jamais la fenêtre ouverte. J'ai compris que quelque chose clochait. Je suis vite descendue au rez-de-chaussée, j'ai mis un manteau et je suis sortie. J'ai cru voir Willow courir à l'orée du bois. Je me suis dirigée vers elle en l'appelant. Dès qu'elle m'a rejointe, quelqu'un s'est mis à nous tirer dessus. Je l'ai jetée au sol et j'ai essayé de la couvrir autant que possible en me couchant sur elle. Les coups de feu se rapprochaient et j'ai senti que quelqu'un se tenait presque juste au-dessus de nous. J'étais persuadée que notre dernière heure était venue. J'ai entendu une autre déflagration, puis un cri. La lumière s'est allumée dans la maison, j'ai entendu un nouveau coup de feu, puis quelqu'un qui courait… C'est arrivé si vite ! Après j'ai entendu la voix de Tyler qui nous disait que nous étions en sécurité. Il m'a aussi dit à ce moment-là qu'il était de la police de New York.

Miriam Silver hocha la tête.

— Sous couverture. Bien sûr, le fait qu'il ait aidé Penny Cavanaugh à disparaître aura des conséquences.

— Quel genre de conséquences ? demanda Diana, alarmée.

— Les autorités new-yorkaises en décideront. Il ne s'est pas rendu complice d'une fuite criminelle. Son dossier est impeccable. Il a même été décoré pour son courage sur le terrain.

— Il ne m'a pas dit qu'il avait reçu une médaille, dit Diana en souriant. Clarice sera ravie de l'apprendre.

— J'imagine que vous parlez de Clarice Hanson ?

— Oui. Elle vit aussi chez mon grand-oncle et moi depuis la nuit du drame ; sa maison a été endommagée par l'explosion. Elle nous aide à prendre soin de Willow.

— C'est bien. Je suis sûre que cela lui fait aussi du bien, dit l'inspectrice avec un sourire absent avant de poursuivre. Mademoiselle Sheridan, pourquoi êtes-vous allée chez Nan Murphy ?

— Nan était passée me voir à la maison dans l'après-midi. Elle voulait me parler de quelque chose de très important à propos de Penny. J'ai pensé que je savais déjà de quoi il s'agissait. Comme vous l'avez sûrement appris, Nan avait dix-neuf ans et suivait des cours à Marshall l'an dernier. Elle faisait partie des élèves de Glen Austen. Je sors avec Glen depuis environ sept mois. Nan m'a annoncé qu'elle avait une aventure avec lui depuis avril.

— Est-ce que cela vous a contrariée ?

— J'ai été contrariée qu'un professeur d'université de trente-cinq ans profite d'une étudiante de dix-neuf. Je sais que les liaisons de ce genre sont monnaie courante, mais je croyais que Glen était trop… Oh ! comment dire… noble ? Quelle erreur ! Mais je n'ai pas été blessée.

— Vraiment ? Vous découvrez que l'homme avec lequel vous avez une relation depuis près d'un an vous trompe avec une étudiante et vous n'êtes pas blessée ?

— Non, affirma Diana en se penchant plus près de l'inspectrice, consciente qu'elles pouvaient être écoutées. J'ai commencé à sortir avec Glen en janvier, et non il y a un an. Je n'ai jamais eu de sentiments profonds pour lui. Notre relation n'était même pas sexuelle, ce qui explique peut-être pourquoi il s'est tourné vers une proie plus facile. J'aurais pu le comprendre, s'il s'était agi d'une femme, pas d'une adolescente. J'aurais sans doute même été soulagée de l'apprendre. Je cherchais une manière élégante de rompre avec lui, parce que nous aurions été amenés à nous revoir : je vis chez mon grand-oncle et ils sont amis… en tout cas, ils l'étaient.

— Vous avez parlé de Nan et lui à M. Van Etton ?

— En fait, c'est Clarice qui l'a fait. Elle avait vu un homme venir plusieurs fois chez Penny — un homme que Penny ne semblait pas contente de voir. Clarice ignorait totalement que cet homme était mon « admirateur », comme elle dit, jusqu'à ce qu'il se présente chez nous pour prendre de mes nouvelles. Donc, j'ai discuté avec Nan dans la cuisine. Elle m'a parlé d'elle et de Glen, mais je savais qu'elle n'avait pas tout dit. Ensuite Blake Wentworth est arrivé. Il a expliqué qu'il n'avait pas beaucoup de temps et qu'il avait besoin de me voir. Je me suis excusée auprès de Nan, sans penser une seconde qu'elle était peut-être pressée aussi, et je suis allée rejoindre notre invité dans la bibliothèque. Il voulait s'excuser pour la manière dont son beau-frère s'était comporté au parc. Ensuite, il nous a raconté que Jeffrey s'était rendu à l'hôpital pour voir Penny, et que le docteur lui avait annoncé qu'elle était enceinte. J'ai entendu un verre se briser. Quand je me suis précipitée dans la cuisine, Nan était en train de démarrer sa voiture.

Je suis donc allée chez elle dans la soirée pour découvrir ce qu'elle avait à me dire.

Les sourcils sombres de l'inspectrice Silver se rapprochèrent.

— D'après vous, Nan savait que Penny était enceinte ?

— Non, je ne pense pas. Je pense qu'elle a entendu Blake nous l'annoncer et que de surprise elle en a lâché son verre.

— Je vois. Donc ce n'est pas ce qu'elle voulait vous révéler.

— Je ne pense pas.

— Vous savez que nous avons retrouvé chez elle des indices indiquant qu'elle comptait partir.

— J'ai remarqué qu'une valise était sortie. Elle venait sans doute de la descendre du grenier.

— Pensez-vous qu'elle partait à cause de M. Austen ? Aurait-elle pu vouloir l'éviter parce qu'il avait une liaison avec Penny ?

— Je pense qu'elle a voulu lui échapper, mais pas que c'était à cause de la grossesse. Elle avait déjà prévu de s'enfuir avant d'apprendre la nouvelle, dit Diana en prenant dans son sac la lettre que Nan lui avait laissée. Ce matin, j'ai trouvé cette lettre derrière un bocal dans la cuisine. Elle explique qu'elle a écrit ce qu'elle avait à me dire au cas où je ne serais pas là quand elle viendrait ou que je ne voudrais pas l'écouter.

Diana inspira profondément.

— Inspectrice Silver, dans cette lettre, Nan raconte une histoire que j'ai eu peine à croire, d'abord. J'ai toujours du mal à comprendre toutes les implications qu'ont pu avoir les actes de Nan. Elle annonce aussi qu'elle quitte la ville. Je vous l'ai apportée comme pièce à conviction, mais je pense que vous devriez la lire tout de suite.

Diana resta sagement assise pendant quelques minutes, puis se mit à fouiller dans son sac sans savoir ce qu'elle y cherchait. L'inspectrice Silver resta concentrée sur les « aveux » de Nan. Diana se leva et s'approcha de la fenêtre.

— Vous voulez un café ? demanda l'inspectrice en montrant d'un geste de la tête une machine à café à côté de laquelle étaient posées des tasses en polystyrène, des édulcorants et de la crème allégée.

Diana se prépara une tasse et se félicita que le café soit fraîchement moulu. Elle porta vivement la tasse à sa bouche, se brûla la langue, et poussa un juron. Elle eut l'impression que tout le monde la regardait et, rougissante comme une petite fille, elle bafouilla des excuses et se sentit plus voyante encore. Elle retourna s'asseoir face à l'inspectrice, déterminée à ne plus émettre le moindre son.

Miriam Silver leva les yeux.

— Eh bien, pour une surprise ! D'après ce que j'ai entendu à propos de Nan Murphy, je ne l'aurais pas imaginée en « femme d'action ».

— C'était une jeune fille follement amoureuse, dit Diana. Et j'insiste sur l'aspect « fou ». Je pense qu'elle a perdu la tête.

— Ou alors que ce n'était pas du tout son idée, mais plutôt celle de Glen Austen.

— Peut-être, oui. Ou peut-être que Nan a voulu rejeter la faute sur quelqu'un d'autre en se rendant compte que son plan avait échoué. Peut-être que tout ceci n'est qu'un mensonge destiné à punir Glen.

Diana posa sa tasse de café fumant.

— Mais si elle ne ment pas, continua-t-elle, Jeffrey Cavanaugh a pu suivre les allées et venues de sa femme et de sa fille depuis des semaines.

— Alors pourquoi n'a-t-il pas agi ?

— Peut-être l'a-t-il fait. Pourquoi n'aurait-il pas placé lui-même la bombe dans le sous-sol de Penny ? Il travaille dans le bâtiment depuis toujours. Je suis sûre qu'il sait comment assembler une bombe simple.

L'inspectrice Silver la fixa un moment, puis lui demanda avec une certaine sévérité :

— Vous avez des enfants ?

— Vous savez bien que non.

— Si vous étiez mère, vous comprendriez combien il semble difficile à croire que Cavanaugh ait fait sauter une maison dans laquelle se trouvait sa fille. Son enfant de cinq ans. Je serais prête à mourir un millier de fois plutôt que de faire du mal à mes enfants.

Diana savait que Miriam Silver anéantissait sa théorie par pur réflexe. Non seulement elle remettait Diana à sa place, mais elle lui faisait aussi une leçon sur l'instinct parental. L'inspectrice respirait plus vite, ses joues s'empourpraient.

— Inspectrice, je sais que vous connaissez bien votre travail alors que je n'ai aucune expérience en matière criminelle, mais je vous trouve un peu sévère. Vous semblez croire que, sous prétexte que je ne suis pas mère, j'ignore l'amour qu'un parent ressent pour son enfant. Je sais ce que c'est. Je pense que j'aime

Willow comme si elle était ma propre fille. Et vous prenez la défense de Jeffrey Cavanaugh pour la seule raison que vous êtes tous deux des parents. Hier soir, j'ai entendu l'histoire d'un gamin de treize ans dont les parents accros au crack ont tout simplement disparu alors qu'il était à l'école, continua Diana. Ils l'ont abandonné à son sort, et il a dû survivre dans la rue pendant des mois. Est-ce que vous feriez une chose pareille ? Non, bien sûr. Et pourtant, il existe des parents qui font ce genre de choses. Ce n'est pas parce que vous ne feriez pas le moindre mal à vos enfants que Cavanaugh a la même façon de voir. Tous les parents ne se ressemblent pas, inspectrice Silver.

La femme avait croisé les bras sur sa poitrine, son front s'était plissé et son visage s'était durci à mesure que Diana parlait. Ses yeux noisette étaient maintenant marqués d'une certaine aversion, d'hostilité, même. Mais quand Diana se tut, il fallut quelques secondes seulement pour que ses traits s'adoucissent. Elle contempla finalement des documents étalés sur son bureau, puis regarda à nouveau Diana.

— D'accord, mademoiselle Sheridan, j'ai compris où vous vouliez en venir. Et j'ai beau détester l'admettre, il m'arrive de me tromper, dit-elle avec un petit sourire… Vous avez touché juste.

— Je suis désolée de vous avoir vexée.

— Je m'en remettrai, mais si vous voulez vraiment rester dans mes petits papiers, je vous conseille de me laisser prendre une gorgée de ce café que vous ne buvez pas.

Diana sourit et hocha la tête. Miriam Silver prit

une longue lampée de café brûlant sans laisser paraître la moindre gêne ou douleur.

— Pour l'instant, je voudrais juste revenir sur deux petites choses avec vous. Il s'agit de deux preuves. L'une a été trouvée hier soir et est déjà enregistrée par nos services. Il s'agit d'une toge blanche, un peu comme une robe d'enfant de chœur, taillée dans un tissu composé d'un mélange solide de coton et de polyester. Nous avons trouvé deux cheveux dessus, nous avons demandé une recherche d'ADN mais il va encore falloir attendre pour les résultats, ça ne se passe pas dans un claquement de doigts comme à la télévision. Nous avons cependant découvert qu'elle était maculée de peinture blanc irisé, le genre qui devient phosphorescente sous une lumière noire.

— L'ange !

L'inspectrice inclina la tête, dubitative.

— Willow a été attirée dehors par ce qu'elle a pris pour son ange gardien. Elle a dit qu'il portait une robe blanche et que son visage était illuminé, qu'il brillait. Ce sont ses mots exacts.

— Quelqu'un s'est barbouillé le visage de peinture et l'a fait luire à l'aide d'une lumière noire, dit Miriam Silver, réfléchissant tout haut. On trouve de ces petites torches qui ne font que dix à quinze centimètres de haut dans le commerce. Est-ce qu'il s'agissait d'un homme ou d'une femme ?

— Willow a été plutôt agacée par cette question. Elle nous a expliqué que les anges n'étaient ni des garçons, ni des filles… juste des anges.

— Elle n'a rien dit à propos de la façon de parler ou de se mouvoir de cet ange ?

— Il s'est mis à courir en lui faisant signe de le suivre. Mais elle ne cherchait pas à deviner s'il était un homme ou une femme. Et puis, elle n'a que cinq ans !

— Et quand cet « ange » s'est approché de vous ?

— Je n'ai rien vu avant qu'il commence à nous tirer dessus. Quand la première détonation a retenti, nous nous sommes jetées à terre tout de suite.

L'inspectrice Silver vida la tasse, et Diana se demanda un instant si le palais de cette femme était ignifugé. Elle jeta la tasse dans la poubelle et attrapa un sachet en plastique.

— Je sais que vous avez votre petite idée à propos de Jeffrey Cavanaugh, mais nos hommes ont retrouvé ceci en fouillant les bois derrière votre maison tôt ce matin.

Elle tendit à Diana le sachet scellé. À l'intérieur se trouvait un fin bracelet en acier inoxydable avec un fermoir à rabat, dans lequel était incrusté un petit emblème rouge portant le caducée en son centre. Un bracelet d'identification médical. Diana le fit tourner dans ses mains jusqu'à déchiffrer l'inscription qui y était gravée : GLEN AUSTEN PÉNICILLINE.

Il lui avait expliqué qu'il le portait chaque jour depuis qu'une réaction allergique à la pénicilline avait failli le tuer lorsqu'il avait quinze ans.

CHAPITRE 17

1

— Ah ! J'adore le village d'antan ! s'exclama Willow en arrivant sur la place aménagée en bordure du Veterans Memorial Boulevard, en face du Riverfront Park, tenant d'une main celle de Tyler et de l'autre celle de Diana. Je ne suis pas venue ici depuis des années !

Diana sourit.

— Tu es venue ici il y a deux mois avec ta mère et moi.

— Ouais, peut-être, mais on dirait que ça fait des années, maintint Willow. Tyler, est-ce que tu es déjà venu ici avec maman ?

— Non. Malheureusement, quand je venais la voir, on n'allait pas beaucoup se promener. Tu veux bien être notre guide, Diana ?

— Quoi ? Ah, oui, bien sûr !

Diana était troublée depuis qu'elle avait quitté le bureau de l'inspectrice. Même si elle avait été convaincue d'avance par l'histoire de Nan et ses attaques contre Glen, voir son bracelet l'avait secouée. Elle avait désormais à l'esprit l'image de Glen penché sur Willow et elle, vêtu de cette curieuse toge blanche, le visage couvert de peinture fluorescente, prêt à les tuer toutes les deux. Il n'avait aucune raison de tuer Willow. Il avait jeté des cailloux contre la fenêtre de Willow pour la réveiller, puis contre celle de Diana. Il ne pouvait pas deviner que les chats se réveilleraient et sonneraient l'alarme. Il voulait qu'elle se réveille aussi, qu'elle constate l'absence de Willow et sorte à sa recherche. Diana était la vraie cible de Glen, parce qu'il pensait qu'elle l'avait vu chez Nan, ou parce qu'il voulait s'assurer qu'elle ne raconterait à personne son rôle dans le chantage dont avait été victime Jeffrey Cavanaugh. Willow n'aurait été qu'un « dommage collatéral ».

— M'dame, dit Tyler d'une voix forte. Je suis désolé, mais nous n'en avons pas pour notre argent. Vous êtes bien mignonne, mais comme guide, vous êtes nulle.

— Oh, pardon !

Diana se sentit prise en faute, comme si elle était réellement chargée d'un groupe de touristes. Il fallait qu'elle se sorte toute cette histoire de la tête.

— Le fait d'être avec vous deux est si agréable, que je ne sais pas par où commencer !

— Elle a le trac ! murmura Willow à Tyler d'un air entendu. C'est quand tu as peur et que tu ne peux plus parler devant les gens. Clarice me l'a expliqué. Elle a dit que ça lui était arrivé quand elle était petite, pour une pièce de la paroisse. Ça devait être il y a drôlement longtemps !

Tyler sourit.

— Oui, eh bien nous éviterons de lui rappeler à quel point c'était il y a longtemps !

Il regarda Diana avec compassion, comme s'il savait ce qui la préoccupait.

— Peut-être pourriez-vous commencer par nous raconter l'histoire de cet endroit, m'dame ?

— Comme il vous plaira, dit Diana avec bonne humeur. Vous savez sans doute que le fondateur de notre ville s'appelait Collis P. Huntington. Il a acheté la ligne de chemin de fer Chesapeake & Ohio et l'a rallongée d'un tronçon entre Richmond, en Virginie, et le fleuve Ohio. Huntington est devenue un carrefour important pour les navires fluviaux et les trains.

Willow libéra ses mains pour applaudir.

— C'était très bien, Diana ! Ça veut dire quoi ?

Tyler et Diana éclatèrent de rire.

— Ça veut dire que le train a apporté beaucoup d'animation et d'argent à la ville et que beaucoup de gens sont venus s'y installer. Huntington est devenue de plus en plus grande et importante. Le rôle que le chemin de fer a joué dans l'histoire de la ville est illustré par…

Diana fit un vaste geste de la main.

— … la reconstitution de la gare d'antan, avec une locomotive d'époque, et un wagon-lit entièrement rénové.

Le trio fit le tour des attractions, au rythme des questions polies de Willow, qui s'interrogea par exemple sur l'étrange raison qui pouvait pousser les gens à utiliser un vieux train poussif alors qu'il était si simple de prendre l'avion. Ils terminèrent leur visite par la première banque de la ville, construite en 1873. Diana raconta à Willow la légende selon laquelle Jesse James l'aurait dévalisée en 1875, ce qui déclencha un déluge de questions de l'enfant, sur Jesse James, sa bande, et si Tyler les avait déjà pris en chasse.

À 1 heure, Tyler annonça qu'il était sur le point de mourir de chaleur et d'inanition. Ils laissèrent Willow choisir le restaurant — La Taverne de la Boston Beanery — et pénétrèrent avec soulagement dans l'ambiance fraîche et rustique des lieux. Ils longèrent le bar et entrèrent dans l'arrière-salle tamisée. Diana avait toujours aimé son épaisse moquette verte, ses murs en briques, et surtout le plafond en plaques d'étain estampées. Elle commanda une grande salade de poulet grillé et Tyler et Willow des cheeseburgers.

— Je vous avertis, dit Diana. Ces cheeseburgers dépassent largement la taille réglementaire.

Mais ils l'assurèrent qu'ils n'en laisseraient pas une miette.

— Comment s'appelait le policier à qui tu as parlé ? demanda soudain Willow.

— J'ai fait ma déposition auprès d'une inspectrice, qui s'appelle Miriam Silver.

— Une femme inspecteur ! lâcha Willow, admirative. Elle était gentille ?

— Très. Et intelligente. Elle m'a dit qu'elle avait des enfants.

— Ouah ! Ils te laissent être inspectrice quand tu as des enfants ?

— Encore heureux, dit Tyler en lançant à Diana

un regard lourd de sous-entendus. Je suis inspecteur, et j'aimerais avoir des enfants un jour.

— Tu m'as moi, dit Willow d'un ton mi-affirmatif, mi-suppliant.

— Oui, bien entendu, mais tu n'es pas vraiment ma fille, ma puce. On peut considérer que tu es ma nièce.

Willow baissa les yeux, et son sourire disparut.

— Les gens vont dire que je suis la fille du Méchant et m'obliger à aller avec lui. Je le sais. J'en suis sûre.

Sa lèvre inférieure se mit à trembler. Tyler regarda Diana, l'air impuissant. Elle ne trouva rien à dire qui serait à la fois vrai et réconfortant, alors elle changea de sujet.

— Willow, qui t'a appris à appeler Jeffrey Cavanaugh le Méchant ?

— Maman.

— Oh. Est-ce qu'elle t'a montré une photo de lui ?

— Ouais. Une seule photo, mais plein de fois. Elle m'a dit qu'il fallait que j'aille nulle part avec lui, mais que si on m'obligeait à le suivre, il ne fallait pas que je lui parle, parce qu'il était trop méchant. Elle m'a dit que je devais avoir peur de lui.

— Willow, est-ce que l'homme sur cette photo t'a jamais fait du mal ? demanda Diana. Est-ce qu'il t'a déjà frappée, giflée, ou fait des choses qui ne t'auraient pas plu ?

Willow sembla perdue.

— Comme quoi par exemple ?

— Eh bien, te toucher ou…

Diana se surprit à ressentir de l'embarras.

— Est-ce que tu te sentais mal quand il était là ?

— Diana…

Tyler voulait l'avertir de ne pas aller trop loin, tandis que Willow crispait son petit visage, en pleine réflexion.

— Je ne crois pas qu'il m'a fait du mal, finit-elle par dire. Je m'en souviens pas.

— Est-ce qu'il a frappé ta maman ?

— Ben… Peut-être, mais je m'en souviens pas non plus. Pourquoi tu me poses toutes ces questions ?

Tyler regarda Diana avec un mélange de stupéfaction et de réprobation. Il ne comprenait pas pourquoi elle interrogeait l'enfant, et Diana n'aurait pas pu l'éclairer. Elle avait discuté avec l'inspectrice Silver de ce que certains parents étaient capables de faire à leurs enfants ; Diana avait été si convaincue de son propre point de vue, et pourtant, soudain elle n'était plus certaine de ne pas s'être trompée en rangeant immédiatement Jeffrey Cavanaugh dans la catégorie « mauvais parent ».

Willow la fixait toujours des yeux, attendant qu'elle réponde à sa question.

— Je me demandais juste pourquoi ta maman pense que cet homme est méchant, expliqua rapidement Diana.

— Tu te souviens plus du parc ? fit Willow, sur la défensive. Il allait te taper. En plus, maman sait quand les gens sont méchants. Elle ne m'aurait pas dit qu'il était méchant si c'était pas vrai.

L'arrivée de leurs thés glacés apporta une diversion bienvenue. Tyler prit soin de demander à Willow si le goût et la température de sa boisson lui convenaient, si elle désirait davantage de sucre ou de citron, tout en lançant des coups d'œil critiques à Diana. Elle regrettait d'avoir interrogé Willow sur son père, mais les questions étaient sorties de sa bouche sans qu'elle y pense. À moins qu'elle n'ait cessé d'y penser depuis qu'elle avait quitté l'inspectrice Silver.

2

— J'ai maintenant le plaisir de vous présenter l'université Marshall, annonça Diana. Willow, c'est ici qu'oncle Simon enseignait, et que ta maman a pris des cours l'an dernier. Elle a été fondée en 1837 et nommée en hommage au juge John Marshall. Nous nous trouvons face au premier bâtiment construit, qu'on appelle le Vieux principal. Si vous voulez bien poser pour moi, je voudrais immortaliser cet instant.

Willow, toujours bien disposée, se posta sagement devant le bâtiment de trois étages aux deux donjons d'inspiration gothique, le buste de John Marshall au premier plan. Elle insista pour que Diana prenne une nouvelle photo sur laquelle « on dirait que je vais dans cette école comme toi et maman ». Pour rendre la scène plus crédible, Willow colla contre sa poitrine un cahier que Diana trouva dans le fin fond de son cabas et se composa une mine concentrée et soucieuse pour monter les marches menant à l'entrée du bâtiment. Diana n'eut pas le cœur de lui préciser que ces murs anciens abritaient aujourd'hui les bureaux de l'administration, et plus des salles de classe.

— Tu es une sacrée comédienne, dis-moi, la félicita Tyler. Tu ressemblais vraiment à une adolescente sur le point de passer un examen très difficile.

— Merci, répondit modestement Willow. J'ai juste imité la tête que faisait maman à chaque fois qu'elle avait un examen. Elle s'inquiétait toujours.

— Et elle avait toujours de bonnes notes, dit Diana en souriant. Si elle avait pu venir ici à plein temps au lieu de ne prendre qu'un cours par semestre, ça aurait été mieux pour elle.

— Mais si elle avait étudié ici tout le temps, elle n'aurait pas travaillé pour oncle Simon et du coup, j'aurais rencontré ni Simon ni toi ni Roméo et Christabel, ça aurait été une tragédie, articula Willow avec grandiloquence.

Diana sourit.

— Oui, ç'aurait été une vraie tragédie si nous ne vous avions pas rencontrées, toi et ta maman.

Diana sentit ses satanées larmes remonter dans ses yeux.

— Continuons à explorer ce campus !

Le ciel d'un étrange bleu lumineux, presque liquide, qui coulait au-dessus et au-devant d'eux et la qualité inhabituelle de la lumière poussa Diana à prendre plus de photos qu'elle ne l'avait prévu. Elle saisit la complicité entre Tyler et Willow devant la gracieuse bibliothèque Drinko. En raison des quantités de verre utilisées pour la construction de cet édifice, il semblait briller dans la nuit, de ses fondations au faîte de son toit.

Tyler proposa qu'ils se rendent aussi au cercle étudiant dont Penny lui avait parlé. Willow renchérit, racontant que sa mère lui avait promis de le lui montrer à la reprise des cours, en septembre. Tyler et Diana se regardèrent avec chagrin, ils savaient tous deux que Penny ne retournerait pas à l'école dans deux semaines. Quand ils pénétrèrent dans les locaux, les yeux de Willow s'arrondirent comme des soucoupes à la vue du majestueux hall central. Diana lui expliqua que le bâtiment abritait aussi une cafétéria et trois réfectoires.

Quelques étudiants flânaient dans les allées de la bibliothèque et Willow se fit toute timide quand une très jolie jeune fille aux longs cheveux noirs et au jean déchiré s'exclama :

— Oh, quelle magnifique petite fille ! Vous devez être si fiers d'elle !

Tyler répondit simplement :

— Bien sûr que nous le sommes.

Mais Willow et Diana rougirent : l'une parce que cette remarque lui rappelait qu'elle était une petite fille de cinq ans et non une étudiante de dix-huit, l'autre parce qu'elle prit soudain conscience qu'ils avaient tous trois l'air de former une famille.

Diana les entraîna au sous-sol pour leur montrer la salle de repos avec billards — Tyler proposa une partie à Diana, mais elle ne savait pas jouer —, tables de ping-pong et téléviseur à écran géant. Les lieux étaient déserts, mais Diana savait qu'il en serait bien autrement dans deux semaines.

Quand ils ressortirent, Willow montra du doigt une vaste fontaine cuivrée.

— Pourquoi est-ce qu'ils ont mis une fontaine, ici ?

— C'est la place du Souvenir, répondit Diana. Ils ont construit tout ce monument en l'honneur d'une équipe de football de l'université qui s'est tuée dans un accident d'avion en novembre 1970.

— Toute l'équipe de foot ? demanda Willow, ébahie.

— Oui. Avec les entraîneurs, les supporters et l'équipage. Les soixante-quinze personnes qui se trouvaient à bord sont mortes dans le crash.

Tyler secoua la tête.

— Dès que j'ai été suffisamment vieux pour m'intéresser au football américain, j'ai lu des articles sur ce crash. Autant que je me souvienne, l'avion s'apprêtait à atterrir quand il a heurté des cimes d'arbres, à un peu plus d'un kilomètre de l'aéroport. Ils étaient si proches du but !

— Tu connaissais des gens qui étaient dans cet avion ? demanda Willow à Diana.

— Non. C'est arrivé avant ma naissance. Oncle Simon en connaissait quelques-uns. Ma grand-mère m'a raconté que cet accident l'avait beaucoup attristé. Tu vois les points gravés au sommet de la fontaine ? demanda Diana à Willow, qui hocha la tête. Chacun de ces points représente une vie perdue lors de ce crash.

— Oh… dit Willow avec sérieux.

Elle ne quittait pas la fontaine des yeux et s'exclama brusquement :

— Depuis que tu as commencé à parler de cet accident d'avion, j'essaie de me souvenir de quelque chose. Maman a un film sur ce crash ! Je me souviens de gens dans le film qui disaient : « On est de Marshall ! » Ils parlaient de ce Marshall, hein ?

Diana hocha la tête.

— Maman pleurait à chaque fois qu'elle regardait ce film. C'est pas bizarre qu'elle ait tout le temps regardé un film sur un endroit où on allait venir vivre ensuite ?

— Peut-être pas aussi bizarre que tu penses, dit Tyler. Ta maman voulait s'installer avec toi dans une jolie petite ville avec une université parce qu'elle voulait reprendre des études. Peut-être que le film *On est de Marshall* l'a décidée à venir à Huntington pour suivre des cours ici.

— Ça doit être ça, souffla Willow.

— Après l'inauguration du cercle étudiant et de la fontaine, ils ont construit l'amphithéâtre et ont repavé la place avec des briques plutôt que de la bétonner. Je trouve que c'est un très beau mémorial, conclut Diana.

Willow se tourna vers elle.

— Tu veux bien prendre une photo de Tyler et moi devant la fontaine ?

Diana sourit.

— J'en serais ravie, *mademoiselle*.

— Est-ce que « ravie » veut dire oui ? demanda Willow.

Diana confirma d'un hochement de tête.

— Super. Comme ça, Tyler et moi on pourra montrer une photo de nous ici à maman quand elle ira mieux.

Sur les premiers clichés, Willow et Tyler avaient un air si abattu que Diana s'interrompit et dit :

— Vous avez le droit de sourire, tous les deux. La photo serait beaucoup mieux réussie avec deux jolis sourires !

Ils mirent quelques secondes à se détendre mais quand Diana leur demanda encore un effort pour qu'ils soient mieux assortis à l'eau jaillissante et étincelante de la fontaine, en arrière-plan, Tyler attrapa Willow et l'installa sur ses épaules, et ils semblèrent tout de suite plus joyeux. Diana parvint à prendre plusieurs photos sur lesquelles ils paraissaient réellement s'amuser, puis une dernière, où ils avaient même atteint la pleine extase.

— Celle-là sera très réussie ! leur annonça-t-elle. Dans celles du début, on dirait que vous avez peur qu'un sourire fasse craqueler vos visages.

— Comme tous les modèles professionnels, il nous faut un petit moment d'adaptation, dit Tyler sur un ton prétendument offusqué. Notre charisme ne rayonne pas sur commande ! Nous sommes des intuitifs, mademoiselle !

— Voilà pourquoi je préfère photographier les paysages, petit malin !

Depuis qu'ils étaient arrivés sur le campus, Diana était à l'affût, s'attendant à voir apparaître Glen. Elle savait que les policiers n'avaient trouvé son bracelet médical que ce matin, ce qui n'avait sans doute fait qu'éveiller leur curiosité. Elle n'avait remis la confession de Nan à l'inspectrice Silver que trois heures plus tôt. Est-ce que ce nouvel élément les avait immédiatement encouragés à agir ? Après tout, ce n'était que la parole de Nan contre celle de Glen. Dans tous les cas, Diana n'avait aucune envie de tomber sur lui. Le semestre n'avait pas encore commencé, mais la rentrée était proche et, à cette époque, les professeurs qui n'avaient pas enseigné pendant l'été revenaient souvent remettre de l'ordre dans leurs bureaux et préparer leurs cours.

C'était sûrement le cas de Glen, qui était si maniaque ! De nombreuses personnes admiraient son sens rigoureux, quasi fanatique, de l'organisation. Diana avait toujours considéré qu'il s'agissait d'une conséquence de son manque de confiance en lui. Si chaque chose n'était pas prévue et réglée parfaitement, il était perdu. Glen était incapable de parler ou d'agir de façon spontanée. Il vivait selon une routine, un emploi du temps, des habitudes et une préparation d'une rigueur presque maladive.

Ces pensées donnèrent à Diana l'irrésistible envie de retourner chez elle. Elle ne voulait pas effrayer Willow, si bien qu'elle dit d'une voix légère :

— Je ne sais pas pour vous, mais moi je commence à fatiguer.

— Oh, mais bien sûr ! Ta tête ! Ta hanche ! Tu es censée te reposer et je t'ai traînée dans cette balade interminable. Le docteur Evans me tuerait s'il savait !

Diana rit.

— Je n'ai pas trouvé cette balade interminable, et je ne pense pas que le docteur Evans soit capable de tuer qui que ce soit. J'ai vraiment passé une bonne journée. J'avais bien besoin de sortir respirer un peu l'air frais et m'amuser, et Willow aussi. Mais je pense que j'ai atteint mes limites. Ça te dérange si nous rentrons, Willow ?

— Oh, non. Vous devez vous reposer, très chère, dit-elle en imitant à la perfection l'intonation de Clarice. On pourra revenir visiter le reste de Marshall la semaine prochaine. Est-ce que tu as très mal à la tête ?

— Pas encore, mais ma hanche me fait un peu souffrir. Et mes pieds aussi, dit-elle en levant une de ses sandales à talon. Quand je te disais que les chaussures comme ça étaient une torture !

Ils riaient tous les trois quand quelqu'un cria :

— Diana ? Diana Sheridan ?

Diana leva les yeux et vit un collègue de Glen traverser la place dans leur direction. Elle tenta désespérément de se souvenir de son nom, mais seul le prénom lui revint. Frederick. Il s'arrêta devant elle en regardant Diana d'un air interrogateur.

— Euh, oui, je suis Diana Sheridan. Frederick, c'est ça ?

— Incroyable que vous vous en souveniez. Je n'étais pas sûr que c'était vous, avec cette petite fille et ce bel homme à vos côtés.

Frederick était petit, rond et joufflu.

— Vous sortez toujours avec Glen, n'est-ce pas Diana ?

— Eh bien…

— Mais bien sûr. Il m'a dit que vous deviez sortir danser au country-club ce week-end. Je suis un peu secoué par… enfin… Vous avez vu Glen, aujourd'hui ?

— Non.

— Vous lui avez parlé ?

— Non. Quelque chose ne va pas ?

L'expression de Frederick passa de la prudence terne au désarroi.

— Est-ce que nous pouvons parler devant la petite ? demanda-t-il, mais il n'attendit pas de réponse avant de poursuivre. Le département d'histoire se réunissait en prévision de la rentrée à 1 heure de l'après-midi, et Glen n'est pas venu. Depuis cinq années qu'il enseigne ici, il n'a jamais manqué la moindre réunion. Il n'a même pas appelé pour s'excuser.

— Peut-être a-t-il simplement oublié ? dit Tyler.

Frederick le regarda comme s'il était un intrus.

— Et vous êtes ?

— Tyler Raines. Un bon ami de Glen.

Willow regarda Tyler avec surprise, mais Frederick ne le remarqua pas.

— Oh. Il ne m'a jamais parlé de vous, lança-t-il en détournant son regard de lui avec mépris. Enfin ce que je voulais dire, Diana, c'est que lorsque Glen ne s'est pas présenté, le chef du département m'a demandé d'aller vérifier dans son bureau. Il arrive à Glen de ne pas voir le temps passer quand il fait du rangement ou corrige des copies et… enfin, vous connaissez Glen. J'y suis allé et j'ai frappé à la porte. Pas de réponse, mais la porte n'était pas verrouillée. Alors, naturellement, je l'ai ouverte et…

Le trio se pencha d'un même élan vers l'homme courtaud.

— Et quoi ? finit par demander Tyler.

— Le bureau avait été dévasté. Pas seulement dérangé. Dévasté.

— Dieu du ciel ! s'exclama Diana. Est-ce que d'autres bureaux ont été vandalisés ?

— Non. En tout cas pas dans notre département. Nous avons tout vérifié. Mais le bureau de Glen !

Frederick secoua la tête.

— Le coussin de son fauteuil a été tailladé, son bureau éraflé et rayé, tous les livres jetés par terre. Cette photo du pont suspendu sur fond de coucher de soleil que vous lui aviez donnée était barbouillée d'encre. Il y avait des éclaboussures d'encre partout. De l'encre ! Qui utilise des bidons d'encre, de nos jours ?

— Comment quelqu'un a-t-il pu entrer ? demanda Diana, choquée. Il ferme toujours sa porte à clé.

— Ce n'est qu'un élément étrange parmi d'autres. La serrure n'a pas été forcée. Cette personne avait la clé. Et les dégâts ont dû être faits pendant la nuit parce qu'autrement, la secrétaire aurait tout entendu. Nous avons essayé d'appeler Glen pour lui raconter ce qui s'était passé, mais nous n'avons eu que son répondeur.

— Est-ce que vous avez prévenu la police ? demanda Tyler.

— Bien entendu, claqua Frederick avec agacement. Je retournais justement au département pour voir si elle est arrivée.

— Peut-être vaut-il mieux ne pas rester dans leurs pattes, dit Tyler.

Frederick l'ignora.

— Oh, Diana ! Il y a autre chose. Deux choses, pour être précis.

Il s'interrompit encore pour faire durer le suspense.

— Des photos de deux jeunes filles étaient éparpillées dans la pièce. L'une avait des cheveux châtain clair et n'était pas particulièrement jolie — je crois qu'il s'agit d'une étudiante. L'autre avait les cheveux courts et plus foncés, une vraie beauté. Oh, pardon Diana ! C'étaient des tirages Polaroïd, mais il y en avait une bonne vingtaine de chaque fille — dans différentes poses.

— Vous avez touché les photos, dit Tyler avec dédain. Il ne vous est pas venu à l'esprit que vous risquiez de détruire des preuves ?

— La police trouvera toutes les preuves qu'elle veut dans ce bureau, riposta Frederick, offensé. Enfin, Diana, et vous aurez sans doute du mal à le croire, quelqu'un avait écrit un message à la bombe de peinture sur le mur : « Elles ont détruit ma vie. »

CHAPITRE 18

1

Diana s'attendait à un déluge de questions de la part de Willow après les révélations inopportunes de Frederick sur le saccage du bureau de Glen. Ils auraient bien sûr préféré que Willow n'entende rien de tout cela, mais il ne leur avait pas laissé l'occasion de l'attirer à l'écart. Frederick était si excité par l'événement qu'il avait raconté tout ce qu'il savait sans penser aux conséquences de son bavardage. Et ce qui avait le plus dérangé Diana, c'est qu'il semblait plus ravi que peiné.

Ils quittèrent Frederick et regagnèrent la voiture. Diana aurait voulu s'être plainte de sa fatigue dix minutes plus tôt. Ils auraient ainsi échappé à cette rencontre. Mais elle ne pouvait refaire le passé et n'avait plus qu'à digérer ces nouvelles informations.

Elle regarda Willow, calmement assise sur son rehausseur, sa ceinture attachée. Sa bonne humeur avait disparu. Son visage était crispé, très pâle. Elle baissa les yeux sur le petit bracelet de perles bleues et blanches que Diana lui avait acheté et le fit doucement tourner sur son poignet si mince.

— Tu t'es amusée, aujourd'hui ? lui demanda Diana d'un ton enjoué.

— Oui. Beaucoup. Merci Diana.

Dans sa voix ne résonnait pourtant aucune allégresse enfantine, aucun entrain. Diana fit une deuxième tentative.

— J'ai vraiment hâte de développer ces photos que j'ai prises de vous ! Je vais même m'en charger avant de développer celles que m'a commandées cet affreux bonhomme de l'office du tourisme, la semaine dernière. S'il appelle pour me les réclamer, je lui dirai qu'il devra attendre que je me sois occupée des photos de la plus jolie petite fille du monde.

— Je ne suis pas la plus jolie petite fille du monde, dit Willow, maussade en levant ses yeux inquiets vers Diana. Maman et toi vous êtes bien plus belles. Est-ce que tu penses que quelqu'un a fait du mal à Glen comme c'est arrivé à maman ?

— Non. Je pense que quelqu'un a tout cassé dans son bureau. Peut-être un étudiant furieux d'avoir eu une mauvaise note.

— Est-ce qu'une mauvaise note peut gâcher la vie d'un étudiant ? Ce monsieur a dit que quelqu'un avait écrit sur le mur un truc comme ça.

Diana se retint de regarder Tyler.

— Un étudiant un peu dérangé et très en colère a peut-être cru qu'une mauvaise note suffirait à gâcher sa vie, mais ce sont des bêtises.

— Glen devait participer à une réunion et il n'est pas venu. Comment ça se fait ?

— Je n'en sais rien, mon cœur, mais pourquoi tu t'inquiètes autant pour Glen ? Je croyais que tu ne l'aimais pas beaucoup.

— Je ne l'aime pas. Oh, ça va, il est plutôt gentil, mais je sais qu'il n'aime pas les enfants, alors j'essayais de ne pas l'embêter. Je l'ai dit à maman et elle m'a dit que c'était la meilleure chose à faire. J'ai dit : « Pourquoi Diana aime un type comme lui ? Et si elle se marie avec lui ? » Et maman m'a répondu : « Elle n'aime pas Glen. Elle sort juste avec lui en attendant de rencontrer le bon, l'homme spécial que j'ai trouvé pour elle. Quand ils se rencontreront, ils vont s'aimer à la folie, ils se marieront et auront une petite fille comme toi. »

Willow se tut un instant, puis reprit :

— Diana, est-ce que maman parlait de Badge… je veux dire, de Tyler ? Vous êtes amoureux ?

Diana hésita, rougissante, mais Tyler annonça d'une voix forte :

— Je suis tellement amoureux de Diana que j'ai l'impression que mon cœur va exploser ! C'est la fille la plus merveilleuse et magnifique que j'aie rencontrée de toute ma vie, et je l'épouserais dès demain si elle me laissait faire. Tu viendras au mariage, Willow ? Parce que ta présence est indispensable à notre bonheur. Celle des chats aussi, bien sûr. Tu crois que Roméo accepterait d'être mon témoin ?

Il l'a fait, songea Diana, et Willow se mit à applaudir, le visage illuminé par un sourire malicieux. Il avait réussi à la rendre heureuse à nouveau. Mais était-ce la seule raison pour laquelle il avait parlé de mariage ? Elle le regarda, toujours gênée, et il lui prit la main.

— Quelle taille de diamant désirez-vous sur votre bague de fiançailles, future madame Raines ?

Diana ne comprenait toujours pas si Tyler plaisantait ou non, si bien qu'elle répondit :

— Aussi gros et clinquant que possible. Que les gens soient obligés de mettre des lunettes de soleil pour le regarder ! Willow sera ma demoiselle d'honneur et Christabel jettera les fleurs.

— Et si on en profitait pour marier en même temps Roméo et Christabel ? suggéra Willow.

Tyler fit mine de réfléchir.

— Nous ferons une double cérémonie ! Est-ce qu'il faudra aussi qu'on parte en lune de miel avec eux ? Où penses-tu que les chats auront envie d'aller, Diana ?

Pour le bien de Willow, Diana et Tyler continuèrent à plaisanter jusqu'à ce qu'ils coupent le moteur devant la maison Van Etton. Ils entrèrent et trouvèrent Simon et Clarice dans la bibliothèque, en train de prendre le thé et de discuter paisiblement. Willow s'assit avec Clarice et se mit à lui raconter par le menu tout ce qu'elle avait vu en ville, tandis que Simon suivait Tyler et Diana dans la cuisine.

— Il s'est passé quelque chose, dit Simon. Vous pouvez sourire autant que vous voulez, je sens très bien quand quelque chose cloche. Allez-y, annoncez-moi la mauvaise nouvelle !

Tyler lui expliqua rapidement que Glen ne s'était pas présenté à l'université, que personne n'avait réussi à le joindre par téléphone et que son bureau avait été mis à sac. Simon sembla particulièrement choqué par l'histoire des photos.

— Elles représentaient toutes Nan et Penny ?

— Sans doute, répondit Tyler. Ce Frederick a déversé toutes les informations qu'il était si fier d'avoir en avant-première, et il a précisé qu'une des filles était blonde et quelconque et qu'elle était étudiante, d'après lui, et que la seconde était brune et « une vraie beauté », selon ses propres termes. Il y avait apparemment une vingtaine de photos de chacune d'elles. Il a dû toutes les regarder, ce qui va enchanter l'équipe de la police scientifique. Il a aussi précisé qu'il s'agissait de Polaroïds.

— Je suis sûre que Glen n'a eu aucun mal à faire poser Nan, mais Penny ? dit Diana. Soit il l'a obligée à le faire, soit il l'a prise en photo sans qu'elle le sache.

— C'est tout à fait le genre de choses que fait un obsédé, remarqua Tyler.

Diana frissonna.

— Je n'arrive pas à croire que je sois sortie avec ce pervers pendant sept mois et que je me sois bornée à le trouver ennuyeux ! Mais qu'est-ce que j'avais dans la tête, bon Dieu ?

— Pas de sentiments pour lui, en tout cas, dit Simon sèchement. Souviens-toi qu'il s'est toujours comporté de façon impeccable avec toi. C'est toi qu'il voulait épouser.

— Pourquoi ? Je lui ai donné si peu... Il me connaissait à peine.

— Le statut social, ma chère ! Tu es une photographe réputée, très belle, fascinante, issue d'un milieu qu'il jugeait tout à fait convenable.

Diana fit la grimace.

— Je ne pense pas que le directeur de l'office du tourisme m'ait trouvée fascinante et réputée.

— Oui, eh bien cet homme est un imbécile ! affirma Simon. La première fois que j'ai rencontré Glen, j'ai été plutôt séduit par son désir puéril d'évoluer dans son monde vieillot. On aurait dit qu'il croyait que les gens vivaient réellement comme dans un film de Capra ou de Cukor. Ensuite je me suis inquiété pour lui. Il ne semblait pas progresser. Il n'avait pas acquis une vision claire de la vie. Je n'ai pas été comblé d'aise quand tu as commencé à sortir avec lui, Diana, mais je ne pensais pas que tu en souffrirais.

Il secoua la tête.

— Avec le recul, tout paraît toujours si évident !

— Je me réjouis qu'il n'ait pas plu à Diana, intervint Tyler. Que serait-il arrivé si votre relation était devenue sérieuse et que tu l'avais épousé ?

— Il aurait été déçu, lâcha Simon.

Diana le regarda.

— Je te remercie !

Le vieil homme eut un rire bref et passa un bras autour de ses épaules.

— Ma chérie, il aurait été déçu par n'importe qui, parce que personne ne pouvait transformer la vie comme il l'aurait voulu. Je suis persuadé que même si tu avais été désespérément amoureuse de lui, ça ne l'aurait pas empêché de courir après toutes les Nan

Murphy du monde, à la recherche de ce détail intangible qu'il désirait plus que tout.

— Quelle analyse psychologique ! dit Tyler. Sur ce, je vais appeler l'inspectrice Silver pour savoir où ils en sont.

— Elle te le dira ? s'étonna Diana.

— Ça dépendra de son humeur. Elle aura peut-être envie de partager ce qu'elle sait avec quelqu'un d'autre, mais elle peut aussi bien me rappeler que je suis hors de ma juridiction et me demander de lui lâcher les basques. Je peux au moins l'appeler pour discuter du saccage du bureau de Glen, au cas où Frederick aurait laissé quelques détails de côté.

— Je suis sûre qu'il a veillé à ne rien oublier, dit froidement Diana. Il n'a sans doute rien vécu de plus palpitant depuis des années !

Diana prépara trois verres de thé glacé pendant que Tyler était au téléphone. La personne à laquelle il parla lui fit apparemment assez confiance pour lui donner le numéro de portable de l'inspectrice, qui avait quitté le bureau pour la journée. Tyler posa ses questions de façon directe, mais à voix basse. Il craignait sans doute que Willow n'entre dans la cuisine.

Il raccrocha finalement, et Diana lui donna son verre de thé glacé. Il en prit une grande gorgée avant de se mettre à parler.

— J'ignore si c'est tout ce que sait la police, mais c'est tout ce que l'inspectrice Silver a voulu me dire. Pour commencer, tu ne m'avais pas dit que les gars avaient retrouvé son bracelet médical ce matin, dit-il à Diana.

Simon la regarda.

— Celui qui signale qu'il est allergique à la pénicilline ? Il ne le quitte jamais !

— La police l'a retrouvé dans les bois, dit Diana. Je suis désolée de ne pas te l'avoir dit, Tyler, mais nous étions constamment avec Willow et…

— Pas la peine de t'excuser ! protesta Tyler avec un geste de la main. Je ne te reprochais pas de m'avoir caché des informations.

— Vous êtes certains qu'il s'agissait de celui de Glen ? demanda Simon.

— Son nom est gravé sous l'emblème rouge où se trouve le caducée.

Simon haussa les sourcils.

— Alors je suppose que tout est clair.

— Oui, mais…

Tyler et Simon regardèrent tous deux Diana.

— Mais quoi ? insista Tyler. Tu penses que deux Glen Austen souffrant de la même allergie ont crapahuté dans les bois cette nuit ?

— Bien sûr que non. C'est juste que j'ai toujours du mal à imaginer Glen courant autour de la maison en toge blanche et se faisant passer pour l'ange gardien de Willow. Je n'aurais pas cru qu'il avait autant d'imagination, mais finalement, je me rends compte que je ne connaissais pas du tout le vrai Glen. Continue, Tyler, que t'a-t-elle dit d'autre ?

— Ils sont allés chez Glen — il n'y avait personne. Le bracelet constitue une preuve suffisante pour qu'ils aient obtenu un mandat. Ils ont donc fouillé la maison, mais ils n'ont rien trouvé d'inhabituel. Ils n'ont pas non plus trouvé de bagages, son armoire était à moitié vide et on dirait que ce monsieur n'utilisait aucun produit de toilette.

— Il a pris la fuite, conclut Diana.

— Il semblerait, oui. Sa voiture n'était pas là. Ils l'ont cherchée sur le parking de l'aéroport, même si aucun Glen Austen n'a réservé un billet d'avion pour partir hier ou aujourd'hui. Quant au bureau, la police scientifique a du pain sur la planche. Il va falloir qu'ils prennent les empreintes de notre ami Frederick parce qu'apparemment, il a tout touché dans la pièce. Ce gars ne regarde donc jamais la télévision ? Il ne sait pas combien il est important de ne pas contaminer une scène de crime ?

— Il ne s'intéresse probablement qu'aux émissions historiques ou aux vieux films, raisonna Diana, la mine sombre. Et même s'il le savait, à mon avis, ce spectacle l'a tellement fait jubiler qu'il a perdu tout bon sens.

Simon fronça les sourcils.

— Je ne cesse de penser au message bombé sur le mur : « Elles ont détruit ma vie. » Il doit faire référence à Nan et Penny, avec toutes ces photos qui traînaient par terre.

Tyler hocha la tête.

— Pourquoi n'y avait-il pas de photos de Diana ? demanda Simon.

— On dirait que tu es déçu ! plaisanta Diana.

— Oh, non chérie, loin de là ma pensée. Ce que je veux dire, c'est que Glen semble penser que Nan et Penny ont gâché sa vie — Nan avec sa combine, Penny parce que… eh bien, je ne sais pas… Parce qu'elle était la poule aux œufs d'or pour Nan ? Parce qu'elle n'a pas recherché sa protection, qu'elle l'a rejetée alors qu'elle avait de graves problèmes ? Mais Diana ?

Tyler vida son verre de thé glacé et dit :

— Je suis d'accord avec vous, Simon. Je me félicite que la photo de Diana ne se soit pas trouvée là-bas aussi, et je suis certain que Glen a saccagé son propre bureau et qu'il est l'auteur de ce message. Quand il a écrit rageusement « Elles ont détruit ma vie », il parlait à l'évidence des femmes dont les photos étaient éparpillées partout — des femmes qu'il a déjà tuées.

— Et l'agression de la nuit dernière ? demanda Diana à Tyler. L'agression contre Willow et moi ?

— Je pense qu'il essayait encore de se sortir de ce marasme sans égratignures, mais il n'aurait pas pu y arriver avec toi dans les parages, parce que tu risquais de te souvenir de l'avoir vu dans le grenier de Nan. Tu étais un témoin gênant dont il devait se débarrasser. Quand il a échoué, il a jeté l'éponge et s'est enfui. C'est en tout cas comme ça que je vois les choses.

— Mais ça n'a aucun sens ! dit Diana. J'ai toujours cette impression que nous passons à côté d'un élément important, Tyler.

— Notre vision du problème est forcément très partielle, admit Tyler. Nous tirons des conclusions à partir de preuves éparses, mais que pouvons-nous faire d'autre ?

Il posa son verre sur le plan de travail dans un geste brusque qui fit tinter les glaçons.

— L'inspectrice Silver tenait à ce que je te fasse part d'une information en particulier, Diana.

— À moi ? Pourquoi moi ?

— Je ne sais pas. À cause de la conversation que vous avez eue ce matin, sans doute. Enfin, c'est important. Elle a interrogé le personnel de l'hôpital à propos de la semaine où Willow a été opérée de l'appendicite. Elle a demandé si quelqu'un d'autre que Penny était venu lui rendre visite ou avait appelé pour avoir de ses nouvelles. Une jeune infirmière tout juste sortie de l'école a avoué qu'un homme qui s'était présenté comme Tyler, le frère de Penny, avait appelé le jeudi. Cet homme voulait savoir quand l'enfant rentrerait chez elle. C'était sa première semaine de travail, et la jeune fille a commis une erreur, dit Tyler avant de marquer une courte pause. Elle a dit à ce « Tyler » que Willow ne sortirait pas avant samedi matin, au lieu de vendredi matin. Ce qui signifie que la personne qui a fait sauter la maison le vendredi soir pensait que Willow était encore en sécurité à l'hôpital.

2

Diana était stupéfaite.

— Tyler, Penny et toi pensiez que personne n'était au courant du lien existant entre vous, mais quelqu'un savait ! Cet homme a dit que tu étais l'oncle de Willow. Qui a pu le découvrir ?

— Jeffrey Cavanaugh le savait peut-être, réfléchit Tyler. Je me suis toujours dit qu'un homme comme lui avait dû faire des recherches sur sa future femme. J'ai seulement laissé Penny croire qu'il ne connaissait pas mon existence. De mon côté, j'espérais qu'il penserait qu'après avoir quitté notre famille d'accueil, Penny et moi ne nous étions plus revus. J'imagine que moi aussi j'ai sous-estimé Jeffrey.

— L'inspectrice Silver et moi avons eu un échange un peu vif à propos de Jeffrey Cavanaugh, Simon. C'est pour ça qu'elle tenait à ce que Tyler me donne cette information. Elle était prête à inculper Glen pour la tentative de meurtre contre Penny, et je ne cessais de pointer Jeffrey Cavanaugh du doigt. Elle m'a demandé si j'avais des enfants, pour m'expliquer ensuite qu'un parent ne tenterait jamais de tuer son propre enfant. Du haut de ma grande expérience, j'ai affirmé qu'elle ne savait pas de quoi elle parlait — que la plupart des parents étaient peut-être comme ça, mais que certains étaient capables non seulement de faire du mal à leurs enfants, mais de les tuer.

— Et maintenant tu penses que tu avais tort ? demanda Simon, incrédule. Tu penses qu'aucun parent ne tuerait son enfant ?

— Je pense que si c'est Jeffrey Cavanaugh qui a posé cette bombe, c'est parce qu'il avait appris que sa fille ne se trouverait pas dans la maison.

— Oh ! Quelle charmante attention ! s'emporta Simon sur un ton sarcastique. Il ne ferait pas de mal à sa fille, mais il n'hésite pas à faire exploser sa femme. Vraiment, il n'y a aucune raison de le craindre ! Il ne représente aucune menace, il…

— Oncle Simon, je pense juste que l'inspectrice

Silver avait raison, dit Diana. Nous nous sommes accrochées sur le cas Cavanaugh. J'ai toujours été convaincue de sa culpabilité et elle est convaincue de celle de Glen… Tyler, et Glen ? Et si c'était lui qui avait tenté de tuer Penny ? Comment aurait-il pu connaître ton existence ?

Tyler haussa les épaules.

— Je ne sais pas, dit-il avec lassitude. S'il faisait chanter Penny, elle a pu être prise de panique et cherché à l'intimider en sortant la carte « Mon frère Tyler Raines est inspecteur de police à New York ».

Le téléphone sonna. Simon alla répondre et Diana le vit s'affaisser dans ses vêtements. Le visage de son grand-oncle se vida de toute couleur, de toute énergie vitale. Il dit seulement « D'accord. Je vous remercie », et raccrocha.

Diana et Tyler le regardèrent avec angoisse.

— En théorie, l'hôpital n'a le droit de donner des nouvelles de Penny qu'aux membres de sa famille, mais j'ai convaincu quelqu'un de me prévenir si son état empirait.

La voix profonde et mélodieuse de Simon était atone.

— Eh bien, c'est le cas. Les médecins disent qu'elle n'a plus que quelques heures à vivre.

*

Diana, Tyler et Simon retournèrent dans la bibliothèque et y trouvèrent Clarice assise seule, en train de regarder par la fenêtre avec crainte et réserve. Elle tenta de sourire à leur arrivée, sans parvenir à sembler sincère.

— Willow était épuisée, dit-elle. Cette enfant a déployé de gros efforts pour avoir l'air heureuse et insouciante aujourd'hui, mais elle est fatiguée et terrifiée. Elle ne veut pas que nous voyions à quel point elle a peur, et cela me brise le cœur qu'une petite fille de cinq ans essaie de donner le change aux adultes.

Les yeux de Clarice s'emplirent de larmes.

— Je l'ai conduite en haut par l'ascenseur. Elle a dit qu'elle voulait faire une sieste et rester seule avec les chats, alors je suis redescendue. Je ne voulais pas qu'elle se sente obligée de continuer à parler pour me changer les idées…

Les larmes de Clarice débordèrent sur ses joues. Diana s'approcha d'elle mais Simon l'atteignit le premier. Il s'agenouilla près de son fauteuil.

— Nous ne sommes pas responsables de cette situation, dit-il. Je dis cela parce que je sais que vous vous en voulez. Mais vous avez davantage aidé cette enfant qu'une vraie grand-mère l'aurait fait. Vous l'avez aimée, réconfortée, et vous avez passé des heures entières à regarder ces dessins animés avec elle…

Simon avait réussi à faire sourire Clarice.

— C'est vrai que j'ai grandement enrichi ma culture cinématographique.

— Vous avez été merveilleuse, Clarice.

Elle haussa les épaules.

— Vous parlez comme si tout était fini.

— Pas tout à fait.

Simon prit les mains de Clarice dans les siennes.

— Ma chère, nous venons d'avoir un appel de l'hôpital. Penny est en train de mourir.

— Oh, non ! s'écria Clarice.

Simon attira ses mains contre ses lèvres et les embrassa.

— Oui. Nous savions tous que cela arriverait, mais on ne peut jamais se préparer à ce genre de drame. Penny a illuminé nos vies à tous, mais elle n'aurait plus jamais été la même. Clarice, elle n'aurait pas aimé vivre dans l'état où elle se trouve maintenant, surtout pour Willow ! Elle savait que sa fille souffrirait de la voir ainsi chaque jour. Vous n'êtes pas d'accord ?

Clarice hocha lentement la tête.

— Je vais à l'hôpital, déclara Simon. Je ne suis pas de la famille et ils ne me laisseront probablement pas m'approcher d'elle, mais j'ai la sensation que je dois y être.

— Moi aussi, dit Tyler en retenant ses larmes. Je ne suis peut-être pas son frère au regard de la loi, mais je le suis pour elle.

Simon approuva, puis regarda tour à tour Diana et Clarice.

— Il vaut mieux que vous restiez ici pour veiller sur Willow. Vous tiendrez le coup pendant notre absence ?

— Bien sûr, dit Diana. Mais promets-moi de téléphoner… de nous tenir au courant.

— Je le ferai. Je t'appellerai sur ton portable pour ne pas faire sonner la ligne fixe et risquer de réveiller Willow. Garde-le sur toi et verrouillez toutes les portes.

Diana les accompagna jusqu'au garage.

— Prends la Porsche, oncle Simon, dit-elle. Penny adorait la Porsche.

Il sourit et alla décrocher les clés du tableau. Tyler en profita pour la prendre dans ses bras, convulsivement.

— Je suis tellement désolée, murmura-t-elle à son oreille.

— Je sais. Je suis aussi désolé que tu subisses tout ça. Mais il faut que tu saches que ton oncle et toi avez donné à Penny la plus belle année de sa vie. Ne l'oublie jamais, Diana !

Tyler l'embrassa avec intensité puis alla s'installer dans la Porsche. Comme toujours, Simon prit le volant.

CHAPITRE 19

1

À 6 heures, Willow dormait toujours et ni Diana ni Clarice n'avaient envie de manger. Elles burent chacune une tasse de café et allèrent s'installer dans la bibliothèque où elles parlèrent de tout et de rien, sauf de Penny. Clarice raconta à Diana sa lune de miel avec Henry ; ils étaient partis pour les chutes du Niagara mais leur vieille voiture avait rendu l'âme à une centaine de kilomètres de Huntington, alors ils avaient séjourné dans un petit village doté seulement d'un restaurant et d'un cinéma, le temps que la voiture soit réparée dans l'unique garage des environs. Diana lui raconta que deux jours après leur mariage, son mari avait eu la rougeole. Elles tentèrent de rire, mais elles ne parvenaient pas à rester concentrées sur les histoires de l'une et de l'autre.

À 7 heures, Simon appela pour dire que Penny était encore en vie, mais qu'elle déclinait. Ils attendaient son dernier souffle. Il lui expliqua que Jeffrey restait assis là, comme s'il avait été taillé dans la pierre, et ne s'était pas opposé à sa présence ni à celle de Tyler. Simon insista sur le fait que Jeffrey n'avait pas pris la peine de demander l'identité de Tyler, comme s'il savait déjà qui il était. Blake et Leonore étaient également présents ; Leonore prenait soin de son frère, à son habitude, et Blake semblait se blinder en prévision d'un ouragan à venir.

— Je ne peux pas te dire quand nous rentrerons, Diana. Comment va Clarice ?

— Elle va bien. Nous parlions du bon vieux temps.

— Tu es trop jeune pour te souvenir du bon vieux temps, remarqua Simon. Et Willow ?

— Elle dort encore. Nous avons jugé inutile de la réveiller pour l'obliger à dîner.

— Bonne idée ! Bon, je vous embrasse toutes. Je te rappelle dès que… Enfin, bientôt.

Dès que Penny sera morte, termina Diana en pensée, étrangement engourdie. Le corps ne pouvait sans doute pas tout supporter, il se plaçait peut-être dans une sorte d'hibernation jusqu'à ce qu'il ait à nouveau suffisamment de force pour affronter un nouveau coup.

— Clarice, Penny vit encore, mais la fin approche, dit Diana d'une voix douce.

Le visage de Clarice se plissa.

— Heureusement, Jeffrey ne s'est pas opposé à la présence de Simon et de Tyler. Il est normal qu'ils soient aussi à ses côtés.

— Oui, leur place est auprès de Penny. La nôtre aussi, j'imagine, mais je ne suis qu'une vieille mauviette. J'ai tellement honte de moi. Quel genre d'amie suis-je pour Penny ?

— Le même genre que moi, dit Diana. Nous l'aimons. Elle sait que nous l'aimons, mais je ne suis pas sûre qu'elle voudrait que nous soyons à l'hôpital en ce moment. Elle aimerait savoir que nous prenons toutes les deux soin de sa petite fille.

Clarice mouilla une poignée de mouchoirs de ses pleurs pendant cinq bonnes minutes. Diana ne fit aucun geste pour la réconforter, sachant que rien ne saurait y parvenir. Quand ses sanglots finirent par se calmer, Diana dit :

— Je crois que vous devriez aller vous reposer un peu dans votre chambre, Clarice. Je sais que votre arthrite a empiré et vous avez l'air épuisée. Je vais faire du thé, ou plutôt une infusion de camomille. C'est l'occasion de vérifier les vertus relaxantes de cette potion, qu'en pensez-vous ?

— Cette tisane fait des miracles, ma chère, j'en ai déjà goûté, et j'ai soudain très envie d'en boire une tasse, ou même toute une théière.

Malgré l'aide de Diana, Clarice eut besoin du déambulateur pour atteindre sa chambre. Diana replia le couvre-lit, la couverture et les draps, elle aida la vieille dame à enlever ses chaussures et la borda comme une enfant.

— Je reviens dans une seconde avec la potion magique.

Diana eut l'impression que l'eau mettait une heure à bouillir. Elle la versa enfin dans une des délicates théières de son arrière-grand-mère, ajouta plusieurs sachets, puis posa la théière, deux tasses, deux soucoupes et un pot d'édulcorant sur le plateau en argent que Nan avait utilisé en dernier. Dès que le visage de la pauvre fille apparut à Diana, elle la chassa de son esprit et rajouta machinalement deux serviettes sur le plateau. Clarice ne serait pas choquée qu'elles soient en papier.

Diana s'assit dans la chambre de Clarice et les deux femmes burent leur tisane en tentant de maintenir une conversation qui ne cessait de s'effilocher. Peu après, la vieille dame sembla près de s'assoupir. Diana se servit une autre tasse et conseilla à Clarice d'essayer de dormir un peu. Clarice ne protesta pas. Elle hocha la tête et ferma les yeux. Diana laissa la porte de sa chambre entrouverte et retourna dans la bibliothèque en traînant les pieds. Elle venait de s'asseoir quand elle entendit le bruit de l'ascenseur. Elle se leva d'un bond et arriva dans le vestibule juste à temps pour accueillir Willow, Roméo et Christabel.

— Tu ne t'étais jamais servie de l'ascenseur toute seule ! s'étonna Diana.

— Je ne voulais déranger personne.

Ses vêtements étaient fripés et l'oreiller avait laissé des plis sur sa joue.

— Je n'ai pas entendu Tyler et Simon parler depuis un bon moment. Ils sont allés quelque part ?

— Oui, dit Diana en tentant de ne pas céder à la panique, car la prochaine question de Willow serait forcément « où ? »

Au lieu de ça, la petite fille tendit à Diana un de ses CD.

— J'ai trouvé ça dans ta chambre. J'espère que t'es pas fâchée. Je l'ai pris parce que l'image de gros soleil jaune sur la plage qui est dessus est exactement la même que sur le CD de maman. C'est son disque préféré, c'est des garçons qui vivaient sur une plage. Tu veux bien me le passer, Diana ?

Diana prit le CD. C'était une compilation des Beach Boys intitulée *Sounds of Summer*.

— Bien sûr mon cœur, je vais te le mettre. Oncle Simon a une super chaîne hi-fi dans la bibliothèque.

Diana mit le CD et alla s'asseoir sur la banquette, devant la baie vitrée, sous le vitrail au nénuphar, comme Willow le souhaitait. La petite fille se colla contre Diana, qui lui caressa la tête tandis qu'elles écoutaient ensemble les ballades insouciantes *California Girls*, *Surfin' Safari* et *Fun, Fun, Fun*. Quand les premières notes de la chanson *In My Room* retentirent, Diana sentit des larmes tomber sur son bras. Elle posa un doigt sous le menton de Willow et leva son petit visage vers elle.

— Ma maman adorait cette chanson, pleura Willow. Elle l'écoutait quand elle était triste, surtout. Le jour où notre maison a explosé, elle l'a écoutée tout le temps. C'est pour ça que j'ai compris que quelque chose n'allait pas. C'est pour ça que je suis sortie lui chercher des scintillettes. Elle aimait les scintillettes autant que moi.

Le menton de Willow retomba.

— Mais elle n'a pas vu les scintillettes que j'avais trouvées.

— Ma chérie, si tu n'étais pas sortie les attraper, tu aurais été dans la maison au moment de l'explosion, et ta maman aurait été tellement malheureuse de savoir ça.

— Oui, tu as sûrement raison.

Willow caressait Christabel qui avait sauté sur ses genoux.

— Diana, pendant ma sieste, j'ai fait un rêve.

— Ah oui ? Quel rêve ?

— À propos de maman. J'ai vraiment fait des gros efforts pour avoir l'air gai parce que tout le monde a l'air si triste quand je ne le fais pas, mais aujourd'hui je me sens bizarre. Quand j'ai dit que je voulais que tu prennes une photo de Tyler et moi pour que je puisse la donner à maman, je savais bien que je ne lui donnerais jamais. Et quand je suis allée me coucher, j'ai rêvé de maman en train de danser. Est-ce que tu as déjà vu maman danser ?

— Juste une fois, au country-club, avec Glen.

— Alors c'était pas de la vraie danse. Parfois, elle dansait à la maison, juste pour moi. Elle mettait une robe avec un grand jupon rouge. Elle avait même des rubans. Elle mettait du rouge à lèvres très rouge et des boucles d'oreilles qui pendillaient et elle dansait si joliment que tu peux pas l'imaginer. Parfois c'était du classique et parfois elle disait que c'était une danse latine. Je l'ai jamais vue plus heureuse ! Elle dansait en se rapprochant et finissait par faire la révérence trois pas devant moi. Là, j'applaudissais toujours et ensuite elle essayait de m'apprendre à danser comme elle, mais j'étais pas très douée. Elle m'a dit que je m'améliorerais en grandissant.

Willow s'interrompit.

— Dans mon rêve de cette après-midi, elle dansait, mais elle ne se rapprochait pas de moi. Elle s'éloignait. Elle dansait de plus en plus loin, j'essayais de la rattraper et je lui demandais de ne pas me laisser, mais elle disait : « Ne sois pas triste. Nous danserons ensemble un autre jour. » Et puis elle disait qu'elle m'aimait et ensuite elle a disparu.

Willow leva ses yeux asséchés mais pleins de désespoir.

— Ma maman va mourir ce soir, c'est ça ?

Diana avait tellement envie de rassurer l'enfant, de lui dire « Non ! Bien sûr que ta maman ne va pas mourir ! » Mais elle savait que ce serait le mensonge le plus cruel imaginable. Simon et Tyler seraient bientôt de retour, dès que Penny serait partie, et Willow ne serait pas prête à entendre ce qu'ils auraient à lui dire.

— Willow, ma chérie, j'ai peur que tu aies raison, dit-elle doucement. Quelqu'un de l'hôpital a appelé tout à l'heure. Tyler et Simon sont avec elle. Ta maman n'est pas encore partie…

— Mais bientôt elle va partir. Je le savais. Diana, je veux que les gens et les animaux ne meurent plus ! dit Willow d'une voix à fendre le cœur.

— Moi aussi, Willow. Moi aussi.

— Est-ce qu'on peut juste rester assises là toutes les deux et écouter la musique jusqu'à ce que Simon et Tyler rentrent à la maison ?

— Mon cœur, nous pouvons passer toute la nuit à écouter la musique, si tu veux.

2

Au bout d'une petite heure, le CD tournait encore, Diana était assise sur la même banquette, la tête de Willow endormie posée sur ses genoux. La petite n'avait pas versé une larme. Elle s'était juste ramassée sur elle-même une vingtaine de minutes plus tôt, et s'était assoupie. Diana était soulagée que Willow parvienne à trouver un semblant de réconfort dans l'oubli du sommeil. Quant à elle, elle avait l'impression qu'elle ne dormirait plus jamais.

Malgré l'heure d'été, le soleil était en train de se coucher. D'habitude, à cette heure, Simon avait déjà allumé depuis longtemps les lampes de la bibliothèque, de la salle de dessin, de l'escalier et du couloir de l'étage. Sans cette lumière et l'ampleur de la personnalité de Simon qui imprégnait normalement les lieux, la maison paraissait vide, désolée. Ces imposants volumes n'avaient jamais mis Diana mal à l'aise, mais ce soir elle se sentait petite et seule dans cette bâtisse sombre, qui lui semblait presque menaçante. Elle s'imagina un instant que la maison ne voulait plus d'elle, puis se reprit, décidée à ne pas céder à des craintes absurdes. Cette accumulation de tristesse et de chocs l'avait rendue puérile.

Son téléphone portable sonna ; elle sursauta et décrocha précipitamment, avant qu'une seconde sonnerie puisse réveiller Willow. Elle s'attendait à entendre la voix de Simon. Au lieu de cela, son « Allô ? » fut suivi d'un silence. « Simon ? » demanda-t-elle. Rien.

Elle perçut enfin un murmure lointain, étranglé : « Diana. Diana. »

Le cœur cognant sourdement contre sa poitrine, elle écarta le téléphone de son oreille pour consulter la reconnaissance d'appel. C'était le numéro de GLEN AUSTEN.

CHAPITRE 20

Diana resta figée, le téléphone dans les mains, pendant au moins deux minutes. Glen. Il venait. Ou il était déjà là. Qu'allait-il faire ? Que pouvait-il faire alors que la maison était partout verrouillée de l'intérieur et qu'une voiture de la police était toujours garée en bas de l'allée ? Elle devait à tout prix prévenir la police que Glen l'avait appelée.

Son soulagement fut immense quand elle entendit par-dessus la musique le rugissement de la Porsche. Il avait dit qu'il téléphonerait de l'hôpital, mais peut-être avait-il préféré revenir leur annoncer de vive voix la mort de Penny. Diana souleva avec précaution la tête de Willow et la reposa sur un coussin sans perturber son sommeil, éteignit la musique, posa son téléphone sur une table et courut vers la porte d'entrée.

Elle regarda par une des vitres latérales et vit Blake Wentworth descendre de la Porsche qu'il avait garée devant la maison. Cette fois, il semblait vidé, échevelé, presque négligé mais encore très séduisant. Diana ouvrit la porte.

— Ce n'est pas vous que je m'attendais à voir ! s'écria-t-elle.

Blake s'immobilisa et la fixa.

— Diana, vous allez bien ?

— Glen vient d'appeler.

— Glen ?

— Glen Austen. L'homme dont nous sommes sûrs qu'il a tué Penny et Nan et qu'il a essayé de nous tuer, Willow et moi, la nuit dernière. Vous n'êtes pas au courant de ce qui est arrivé — nous ne voulions pas que Jeffrey le sache — mais la police est prévenue. Ils n'ont pas réussi à le retrouver, mais il n'est pas loin. En tout cas, c'est ce que je crois. Je ne sais pas ce qu'il compte faire. Il faut que j'appelle la police.

Blake leva une main pour l'interrompre.

— D'abord, reprenez votre souffle, on dirait que vous allez vous évanouir. Il y a une voiture de police en bas de l'allée. Je descends les avertir. Si vous téléphonez, vous allez devoir réexpliquer toute l'histoire. Refermez la porte à clé, dit-il en retournant vers la Porsche. Je reviens tout de suite, Diana. Tout de suite, c'est promis.

Diana ferma la porte derrière elle et la verrouilla, comme le lui avait ordonné Blake. Il se glissa dans la Porsche, négocia un demi-tour serré dans l'allée et redescendit vers la route principale. Quand elle eut atteint la baie vitrée, Diana vit qu'il s'était arrêté devant la voiture de patrouille. Elle ne discerna qu'un policier, assis au volant. Blake s'approcha en parlant et alla s'accouder à la fenêtre de la voiture de police, côté passager, tandis que l'agent prévenait le central par radio de l'appel de Glen. Après ce qui sembla durer une heure à Diana, Blake réapparut devant la maison. Diana ouvrit et lui fit signe d'entrer.

— OK, mission accomplie. Ces gars-là ont reçu la consigne de ne pas bouger, mais ils ont fait prévenir l'inspecteur. Je pense que des renforts ne vont pas tarder, si nous avons de la chance. Et je suis content d'être arrivé à ce moment-là. Vous avez dû avoir une peur atroce !

— Oui. Il ne m'a pas menacée, mais…

— N'importe qui aurait été effrayé à votre place. Leonore aurait probablement hurlé à s'en faire éclater les poumons jusqu'à ce qu'elle atteigne la voiture de patrouille. Elle perd plus vite son sang-froid que vous.

— Oh, ça, je n'en sais rien, dit Diana sans vraiment penser à Leonore. Seigneur, je ne vous ai même pas demandé… Penny ?

Blake hocha la tête tristement.

— Penny est morte il y a environ une demi-heure.

— Mais Simon avait promis de m'appeler !

— Simon est malheureusement contraint de mener une pénible bataille à propos de ce qui doit être fait du corps de Penny.

Les yeux de Diana s'agrandirent.

— Je sais, c'est indécent, mais c'est ce qui est en train d'arriver. Puis-je entrer et m'asseoir avant de tomber ?

— Oh, oui, bien sûr ! dit Diana en le menant dans le séjour, plutôt que dans la bibliothèque.

— Je ne connais pas cette pièce, remarqua Blake.

— Nous l'utilisons rarement. Mon arrière-grand-mère l'appelait la salle de dessin et je l'ai toujours trouvée d'une froideur et d'une rigueur insupportables. J'espère que Simon me laissera la redécorer un jour. Bref, Willow dort dans la bibliothèque. Je préfère parler avec vous ici pour ne pas la réveiller.

— Je comprends. Et avant que vous m'offriez quelque chose à boire, je décline cette proposition. J'ai l'estomac en feu à cause du café ignoble que sert le distributeur de l'hôpital.

Il prit une profonde inspiration.

— Nous y étions depuis des heures. Jeffrey n'a pas prononcé un mot jusqu'à ce que le médecin vienne lui dire que Penny vivait ses dernières secondes. Il est entré dans l'unité de soins intensifs et s'est posté à côté de son lit. C'était au-dessus des forces de Leonore, et moi je ne voulais pas revoir Penny comme ça. Votre oncle et ce type, Tyler Raines, sont restés avec nous.

Il regarda Diana.

— Je vous ai dit que Jeff n'avait pas prononcé un mot. C'est inexact. Quand Raines est arrivé avec votre oncle, j'ai demandé à Jeffrey qui il était. Et il m'a répondu : « Tyler Raines. C'est le frère adoptif de Penny. » Vous saviez qu'elle avait un frère adoptif ?

Diana hocha la tête.

— Vous le connaissez ?

— Je l'ai rencontré le soir de l'explosion. Il est sorti de nulle part, a porté Clarice hors de sa maison alors qu'elle était menacée par les flammes, puis est retourné aider les pompiers autour de la maison de

Penny. Plus tard, c'est lui qui a retrouvé Willow dans les bois. Je ne savais pas qui il était, à ce moment-là. Je ne connaissais que son nom. Ce n'est qu'hier soir que j'ai appris qu'il avait été élevé avec Penny.

— Et que fait-il ici ?

— Je pense qu'il est venu plusieurs fois voir Penny et Willow depuis qu'elles se sont installées ici. Cette fois-ci, il devait l'aider à déménager.

— Pourquoi déménageait-elle ?

— Elle pensait que quelqu'un avait découvert sa véritable identité. C'est tout ce que je sais, Blake. Je vous en prie, dites-moi ce qui s'est passé à l'hôpital ?

— Oui. Quand les médecins ont prononcé le décès de Penny, Jeffrey a réagi comme le jour où elle a repris conscience, en pire. Il est passé devant nous en rugissant comme un taureau enragé. Il est massif, vous le savez. C'était très effrayant. Leonore est restée figée un instant et l'a suivi. À ce moment-là, un docteur est venu demander où le corps devait être envoyé. Jeff était parti, Leonore aussi ; Raines s'est avancé et a expliqué qu'il était le frère adoptif de Penny, et qu'il s'occuperait de tout. Le médecin lui a dit que c'était impossible, que Raines ne faisait pas partie de la famille. Votre oncle a fait remarquer que la seule famille de Penny avait disparu ; le médecin a donc déclaré qu'ils garderaient le corps de Penny à la morgue de l'hôpital pour l'instant. Alors, Tyler s'est mis en colère. Il n'arrêtait pas de répéter qu'elle était sa sœur, quoi que disent les tribunaux ou les papiers, et qu'il était hors de question qu'elle soit garée dans une horrible morgue en attendant le bon vouloir de Jeffrey Cavanaugh. Un autre médecin est venu soutenir le premier. J'ai cru que Tyler allait en venir aux mains. Il avait vraiment l'air au bout du rouleau. Pour finir, votre oncle a appelé son avocat pour lui demander d'arranger toute l'affaire.

— Oh, mon Dieu, marmonna Diana. C'est horrible que les choses aient tourné comme ça juste après la mort de Penny. J'espère que Simon supporte le choc.

— Je suis sûr qu'il tient le coup. Je lui ai dit que j'allais vous prévenir en personne, et Simon m'a donné son accord. Raines était encore en train de hurler sur les médecins. Je suis descendu au parking et j'ai vu que la voiture de Jeff avait disparu, tout comme la deuxième voiture que j'avais louée. Je suis remonté prévenir votre oncle, qui était en conversation sur son téléphone portable. Il m'a jeté ses clés en disant : « Prenez la Porsche ! » Et voilà comment je suis arrivé ici dans la voiture de votre oncle. Je suis désolé, mais j'ai la pire migraine de ma vie… Je sais que j'ai refusé une boisson tout à l'heure, mais si vous pouviez me donner deux aspirines avec un grand verre d'eau ?

— Je reviens tout de suite.

Diana se hâta vers la cuisine, soulagée de pouvoir se concentrer sur une mission simple pour oublier ne serait-ce qu'un instant la scène sordide qui se jouait à l'hôpital, sans parler de la mort de Penny. Elle savait depuis vendredi soir que Penny ne survivrait pas. Pourtant la nouvelle de sa mort l'avait dévastée.

Blake avala les deux comprimés avec une seule gorgée d'eau.

— Quelle journée ! souffla-t-il. Je dois vous sembler terriblement égocentrique. Je suis tellement désolé pour Penny ! Désolé qu'elle se soit trouvée dans cette explosion, pas qu'elle soit morte. Vous devez me juger insensible, mais elle ne souffre plus et si elle avait vécu…

— Je sais. Il aurait fallu plus que des semaines et des mois que pour la souffrance cesse. La douleur physique aurait duré des années. La douleur psychologique l'aurait suivie jusqu'au bout. La seule idée de la vie qu'elle aurait menée m'est insupportable.

Blake lui sourit avec compassion.

— Est-ce que je peux vous demander une faveur, malgré votre mal de tête ?

— Dites-moi.

— J'ai entendu Willow bouger dans la bibliothèque. Je voudrais monter la recoucher, sans pour autant la réveiller. Vous pourriez la porter à l'étage ? Vous vous débrouillerez beaucoup mieux que moi, et puis j'ai aussi un chat à monter.

— Un chat ? s'étonna Blake.

— Vous comprendrez quand vous le verrez, dit Diana.

Ils entrèrent en silence dans la bibliothèque. Roméo s'était enroulé en une boule méconnaissable de poils gris sur le tapis et Christabel, assise à côté de lui, faisait glisser son regard bienveillant de son compagnon à trois pattes à Willow. L'enfant dormait le visage enfoui dans un coussin, sous le vitrail au nénuphar qu'elle aimait tant. Elle murmurait dans son sommeil et s'agitait. Elle risquait d'un instant à l'autre de tomber de la banquette.

Blake resta debout à la regarder un moment, avec un sourire mystérieux sur son beau visage.

— C’est une petite fille magnifique, murmura-t-il.

Willow se retourna brusquement et bascula. Diana se précipita vers elle et l’attrapa avant qu’elle touche le sol. Elle se redressa et Blake tendit les bras vers elle. Diana avait saisi l’enfant de façon peu pratique et elle faillit la lâcher, si bien que Blake s’approcha davantage, jusqu’à se coller à Diana pour qu’elle puisse glisser Willow dans ses bras. Diana se pencha sur elle pour l’embrasser au même moment que Blake. Leurs visages se frôlaient, leurs bras se touchaient sous le corps de l’enfant endormie…

Quand soudain Leonore se rua dans la bibliothèque. Elle s’immobilisa au milieu de la pièce, le visage tordu de rage, une arme pointée sur eux.

CHAPITRE 21

1

— Tu devrais vraiment fermer ta porte à clé, Diana, dit Leonore. Mais tu as été tellement excitée de voir arriver MON mari que tu as oublié, c'est ça ?

Diana et Blake se tenaient toujours debout l'un contre l'autre, immobiles, portant tous deux Willow, qui avait fini par ouvrir les yeux, mais n'était pas encore totalement réveillée. Oui, j'ai oublié de verrouiller la porte derrière moi, pensa Diana. J'avais tellement peur à cause de Glen que quand Blake est revenu, j'étais trop distraite pour penser à la porte.

— Alors, vous n'avez rien à dire ? Aucun de vous deux ? Tu ne me proposes pas une tasse de thé ou un peu de cette si délicieuse limonade avec un bon vieux sandwich au beurre de cacahuètes et à la confiture, Diana ?

Blake finit par demander d'un ton égal :

— Leonore, comment es-tu arrivée jusqu'ici ?

— J'ai suivi Jeffrey jusqu'à l'hôtel. Je lui ai donné quelques tranquillisants et je suis parti avec la

Lincoln — tu sais, la jolie voiture qu'il s'est achetée. Et je suis venue directement ici.

— Pourquoi ?

— Pour mettre un terme à mes souffrances, dit-elle d'une voix forte, ses yeux bleus, sauvages, incapables de se fixer. Penny ne souffre plus. Pourquoi est-ce que moi je devrais continuer à souffrir ?

Diana en resta muette, mais Blake reprit la parole, toujours calme.

— De quoi parles-tu, chérie ?

— Je parle de toi, chéri ! De toi et de tes aventures. Depuis le début de notre mariage, je les tolère parce que je t'aime tellement. Je me suis convaincue que je pourrais supporter tes incartades tant que tu restais avec moi. Mais là, c'est la goutte d'eau. Je savais depuis des années que tu avais une liaison avec Penny, même si tu l'as toujours nié. Et pourtant, elle n'est pas morte depuis une heure que tu jettes déjà ton dévolu sur une autre. Tu l'embrasses alors que vous tenez tous deux l'enfant de Penny, bon Dieu ! Vous n'avez pas honte ?

Blake replaça doucement Willow dans les bras de Diana et Willow murmura, encore engourdie :

— Qu'est-ce qui se passe ?

— Rien, mon cœur. Reste bien tranquille, chuchota Diana. Ne dis rien.

— Non, par pitié, Willow, ne dis rien, aboya Leonore. Je ne t'appellerai pas Cornélia parce que c'est le prénom de ma mère et que tu n'as aucun lien de sang avec ma mère ! La mère de Blake, c'est une autre histoire. Tu n'as jamais rencontré ta grand-mère Wentworth parce qu'elle est dans un asile de fous.

La voix de Blake claqua comme un fouet :

— Leonore ! Est-ce que tu es en train de dire que Willow est ma fille ?

— Je sais qu'elle l'est. Je le sais depuis qu'elle est née. Si j'ai toujours pris tant de soin d'elle, c'est parce qu'il n'y avait rien d'autre que je puisse faire, parce qu'elle était ton enfant, alors que moi je ne pouvais pas t'en donner. Stérile. Voilà ce que je suis. Ma mère m'a toujours dit que c'était la croix que je devais porter pour être la fille de Morgan Cavanaugh.

— Pour l'amour de Dieu, Leonore, ta mère a davantage sa place dans un asile que la mienne !

Diana entendit la fureur pointer dans sa voix.

— Stérile ? Je savais que tu ne pouvais pas avoir d'enfants quand je t'ai épousée, et ça n'a fait aucune différence pour moi.

— Bien sûr que non, puisque tu m'as épousée pour assurer ta place dans l'entreprise. Pour porter tes enfants, tu pouvais toujours trouver d'autres femmes. Des femmes comme Penny. Et Diana ? Je suis sûre qu'elle est une excellente reproductrice.

— Arrête ça, Leonore, lâcha Blake d'une voix devenue glaciale. Willow n'est pas ma fille. Il ne se passe rien de romantique entre Diana et moi. Nous ne sommes même pas amis. Toi, par contre, tu es ma femme depuis douze ans. J'ai fait tout ce que je pouvais pour te rendre heureuse, mais je n'y parviendrai jamais à cause de tous tes soupçons ridicules.

— Ce ne sont pas des soupçons ! hurla Leonore en

s'approchant, l'arme toujours pointée sur eux. C'est la vérité !

Willow, tout à fait réveillée, s'était mise à pleurer. Diana la faisait tressauter dans ses bras comme elle l'aurait fait avec un bébé en lui disant que tout irait bien, ce qui était absurde. Cette enfant avait des oreilles.

— Diana continue à te mentir, Willow, hurla Leonore. Tout n'ira pas bien. Penny est morte ! Ta mère est morte !

Leonore avança encore de deux pas dans leur direction, l'arme tremblant dans sa main.

— Tu ne la reverras jamais, Willow, plus jamais !

Willow laissa éclater sa douleur dans un cri déchirant et soudain Leonore fit feu. Diana ne sentit plus rien pendant un fragment de seconde. Puis la douleur transperça son épaule gauche et enflamma son bras. Le choc lui fit perdre sa prise sur Willow et elles s'effondrèrent toutes deux par terre. Leonore hurla comme un animal. Avec une rapidité féline, Blake fondit sur elle et lui arracha l'arme.

Diana vit Blake la pointer sur Leonore. Elle se tenait debout, pâle et tremblante, et Diana soupira de soulagement. Blake les avait sauvées. Leonore aurait pu tirer sur Willow, ensuite. Je ne suis que blessée, se dit-elle. Tout ira bien dès qu'il aura appelé la police.

— Mon téléphone portable est sur la table derrière vous, Blake, dit Diana. Cette fois, hors de question que vous retourniez prévenir les policiers en patrouille en bas.

Blake ne la regarda même pas. Il ne fit aucun

geste en direction du portable. Il fixait simplement Leonore des yeux, avec un petit sourire satisfait.

— Tu es tellement stupide, Leonore, dit-il calmement. Tu pensais tirer quoi de cette scène lamentable ? Tu croyais vraiment que tu pourrais me reconquérir en me faisant peur ? Je sais bien que tu n'allais pas me tuer. Tu ne me libérerais pas si facilement ! Tu voulais peut-être me blesser grièvement, histoire que je me retrouve paraplégique, ou mieux encore, tétraplégique. Là tu m'aurais eu pour toi toute seule, n'est-ce pas ? J'aurais tout le temps été sous ta coupe, dépendant de toi, incapable de t'échapper. C'est ça que tu as toujours voulu, Leonore, mais je ne te ferai pas ce plaisir. Tu ne m'as jamais eu, et tu ne m'auras jamais.

La Leonore en furie d'une minute plus tôt s'était rabougrie comme une fleur frappée par un vent glacial, pitoyable.

— Blake, je suis désolée, dit-elle. Je ne sais pas ce qui m'a pris.

— Quelle défense imparable, chérie ! Non, tu ne t'en sortiras pas en jouant les petites filles innocentes cette fois-ci, Leonore. Tu vas aller en prison comme ton père aurait dû y aller. Les gens pensent que Morgan et Jeffrey sont uniques dans leur genre, mais ils se trompent. C'est Morgan et toi qui vous ressemblez. Tu as toujours été comme lui.

— C'est faux ! protesta Leonore. Je sais que mon père a fait des choses affreuses, mais pas moi !

— Vraiment ? Et quand tu l'as aidé à faire passer la mort de mon père pour un suicide ?

Diana ouvrit la bouche de stupeur. Qu'est-ce que

Blake était en train de dire? Qu'est-ce qu'il faisait? On aurait dit qu'il s'amusait. Elle comprit soudain qu'il n'avait aucune intention d'appeler la police. Il était différent. Elle eut un pressentiment funeste.

— Moi, j'ai aidé mon père à faire passer la mort de ton père pour un suicide? Je ne sais pas de quoi tu parles. J'étais adolescente…

— Une adolescente qui voulait entrer dans les bonnes grâces de papa. Et c'est ce que tu as fait, Leonore. C'est toi, le fils que Morgan n'a jamais eu.

Blake la regardait avec une haine froide, sombre.

— Va te mettre là-bas, à côté de Diana. Va donc t'asseoir contre la femme que tu considérais comme ta rivale. Elle n'a jamais été ta rivale, tu sais. Je la trouve tout à fait ravissante, bien sûr. Et je n'ai pas manqué de m'imaginer comment elle devait être au lit. Merveilleuse, j'en suis certain. Mais je suis mon plan depuis des années et je n'en ai jamais dévié pour un simple plaisir sexuel. Diana n'entre pas dans mes projets. Et fais bien attention de t'asseoir à sa droite, Leonore. L'épaule gauche de Diana saigne beaucoup, je trouve.

Leonore rampa vers Diana, sans croiser son regard, et se colla à la banquette. Willow ne sanglotait plus. Après avoir entendu que sa mère était morte, elle avait sombré dans un silence total et d'autant plus inquiétant, elle s'était retirée dans son monde. Tant mieux, songea Diana. Je ne veux pas qu'elle voie ou entende tout ça.

— Pourquoi dites-vous que Leonore a aidé Morgan à faire croire que votre père s'était suicidé, Blake?

Elle sursauta au son de sa propre voix. Elle n'avait pas eu l'intention de parler — elle comptait juste se donner du temps, jusqu'à ce que les agents de patrouille se rendent compte qu'il se passait quelque chose de bizarre dans la maison.

— Mon père ? Je pensais que tout le monde avait oublié Charles Wentworth. Ils ont passé le balai sur lui et sa disgrâce et l'ont poussé sous le tapis ! dit Blake.

— Sa disgrâce ?

— Mon père a fait des investissements peu judicieux. Il a perdu beaucoup d'argent. Il était désespéré, sinon il n'aurait jamais accepté de s'associer à Morgan Cavanaugh. Il avait entendu les pires rumeurs sur lui, il ne lui faisait pas confiance. Mais la fierté de mon père et son désir de nous protéger l'ont mis dans le pétrin. Il s'est acoquiné avec Cavanaugh et leurs affaires sont devenues florissantes.

Blake secoua légèrement la tête, les yeux perdus dans le vague pendant un instant.

— Mais quand Cavanaugh & Wentworth a fini par dépasser les ambitions de Morgan, il a décidé qu'il n'avait plus besoin d'associé. Je ne saurais pas tout ça si mon père ne s'était pas soûlé un soir et ne m'avait pas tout raconté. Il m'a expliqué que Morgan avait trafiqué les livres de comptes pour faire croire que Père avait volé plus d'un million de dollars à l'entreprise. Il m'a dit que Morgan jouait au meilleur ami soucieux de sauver la face de son associé, mais que les membres du conseil d'administration n'étaient pas dupes, parce qu'il avait pris soin de cacher ses soi-disant magouilles de façon délibérément maladroite.

Père a démissionné. Il envisageait de déménager, parce que tous nos amis, ces amis de la bonne société new-yorkaise, nous avaient tourné le dos. Mère a sombré dans la dépression. Il s'inquiétait de ne plus pouvoir payer mes études à Harvard.

Blake s'interrompit.

— Mais même ce soir-là, mon père ne s'avouait pas vaincu. Il était atteint, mais pas abattu. Il imaginait comment il nous sortirait de là, quelle nouvelle vie nous aurions. Ensuite il m'a dit qu'il avait rendez-vous avec Morgan. Il comptait passer une espèce de marché avec lui. J'étais inquiet. La neige tombait dru et il était ivre.

Les yeux de Blake se voilèrent.

— Il n'est jamais rentré à la maison. Leonore, je suis sûr que tu te souviens du lendemain — le jour où il a été trouvé dans sa voiture sur une petite route à environ trois kilomètres de chez nous, avec une balle dans la tête.

— C'est terrible, murmura Diana.

— Je vais vous dire ce qui est terrible, cracha Blake. Mon père ne s'est pas suicidé. Morgan Cavanaugh l'a tué parce qu'il avait peur que mon père raconte son histoire et que quelqu'un finisse par le croire !

— Mais il y a bien eu une enquête de police ? demanda Diana, qui sentait Willow se mettre à trembler contre elle. Est-ce que Morgan n'a pas dit à la police qu'il avait rendez-vous avec votre père ?

— Non, il n'en a rien fait. Il a dit qu'il n'avait jamais été question d'une réunion. Sa femme et Jeffrey n'étaient pas chez lui ce soir-là, mais Leonore, si. Notre petite Leonore, qui a juré sur la Bible que son papa n'avait pas quitté la maison. Elle a dit qu'ils avaient regardé la télévision ensemble toute la soirée, comme si Morgan avait jamais fait une telle chose avec ses enfants !

Diana lança un regard à Leonore, qui se recroquevillait par terre, le front baissé, et elle comprit que Blake disait vrai. Leonore avait fourni l'alibi de son père ce soir-là. Diana se demanda de quelle manière cet homme avait pu faire pression sur elle pour qu'elle agisse ainsi. Blake n'en avait apparemment rien à faire.

— Mes parents étaient tous les deux profondément croyants, continua Blake. Mon père avait la foi. Jamais il n'aurait mis fin à ses jours, sachant que cela l'empêcherait d'être enterré dans un lieu consacré et d'aller au paradis. Ma mère était convaincue qu'il brûlait en enfer, c'est ça qui a brisé son esprit. Morgan a fait d'une pierre deux coups, comme on dit. Et quelle a été sa punition ? Il s'est retrouvé avec Cavanaugh & Wentworth pour lui tout seul.

— Mais Leonore disait qu'il vous avait engagé, qu'il avait financé vos études, comme celles de son propre fils, dit Diana, au désespoir.

— Bien sûr qu'il a fait tout ça. Les gens l'ont considéré comme un saint : son associé, l'homme en qui il avait toute confiance, le vole puis se tue en laissant derrière lui des dettes et une femme folle, et Morgan devient le sauveur de ce pauvre Blake. Quel grand prince !

Diana entendit des frottements et des balbutiements dans le couloir et Clarice entra en titubant dans la bibliothèque. Diana avait totalement oublié la présence de la vieille dame, et voilà qu'elle se tenait au milieu de la pièce vêtue de l'ignoble nuisette rose froufroutante que Diana lui avait prêtée pour sa première nuit dans la maison. Elle jeta un regard interrogateur à Blake, puis à Diana.

— Tout ce bruit ! Mais qu'est-ce qui se passe, ici ?

Blake pointa l'arme sur elle.

— Si vous voulez rester en vie, vous allez vous taire.

— Mon Dieu, il y a du sang partout ! gémit Clarice.

Elle vacilla, frêle grand-mère perdue dans une masse de nylon et de dentelle rose, les mains dans le dos.

— Je resterai tranquille, souffla Clarice en papillonnant de ses yeux violets.

Elle se laissa tomber au sol à côté de Diana.

2

— Elle fait une crise cardiaque ! s'exclama Diana.

Blake haussa les épaules.

— Elle s'est juste évanouie. Dans le cas contraire… Elle m'a économisé une balle.

Diana ne pouvait plus avoir aucun doute. Elle avait envie de lui hurler dessus mais elle savait que ce serait se condamner à une mort immédiate. Elle avala sa salive, baissa la tête, puis leva les yeux et demanda doucement :

— Blake, je sais que vous faites ça à cause de Jeffrey. Pourquoi ? Jeffrey est votre ami.

— Jeffrey Cavanaugh ? Mon ami ?

Blake éclata d'un rire sans joie. Plus rien ne pouvait l'arrêter.

— Je suis un Wentworth. Et lui, qui est-il ? Rien d'autre qu'un homme moyen, d'une intelligence moyenne, et de naissance moyenne dont la seule qualité est l'argent qu'il possède. Ce n'est qu'un rat d'égout, une racaille comme son père ! J'ai détesté lui être redevable encore plus que j'ai haï son père. C'est alors que j'ai décidé que je ferais payer à Morgan et à Jeffrey la destruction de ma famille et la lapidation de notre honneur. Je trouve que j'ai fait preuve d'une patience exceptionnelle, j'ai élaboré un plan imparable ; ça n'a pas été facile, mais j'ai réussi. D'abord, il a fallu que je séduise la peu charmante Leonore. Elle était courtisée par quelques petits amis, mais elle savait qu'ils n'en avaient qu'après son argent. Qu'aurait-elle pu leur offrir d'autre, d'ailleurs ? Et puis elle était amoureuse de moi depuis des années déjà, et elle était peu douée pour le dissimuler. Quand j'ai demandé sa main à Morgan, il a eu du mal à cacher sa joie. Sa banale et moyenne Leonore qui épousait un Wentworth !

— Oh, Blake, je t'en prie, ne dis pas des choses comme ça ! l'implora Leonore. Tu avais des sentiments pour moi.

— Je te supportais. Et ne t'imagine pas que je ne t'aimais pas parce que tu ne pouvais pas avoir d'enfants : jamais je n'aurais permis que tu sois la mère de mon enfant. Tu n'en es pas digne !

Leonore baissa la tête et se mit à pleurer. Dégoûté, Blake leva les yeux au ciel et jeta sa tête en arrière. À cet instant, Clarice se rapprocha subrepticement de Diana. Diana tourna légèrement la tête vers elle et vit que la vieille dame gardait les yeux fermés comme si elle était toujours inconsciente, et sous les plis de sa chemise de nuit hideuse, elle poussa quelque chose de dur et de froid contre la main gauche de Diana. Diana fit courir sa main sur l'objet. Un revolver.

Blake reporta brusquement son regard sur Diana et elle craignit qu'il ne l'ait vue bouger sa main. Elle demanda très vite :

— Est-ce que Morgan a vraiment été tué par le milieu ?

— Non, fanfaronna Blake. Je savais que Morgan se rendait dans le même bar louche tous les mardis soir. Je me suis assuré que Jeffrey était occupé, et seul — sans alibi — et j'ai simplement attendu que Morgan titube hors de cette gargote où était sa vraie place. J'ai débouché d'une impasse derrière le bar et j'ai collé une arme contre sa tête, comme il l'avait fait avec mon père, et puis j'ai tiré. Bien sûr, Jeff avait tout à gagner à la mort de son père. Les deux hommes se haïssaient, tout le monde le savait et Jeff n'avait pas d'alibi. J'ai pris soin de ne laisser aucune preuve pouvant l'incriminer, et j'ai lancé la rumeur sur un règlement de compte mafieux. Si ce bon vieux Jeffrey était envoyé en prison, mon projet tombait à l'eau.

— Il a pris les rênes de l'entreprise à trente ans,

vous veniez d'obtenir votre diplôme de Harvard, il vous a alors donné un bon poste chez Cavanaugh & Wentworth, et trois ans plus tard, il s'est marié.

— Tu as bien révisé ta chronologie Diana !

— Cette famille me fascine. Vous avez été jaloux quand il a épousé Yvette ?

— Jaloux ? C'était la plus belle femme que j'avais jamais vue — il est évident qu'elle n'a épousé Jeffrey que pour son argent — mais je ne me serais jamais marié avec elle, pas pour un million de dollars ! Elle était schizophrène. Je sais qu'une personne atteinte de cette maladie peut fonctionner au sein de la société si elle suit sérieusement un traitement et obéit aux consignes des médecins, mais Yvette n'en faisait qu'à sa tête. Elle refusait de prendre ses médicaments parce qu'elle disait qu'ils l'endormaient. Elle buvait des quantités inimaginables d'alcool, jusqu'à ne plus tenir sur ses jambes. Mais elle avait certaines qualités. En dehors de sa beauté frappante, elle était une déesse au lit. La meilleure que j'aie connue… Mais sa maladie prenait le dessus. Elle ne se contrôlait plus. Elle était sur le point de parler de nous à Jeffrey. J'ai vu venir la menace, alors je me suis arrangé pour qu'elle se mette encore dans un état minable à cette soirée de San Francisco. Je lui ai dit que Jeffrey voulait la faire interner dès notre retour à la maison. Elle a fait une scène. Dès qu'elle a quitté la salle de réception, je lui ai conseillé de monter dans leur chambre et de commander du champagne. Je suis retourné auprès des invités et j'ai casé Jeffrey avec un moulin à paroles dont je savais qu'il le retiendrait pendant une bonne demi-heure. Je suis monté à la chambre d'Yvette et après une bagarre pendant laquelle j'ai réussi à arracher de son cou le si précieux collier, je l'ai poussée par la fenêtre. Adieu Yvette ! Cette fois encore, la police avait de quoi nourrir d'énormes soupçons contre Jeffrey, mais aucune preuve. Je ne voulais pas qu'il aille en prison. Je n'en avais pas fini avec lui.

Emporté dans son élan d'orgueil, Blake ne remarqua pas que Diana faisait progresser l'arme derrière son dos, péniblement. Elle maudit sa blessure à l'épaule gauche, qui la faisait terriblement souffrir et semblait presque paralyser sa main, mais il fallait qu'elle continue à glisser l'arme vers son côté droit.

— Et puis il y a eu Penny, dit soudain Leonore. Je me suis toujours demandé pourquoi tu ne t'étais pas opposé plus fermement à ce mariage. Maintenant je comprends. Penny était la nouvelle Yvette.

— Oui, Leonore, c'est ça. Au début, j'ai vu qu'elle était réellement amoureuse de Jeff. Personne n'a jamais prétendu que Penny était intelligente. J'ai attendu mon heure. Ensuite elle a eu Willow et les choses ont commencé à tourner en ma faveur. Elle était malheureuse du peu d'attention que Jeff accordait à l'enfant. Elle ne l'a pas vu pleurer comme un gamin à la naissance de sa fille — ce n'est pas le genre d'homme qui assiste à l'accouchement. Elle ne se doutait pas à quel point il parlait du bébé sans arrêt, tout le temps. J'ai cru que j'allais devenir fou. Ce que Penny ne comprenait pas, c'est que justement parce qu'il adorait Willow, Jeff avait presque peur d'elle — il avait peur de ne pas la prendre comme il fallait, de lui faire du mal physiquement, il avait aussi peur d'être un père comme le sien et de la perturber psychologiquement. Il a donc décidé de lui infliger sa présence le moins possible. C'était absurde... Mais ça m'arrangeait. Penny s'est mise à me parler de ce problème. Jeffrey passait de plus en plus de temps loin de chez lui. Il la traitait comme une prisonnière. Plus elle lui en voulait, plus grandes étaient mes chances avec elle.

Il regarda les quatre visages tournés vers lui.

— Inutile que je vous dise ce qui s'est produit, j'imagine ?

— Penny s'est enfuie parce qu'elle a trouvé le collier d'Yvette dans le coffre-fort de Jeffrey, dit Diana avec le plus grand calme.

— Ah, Tyler doit vraiment être son frère adoptif ! Il a révélé tous les petits secrets ! Penny avait décidé qu'elle était amoureuse de moi — qu'elle allait quitter Jeffrey pour moi. C'était hors de question ! Jeffrey m'aurait jeté hors de la compagnie en moins de temps qu'il n'en faut pour le dire. Je ne pouvais pas la tuer — un père et deux épouses assassinées, ç'aurait sans doute été trop pour Jeffrey. Au lieu de ça, j'ai décidé de jouer sur sa peur. Je savais qu'elle était persuadée de l'innocence de Jeffrey, mais je ne cessais de ramener sur le tapis, l'air de rien, le sujet de Morgan et d'Yvette. Ensuite, j'ai profité d'un long voyage d'affaires de Jeffrey et de Leonore pour déposer le collier d'Yvette dans le coffre de son bureau, et j'ai veillé à parler régulièrement de ce collier à Penny, pour aiguiser sa curiosité. Je savais que Penny avait très envie de connaître le contenu du coffre, et j'ai poussé le vice jusqu'à lui donner un indice sur l'endroit où était cachée la combinaison. Elle a trouvé la combinaison et le collier. Elle a été terrifiée. Je l'ai convaincue de ne pas aller voir la police. Je lui ai dit qu'il serait plus prudent qu'elle s'enfuie. Elle ne m'avait jamais parlé de Tyler, mais j'étais certain que, depuis ses années de débauche, elle avait gardé des relations qui pourraient lui fournir de faux papiers. J'ai acheté la maison de Rosewood pour elle. Je l'ai même aidée à s'installer.

— Je vous ai vu ! cria Clarice en se penchant brusquement en avant, secouant les bras. Je savais bien que vous me disiez quelque chose. Je vous ai entraperçu quand elle a emménagé, mais vous portiez une casquette !

Clarice retomba en arrière, comme achevée par ce sursaut, mais elle avait réussi à couvrir davantage les genoux de Diana avec les volants de sa chemise de nuit. Diana put faire glisser l'arme vers la droite sans que Blake la voie bouger.

— Je savais qu'il faudrait que je me débarrasse de Penny un jour, mais sa disparition a suffi à produire l'effet que j'attendais sur Jeffrey. Il était effondré, mais cette fois il n'y eut pas d'enquête de police. Il se trouvait en France, au moment de la disparition de sa femme et de sa fille. Des gens avaient vu Penny le matin du jour où elle avait disparu avec Willow, à une heure où Leonore et lui étaient en rendez-vous chez un client. Tout s'est bien passé au début. Penny a trouvé un boulot qui lui plaisait. Elle appréciait la ville. Je suis venu la voir environ une fois par mois. Ensuite Leonore a remarqué mes absences régulières, et j'ai dû espacer mes visites. Penny a commencé à me mettre la pression : elle voulait que je parle à Leonore, que je dise à Jeffrey que nous nous aimions et que nous souhaitions nous marier. Il y a un mois, elle m'a annoncé qu'elle était enceinte, enceinte de moi. Je savais qu'il n'y avait que moi, que Penny ne se laisserait jamais toucher par un autre homme. Elle m'a prévenu quand Glen Austen s'est mis à la harceler, fin mai. Ensuite, Jeffrey a reçu un message. Il avait encore ses vapeurs et travaillait jour et nuit. C'est donc moi qui ai ouvert le courrier. Le message promettait qu'une personne de confiance lui révélerait où se trouvaient Penny et Cornélia Cavanaugh pour 150 000 $. Le mot était accompagné d'une photo. Elle montrait Penny et Willow dans un jardin, en train de jouer au ballon. La photo avait été prise de l'intérieur, parce que le vitrail avec le nénuphar était dans le champ. Penny m'avait parlé de ce motif. Elle disait qu'il lui rappelait Yvette, la cruauté de Jeff, comment il l'avait tuée…

Blake lâcha un rire brutal, sans retenue.

— Penny était une vraie chochotte ! Enfin bref, j'avais eu la chance d'intercepter cette lettre, mais je savais que d'autres suivraient. J'ai compris qu'il était temps que Penny disparaisse pour de bon.

Le téléphone de Diana sonna. Cinq paires d'yeux se fixèrent sur l'appareil, quatre pleines d'espoir et l'autre d'agacement. Il sonna encore.

— C'est oncle Simon, dit Diana.

Blake soupira.

— Je sais. L'éreintant oncle Simon qui se décide

enfin à vous dire que Penny est morte il y a une heure.

La sonnerie retentit une troisième fois.

— Il va comprendre que quelque chose cloche.

— Il se dira que vous avez fourré votre téléphone n'importe où. Vous ne faites attention à rien, Diana ! Regardez comme vous avez laissé la porte ouverte quand je suis revenu, ce qui a permis à Leonore d'entrer.

— Si je n'avais pas oublié de fermer la porte à clé, vous n'auriez pas cette arme dans la main en ce moment, dit Diana.

Blake lui décocha un sourire de dédain.

— Vous pensez vraiment que je suis venu sans la mienne ? Enfin celle de Penny, pour être précis. Je l'ai prise chez elle.

Le téléphone sonna encore.

— Oh, laisse tomber, Simon !

Blake poussa un cri sauvage en dirigeant l'arme contre le téléphone et tira, le faisant exploser en mille morceaux.

— Voilà. Maintenant on sera tranquilles.

Diana vit que malgré son attitude bravache, Blake était défait, fatigué de s'expliquer, affaibli par cette journée interminable à attendre que Penny meure. Pourtant, il tenait à ce que tous sachent avec quelle intelligence il avait agi.

— Vous êtes venu ici, et vous avez posé la bombe, dit Diana précipitamment. Pendant que Penny était à l'hôpital avec Willow, vous êtes allé chez elle et vous avez mis une bombe.

Blake hocha la tête, content de lui.

— Vous avez appelé l'hôpital et vous avez demandé quand Willow sortirait. Pourquoi ?

— Je ne voulais pas la tuer. Jeffrey ne l'aurait pas supporté et ma carrière chez Cavanaugh & Wentworth aurait été terminée. Certaines personnes n'apprécient pas beaucoup mon travail dans l'entreprise, mais Jeff est là pour me défendre et me protéger. J'avais encore besoin de lui.

Willow semblait toujours retranchée dans son monde, mais elle agrippait la main droite de Diana. Diana tenta de se dégager, mais Willow resserra son étreinte.

— Et Nan ?

— Penny m'avait parlé de vous, de Simon et de Nan. Quand j'ai vu ce vitrail sur la photo, j'ai compris qu'elle avait été prise par quelqu'un d'ici. Mais qui se qualifierait de « digne de confiance » ? Cette petite idiote, bien sûr. Penny m'avait aussi appris que Glen avait une liaison avec Nan. Elle ne voulait pas vous en parler tant que Nan n'aurait pas quitté la maison et que sa mère n'aurait pas repris son poste, parce qu'elle craignait que la situation soit trop embarrassante pour vous. Mais je me suis aussi dit que ce Glen devait être impliqué dans la combine pour les 150 000 $. Après l'explosion, Jeff a été prévenu et nous sommes arrivés ici, les trois mousquetaires.

Il leva encore les yeux au ciel.

— Je ne pouvais pas compter sur le fait que Nan tiendrait sa langue. Elle savait qu'elle avait déclenché quelque chose de grave avec sa demande d'argent, et je n'ignorais pas qu'elle en avait parlé avec Glen.

Leurs numéros de téléphone et leurs adresses sont dans l'annuaire. D'abord, je suis allé chez Nan. Elle faisait ses bagages pour partir, mais — trop tard ! En un coup de hachoir, le problème était réglé. Je regagnais ma voiture, garée un pâté de maisons plus loin, quand j'ai vu un homme s'arrêter dans l'allée. Il est entré. Je savais que c'était Glen. J'allais m'occuper de lui quand vous êtes arrivée, Diana. Vous aussi vous êtes entrée. Apparemment, vous avez surpris Glen dans le grenier avec le cadavre de sa maîtresse — une situation somme toute assez embarrassante. Quand il est sorti de la maison en courant, je l'attendais dans sa voiture. Je l'ai forcé à conduire jusqu'à un endroit isolé. Et c'est ainsi que le problème Glen a également été réglé en un tournemain.

— Glen est mort depuis dimanche soir ? demanda Diana.

Blake hocha la tête.

— Alors qui…

— … est venu lancer de petits cailloux contre vos fenêtres ? Moi. Vous en saviez trop sur toute cette histoire. Il fallait que je vous tue. Je n'avais vraiment pas le choix. J'ai enfilé ce costume ridicule et j'ai joué à l'ange gardien de Willow avant de vous réveiller. Je savais que je pouvais utiliser Willow pour vous attirer dehors. Mais ensuite quelqu'un — la police peut-être — est venu à votre secours.

— C'était Tyler Raines, dit Diana au moment où Willow lâchait sa main.

Elle put enfin attraper l'arme dans sa main droite tout en continuant à parler.

— Il est inspecteur pour la police de New York.

— Eh bien, comme c'est impressionnant ! Mais il n'est pas bon tireur. Il m'a manqué.

— Comme vous nous avez manqué, rétorqua Diana, qui regretta tout de suite ses paroles.

Les yeux de Blake se rapprochèrent.

— Mais vous avez laissé le bracelet de Glen dans les bois.

— Et comme je l'espérais, la police l'a trouvé.

— Ce bracelet me posait problème, dit Diana, qui perdait beaucoup de sang et commençait à se sentir faible. Glen se plaignait de la dureté du fermoir. Il avait toujours du mal à l'enlever et à le remettre. Il a même dû utiliser un tournevis, une fois. Et pourtant, nous étions censés croire qu'il l'avait laissé tomber par accident.

— Ce que vous pouviez penser m'était bien égal, riposta Blake. La police a cru qu'il l'avait perdu. Et j'ai utilisé son téléphone pour vous appeler tout à l'heure.

— Pour que la police et moi pensions qu'il était encore dans le coin. C'est pour ça que vous avez insisté pour descendre prévenir les agents de la patrouille !

— Il n'y en avait qu'un et, malheureusement, Diana, il est mort. J'ai attendu qu'il alerte le central sur la présence de Glen et j'ai dû le tuer. Je n'avais pas le choix.

— La police pense que Glen est coupable de tout, alors pourquoi êtes-vous venu ici ?

— J'avais l'intention de vous tuer, vous et Willow. Une aussi belle occasion ne se représenterait sans doute pas de sitôt. La mort de Willow aurait achevé

Jeffrey, et il était hors de question de tolérer l'existence d'un témoin gênant. La police devait penser que Glen était venu ici, fou de rage, et vous avait tuée parce que vous lui aviez brisé le cœur. Willow aurait été là au mauvais moment et au mauvais endroit, c'est simple.

Il se tut, les mâchoires serrées.

— Mais voilà que ma délicieuse épouse est arrivée pour gâcher mon beau projet. Maintenant il va falloir que je vous tue tous et que je parte. Personne ne me retrouvera jamais. Que les flics n'essaient même pas, d'ailleurs. Ils perdraient des heures et des milliers de dollars des contribuables pour rien. J'imagine que ce sera très flatteur.

Il se tut et sourit, fier d'avoir tant impressionné son auditoire.

— Qui dois-je tuer en premier ? Il serait logique de commencer par ma cible d'origine, il me semble. Willow !

Il tourna l'arme en direction de l'enfant, qui se mit à hurler de toutes ses forces. Comme il prenait le temps de viser, Diana dégagea sa main droite d'un geste rapide et, le regard embué, elle tira. La balle ne fit qu'effleurer la cuisse de Blake avant d'aller se loger dans le mur. Avec un cri de rage, il visa à nouveau Willow. Diana fit feu une deuxième fois, mais le manqua encore. La balle siffla contre son oreille.

Diana tremblait violemment et transpirait tellement à cause de la douleur que le revolver glissait dans sa paume. La pièce semblait tourbillonner autour d'elle et elle ne cessait de cligner les yeux pour tenter de voir moins trouble : elle vit Blake pointer son arme sur elle. Puisant dans ses dernières forces, elle poussa Willow de côté et ferma les yeux au moment où la déflagration retentit. Elle ne sentit rien ; au bout d'une seconde, elle rouvrit les yeux et vit Blake tituber. Mais il la visait toujours. Elle regarda derrière son agresseur. Tyler Raines se tenait dans l'encadrement de la porte menant au vestibule.

— Baissez votre arme ou je tire ! cria Tyler.

Blake n'obtempéra pas et Tyler fit feu. Blake tressaillit mais parvint à rester debout, prêt à tirer.

— J'ai dit stop ! hurla Tyler.

Blake eut un rire rageur et dirigea son arme vers Willow.

Diana retint son souffle ; une autre déflagration fit vibrer l'air de la pièce. Entre ses paupières mi-closes, elle vit Blake figé dans une pose extatique. Puis, lentement, son sourire s'affaissa, ses beaux yeux noirs devinrent opaques, ses genoux se plièrent et il tomba de tout son long sur le plancher.

ÉPILOGUE

20 décembre

— Eh bien, si j'avais su que l'incendie de ma maison pouvait me mener à ça !

— C'est maintenant que je suis censée dire que les voies du Seigneur sont impénétrables ?

Diana rangea une mèche des cheveux argentés de Clarice dans son chignon bas, puis y plaça un peigne irisé orné de perles couleur améthyste.

— Parfait ! Vous voulez voir ?

Diana tendit un miroir à Clarice, qui se leva pour regarder de quoi sa coiffure avait l'air.

— Tu as fait un merveilleux travail, Diana ! Chez le coiffeur, ils me tirent toujours tellement les cheveux que j'ai l'impression que ma bouche forme un sourire démoniaque !

Diana rit.

— J'ai peut-être loupé ma vocation. J'aurais dû devenir coiffeur-visagiste.

— Pourvu que Simon ne t'entende pas énoncer des sottises pareilles, alors que ta dernière exposition à New York a rencontré un tel succès ! Fini les dépliants pour offices du tourisme !

— Je m'en réjouis. Cette plaie de directeur, avec son nœud papillon, a trouvé que mes photos n'avaient « pas le niveau ».

— C'est un imbécile ! comme dirait Simon.

Clarice posa le miroir et se tourna vers Diana.

— De quoi ai-je l'air ? Et sois franche !

Clarice portait une robe fourreau en satin couleur améthyste avec de longues manches et un col bateau. Un sautoir de perles de cinquante-cinq centimètres pendait à son cou et des boucles d'oreilles en perles dodelinaient à ses lobes. Ces bijoux appartenaient à la mère de Simon. Il les avait offerts à Clarice, avec une bague de fiançailles ancienne ornée d'un diamant. Clarice avait autorisé Diana à mettre en valeur ses yeux lavande avec du fard à paupières rose et violet, un fin trait d'eye-liner et du mascara. Aux pieds, elle avait chaussé des escarpins améthyste avec cinq centimètres de talon ; pas de déambulateur aujourd'hui.

— Clarice, vous êtes absolument radieuse. Pas étonnant qu'un vieux garçon fringant de soixante-quinze ans vous ait demandée en mariage.

Clarice sourit en rougissant.

— J'ai été tellement surprise !

— Pas moi. Je pense que je m'y attendais depuis la première semaine que vous avez passée ici avec nous.

Le sourire de Clarice faiblit.

— Quelle semaine nous avons vécue ! Chaque jour, quelque chose d'horrible arrivait, et pourtant, à peine quatre mois plus tard, regarde comme nous avons l'air heureux. Surtout la petite Willow. La façon dont cette enfant s'épanouit m'émerveille.

Diana ressentait la même chose. Après la scène épouvantable qu'avait jouée Blake dans cette même maison, ils avaient tous appris non seulement comment Morgan Cavanaugh avait maltraité son fils quand il était enfant, mais aussi comment Blake s'était dévoué à gâcher le reste de sa vie. C'était Blake qui avait assassiné Morgan. Blake qui avait tué Yvette. Blake encore qui avait poussé Penny à quitter un homme qu'elle prenait pour un monstre, Penny anéantie par le seul homme en qui elle avait confiance à part Tyler.

Au début, Jeffrey avait été si assommé par la vérité concernant Blake qu'il n'avait pas exprimé le désir de reprendre Willow à Simon et Diana. Elle avait toujours peur ; il disait qu'il se faisait peur à lui-même, en particulier à cause de son incapacité à juger les gens, aveuglement qui avait conduit au meurtre de ses deux épouses. Même sa sœur n'était pas celle qu'il croyait. Il était retourné à New York pour entamer une psychothérapie. De leur côté, Simon et Diana avaient aussi veillé à ce que Willow reçoive l'aide psychologique dont elle avait besoin.

Ensuite, peu à peu, père et fille avaient commencé à se rapprocher. Au début, Jeffrey était venu passer quelques week-ends à Huntington. Diana avait aussi emmené Willow à New York pour de courtes visites. Jeffrey avait passé Thanksgiving avec Simon, Clarice et Diana, et après Noël, Willow devait aller passer une semaine à New York, seule chez son père, tandis que Diana partirait en vacances avec Tyler. Jeffrey avait promis à Tyler qu'il pourrait toujours faire partie de la vie de Willow, mais les deux hommes ne parviendraient sans doute jamais à dépasser la simple politesse. Ils espéraient tous que d'ici l'été, Willow aurait envie d'aller vivre à plein temps avec son père.

Sourire aux lèvres, Diana quitta la chambre du rez-de-chaussée où Clarice avait passé sa première semaine éprouvante sous ce toit et se rendit à la cuisine, pour vérifier que les employés du traiteur contrôlaient la situation. Tyler était appuyé contre le plan de travail, en smoking, ses cheveux longs peignés en arrière.

— Tu es beau comme un astre !

— Et toi tu es magnifique, répondit-il en admirant sa robe longue en velours vert. Tu es sûre que ça ne te dérange pas de ne pas être demoiselle d'honneur ?

— Grands dieux non ! Clarice a une fille et deux petites-filles pour endosser ce rôle. Quant à Simon, il ne t'a pas vraiment laissé le choix. Témoin ! Impressionnant !

— C'est une première, pour moi… Oh mince ! J'espère que je n'ai pas perdu l'alliance !

Tyler avait vraiment l'air inquiet et Diana se mit à tâter les poches de son costume, mais il exhiba finalement l'anneau serti de diamants.

— Ah, la voilà ! Mais n'hésite pas à continuer de me fouiller, surtout !

Diana lui fit une petite grimace.

— Je te rappelle que nous sommes supposés accueillir les invités.

Ils entrèrent dans la bibliothèque remplie de fleurs. Diana parvenait presque à oublier ce qui était arrivé dans cette pièce en août dernier : Blake campé au milieu de la pièce, son arme pointée sur Willow et elle. Plus tard, quand l'équipe de secours l'avait une fois de plus prise en charge, elle avait appris que Simon pensait voir Blake revenir rapidement à l'hôpital avec la Porsche. Après une courte attente, Tyler avait demandé à l'avocat de Simon de les reconduire à la résidence Van Etton. Simon avait essayé d'appeler sur tout le trajet. La brusque interruption de la ligne leur avait fait comprendre qu'il se passait quelque chose.

Ils avaient poussé l'avocat à rouler plus vite qu'il ne l'avait jamais fait sur les méandres de la route traversant Ritter Park. Une fois arrivés en bas de l'allée d'accès, ils avaient trouvé l'agent de patrouille mort dans sa voiture. Simon avait raconté cent fois comment son avocat était resté planté là à déblatérer tandis que Tyler bondissait pour prendre sa place derrière le volant. Il avait laissé la pédale au plancher jusqu'à ce qu'il pile derrière la Porsche ; et il s'était rué à l'intérieur de la maison, arme au poing, pour les sauver une fois encore. « Simon va raconter cette histoire jusqu'à son dernier souffle, avait dit Diana à Tyler. C'est tout ce qu'il a toujours rêvé de faire. »

La bibliothèque avait été vidée de ses meubles et un tapis courait entre les chaises bien rangées jusqu'à un petit autel où le pasteur de la paroisse de Clarice officierait. Les invités, plus nombreux du côté du fiancé que de la promise, avaient commencé à l'installer. Diana savait que Clarice ne serait pas blessée par ce déséquilibre. Sa fille était ravissante dans sa robe gris tourterelle. La plus jeune petite-fille de Clarice, Sue, restait sagement dans un coin, à admirer son petit bouquet en souriant timidement. L'aînée âgée de treize ans, Katy, ne cessait de tripoter ses cheveux, dont Willow avait clamé qu'ils ressemblaient à un nid d'oiseau.

Jeffrey Cavanaugh fit son entrée. Il avait perdu au moins dix kilos depuis la mort de Penny et son visage s'était libéré de la colère et de la frustration qui le plissaient auparavant. Même ses yeux semblaient plus doux, plus chauds que l'acier qui y scintillait. Il les salua d'un sourire légèrement hésitant.

— Bonjour Diana ! Tyler !

Il n'était pas encore sûr que tout avait été compris et pardonné. Cela viendrait, pensa Diana, parce qu'elle et Simon n'avaient aucune intention d'exclure Jeffrey de leur vie, et pas seulement pour le bien de Willow.

— Comment va Leonore ? murmura Diana.

— Beaucoup mieux. Elle doit quitter la maison de repos d'ici le jour de l'An. J'ai engagé une infirmière pour prendre soin d'elle pendant quelques mois, mais elle finira par sortir de sa dépression. Elle a déjà parcouru un long chemin, dit-il en baissant les yeux. Tout comme ma fille.

Willow venait de faire son apparition à la porte, vêtue de velours bleu marine, ses cheveux blond vénitien retenus par un ruban assorti. Le petit visage étroit, hagard et d'une blancheur de craie, qui avait été le sien après la mort de sa mère, s'était ouvert. Ses yeux bleus scintillaient et ses joues arboraient un rose d'une fraîcheur qu'aucun maquillage ne saurait simuler.

— Salut… Papa !

Jeffrey tressaillit. Elle ne l'avait jamais appelé « papa » jusqu'à maintenant !

— Tu es très élégant.

— Je te remercie, dit-il fébrilement. Tu es très belle.

Willow sourit.

— Est-ce qu'on va toujours faire la grosse fête de Nouvel An comme tu l'as promis ?

— La fête ne sera peut-être pas aussi grosse que tu l'imagines, mais nous allons nous amuser, ça c'est sûr, dit Jeffrey. Les invitations ont été postées.

— Je sais, parce que Diana en a reçu une.

Elle leva les yeux vers sa bienfaitrice.

— Vous viendrez, toi et Tyler ?

— Bien sûr ! Clarice et Simon seront toujours en lune de miel. Je ne vais certainement pas rester ici toute seule à me morfondre. Et je viendrais avec Tyler parce qu'il m'a juré qu'il était de bonne compagnie en soirée.

— Tu irais n'importe où avec Tyler, dit Willow avec espièglerie avant de se tourner vers son père. Diana va très bientôt venir s'installer à New York.

— Je sais. Comme ça tu pourras la voir autant que tu voudras, quand tu vivras avec moi.

— Ouais, et Tyler et elle vont se marier.

Elle regarda Diana.

— Vous allez vous marier, hein ?

— S'il se comporte comme il faut jusqu'en mai, dit Diana avec une solennité amusée.

— Oh, je suis sûre qu'il sera sage, parce qu'il veut énormément se marier avec toi, et que moi je veux participer au mariage, comme on avait dit, alors il a intérêt à pas tout gâcher. En plus, une fois, maman m'a dit un secret vraiment très important. Elle m'a dit qu'elle espérait que Diana et Badge se marieraient.

Willow rayonnait.

— Elle serait tellement heureuse de savoir que son vœu s'est réalisé !

Personne ne sut comment réagir à cette tirade de Willow. Diana était sur le point de sauter de joie quand le petit groupe constata avec stupeur que Christabel et Roméo avaient réussi à se frayer un chemin parmi les invités pour accueillir Willow. Diana venait de les remarquer quand Roméo laissa échapper un de ses célèbres « Couac ! » Plusieurs personnes se retournèrent vers eux, surprises, et Willow gloussa de bonheur, s'agenouilla et déposa un baiser sur la tête de chacun d'eux.

— Tu trouves pas qu'ils sont merveilleux, papa ? Ils se sont faits beaux !

Jeffrey considéra les deux fauves dont le cou était orné de gros rubans en satin blanc et éclata de rire.

— Je n'avais jamais vu de chats en tenue de soirée avant aujourd'hui !

L'organiste se mit à jouer et Willow, après un petit signe d'intelligence en direction de Diana, conduisit son père jusqu'aux chaises placées du côté de Clarice. Elle murmura quelque chose à l'oreille de Jeffrey, qui se pencha pour lui embrasser la joue.

Tyler attira Diana contre lui et approcha ses lèvres de son oreille.

— Tu te souviens du lendemain de l'explosion, quand je t'ai dit que les miracles existaient et que tu m'as demandé où était le miracle de Penny.

Elle hocha la tête et regarda Willow tenant la main de Jeffrey.

— Voilà le miracle de Penny — son extraordinaire petite fille tenant la main d'un père aimant et affectueux.

REMERCIEMENTS

Tous mes remerciements à Pamela Ahearn, Anne Bensson, Keith Biggs, Patricia Nicolescu et Jennifer Weis.

Ma gratitude toute particulière à Phyllis Sabellichi pour ses encouragements quand ils m'étaient les plus précieux.

DU MÊME AUTEUR

Aux Éditions de La Table Ronde

MORTEL SECRET, 2009, Folio Policier n° 592.

PERDUES DE VUE, 2008, Folio Policier n° 554.

LE CRIME DES ROSES, 2006, Folio Policier n° 522.

LES SECRETS SONT ÉTERNELS, 2005, Folio Policier n° 475.

SI ELLE DEVAIT MOURIR, 2004, Folio Policier n° 424.

DEPUIS QUE TU ES PARTIE, 2003, Folio Policier n° 348.

NE FERME PAS LES YEUX, 2002, Folio Policier, n° 320.

SIX DE CŒUR, 2001, J'ai Lu 2003 et Folio Policier n° 534.

PAPA EST MORT, TOURTERELLE, 2000, Folio Policier n° 483.

TU ES SI JOLIE CE SOIR, 1999, Folio Policier n° 494.

PRÉSUMÉE COUPABLE, 1993, Folio Policier n° 386.

NOIR COMME LE SOUVENIR, 1991, Folio Policier n° 535.

Aux Éditions du Toucan

JUSQU'À LA FIN, 2013.

LES OMBRES QUI ATTENDENT, 2011, Folio Policier n° 689.

CEUX QUI SE CACHENT, 2009, Folio Policier n° 709.

Composition IGS-CP
Impression Novoprint
le 15 septembre 2013
Dépôt légal: septembre 2013

ISBN 978-2-07-044969-9 / Imprimé en Espagne.

246871